Lawinegevaar

Van dezelfde auteur

All-inclusive
De vlucht
Zomertijd
Cruise
Après-ski
De suite
Zwarte piste
Bella Italia
Noorderlicht
Bon Bini Beach
Het chalet
Route du soleil
Winterberg
Goudkust
Mont Blanc
Costa del Sol
Sneeuwengelen
Hittegolf

Bezoek onze internetsite www.awbruna.nl voor informatie over onze boeken, volg @AWBruna op Twitter of bezoek onze Facebook-pagina Facebook.com/AWBrunaUitgevers.

Suzanne Vermeer

Lawinegevaar

A.W. Bruna Uitgevers

Omslagbeeld
© Wil Immink Design/iStock
Omslagontwerp
Wil Immink Design

NUR 332

Disclaimer
Dit verhaal is fictie. Namen, personages, plaatsen en gebeurtenissen zijn een product van de fantasie van de auteur of zijn gebruikt in een fictionele omgeving.

Het lichaam bungelde aan een haak in het plafond. Twee voeten in afgetrapte sportschoenen maakten nog wat laatste stuipbewegingen toen het laatste restje leven het lichaam verliet. Een dik, stevig touw had het strottenhoofd en de nekwervel gebroken en zich diep in het vlees geboord. De mond van het slachtoffer stond open in een laatste schreeuw naar lucht. De paarse en gezwollen tong stak een stukje naar buiten. Uitpuilende ogen keken leeg de kamer in. Voor spijt was het nu te laat. Van dichtbij kon je de gesprongen bloedvaatjes in het oogwit goed zien.

Onder het lichaam lag een houten stoel op zijn kant op het groezelige tapijt. Op de salontafel lag een handgeschreven afscheidsbrief. Het was schemerig in de kamer, de gordijnen waren dicht. Een doordringende geur vulde de ruimte. Een deur kraakte bij het open- en dichtgaan. Een gehandschoende hand veegde voor de zekerheid de deurklinken zorgvuldig schoon. Toen werd de deur definitief gesloten. Het dode lichaam was alleen.

Deel 1
Amsterdam, november/december 2016

1

Chantal Donkers zat voor de spiegel in haar kleedkamer en bekeek zichzelf nog eens goed. De visagist had weer goed werk verricht. Net toen ze een slok water wilde nemen, werd er op haar deur geklopt.

'Chantal, ben je zover?' klonk de stem van Emily.

'Ik kom eraan!'

Haar favoriete redacteur stond keurig op haar te wachten toen ze haar kleedkamer verliet. 'Nerveus?'

Droge strot, misselijk, buikpijn. Bloednerveus.

'Gezonde spanning,' antwoordde Chantal met zelfverzekerde stem. 'Hetzelfde gevoel dat ik heb voordat ik de rechtbank in ga.'

Emily knikte begrijpend.

'Is Gerard er al?' Chantal doelde op Gerard Soutenburgh, haar beroemde – of beruchte, al naargelang aan wie je het vroeg – collega-strafpleiter die vandaag samen met haar zou deelnemen aan de uitzending van *Wake Up Call*. Ze moest er nog steeds aan wennen dat zij, Chantal Donkers, het onbeduidende advocaatje uit Brabant, tegenwoordig in één adem werd genoemd met Gerard Soutenburgh. Ze was nu, net als hij, 'een van de groten'.

'Nog niet gezien. Ivo begeleidt hem. Maarten ijsbeert al een halfuur over de redactie en lijkt helemaal in zijn nopjes. Hij mompelde iets wat leek op "spectaculair".'

'Die relnicht vindt al gauw iets "spectaculair". Oeps, zei ik dat hardop?'

Emily lachte. 'Hij is ook niet mijn favoriete collega,' fluisterde

ze. 'Maar dat heb ik ook niet gezegd,' voegde ze er snel aan toe.
Chantal gaf haar een knipoog.

Ze waren bij de studio aangekomen en Emily hield de deur voor haar open. 'Succes, en er staat water naast je stoel.'

'Je bent een engel.'

'Weet ik toch.'

Chantal stapte naar binnen en zwaaide flauwtjes naar Maarten Tetteroo, die al op zijn plek zat. Ze nam plaats in haar stoel en sloeg haar benen over elkaar. De randen van haar lange zwarte laarzen schuurden tegen de bovenkant van haar kuiten. Haar kokerrok schoof wat omhoog en onthulde meer knie dan de bedoeling was. Ze trok de stof naar beneden. Ze was blij dat ze vanochtend had gekozen voor een luchtig wit mouwloos blouseje – het was bloedheet onder de felle studiolampen. Met een vluchtig gebaar gooide ze haar lange blonde haren over haar rechterschouder. Ze was er klaar voor. Twee mannen van de crew liepen op de stoel af die klaarstond voor Gerard Soutenburgh en tilden hem uit het decor.

'Wat is hier aan de hand?' vroeg ze verbaasd. 'Maarten?'

'Dat merk je zo wel. Een kleine verrassing.'

'Hoe bedoel je?'

'Wacht nou maar rustig af. Ideetje van de nieuwe eindredacteur. Nieuwe koers en zo.' Tetteroo lachte zijn gebleekte tanden bloot en depte het zweet van zijn voorhoofd. 'Sandra!' brulde hij. 'Werk mijn voorhoofd bij!'

De visagiste kwam aansnellen met een kwast en een poederdoos. Chantal wachtte tot ze klaar was voordat ze de confrontatie met Tetteroo zocht. 'Ik hou niet van verrassingen. Of je vertelt me wat dit allemaal te betekenen heeft, of ik stap nu op.'

'Improviseren, Chantal. Dat zul je in de rechtbank ook weleens moeten doen.'

'Niet als ik niet eens weet waar het over gaat. Je gaat me hier niet voor het blok zetten, Maarten.'

'Nah, wat denk je slecht over me.'

'Als er inhoudelijke wijzigingen zijn, dan wil ik dat weten.

Dit is een liveprogramma. Laatste kans en anders ga ik er echt vandoor.'

Chantal kwam al overeind, maar op datzelfde moment rende iemand van de crew naar haar toe en duwde haar terug in haar stoel. 'Vijftien seconden,' siste hij haar toe terwijl hij gauw uit beeld verdween.

De laatste seconden tot uitzending werden hardop weggeteld door de regisseur en de openingstune werd ingestart. Chantal trok vliegensvlug haar rok recht en toverde geforceerd een brede lach op haar gezicht. Na de uitzending zou ze Tetteroo alle hoeken van de kamer laten zien, maar niet nu. Nu moest ze professioneel zijn. Maar ze had een naar voorgevoel. Tetteroo keek intussen strak in de camera. Chantal wist zeker dat zijn spierwitte gebit pijn deed aan de ogen van de kijkers.

'Goedemorgen lieve kijkers, welkom bij *Wake Up Call*. Ik raad u aan om er eens even goed voor te gaan zitten, want het wordt een spectaculaire uitzending.' Hij lachte vilein naar de camera. 'Naast mij aan tafel zit meester Chantal Donkers, de advocate die met haar slimme babbel bokser Ali Aslan wist vrij te pleiten van de moord op zijn vrouw. Sindsdien is ze niet meer weg te slaan uit de media, nietwaar?'

De camera's zwenkten naar Chantal. 'Eén-nul voor u, meneer Tetteroo.'

'We zijn, zoals altijd, vereerd met uw aanwezigheid. Uw schema moet wel overvol zijn. Hebt u sowieso nog wel voldoende tijd voor uw cliënten, tussen alle tv-optredens en interviews door?'

'Ik heb het absoluut drukker gekregen sinds het winnen van de zaak-Aslan, maar mijn cliënten gaan altijd voor.'

'Maar al die publiciteit streelt uw ego toch wel?'

Waar gaat dit heen? Wat wil hij? 'Ik geef het toe, ik heb er altijd stiekem van gedroomd om een eigen pagina op Mokkels.nl te hebben. Grapje,' voegde ze er vlug aan toe, toen Tetteroo er serieus op wilde ingaan. 'Het is nooit mijn wens geweest om een bekende Nederlander te worden; als dat zo was dan had ik wel voor een baan als presentator gekozen. Maar we hebben vast wel belangrijkere zaken te bespreken dan mijn persoontje,' probeerde ze het gesprek van zichzelf af te leiden.

'Dus u hebt nog voldoende tijd voor uw cliënten?' greep Tetteroo terug naar zijn eerdere vraag.

Terwijl ze zijn vragen zo kalm mogelijk probeerde te beantwoorden, dacht Chantal koortsachtig na. Waar was Tetteroo op uit? 'Volgens mij had ik daar al bevestigend op geantwoord, maar ik wil het best nog eens herhalen. Ja, ik heb voldoende tijd voor mijn cliënten, daar zorg ik wel voor.'

'Had u dan nu niet bij uw cliënt Ali Aslan moeten zitten in plaats van in onze studio?'

'Waarom zou ik meneer Aslans handje nog langer vast moeten houden? Zijn zaak is afgehandeld. Hij is een vrij man.'

'Nou, niet helemaal...'

O nee... 'Wat bedoelt u daarmee?'

'Als u, zoals u dat zo aardig uitdrukt, "zijn handje had vastgehouden" dan had hij diezelfde handjes wellicht niet gebruikt om daarmee de conciërge van het Amstel Hotel het ziekenhuis in te slaan...'

Chantal voelde het bloed uit haar gezicht wegtrekken en hoopte dat de make-up het verbloemde. *Verdomme! Had die verrekte gòlliepaop zijn poten weer niet thuis kunnen houden.*

'Laten we even kijken naar een filmpje van een ooggetuige,' gooide Maarten er nog een schepje bovenop. Op het grote scherm in de studio verscheen een schokkerig beeld van de man die ze met verve had verdedigd en nooit meer hoopte te zien. Aslans vuisten daalden onophoudelijk neer op een hoopje op de grond waarvan ze vreesde dat het de conciërge was. Twee beveiligers probeerden Aslan bij hem weg te halen, maar hij wierp hen met gemak van zich af. Het geschreeuw dat op de achtergrond klonk, ging door merg en been. Chantal sloeg zonder dat ze het doorhad geschokt haar hand voor haar mond. Ze kon bijna niet kijken naar het buitensporige geweld dat zich op het scherm afspeelde. Pas toen het hoopje mens op de grond niet meer bewoog, staakte Aslan zijn vuistslagen. Hij hief zich op en staarde recht in de camera. De gekte in zijn bloeddoorlopen ogen was nog net te zien voordat het filmpje abrupt stopte.

Chantal hapte naar adem. Alle camera's waren op haar gericht.

'U kijkt alsof dit incident een complete verrassing voor u is. Misschien toch iets te veel bezig geweest met uw eigen ego in plaats van met uw cliënten?'

Ze nam een slok water om wat tijd te winnen. 'Eh... uiteraard kan ik hier inhoudelijk niet op ingaan, maar... maar...'

'Maar wat, mevrouw Donkers?'

'Eh... mijn telefoon staat doorgeschakeld naar kantoor. Mijn collega Anique Hellings neemt vanochtend voor me waar. Zij heeft ongetwijfeld al contact gehad met...'

Maar Tetteroo liet haar niet uitpraten en richtte zich rechtstreeks tot de kijkers. 'U zag die killersblik van Ali Aslan toch ook?' Een screenshot van de uitzinnige bokser met bloeddoorlopen ogen verscheen in beeld en bleef naar Chantals zin veel te lang staan. 'Kijkt u eens goed naar die blik, lieve kijkers. Deze man beweert dat hij onschuldig is aan de moord op zijn vrouw. En zijn advocate, hier bij ons aan tafel, heeft de rechter zover gekregen dat hij dat geloofde en hem vrijsprak. Maar gelooft u dat ook? Is Ali Aslan inderdaad onschuldig of heeft zijn advocate ervoor gezorgd dat een moordenaar onterecht is losgelaten in de maatschappij waar u en ik dachten veilig te zijn? We laten u nog eenmaal het filmpje zien waarin Ali Aslan de conciërge van het Amstel Hotel in elkaar slaat zodat u voor uzelf een afweging kunt maken. Als u vindt dat Ali Aslan onschuldig is, sms dan A naar 0900-1503. Denkt u dat hij schuldig is, sms dan B. Na de reclame praten we verder over dit onderwerp met Ali Aslans advocate Chantal Donkers.'

2

Het kostte Chantal moeite om rustig te blijven zitten en haar pokerface vast te houden. Zodra het reclameblok was ingestart, vloog ze woedend overeind. 'Wat flik jij me nou? Waar slaat dit op? Dit is dus precies waar ik op doelde toen ik zei dat ik niet voor het blok wenste te worden gezet. Dit was niet de afspraak! Je zet me compleet voor lul en insinueert ook nog eens dat ik medeschuldig ben omdat ik mijn cliënt vrij heb weten te krijgen. Ik zou samen met Gerard commentaar geven op de actualiteit. Niet... dít.' Chantal spuugde de woorden bijna letterlijk uit. 'Waar is Gerard trouwens?'

'Afgebeld. Niks persoonlijks hoor, Chantal, maar de kijkcijfers zakten wat in en toen kwam dat filmpje voorbij. Nou ja, dat konden we natuurlijk niet laten lopen. Het publiek wil meer actie. Dit ís actie.'

'Dit is ordinaire sensatiezoekerij!'

'Eén minuut tot uitzending, iedereen op zijn plek,' brulde de regisseur overal dwars doorheen. Chantal overwoog even om op te stappen, maar dat was haar eer te na. Die paar keer in haar leven dat ze iemand boos weg had zien lopen tijdens een liveprogramma waren haar altijd bijgebleven, en niet in positieve zin. Het was beter voor haar imago om te blijven zitten en Tetteroos insinuaties en opmerkingen zo goed mogelijk te pareren. Ze nam een grote slok water en liep terug naar haar stoel. Tetteroo kreeg nog vlug een kaartje in zijn hand geduwd van een redacteur en toen waren ze weer live te zien in de Nederlandse huiskamers. Met een uitgestreken gezicht luisterde Chantal naar het riedeltje van Tetteroo die de kijkers weer welkom heette. 'U hebt massaal ge-sms't op de vraag of u denkt dat Ali Aslan schuldig of onschuldig is aan de moord op zijn vrouw. Negentig procent is van mening dat Ali Aslan schuldig is na het zien van het eerder vertoonde filmpje. Mevrouw Donkers, u bent Ali Aslans advocate, wat vindt u van deze cijfers?'

'Iedereen heeft recht op een mening, wat ik daarvan vind, doet er niet toe. Het is aan de rechter om uitspraak te doen over de schuld of onschuld van iemand. Een veroordeling dient plaats te vinden op basis van feiten en niet op basis van emoties door opruiing.'

'Opruiing?'

'Ja, meneer Tetteroo, u maakt zich schuldig aan opruiing.'

'Is dat dan ook niet aan de rechter om te bepalen? Emoties en feiten, toch?'

'Mijn constatering is gebaseerd op feiten. Wat denkt u nou zelf? Als zo'n filmpje wordt getoond en meteen daarna een dergelijke vraag wordt gesteld? Natuurlijk zegt het gros dan dat mijn cliënt schuldig is.'

'Dus u geeft toe dat het filmpje uw cliënt niet van zijn beste kant laat zien?'

'Ik wil best een open deur intrappen, hoor. Het antwoord is: ja. Maar ik weet net zomin als u en de kijkers thuis wat er aan die vechtpartij vooraf is gegaan. Zonder die feiten kan ik geen oordeel vellen. Misschien trekt het filmpje de boel wel volledig uit zijn context. Misschien was deze man wel de eerste die klappen uitdeelde.' Tetteroo wilde reageren, maar Chantal gaf hem de kans niet. Ze verhief haar stem. 'Ik zeg niet dát het zo is, maar het zou zo kunnen zijn.'

'Maar ook als het slachtoffer wel als eerste een klap heeft uitgedeeld of bijvoorbeeld een opmerking heeft gemaakt die racistisch kon worden opgevat, dan is de reactie van uw cliënt buitenproportioneel, vindt u ook niet? Er is een verschil tussen een "corrigerende tik" uitdelen of iemand bijna doodslaan. Wat we zojuist hebben gezien, leek in mijn ogen op het laatste. Wilt u het filmpje misschien nog een keer zien om een goed oordeel te vellen, mevrouw Donkers?'

Tetteroo lachte zijn gebleekte tanden weer bloot en Chantal moest zich inhouden om de grijns niet van zijn gezicht te slaan.

'Nogmaals, op basis van de beelden kan ik geen conclusies trekken of uitspraken doen. Daarvoor moet ik eerst alle ins en outs weten. En nee, ik hoef het filmpje niet nogmaals te zien, want dat verandert niets aan mijn antwoord.' Ze reikte naar het glas water en nam een slok. Haar mond was zo droog als kurk.

'Slaapt u 's nachts nog, mevrouw Donkers?'

'Ik slaap uitstekend, meneer Tetteroo, dank u wel.'

'Ik las een tijdje terug in een interview dat u de advocatuur bent in gegaan omdat u wilde vechten tegen onrecht en wilde opkomen voor de zwakkeren. Ali Aslan lijkt me niet het prototype van een "zwak mens". Sterker nog, hij kan zichzelf meer dan uitstekend verdedigen. Waarom hebt u hem aangenomen als cliënt? Heeft de hang naar roem het overgenomen van uw idealen? Leverden de echte "zwakkeren" in de samenleving niet genoeg op?'

Chantals maag trok samen, Tetteroo legde de vinger op de zere plek. Tijdens haar studie en de eerste jaren in het veld had ze grote idealen gehad. Het bevechten van onrecht was haar grootste drijfveer geweest. Maar ze had ook ambitie. Gaandeweg kwam ze erachter dat als ze verder wilde komen dan dorpsadvocate, ze spraakmakende zaken nodig had die publiciteit opleverden. Haar idealen waren steeds meer op de achtergrond geraakt en haar ambitie had steeds meer terrein gewonnen. Ze draaide nu vijftien jaar mee in het vak en was steeds meer het type advocaat geworden dat ze vroeger zo had verafschuwd. De zaak-Aslan was haar definitieve doorbraak geweest en had haar carrière een grote boost gegeven. Het had er ook voor gezorgd dat ze een steeds grotere hekel aan zichzelf kreeg.

Tetteroo schraapte ongeduldig zijn keel, ze moest hem antwoorden. 'Een goede advocaat sluit niemand uit. Iedere cliënt heeft recht op een eerlijk proces en de beste verdediging...'

'Ook als je op je vingers kunt natellen dat een cliënt, en ik noem geen namen, schuldig is aan het misdrijf waarvan hij wordt verdacht?'

'Het is aan de rechter om te bepalen of een verdachte schuldig of onschuldig is. Het is aan mij om ervoor te zorgen dat mijn cliënt de beste verdediging...'

'U valt in herhaling, mevrouw Donkers. Is dat alles wat u kunt zeggen? Zit er achter dat koele masker van u niet een greintje menselijkheid? Ik kan niet geloven dat u geen antenne hebt voor goed en kwaad. Een kind kan nog zien dat Ali Aslan het kwaad is. U hebt er met uw gladde praatjes en woordspelletjes voor gezorgd dat een moordenaar terug de maatschappij in is gestuurd. Doet dat u dan helemaal niets?'

'Mag ik u erop wijzen dat meneer Aslan door de daartoe bevoegde rechter is vrijgesproken van de moord op zijn echtgenote? Hem hier alsnog van dat delict beschuldigen valt onder de noemer "smaad" en indien u hiermee doorgaat, kan ik niet anders dan mijn cliënt adviseren een smaadclaim in te dienen. Er is rechtgesproken, meneer Tetteroo, en u kunt het oneens zijn met de uitspraak, maar dat geeft u niet het recht een hetze te voeren tegen mijn cliënt.' Ze wierp hem een ijzige blik toe en keek met een schuin oog op haar horloge. Nog een paar minuten en dan was deze lijdensweg voorbij.

Tetteroo viel even stil en Chantal was ervan overtuigd dat de kijkers thuis de opgelopen spanning in de studie konden voelen. Aan zijn gezicht kon ze zien dat haar dreigement indruk had gemaakt en dat hij zich even geen raad wist met de situatie. *Net goed. Daar sta je dan met je mond vol gebleekte tandjes.* Dit was de laatste keer dat ze was komen opdagen in *Wake Up Call*; de volgende keer dat ze werd gevraagd voor dit programma – áls ze nog werd gevraagd – zou ze bedanken voor de eer en het genoegen. Ze was nu een keer of tien aangeschoven en het was mooi geweest. Tetteroo en consorten waren hard op weg geweest om karaktermoord op haar te plegen, haar integriteit in twijfel te trekken. Ongeacht of ze nou wel of niet een punt hadden over Aslan, dit hoefde ze niet te pikken. Dan maar niet met haar kop op televisie. Als dit de prijs was van de roem, dan wilde ze die niet betalen.

Ze keek naar Tetteroo, die nog steeds van zijn à propos leek. 'Had u verder nog vragen, meneer Tetteroo?' Haar stem had zijn normale toon en volume weer aangenomen, waardoor haar Brabantse zachte g goed tot zijn recht kwam. Ze perste er nog een lieflijke glimlach uit in de hoop nog iets van haar imago te redden. Tetteroo greep naar zijn oortje en luisterde naar aanwijzingen van de regisseur. Hij knikte en keek haar aan. 'De partner van het slachtoffer heeft zojuist naar de redactie gebeld. Hij was behoorlijk overstuur, zoals u zult begrijpen. Het slachtoffer ligt in coma en de komende dagen moet duidelijk worden of hij hersenletsel heeft en zo ja, hoe ernstig.' Chantal sloot kort haar ogen. 'Hij had ook een boodschap voor u, mevrouw Donkers. Hij vroeg of u trots was op uzelf en of het u ook maar iets kon schelen dat de levens van hemzelf en zijn partner zijn verwoest door een man die u hebt vrijgepleit. Als u dat niet had gedaan en Ali Aslan achter de tralies had gezeten, waar hij volgens onze kijkers thuishoort, dan was dit niet gebeurd. Of u daar eens goed over wilde nadenken.'

Chantal voelde gal opkomen en nam vlug een slok water. De muziek die het einde van het programma aankondigde werd ingestart.

'Lieve kijkers, ik had graag nog wat uitgebreider willen praten met mevrouw Donkers over deze heikele kwestie en haar rol daarin, maar helaas zit het er alweer op. Morgen is Maarten van Rossem te gast om te praten over de Amerikaanse presidentsverkiezingen. Vergeet niet te kijken!'

Tetteroo wuifde theatraal naar de camera en produceerde weer de voor hem zo kenmerkende grijns. Zodra de regisseur het beeld in kwam lopen, stond Chantal op. Woedend verliet ze het podium zonder om te kijken en de anderen nog een blik waardig te gunnen. Ze moest via de redactie om bij haar kleedkamer te komen. Achter een paar bureaus klonk zacht gelach toen ze voorbijstampte. Bij het bureau van Emily bleef ze staan. Het meisje kromp zichtbaar ineen onder haar woedende blik. 'Wat had dit te betekenen?' bitste Chantal.

'Eerlijk waar, Chantal, ik wist hier niets van. Ik was net zo verbaasd als jij. Ik wist niet beter dan dat je met Gerard in discussie zou gaan vandaag. Ik hoorde pas dat hij was afgebeld toen het al te laat was.'

'En dat moet ik geloven?'

'Het is de waarheid! Dit is niet mijn stijl van televisie maken. Als ik dit had geweten dan had ik daar nooit aan meegewerkt.'

'En dat is ook precies de reden dat we jou niets verteld hebben,' brulde redacteur Ivo over de verder muisstille redactie. Er klonk her en der weer wat gelach.

'Jullie zijn echt walgelijk,' siste Chantal. 'Waar is die nieuwe eindredacteur? Ik wil hem spreken.'

'Roken en dan door naar een afspraak,' zei Ivo. 'Sorry, dat gesprekje zal moeten wachten tot de volgende keer.'

'Er komt geen volgende keer, dat kunnen jullie op je buik schrijven na deze actie.'

Tetteroo kwam de redactie op lopen en ving haar laatste woorden op. 'No hard feelings toch, Chantal?' Hij spreidde zijn armen en liep naar haar toe. 'Even een huggie.'

'Als je me ook maar met een vinger aanraakt...'

'Wat dan? Dan timmer je er net zo op los als Ali Aslan?' Chantal ontplofte bijna, maar wist haar handen thuis te houden.

'Ik heb fanmail voor je geprint,' zei Emily met schrille stem.

Chantal verstarde. De knoop die toch al in haar maag zat, trok strakker. De angst die ze al ruim twee maanden voelde en die na elke uitzending groter werd, nam het over van haar woede. Schichtig keek ze naar de stapel A4'tjes in Emily's uitgestoken hand. Ze kon niet zien of er ook enveloppen tussen zaten. Ze pakte de stapel aan en kon nog net voorkomen dat ze hem meteen weer uit haar handen liet vallen. Het gênante moment waarop ze op haar knieën over de redactie kroop om alle

A4'tjes weer bij elkaar te rapen, bleef haar gelukkig bespaard. Het was allemaal al pijnlijk genoeg. Met opgeheven hoofd verliet ze de redactie en stoomde door richting haar kleedkamer. Ergens had ze verwacht dat Emily haar achterna zou komen, maar de redactiedeur bleef gesloten en de gang achter haar was angstvallig stil. *Zeker bang voor haar fantastische baantje. Geen knip voor de neus waard, net als de rest.* De stapel papier brandde in haar hand en ze haalde onder het lopen haar neus er vluchtig langs. Papier. Verder niets. Ze was er de afgelopen weken steeds meer van overtuigd geraakt dat ze echt gevaar liep, en haar optreden van vandaag had hier vast niet in positieve zin aan bijgedragen. Met kloppend hart liep ze haar kleedkamer binnen en legde de papieren op de rode sofa. Ze ging er gehurkt voor zitten en spreidde ze uit. Vluchtig scande ze de A4'tjes. Niets bijzonders en geen envelop.

Er werd op haar deur geklopt.

'Ja,' snauwde ze, in de veronderstelling dat het Emily was.

Visagist Sandra stak haar hoofd om het hoekje van de deur. 'Wil je dat ik je nog even afschmink?'

'Nee, ik heb haast.' Chantal realiseerde zich dat ze niet al te vriendelijk klonk. 'Dank voor het aanbod, maar ik moet meteen door naar kantoor.'

'Oké, prima. Fijne dag,' zei Sandra, en ze maakte zich vlug uit de voeten.

Chantal propte haar fanmail in haar tas en zette het geluid van haar telefoon aan. De berichtjes en voicemails van Anique en van Ali Aslan liet ze even voor wat ze waren. *Op weg naar kantoor, spreek je zo,* appte ze Anique terwijl ze de kleedkamer verliet.

3

Chantal had grote haast om het televisiepand te verlaten. Ze wilde geen seconde langer blijven dan absoluut noodzakelijk was. Toen ze in aanraking kwam met de buitenlucht, rilde ze. Het was vandaag ongebruikelijk koud en ze haalde haar zwarte leren handschoenen uit haar tas en trok deze aan. Ze had een bloedhekel aan koude handen. Toen rende ze naar haar auto, terwijl ze schichtig om zich heen keek. Er viel niets verdachts te zien.

Ze startte haar auto en liet de motor samen met de verwarming vol draaien terwijl ze een dun laagje ijs van de ruiten krabde. Het werk verdreef de kou een beetje uit haar lijf. Pas toen ze in haar auto zat en haar portieren op slot had gedaan, durfde ze opgelucht adem te halen. Geen brief vandaag! Sinds ze regelmatig op de televisie was bij *Wake Up Call*, had ze kennisgemaakt met de schaduwkanten van de roem. Naast de mailtjes van echte fans en wat gekkies, ontving ze nu al een paar maanden in aftershave gedrenkte brieven van een anonieme persoon. Hoewel de aftershave amoureuze bedoelingen impliceerde, bleek dat allerminst uit de brieven zelf. De brieven die ze kreeg waren ronduit bedreigend en werden steeds enger. Het was duidelijk dat de persoon die ze verstuurde haar hardgrondig haatte. Tot nu toe had hij zijn dreigementen niet waargemaakt, maar ze kon er niet klakkeloos van uitgaan dat dat altijd zo zou blijven. Niels, haar vriend, en Anique waren de enigen met wie ze er tot nu toe over had gesproken. Op de redactie van *Wake Up Call* hadden ze geen idee van de inhoud van de enveloppen die daar per koerier voor haar werden bezorgd na elke uitzending. Chantal wilde voorkomen dat het naar buiten kwam. De media vergrootte alles wat ze deed toch al zo uit en na haar vreselijke tv-optreden van vandaag zou dat er niet beter op worden. Dat was ook de reden dat ze Niels, die politieagent was, had gevraagd nog even geen actie te ondernemen en de boel op zijn beloop te laten. Hij had uiteindelijk toegestemd, op voorwaarde dat ze hem alle brieven zou geven die ze kreeg. Hij zou ze voor haar bewaren en als het echt uit de hand liep, zou hij ze als bewijsmateriaal gebruiken bij een onderzoek naar de identiteit van de briefschrijver. Daar was ze mee akkoord gegaan. Ook Anique had beloofd om discreet met de informatie om te gaan.

De gedachte aan Niels deed haar hart meteen ontdooien. Ze had hem leren kennen op een feestje en meteen een klik met hem gehad. Niels Oosting was vijfendertig, drie jaar jonger dan zij. Ze hadden het woord 'werk' die avond niet in de mond genomen. Pas tijdens hun eerste officiële date had hij haar verteld dat hij bij de politie werkte. Wat zij deed voor de kost, hoefde ze niet nader toe te lichten. Wat ze meteen al leuk aan hem vond, was dat hij niet spastisch met haar omging omdat ze een BN'er was. Sterker nog, het leek hem helemaal niet te interesseren. Zijn stoere uiterlijk was ook een pluspunt. Zijn gespierde torso gaf haar een veilig gevoel en ze kon uren kijken naar zijn gezicht met de brede kaaklijn en het knobbeltje op zijn neus – een overblijfsel van een breuk na een vechtpartij met een verdachte. Niels' gezicht was niet perfect en dat vond ze juist zo aantrekkelijk. Je kon aan hem zien dat hij echt leefde en net als zij een straatvechter was. Hij was totaal anders dan de mannen met gemanicuurde nagels en onnatuurlijk witte tanden die normaliter om haar heen zweefden en hun best deden haar aandacht te vangen. De scheve lach van Niels die een voortand onthulde waar een hoekje af was, vond ze een verademing tussen al die gecreëerde schoonheid. Zij was ook niet onopgemerkt gebleven bij hem en toen zijn ogen zich in de hare boorden, had ze kriebels in haar buik gekregen. Niels had uiteindelijk het initiatief genomen voor een gesprek en haar voor het eerst in weken weer eens echt aan het lachen gekregen.

Het getoeter van een ongeduldige chauffeur die op haar parkeerplekje zat te azen, bracht haar weer terug in de keiharde realiteit. Ze stak haar hand op en startte haar auto. De man achter haar gunde haar amper de tijd om weg te rijden en schampte bijna haar bumper toen hij zijn auto achter haar langs perste. Bijna stak ze boos haar middelvinger naar hem op, maar op het laatst hield ze zich in; ruzie met een agressieve Amsterdammer was het laatste wat ze op deze tot nu toe dramatisch verlopen dag kon gebruiken. Zonder de man verder nog aandacht te schenken, reed ze naar de uitgang van het parkeerterrein en sloeg toen links af. Het was rustig op de weg en ze zou er in dit verkeer minder dan tien minuten over doen om bij haar kantoor aan te komen.

Terwijl ze de tv-studio steeds verder achter zich liet, verdween de opluchting die ze zo-even had gevoeld toen er tussen haar fanmail geen brief van haar stalker had gezeten. Het uitgestreken gezicht van Tetteroo die haar tartte met zijn kruisverhoor verscheen op haar netvlies. Woede overheerste, maar ook een gevoel van hulpeloosheid, toen ze terugdacht aan de brutale manier waarop hij haar met behulp van de redactie in de hoek had gezet. Ze was niet vies van moeilijke vragen en discussie, maar dat ze haar willens en wetens om de tuin hadden geleid en haar toen in een positie hadden gedwongen waaruit ze niet zonder gezichtsverlies kon ontkomen, was moeilijk te verkroppen. Het allerergste was echter nog dat de vragen die Tetteroo had gesteld een kern van waarheid bevatten. Ook al had ze heel stellig geantwoord dat ze geen gewetensbezwaren had en probleemloos sliep, Ali Aslan vrijpleiten was niet 'gewoon werk' geweest. Het had haar vanbinnen opgevreten. De man deugde niet en vanaf dag één had ze getwijfeld aan zijn onschuld. Ook de rechter had aangegeven dat de zaak stonk, maar er was te weinig bewijs om het tot een veroordeling te laten komen.

Knarsetandend had hij Ali Aslan laten gaan en daar was zij debet aan. Voor haar carrière was de zaak heel goed geweest, maar voor haar persoonlijk...

Ze kon er met niemand over praten, zelfs met Niels niet, bang als ze was dat de tegenstrijdigheden in hun werk uiteindelijk tot problemen zouden leiden. Problemen die misschien door zouden sijpelen in hun relatie. Hij pakte mensen op en zij pleitte ze waar mogelijk weer vrij. Hoewel hij er nooit iets over gezegd had, moest het soms frustrerend voor hem zijn als ze vertelde over een nieuwe zaak die ze had aangenomen waarbij de onschuld van de verdachte viel te betwijfelen. Hij en zijn collega's deden hun stinkende best om de straten veiliger te maken en zij maakte in de rechtbank hun werk vaak ongedaan door gebruik te maken van de mazen in de wet. Vandaag was ze daar op de nationale tv voor gestraft. Misschien was dat niet helemaal wat er was gebeurd, maar zo voelde het wel.

Toen ze zich ineens realiseerde dat haar vader de gênante vertoning waarschijnlijk ook had gezien, brak ze en liet ze haar tranen de vrije loop. Ze kon uittekenen hoe hij die ochtend voor de tv had gezeten: woedend en met gebalde vuisten omdat ze zijn dochter kleineerden. Hij was zo trots op alles wat ze tot nu toe had bereikt; hijzelf had door ernstige bronchitis in zijn jeugd een hoop kansen gemist. Zijn achterstand op school was zo ver opgelopen dat hij het op een gegeven moment niet meer had kunnen bijbenen; toen hij eindelijk over zijn bronchitis heen was gegroeid, had hij niet meer de puf gehad om een inhaalslag te maken. Hij was in de bouw terechtgekomen, waar hij zijn draai had gevonden, maar zijn werk was voor hem altijd meer een dagbesteding gebleven dan iets waar hij zijn talenten en passie in kwijt kon.

Zijn dochter mocht dat niet overkomen. Ze haalde de hoogste cijfers en als haar vriendinnetjes zich vermaakten in de stad of op de manege, hing zij met haar neus boven de boeken. Een zes was dan wel voldoende, maar een tien was altijd het streven. 'Je moet kansen grijpen en altijd het beste uit jezelf halen,

Chantal,' had haar vader eindeloos herhaald, en waar de meeste kinderen zouden zijn bezweken onder de druk van altijd moeten presteren, had Chantal er goed mee kunnen omgaan. Ze was streberig en werd niet snel zenuwachtig; eigenschappen waar ze later, in haar werk als advocate, alleen maar profijt van zou hebben. Haar werk werd gekenmerkt door permanente piekdrukte en ingenieus manoeuvreren tussen toelaatbare en grensoverschrijdende zaken. De ijzeren discipline die haar als kind al was bijgebracht, was daarbij een vereiste. Maar het resultaat mocht er zijn; in de ogen van haar vader, maar ook in die van haarzelf. Succes. Aanzien. Respect.

Maar daar heb je wel een hoge prijs voor moeten betalen.

Chantal was zich er terdege van bewust dat haar succesvolle carrière een uitgebreid sociaal leven in de weg stond. Ze had veel kennissen, maar weinig echte vrienden en zolang ze zich maar volop op haar werk kon storten, kon ze dat gemis aardig wegstoppen. Nu ze echter steeds closer met Niels werd, begon ze wel te merken dat ze wat fijngevoeligheid en sociale vaardigheden miste. Ze was gewend haar eigen boontjes te doppen en vond het moeilijk om te delen en over haar gevoelens te praten. Gevoel was altijd ondergeschikt geweest aan verstand. Dat gaf haar de uitstraling van een sterke vrouw en dat maakte haar superaantrekkelijk voor mannen. Maar keer op keer was gebleken dat veel mannen een sterke vrouw uiteindelijk als bedreigend ervoeren. Als puntje bij paaltje kwam, wilden ze allemaal de held uithangen en de schouder zijn waarop werd uitgehuild. Als je dat niet toeliet als vrouw, dan was je een bedreiging, een ijskonijn, een koele kikker.

Gelukkig had ze bij Niels tot nu toe weinig van het 'supermansyndroom' gemerkt. Hij gaf haar de ruimte om zo veel mogelijk zichzelf te zijn en drong er nooit op aan dat ze zichzelf verder openstelde dan ze wilde. Juist dat ongedwongen element in hun relatie en het feit dat er eens géén druk op haar werd uitgeoefend en géén eisen werden gesteld, maakte dat ze haar huls van 'harde tante' bij hem steeds meer liet varen. Sinds ze met Niels was, merkte ze pas hoezeer ze altijd aan de leiband van haar vader had gelopen, en nog steeds liep. Ze dacht als haar vader, handelde als haar vader en praatte als haar vader, en toen ze zichzelf eindelijk eens de vraag stelde wie Chantal eigenlijk was en wat Chantal vond, moest ze zichzelf het antwoord schuldig blijven.

Ze had succes, ze had geld, maar wat deed dat ertoe als je gevoelsleven zo uitgehold en verschraald was? Die vraag hield haar de laatste weken steeds meer bezig. Misschien was terugtreden uit de spotlights en een sabbatical nemen de enige manier om zichzelf te leren kennen. Na vandaag was dat zeker een aanlokkelijke optie. Voor *Wake Up Call* hoefde ze niet meer thuis te blijven en van het idee om weer met Ali Aslan in één ruimte te zitten werd ze doodongelukkig. Reizen, genieten en niets hoeven, wat een genot zou dat zijn. Misschien toch iets om serieus over na te denken en te bespreken met Anique. Niet nu, maar binnenkort. Op een rustiger moment. Maar stel dat ze een tijdje zou gaan reizen, wilde ze dat dan alleen doen, of samen met Niels? Kon ze zichzelf terugvinden en tot haar eigen kern komen als ze samen met iemand was? Of zou ze zichzelf toch weer plooien naar de verwachtingen van de ander? Misschien moest ze Niels eens voorstellen om er samen twee weken tussenuit te gaan. Kijken hoe dat beviel, en dan zouden de antwoorden vanzelf komen. Werd er niet altijd gezegd dat een eerste vakantie samen meteen ook een heel goede relatietest was?

Als het echt serieus werd met Niels dan kwam het volgende heikele punt om de hoek kijken: kinderen. Moeder worden was voor haar nooit een optie geweest, het paste niet in haar drukke leven waarin haar carrière vooropstond. Maar ze was nu achtendertig en het point of no return begon te naderen. Als ze nog wat wilde op dat front, kon ze geen jaren meer wachten. Met Niels had ze het er nog nooit over gehad. Ze gingen pas een aantal maanden intensief met elkaar om, voor zover hun beider werk dat toeliet. De afgelopen maand had hij meer bij haar geslapen dan thuis. Ze vond het prettig om zijn tandenborstel naast de hare te zien staan en wakker te worden van zijn gerommel in de keuken en van de geur van verse koffie die ze niet zelf had gezet. Maar of ze ook kinderen wilde met deze man? Ze vond het nog veel te vroeg om over zo'n levensbepalend onderwerp te praten.

4

Chantal was nog maar een paar straten verwijderd van het pand op de Keizersgracht dat ze met haar partner Anique en wat ondersteunend personeel deelde, toen haar telefoon ging. Ze keek met een schuin oog op het scherm en zag dat het Duinkerk, haar makelaar, was. Die moest haar voicemail maar inspreken. Hij zou wel weer hetzelfde riedeltje afsteken. De bezichtigingen van vandaag waren veelbelovend geweest maar hadden nog niet geleid tot een concreet bod. Blablabla.

Ze had haar appartementje aan de Kinkerstraat een paar weken geleden te koop gezet en vandaag had de makelaar weer twee kijkers rondgeleid. Sinds het huis te koop stond was er bijna elke dag aanloop van belangstellenden geweest, maar dat had dus nog niet tot verkoop geleid. Het verbaasde haar niet echt, zo bijzonder was het ook niet. Toen ze het appartement aan de drukke straat in Amsterdam kocht, kon ze zich financieel een stuk minder permitteren dan nu. Hoewel ze haar uiterste best had gedaan de woning gezellig te maken, was het optrekje nooit echt haar thuis geworden. Het was klein, gehorig en ietwat gedateerd. Nu ze ruimer in haar financiën zat, werd de behoefte aan een grotere, maar vooral ook rustigere plek dan ook steeds nijpender. Het hoefde niet meteen een grachtenpand te zijn, maar een tuin was toch zeker wel een vereiste.

Met heimwee dacht ze nog weleens terug aan haar ruime en gezellige appartement in Tilburg, dat weliswaar geen tuin had gehad, maar wel een groot balkon. Die plek was wel echt haar thuis geweest, maar het reizen naar Amsterdam, waar ze een baan had gevonden, had haar destijds opgebroken. In een impuls had ze het appartement te koop gezet, en voor ze het goed en wel besefte was het al verkocht. Sindsdien had ze behoorlijk aan woonoppervlak en luxe moeten inboeten, al helemaal sinds Niels in haar leven was – ze ergerde zich steeds meer aan de beperkte ruimte van amper zestig vierkante meter. Maar totdat ze haar huidige appartement had verkocht, wilde ze eigenlijk geen nieuwe woning aanschaffen. Financieel was het haalbaar, maar waarom risico's lopen als het niet nodig was?

Ze was inmiddels bij haar kantoor gearriveerd, parkeerde haar auto en griste haar tas en telefoon van de bijrijdersstoel. Bij het uitstappen gleed ze uit en viel bijna, en vervolgens glibberde ze over de gladde straat naar de ingang. Binnen aangekomen begonnen haar wangen meteen te tintelen door de aangename warmte in het kantoor. Met twee treden tegelijk nam ze de trap naar Aniques kamer en ze gaf een roffel op de deur. Zonder op antwoord te wachten liep ze meteen door naar binnen.

Anique keek op van de stapel papier waar ze in verdiept was. 'Zo, plensbui over je heen gehad?'

'Nee, hoezo?'

'Je mascara zit op je kin.'

Chantal pakte een tissue uit de doos op Aniques bureau.

'Daar ga je het niet mee redden, vrees ik. Gaat het wel goed met je?'

'Niet echt.' De tranen sprongen in Chantals ogen. 'Heb je iets meegekregen van *Wake Up Call*?'

'Toen ik de Twitter-berichten las, durfde ik niet meer te kijken. Het was erg, hè?'

'Verschrikkelijk. Ze hebben me zo te kakken gezet. Ik werd daar geconfronteerd met de arrestatie van Aslan. Ik wist van niets! Dat stelletje sensatiezoekers had een filmpje weten te bemachtigen van Aslan die flipt en de conciërge van het Amstel Hotel in elkaar timmert.'

'Ik heb het filmpje gezien op Twitter. Afschuwelijk. Even binnen deze vier muren: wij weten toch allebei dat die Aslan een krankzinnige mafkees is, hè? Iets te veel klappen op zijn hoofd gehad, als je het mij vraagt.'

'Heb je hem al aan de lijn gehad?'

'Ja. Hij was boos omdat hij jou niet te pakken kreeg.'

'Hij wil dus dat ik hem verdedig?'

'Nou, niet precies.'

'Doe eens niet zo cryptisch. Mijn ochtend is al zwaar genoeg.'

'Zijn zaakwaarnemer belde een halfuur geleden met de mededeling dat Aslan een andere advocaat had genomen.'

'Wat? Waarom?'

'Hij was niet zo te spreken over jouw optreden bij *Wake Up Call*. Het was niet goed voor Aslans imago om nog langer met jou geassocieerd te worden.'

'Zíjn imago? Hoe zit het dan met míjn imago? Dat is verdomme helemaal naar de klote door hém! Mij wordt verweten dat ik een moordenaar terug de maatschappij in heb gestuurd. Dat ik een gewetenloze bitch ben!'

'Chantal?'

'Wat?!'

'Ga even zitten, dan haal ik koffie voor je. Of beter nog, ga naar het toilet, fris je op en haal die mascaraklodders van je gezicht. Cappuccino of espresso?'

'Senseo. Een dubbele.'

Anique trok een vies gezicht. 'Jij ook altijd met je slootwater.'

Anique nipte van haar cappuccino. Er bleef wat schuim aan haar bovenlip hangen en ze likte het weg. 'Ik ben er eerlijk gezegd niet rouwig om dat Aslan een andere advocaat heeft gezocht. Jij?'

'Nee.'

'Het lijkt me goed als de associatie met jou en ons kantoor zo snel mogelijk in de vergetelheid raakt. Misschien moet je in dat kader ook overwegen om tijdelijk uit de publiciteit te treden, totdat alle onrust wat gezakt is.'

'Wees maar niet bang, bij *Wake Up Call* zien ze me niet meer terug.'

'Ik bedoel terugtreden uit de publiciteit in de brede zin des woords. Even onder de radar vliegen. Ga er een paar weken tussenuit. Even opladen. Je hebt zo hard gewerkt de afgelopen jaren.'

'Als we geen gelijkwaardige partners waren, zou ik denken dat je me op non-actief stelt.'

'Nee, zo bedoel ik het niet. Het lijkt me alleen...'

Chantal stak haar hand in de lucht. 'Bespaar je de moeite. Ik kan me inderdaad niet meer heugen wanneer ik voor het laatst op vakantie ben geweest en eerlijk gezegd zat ik er vandaag zelf ook over te denken om even een break te nemen. Twee weken skiën of zo met Niels.'

Anique legde kort haar hand op die van Chantal. 'Je hebt de afgelopen tijd onder grote druk gestaan. De boog kan niet altijd gespannen zijn. Heb je... heb je vandaag weer een brief ontvangen?'

Chantal schudde haar hoofd. 'Nee, verrassend genoeg vandaag juist niet. Misschien heeft hij er eindelijk genoeg van gekregen.'

'Ik wil je niet ontmoedigen, maar meestal geeft een stalker niet zomaar op.'

'Dat weet ik ook wel, maar ik mag toch hopen?'

'We hebben het er al vaker over gehad, maar ik vind dat je er melding van moet maken bij de politie, zodat ze een dossier kunnen opbouwen.'

'Niels weet ervan en Niels ís de politie. Ik wil niet dat de pers er lucht van krijgt en die kans wordt stukken groter wanneer ik aangifte doe. Tegenwoordig kun je niemand meer vertrouwen, dat bleek vanochtend wel weer.'

'Dat is wel een heel cynische uitspraak.'

'Is cynisme niet onvermijdelijk in ons beroep? Noodzakelijk zelfs?'

'Je bent toe aan vakantie.'

'Ja.'

'Wat vind je ervan als we die vakantie per vandaag in laten gaan?'

'Vandaag al? Onmogelijk. Ik moet nog wat dingen afronden en ik ga niet weg voordat ik een fatsoenlijke overdracht heb gedaan van lopende zaken.'

'Oké, soit, maar voor vandaag is het wel mooi geweest voor je.'

'Welnee, het gaat best.'

'Nee, het gaat niet. En als jij dat besluit niet neemt, doe ik het wel voor je.'

Chantal weifelde nog even, maar gaf toen toe. 'Goed, maar dan neem ik wel werk mee en ga ik op mijn gemakje thuis aan de slag.' Terwijl ze de woorden uitsprak, werd ze ineens overvallen door een verstikkende moeheid. In bed kruipen met een stapel dossiers leek ineens een heel aantrekkelijk idee.

5

Balancerend als een evenwichtskunstenaar sleepte Chantal zich met een grote boodschappentas met dossiers, haar laptop en haar handtas in haar armen de steile trap op naar haar appartement. Ze zette de spullen met een plof neer voor haar voordeur. Toen liep ze de trap weer af en pakte een stapel enveloppen uit haar postvak beneden in de hal. Zonder ze verder te bekijken, nam ze ze mee naar boven en gooide ze in de tas met dossierstukken.

Ze opende haar voordeur en stapte naar binnen, maar ze had amper een voet over de drempel gezet of ze verkrampte totaal. Een doordringende geur kwam op haar af, een smerige aftershavelucht die ze maar al te goed kende. Dezelfde lucht die aan de anonieme brieven kleefde die ze de afgelopen weken had ontvangen. Nu in haar huis. Ze wilde zich omdraaien, wegrennen, maar er gebeurde niets. Stokstijf stond ze, niet in staat zich te bewegen. Maagzuur kwam naar boven. Ze slikte om te voorkomen dat ze misselijk werd. Tevergeefs. Het kostte moeite, haar mond was droog. Waar kwam die geur vandaan? Er moest een verklaring voor zijn. De makelaar. Duinkerk was hier geweest met twee kijkers. Dat moest het zijn. Die aftershave was niet van de brievenschrijver, er waren ongetwijfeld meer mensen die het product gebruikten. Een van de kijkers had die ochtend waarschijnlijk dezelfde aftershave ruimschoots opgespoten.

Haar schouders ontspanden zich en ze merkte dat ze weer in staat was zich te bewegen. Ondanks de kou zette ze de ramen in de woonkamer wagenwijd open en ze zwaaide met haar armen in een poging de geur sneller te verdrijven. Toen pas liep ze terug naar de openstaande voordeur en tilde ze haar spullen naar binnen. Haar jas hield ze nog even aan tegen de kou die door de open ramen naar binnen kwam. Ze liep naar de kleine keuken om koffie voor zichzelf te zetten en haar oog viel op een mok in de gootsteen die ze er zelf niet in had gezet. Er zat een klein laagje water in. De klep van het Senseo-apparaat stond open en er zat een gebruikte coffeepad in. Naast het apparaat stond een aangebroken flesje koffiemelk. Geërgerd zette ze het terug in de koelkast. Prima als Duinkerk tussen de bezichtigingen door een kop koffie dronk, maar de boel netjes achterlaten was toch wel het minste. Straks zat zij weer met zure koffiemelk.

Zuchtend haalde ze de gebruikte coffeepad uit de Senseo en deed er een nieuwe in. Ze zette het apparaat aan en wachtte tot hij klaar was voor gebruik. Met de post en een kop zwarte koffie vlijde ze zich daarna op de bank. Ze sloot haar ogen terwijl ze genoot van haar koffie. Haar collega's op kantoor verklaarden haar voor gek dat ze zwoer bij Senseo en het dure espressoapparaat van Jura links liet liggen, maar dat je je meer luxe kon permitteren, wilde niet zeggen dat je daar ook altijd maar aan toe moest geven. Aan sommige zaken moest je maar niet al te veel wennen. Ze was een kind uit een arbeidersgezin dat na heel hard werken eindelijk succes had, maar dat wilde niet zeggen dat dat succes de rest van haar leven zou aanhouden. Het wereldje waarin ze verkeerde was keihard en duldde geen zwakte. Eén enkele misstap en ze zou weer helemaal opnieuw moeten beginnen.

Ze goot het laatste restje koffie naar binnen en zette de beker op de tafel voor zich. Toen pakte ze de eerste envelop en opende deze. Wegenbelasting. Ze pakte haar mobiel en maakte het kwartaalbedrag meteen over, een gewoonte die ze zichzelf had aangeleerd omdat het haar in het verleden in tijden van drukte nog weleens was ontschoten om op tijd te betalen. Haar vrienden verklaarden haar voor gek dat ze niet voor automatische afschrijving koos, maar ze hield van het gevoel van controle dat het haar gaf. Op de automatische piloot maakte ze de tweede envelop open en streek het dubbelgevouwen vel glad.

Haar blik verstarde toen tot haar doordrong van wie de tekst op het papier afkomstig was. Ze had vanochtend duidelijk te vroeg gejuicht toen er voor het eerst in weken geen brief voor haar was bezorgd op de redactie. Even twijfelde ze nog of de brief van haar stalker was – hij rook niet naar aftershave – maar de twijfel verdween snel toen ze zag dat de brief er exact hetzelfde uitzag als de voorgaande. Zelfde stijl, zelfde lettertype.

Ben je trots op je werk, bitch? Voelt het écht als een overwinning als je weer een crimineel hebt vrijgepleit die schuldig is? Ik begrijp niet hoe je met jezelf kunt leven. Geen mens kan de dag des oordeels ontlopen, ook jij niet met al die zwarte mantelpakjes die je in je kast hebt hangen. Zwart als die verrotte ziel van je. Dat zilveren lepeltje als aandenken aan je communie heb ik dan ook meegenomen. Jij bent God niet waard, je hoort thuis in de hel. Tot nu toe heb ik je niks aangedaan, maar mijn zelfbeheersing is niet oneindig. Ik hou je in de gaten en ik zal toeslaan op het juiste moment. Je bent nergens meer veilig. Ik ga je vermoorden, bitch. Misschien wel met dat scherpe vleesmes uit je eigen keuken. Ik steek je dwars door je hart tot het stopt met kloppen. Je verdient het niet om te leven. Vandaag ben ik binnengekomen en de volgende keer lukt me dat ook. Misschien kom ik langs als je thuis bent, maar misschien vraag ik eerst een tweede bezichtiging aan. Ik raad je aan vanaf nu continu over je schouder te kijken, want ik kan zomaar ineens achter je staan.

Chantal liet met trillende handen het papier zakken. Het glipte tussen haar vingers door en dwarrelde op de grond. Hij was hier geweest, in haar huis! Die aftershavegeur was wel degelijk van haar stalker geweest. En die koffie, was hij dat ook geweest? Vandaag was hij een stap verdergegaan en haar persoonlijke levenssfeer binnengedrongen. Hij had in haar lades gerommeld, haar kledingkast opengetrokken, haar koffie gedronken. Hij had zich gewoon aangemeld als geïnteresseerde in haar huis en was zo haar privéleven binnengedrongen. Hoe wist hij dat haar huis te koop stond? Was hij haar een keer gevolgd en had hij het 'TE KOOP'-bord voor het raam zien hangen? Bij de gedachten alleen al liepen de koude rillingen over haar rug. Het idee dat hij haar had bespied zonder dat ze het had gemerkt! Wat was er met haar zesde zintuig gebeurd? Misschien stond hij op dit moment wel ergens te posten met zicht op haar woning.

Ineens voelde ze zich heel erg bekeken en kwetsbaar. Ze rende naar het open raam en keek naar buiten. Op straat krioelde het van de mensen en ze keek of er iemand tussen zat die haar opviel of overdreven naar haar keek. Een oudere vrouw met een rollator. Twee spelende kinderen. Enkele werklui die een steiger aan het opzetten waren. Aan de overkant stond een man, diep weggedoken in de kraag van zijn jas. Hij droeg een zwarte wollen muts en hield zijn handen in zijn zakken, maar zijn ogen waren op haar huis gericht. Zijn starende blik verplaatste zich langzaam van het raam naar haar. Hij haalde iets uit zijn jaszak en ze dook automatisch ineen. Vanuit haar gehurkte positie zag ze dat de man zijn hand omhoogbracht. Even was ze bang dat hij een wapen op haar zou richten, maar toen ze zag dat hij het voorwerp tegen zijn oor hield, besefte ze dat het een mobiele telefoon was. Ze grinnikte zenuwachtig. Vlak daarna kwam een auto aanrijden en de man stapte vlug in.

Chantal kwam langzaam weer overeind. De 'verdachte' persoon was simpelweg iemand geweest die stond te wachten tot hij werd opgepikt. Ze richtte zich weer op de mensen die in de buurt van haar woning op straat stonden, maar al snel besefte ze dat dit geen zin had. Het kon iedereen zijn. Om het gevoel dat ze bekeken werd kwijt te raken, sloot ze het raam en trok het gordijn met een ruk dicht. Hoewel ze haar jas nog steeds aanhad, rilde ze van de kou. Ze blies in haar handen en bleef besluiteloos staan. Hij was hier geweest, had dingen aangeraakt en zelfs meegenomen, als ze hem moest geloven. Vleesmes. Hij had het over haar vleesmes gehad. Ze rende naar het messenblok in de keuken en haar hart stond even stil. Het grootste vlijmscherpe mes ontbrak. Het mes waarmee hij dreigde haar hart te doorboren. Met trillende handen trok ze de bestekla open in de hoop het mes daar te vinden. Ze gooide de gehele inhoud op het aanrecht. Geen vleesmes. Ook geen zilveren communielepeltje waar de briefschrijver aan had gerefereerd. Ze smeet het bestek terug in de la en gooide hem dicht. Hij moest met zijn poten van haar spullen afblijven! Dit huis, dat toch al nooit een thuis was geweest, voelde nu helemaal als de woning van iemand anders. Meer dan ooit wilde ze er zo snel mogelijk vanaf. Waar had hij allemaal nog meer aangezeten? Haar kledingkast. Ze liep naar de slaapkamer en werd op slag misselijk. Niet van de doordringende aftershavegeur, maar van het grote vleesmes dat recht in haar hoofdkussen gestoken was. Ze wankelde en sloeg haar hand voor haar mond. Net op tijd bereikte ze de wasbak in de badkamer.

Nadat ze haar mond had omgespoeld met lauw water, hief ze haar hoofd en keek in de spiegel. *Niet in paniek raken Chantal. Geen paniek. Rustig doorademen.* Ze liep terug naar de slaapkamer en zette de ramen open. Die smerige lucht moest weg! Ze onderdrukte een nieuwe golf van misselijkheid en angst toen ze weer met het mes werd geconfronteerd. Hoe had die vent tijdens een bezichtiging, onder de ogen van de makelaar, een mes in haar hoofdkussen kunnen steken, aan haar spullen kunnen zitten en koffie kunnen drinken? Wat had Duinkerk al die tijd gedaan? Een middagslaapje? Hij was haar heel wat uitleg verschuldigd en ze besloot de koe bij de hoorns te vatten. Ze liep terug naar de woonkamer, pakte haar telefoon en toetste met trillende handen zijn nummer in. Het toestel ging twee keer over voordat er werd opgenomen.

'Duinkerk Makelaars, goedemiddag.'

'Meneer Duinkerk, u spreekt met Chantal Donkers.'

'Ah, mevrouw Donkers, ik wilde u net bellen om de bezichtigingen met u door te spreken.'
'Bent u op kantoor?'
'Ja, hoezo?'
'Dan kom ik even bij u langs.'
'Dat is niet nodig hoor, we kunnen het prima telefonisch afhandelen.'
'Nee, dat kunnen we niet.'
'Ik begrijp u niet.'
'Dat komt nog wel.'
Even was het stil. 'Eh, goed, maar ik heb een overvolle agenda vandaag.'
'Ik kom er nu aan.'
Chantal verbrak de verbinding. Ze wilde het gezicht van de man zien als ze hem het vuur na aan de schenen legde. Ze sloot alle ramen, pakte haar tas en sleutelset en was al op weg naar de deur toen ze zich iets bedacht. *Bewijsmateriaal, Chantal! Wat ben je nou voor advocate?* Ze liep terug naar de slaapkamer en maakte een paar foto's van het vleesmes in haar hoofdkussen om die Duinkerk onder zijn neus te duwen. Hoe graag ze het mes ook uit haar kussen wilde rukken en terug wilde zetten in het messenblok, ze deed het niet. Ze wilde dat Niels haar slaapkamer zou zien zoals ze hem zelf had aangetroffen, zodat ze samen met hem kon besluiten wat ze moest doen. In haar opinie was het moment van aangifte doen een heel stuk dichterbij gekomen.
Zodra ze buiten was, scande ze alle mensen die zich in de buurt van haar en haar huis ophielden. Hoewel ze niemand zag die zich opmerkelijk gedroeg, voelde ze zich toch bekeken. Ze rende naar haar auto, sloeg de portierdeur met een klap dicht en vergrendelde de deuren. Voordat ze haar auto startte, stuurde ze een app naar Niels. *Kom je vanavond slapen? Ik wil niet alleen zijn en we hebben heel wat bij te praten. X C*
Vrijwel meteen kwam er een reactie: *Tot vanavond schatje! X N*

Fijn, ze was vannacht niet alleen. Als Niels naast haar lag, voelde ze zich veilig en zou ze niet overeind vliegen van elk minuscuul geluidje. Toch zou ze haar hoofd vanavond met een heel ander gevoel op haar kussen leggen dan anders. Dat mes was niet zomaar van haar netvlies. *Note to self: nieuw kussen kopen.* Ze haalde een keer diep adem en vertrok richting het kantoor van de makelaar op de Prinsengracht.

6

Chantal had met moeite een parkeerplaats gevonden in de buurt van het makelaarskantoor. De laatste honderdvijftig meter moest ze lopen. Onderweg had ze meer in haar binnenspiegel gekeken of ze gevolgd werd, dan op de weg gelet. Eén keer was het bijna misgegaan en kon ze nog net op tijd remmen voor een rood stoplicht dat ze in eerste instantie over het hoofd had gezien. Maar er waren geen auto's geweest die opvallend lang achter haar aan hadden gereden of haar argwanend hadden gemaakt. Tenminste, niet die ze had opgemerkt. Zeker weten kon ze het niet.

Ze keek nog een keer goed om zich heen toen ze aan haar wandeling begon en probeerde de schichtigheid van zich af te schudden. Ze was nu al op van de zenuwen. Het was niks voor haar, zo'n onzichtbare vijand die in haar nek hijgde. Liever keek ze het gevaar recht in de ogen, dan kon ze tenminste zien waar ze mee te maken had en bedenken welke maatregelen ze moest nemen om het te bestrijden. Grimmig trok ze haar sjaal recht en stapte vastberaden door. Vijftig meter nog. Ineens voelde ze iets langs haar arm schieten. Haar hart leek even stil te staan en ze balde haar vuist om zichzelf te verdedigen. De voorbijganger die haar per ongeluk had geraakt en overduidelijk grote haast had, merkte het niet eens. Trillend liet ze haar arm zakken en haalde een paar keer diep adem. Dit zou ze niet lang volhouden. Moest ze de komende tijd vrezen voor elke straathoek, elk struikje omdat daar iemand achter kon staan?

Toen ze zichzelf weer enigszins onder controle had, legde ze de laatste meters af en belde aan bij het statige pand. De intercom kraakte en al snel klonk het gezoem van de deur. De secretaresse van makelaar Duinkerk wist blijkbaar van haar komst en ving haar op in de gang. Ze volgde de vrouw naar een ruimte waar een robuuste eikenhouten tafel met acht zwartleren stoelen stond. Een eenzame plant stond in de hoek bij het raam.

'Kan ik vast wat voor u inschenken? Koffie, thee?'

'Heeft u S...' *Senseo*, had Chantal willen zeggen, maar ze slikte haar woorden in. 'Een cappuccino misschien?'

De vrouw knikte goedkeurend en verliet de ruimte. De hakken van haar pumps maakten een klakkend geluid op de witmarmeren vloer. Chantal ging zitten op een stoel, die net zo oncomfortabel bleek te zijn als hij eruitzag, en bladerde ongeïnteresseerd in een van de glossy's die nonchalant over het tafelblad waren uitgespreid. Ergens ging een deur open en dicht en daarna hoorde ze de stem van Duinkerk in de gang. Hij praatte kort met zijn secretaresse en kwam vervolgens de wachtruimte in lopen met twee cappuccino's in zijn handen.

'Mevrouw Donkers,' begroette hij haar. Nadat hij de cappuccino voor haar neus had gezet, nam hij tegenover haar plaats en keek opvallend op zijn horloge. Chantal deed net alsof ze het niet in de gaten had. 'Vertelt u eens, wat was er zo belangrijk dat het niet telefonisch kon?'

Chantal pakte haar telefoon en duwde hem onder de neus van Duinkerk. 'Dit.'

De makelaar boog zich voorover en maakte toen gauw een terugtrekkende beweging. 'Wat is dat?'

'Waar lijkt het op? Dat is een mes in een hoofdkussen. Míjn hoofdkussen. Dit is wat ik aantrof toen ik thuiskwam.'

'Maar waarom laat u dat aan mij zien?'

'Omdat ik mijn huis vanochtend zo niet heb achtergelaten.'

'Maar suggereert u dat...' Hij verschoot van kleur. 'Ik heb uw huis ook niet zo achtergelaten.'

'Ik vrees toch van wel. Tussen mijn post trof ik een brief aan van een van de kijkers die mijn huis vandaag heeft bezichtigd.

In die brief werd verwezen naar het mes en nog wat andere zaken. Er is dus een rechtstreeks verband tussen de bezichtigingen en dit.' Chantal duwde hem de foto weer onder zijn neus. 'Ik eis dus een verklaring.'

Duinkerk verslikte zich in een slok koffie. Chantal roerde stevig in haar eigen kopje terwijl ze hem bleef aankijken tot hij was uitgehoest. Zijn secretaresse kwam aansnellen met een glas water en hij nam het dankbaar van haar aan. Chantal bestudeerde de interactie tussen baas en ondergeschikte en concludeerde dat ze niet alleen een werkrelatie hadden. Toen de vrouw was vertrokken, nam Chantal weer het woord.

'Ik wil graag weten of een van de kijkers zonder uw toezicht in mijn slaapkamer is geweest.' Haar stem klonk ijzig.

'Eh, ja, dat zou best kunnen,' stamelde Duinkerk. 'De eerste kijker kwam om negen uur en de tweede om tien over negen. Ik plan de bezichtigingen uit tactische overwegingen altijd zo dat ze elkaar overlappen en de kijkers elkaar te zien krijgen. Op die manier krijgen ze het idee dat er meer kapers op de kust zijn en zijn ze eerder geneigd een bod te doen. Het kan best zijn dat kijker één in een van de andere vertrekken was toen ik kijker twee opving in de woonkamer.'

'Hoe zag de eerste kijker eruit?'

'Het was een donkerharige man met zo'n moderne baard.'

'Een hipster?'

'Eh, ja, ik geloof dat je zo iemand zo noemt.'

'Andere uiterlijke kenmerken?'

'Hij was lang, ik schat rond de één meter negentig. Ik kon zijn postuur niet echt goed zien, want hij had een dikke winterjas aan. Verder droeg hij handschoenen. O ja, en hij droeg zijn haar erg kort. Aardige kerel, zo te zien. Niks mis mee, leek me.'

'En de tweede kijker?'

'Een vrouw. Jong ding, klein postuur.'

'Jong ding? Praat u altijd zo over vrouwen?'

Duinkerk zag de blik in Chantals ogen en verontschuldigde zich halfslachtig.

'Oké. Dan lijkt de man me degene die verantwoordelijk is voor dat mes in mijn hoofdkussen.'

'Ik kan me het echt niet voorstellen, mevrouw Donkers. Het was echt een keurige man.'

'Ik hoef u als makelaar toch niet te vertellen dat je met kletspraatjes en toneelspel een heel eind komt? Ik word gestalkt, meneer Duinkerk, en toen ik thuiskwam lag er een brief van mijn stalker in mijn postvak. Uit de details in die brief kon ik opmaken dat hij mijn huis vandaag grondig heeft bekeken, mijn vleesmes uit het messenblok heeft gehaald en lades en kasten heeft opengetrokken. Er is gebruikgemaakt van mijn Senseo-apparaat en er is zelfs iets ontvreemd uit mijn keuken, een zilveren lepeltje dat een aandenken was aan mijn heilige communie.'

Duinkerk schraapte zijn keel. 'Weet u dat zeker?'

'Zie ik eruit alsof ik een grapje maak?'

De makelaar schoof wat heen en weer op zijn stoel. 'Hebt u de politie al gebeld?'

'Nee. Nog niet. Ik wilde eerst uw kant van het verhaal horen.'

'Er is geen mijn kant van het verhaal. Ik ben me van geen kwaad bewust. Ik ben niet verantwoordelijk voor de daden van andere mensen.'

'Denkt u nou werkelijk dat u er zo makkelijk mee wegkomt? U had de supervisie over mijn huis tijdens de bezichtigingen en het is uw taak om te zorgen dat een en ander goed verloopt. Een mes in mijn kussen zou ik niet onder die noemer willen scharen. U wel?'

'Nee. Nee, natuurlijk niet. Misschien had ik wat beter moeten controleren, alles nog een keer moeten langslopen.'

'Dat lijkt me nog wel het minste wat u had moeten doen.'

'Maar je gaat er toch niet van uit dat... Ik heb zoiets nog nooit meegemaakt in mijn carrière.'

Duinkerk zat er verslagen bij en Chantal kreeg bijna met hem te doen. Maar met medelijden kwam ze geen steek verder.

'Voor uw "carrière" is het vast niet goed als bekend wordt

dat u kijkers zo de vrije hand geeft in woningen die u met ze bezichtigt.'

Hij keek verrast op. 'Wat bedoelt u?'

'Dat u er vast niet op zit te wachten dat ik dit aan de grote klok ga hangen.'

'Wat wilt u?' De gemaakte vriendelijkheid was geheel verdwenen.

'Naam en telefoonnummer van de man van de bezichtiging. Mijn vriend werkt bij de politie en die zal ik dan discreet bij hem langssturen. Ik zit er zelf ook niet op te wachten dat dit naar buiten komt, ik ben al meer in de publiciteit dan me lief is.'

De makelaar lachte zuur. Chantal keek hem strak aan, maar het bleef stil.

'Zijn naam, meneer Duinkerk? Onder welke naam heeft hij zich bij u aangemeld?'

'Smeets. Zijn voornaam is me even ontschoten, maar die kan ik opzoeken. Smeets herinner ik me nog, want ik heb hem nog gevraagd of hij familie was van Mart.'

'En?'

'Nee, was hij niet.'

Ze had een naam. Smeets. Het zei haar niks, maar dit was dus haar stalker. De man die nu zelfs haar huis had weten binnen te dringen. 'Waarom staat u eigenlijk toe dat kijkers mijn kasten opentrekken?'

'Het is heel gebruikelijk dat kijkers wat lades en kasten opentrekken zodat ze kunnen zien hoeveel bergruimte het huis heeft. Dat zou u zelf toch ook willen weten? Het huis is nou niet bepaald heel groot, dus kastruimte is belangrijk.'

'De kast in mijn slaapkamer hoort niet bij het huis,' merkte ze fijntjes op. 'En behoort het ook tot de normale gang van zaken dat kijkers koffiedrinken en alle troep laten staan?'

'Hij, meneer Smeets, was echt heel geïnteresseerd in het huis en toen hij zei dat hij wel een kopje koffie zou lusten, dacht ik: waarom niet, als het helpt om hem over de streep te trekken. Echt, ik zag geen bezwaar. Terwijl ik de andere kijker de slaapkamer en de badkamer liet zien, heeft hij inderdaad koffie gedronken. Toen ik met de... jongedame weer terugkwam in de woonkamer is hij nog even teruggegaan naar de slaapkamer omdat hij die nog eens wilde zien.'

'Dan moet hij het mes dus bij zich hebben gehad.'

'Als u het zegt. Ik heb het niet gezien, in elk geval. Hij had een dikke jas aan, daar kun je van alles onder stoppen.'

'U hebt de slaapkamer daarna niet meer gecontroleerd en u vond het ook niet nodig om de gebruikte koffiemok af te wassen en de melk in de koelkast te zetten?'

'De melk? Die heb ik helemaal niet gezien.'

'Laat me raden, u was zeker te druk in gesprek met de "jongedame"?'

Duinkerk deed er het zwijgen toe.

'Voor de goede orde, ik wil niet merken dat er mensen in mijn huis zijn geweest. Tot het verkocht is, moet ik er nog wonen. Dat betekent dus dat ik het na een bezichtiging exact wil aantreffen zoals ik het achter heb gelaten. Geen koffiemelk op het aanrecht, geen gebruikte coffeepad in mijn Senseo-apparaat, geen gebruikte mok. Geen més in mijn hoofdkussen.'

Hij knikte kort.

'Ik neem aan dat meneer Smeets u nog niet heeft gebeld om een afspraak te maken voor een tweede bezichtiging of het uitbrengen van een bod?'

'Hij stond voor eind deze middag op mijn bellijstje. Ik bel standaard alle kijkers aan het einde van een kijkdag op om te vragen hoe ze de bezichtiging ervaren hebben.'

'Hem hoeft u in elk geval niet meer te bellen, want hij komt mijn huis niet meer in. Scheelt weer tien minuten van uw tijd.' Chantal lachte ijzig.

Duinkerk stond plotseling op. 'Als u even meeloopt naar mijn kamer, dan bellen we hem nu ter plekke samen op. Kijken wat hij te zeggen heeft.'

'Het lijkt mij beter om dat aan mijn vriend over te laten.'

‘Wat uw vriend doet, moet hij zelf weten, maar het is mijn goed recht om deze man zelf ook te bellen. Ik ben inmiddels wel erg benieuwd wat hij te zeggen heeft op uw aantijgingen.’

‘Ik weet niet of u de juiste persoon bent om hem daarmee te confronteren. Wellicht maakt u het alleen maar erger.’

‘Mevrouw Donkers, ik ga hem nu bellen, of u dat nou leuk vindt of niet. Mijn reputatie staat op het spel.’

En mijn veiligheid, dacht Chantal, *maar dat is blijkbaar van ondergeschikt belang.*

‘U kunt erbij blijven of niet, aan u de keuze.’

‘Dan blijf ik.’

‘Wat u wilt.’

Chantal volgde hem naar zijn kantoor. Het bureau, dat vol lag met stapels papieren, zou van haar kunnen zijn. In deze kamer stond eenzelfde plant als in de ontvangstruimte, alleen de aardewerken pot was niet grijs, maar bruin. Duinkerk bood haar een stoel aan, maar ze weigerde.

‘Wat u wilt, wat u wilt,’ mompelde hij binnensmonds terwijl hij een bruine leren map opensloeg en zijn vinger langs de krabbels op de gelinieerde pagina liet gaan.

‘Ah, daar zul je hem hebben. Johan Smeets,’ zei hij, meer tegen zichzelf dan tegen haar. Chantal stelde hem zich voor als een man die de hele dag conversaties met zichzelf voerde. Terwijl de makelaar zijn vinger bij het telefoonnummer hield, pakte hij met zijn andere hand zijn smartphone. Hij toetste het nummer in en bracht de telefoon naar zijn oor. Al snel verscheen er een frons op zijn gelaat.

‘Is er een probleem?’ vroeg Chantal, die zijn gezicht nauwlettend in de gaten hield.

Duinkerk keek op het scherm van zijn telefoon en vergeleek hardop het telefoonnummer dat hij had ingetoetst met de getallen op zijn notitieblok. ‘Nou, het is gewoon raar. Nog een keer proberen.’

Hij voegde de daad bij het woord, maar de frons verdween niet van zijn gezicht, hij werd juist alleen maar groter.

'Meneer Duinkerk, wat is er aan de hand?'
'Ongeldig nummer,' riep hij verbaasd uit. 'Hoe kan dat nou? Ik heb het toch goed opgeschreven, dat weet ik zeker.'
'Eerlijk gezegd was ik hier al bang voor,' zei Chantal. 'Het was natuurlijk ijdele hoop om te denken dat iemand die niet met zuivere bedoelingen in mijn huis is geweest zijn echte telefoonnummer zou achterlaten.'
'Maar ik heb hem al eens op dit nummer gebeld! Vanochtend vroeg nog met de vraag of hij een kwartiertje eerder kon komen.'
'Dan heeft hij het nummer tijdelijk gebruikt om met u in contact te komen. Prepaid waarschijnlijk.'
'Zou u denken?'
'Ja. En zijn naam zal dan ook wel vals zijn. Johan Smeets, zei u toch? Geeft u me zijn nummer voor alle zekerheid toch ook maar.'
Duinkerk schoof haar zijn notitieblok toe en ze zette de gegevens in haar telefoon. 'U zult begrijpen dat ik op zoek ga naar een andere makelaar.'
'Nou, overdrijft u nu niet een beetje? Ik geef toe dat vandaag niet helemaal naar wens is verlopen, maar om nou meteen de samenwerking op te zeggen...'
'Ik zeg helemaal niets op. U, daarentegen, ontbindt onze overeenkomst en stort het reeds betaalde bedrag terug op mijn rekening, anders kan ik niet garanderen dat dit "akkefietje" onder ons blijft. Ik heb een groot netwerk, meneer Duinkerk. Mijn sleutel graag.'
'Goed, u hebt uw punt gemaakt.'
De secretaresse klopte op deur. 'Gerard, ik heb een telefoontje voor je in mijn kantoor, moet ik hem doorsturen naar je mobiel?'
'Stuur maar door, Dieneke, wij zijn klaar. Maar wil je mevrouw Donkers eerst haar sleutels teruggeven? Ze is niet langer klant bij ons.'
De secretaresse knikte. 'Komt u maar mee.' Ze liep naar een

grote sleutelkast in haar kantoor en overhandigde Chantal de sleutel.

'Ik kom er zelf wel uit.' Chantal verliet de kamer nog voor de secretaresse. Voordat ze uit het pand vertrok, hoorde ze een telefoon overgaan. Duinkerk zei zijn naam en begon onverstaanbaar te brommen. Chantal vroeg zich af of er echt een telefoontje was binnengekomen of dat hij nu gezellig met 'Dieneke' zat te bellen. Die vrouw hield alles in de gaten wat haar baas deed en had vast flarden van hun moeizame gesprek opgevangen. Wellicht had ze gevonden dat het lang genoeg had geduurd en wilde ze haar baas te hulp schieten. Ergens had het mens zelfs wel gelijk, want wat viel er nog te zeggen?

Ze was blij dat ze weer buiten stond en haalde diep adem. De koude lucht deed haar goed. Hoewel ze niet veel was opgeschoten – een mogelijk valse naam en een telefoonnummer dat waarschijnlijk niet te traceren viel – had ze toch het gevoel dat ze een stap in de goede richting had gezet. Ze had actie ondernomen, dat was al heel wat. Vanavond zou ze haar hele verhaal aan Niels vertellen. Hij zou weten wat ze nu verder moesten doen. Bij de gedachte aan zijn sterke armen om haar heen, kreeg ze het warm vanbinnen.

7

'Hm, wat ruikt het lekker.' Niels had zijn armen om haar heen geslagen en leunde met zijn hoofd op Chantals schouder terwijl ze het deksel van de pan ratatouille haalde. Een geur van groente, wijn en knoflook vulde de kamer.

'Recept van mijn oma.' Meestal had Chantal geen tijd om zelf te koken, maar deze avond had ze er tijd voor gemaakt. Het eeuwige afhaalvoer kwam haar langzamerhand de neus uit.

Niels liet haar even los om haar de houten lepel aan te geven die op het aanrecht lag. Bedachtzaam roerde Chantal in de pan en legde het deksel er weer op. Ze husselde de gebakken aardappeltjes nog even en keek op de kookwekker. 'De rollade is over vijf minuten klaar.' Tevreden keek ze in de oven. Het vlees had al een mooi bruin korstje gekregen.

'Zal ik het pepersausje even maken?' stelde Niels voor.

'Prima, dan trek ik vast een flesje rood open.' Ze liep naar het wijnrek en pakte er een merlot uit. De kurkentrekker lag in de fruitschaal op tafel. Voor het eerst in weken waren er weer wat sinaasappels, bananen en kiwi's in te vinden. Toen ze na haar bezoekje aan de makelaar naar huis reed, was ze langs de biologische supermarkt en biologische slager gegaan. Daarmee had ze haar schuldgevoel over haar slechte eetgedrag weer voor even afgekocht. Ze had tegen Niels nog met geen woord gerept over de gebeurtenis in haar huis en de nieuwe brief die ze had ontvangen. Elke keer als ze op het punt stond om erover te beginnen, blokkeerde ze en kreeg ze de woorden niet over haar lippen. Misschien moest ze zichzelf moed indrinken. Ze ontkurkte de fles rode wijn en schonk de twee glazen vol die al op de gedekte tafel stonden. Niels leek niet in de gaten te hebben hoe nerveus ze was.

'De wekker gaat, moet ik de oven uitzetten?' vroeg hij.

'Nee, laat maar. Ik ben al onderweg.' Ze pakte de ovenhandschoenen en even later stond de schaal met het nog sissende vlees op tafel.

'Zal ik het snijden? Typisch mannenwerkje.' Niels liep naar het messenblok. 'Hé, waar is je vleesmes gebleven?'

Een rilling liep over Chantals rug. Ze kon het niet langer uitstellen, ze moest hem vertellen wat er was gebeurd. Haar hand greep de zijne. 'Kom eens mee.'

'Wat, nu?'

Ze trok hem mee richting de slaapkamer.

Een grijns verscheen op zijn gezicht. 'Moeten we niet eerst eten? Zonde om het koud te laten worden, want als we eenmaal in de slaapkamer zijn ben ik voorlopig nog niet met je klaar.'

Niels pakte haar beet en probeerde haar in haar nek te zoenen, maar toen barstte Chantal in huilen uit.

'Hé, wat is er aan de hand?' Bezorgd sloeg hij een arm om haar heen.

'Dát is er aan de hand.' Ze duwde hem de slaapkamer binnen.

Niels werd bleek toen hij het ontbrekende vleesmes in haar hoofdkussen zag. '*What the fuck* is dit?'

Hortend en stotend deed Chantal haar verhaal. Van de aftershavelucht toen ze thuiskwam, toen de brief en de zilveren lepel en het mes. Ze sloot af met het bezoek aan de makelaar.

'Johan Smeets? Zegt me niks. Jou?'

Ze schudde haar hoofd.

'Laat me die brief eens zien,' klonk het grimmig.

Chantal pakte hem en ze zag Niels' schouders verstrakken terwijl hij de dreigementen op zich liet inwerken. Bij elke zin die hij las, nam zijn woede zichtbaar toe.

'Gore klootzak,' siste hij. 'Je hebt nog steeds geen idee wie het is, hè? Een naam en een telefoonnummer dat niet werkt – dat is alles wat we hebben?'

Chantal knikte.

'Ik denk dat we het toch in de richting van je werk moeten zoeken. Wie deze Johan Smeets ook is, hij is in elk geval heel boos op je.'

'Zou het iets met Ali Aslan te maken hebben? Er zijn genoeg mensen die vinden dat hij onterecht is vrijgelaten en mij daarvoor verantwoordelijk houden.'

'Heb je een concreet iemand in gedachten?'

'Nee. Tijdens de rechtszaak heb ik alleen de ouders van Aslans vrouw gezien. Maar hij zat in een rolstoel en zij zag er ongelooflijk broos uit. Bovendien voldoen ze beiden niet aan het signalement dat Duinkerk gaf van die Smeets. Ik kan me überhaupt niet herinneren dat ik in de rechtszaal iemand heb gezien die aan die omschrijving voldeed. Wat ook weer niet zoveel zegt, want wie weet had die vent toen nog geen baard. Misschien is het een gek met een doorgeslagen rechtvaardigheidsgevoel die geen enkele link heeft met Aslan? Zou kunnen, toch? Tegenwoordig is er niet veel voor nodig om een bedreiging aan je broek te krijgen.'

Niels keek peinzend voor zich uit en knikte wat.

'We kunnen er wel van uitgaan dat de naam "Johan Smeets" vals is. Met het telefoonnummer was trouwens nog iets raars aan de hand. Duinkerk had hem vanochtend vroeg nog wel weten te bereiken op dat nummer, maar na de bezichtiging was het dus afgesloten. Ik heb het nummer wel genoteerd voor je. Misschien kun je er nog wat mee?'

'Dat heb je goed gedaan. En ik zal die naam "Johan Smeets" toch even door het systeem halen. Misschien heeft hij eerder onder die naam vrouwen lastiggevallen.'

'Dat is lief van je, maar ik denk dat ik het niet langer uit kan stellen om officieel aangifte te doen. Wat vind jij? Ik heb een mok en een mes waar misschien DNA en vingerafdrukken van hem op te vinden zijn.'

'Waar is die mok?'

'Ik heb hem ongewassen in een zakje gedaan.'

'Gelukkig heb je hem niet in de vaatwasser gezet.'

'Niels, ik ben advocate. Ik weet wel iets over bewijslast en zo.'

'Luister, ik weet dat het over mijn eigen werkgever gaat, maar aangifte doen van stalking en bedreiging leidt meestal tot niets, zelfs als de bewijzen zo concreet zijn. De reorganisatie bij de politie, de bezuinigingen... er blijft tegenwoordig heel veel liggen. Ik denk dat het meer oplevert als ik discreet een vriendje inschakel bij de technische recherche om die mok en het mes te onderzoeken.'

'Denk je? Is het niet onverstandig om buiten de officiële procedures om te gaan? Mocht ik op een gegeven moment toch aangifte moeten doen, dan kunnen we die mok niet meer met goed fatsoen indienen als bewijsmateriaal.'

'Als het echt uit de klauwen loopt, dan pas ik de data wel aan. Dat is het voordeel van een vriendje bij de politie.'

'Maar dat is niet eerlijk.'

'Is jouw werk dat dan wel? Jij pleit mensen vrij die mogelijk schuldig zijn.'

'En mogelijk onschuldig. Als niet bewezen kan worden dat iemand schuldig is, zou iemand niet veroordeeld moeten worden. Maar dat heeft hier toch niets mee te maken? Ik vind het soms moeilijk genoeg als ik een dergelijk geval heb, dat vreet echt aan me. Dan wil ik toch zeker ook niet dat jij je integriteit op het spel zet voor mij?'

'Jij bent de enige voor wie ik dat zou doen.' Niels stak zijn hand uit en ze pakte hem vast. 'Ze moeten met hun poten van je afblijven, schatje, anders krijgen ze met mij te maken.'

Bij het horen van die woorden brak Chantal. Dikke tranen stroomden over haar gezicht. 'Het was afschuwelijk, Niels. Toen ik thuiskwam, stonk mijn hele huis naar die vreselijke aftershave waar alle vorige brieven naar roken.'

'Dus dat was wat ik door de etenslucht heen rook toen ik hier binnenkwam. Ik had het niet herkend als die aftershavelucht van die brieven.'

'Ik heb goed gelucht voor je kwam. Ik wilde niet dat je zou

denken dat ik een afspraak met een andere man had gehad.'

'Dat zou ik nooit van je denken. Wat wij samen hebben is bijzonder, Chantal. Daar komt niks en niemand tussen.'

'Hij heeft doodleuk koffie zitten drinken, mijn spullen bekeken. Het voelt als een soort van aanranding. Om nog maar te zwijgen over dat afschuwelijke mes.'

Niels bood haar zijn zakdoek aan en ze snoot haar neus.

'Vind je echt dat ik geen aangifte moet doen?' vroeg Chantal met zachte stem. 'Misschien is het toch beter om dit aan de politie over te laten?'

'Schatje, ik bén de politie.'

'Ja, dat weet ik, maar als jij achter de schermen dingen probeert op te lossen...'

'Je wéét gewoon dat dit weer publiciteit gaat opleveren, zit je daarop te wachten? De roddelbladen, RTL *Boulevard*, *De Telegraaf*. Door hem zoveel aandacht te geven, speel je hem alleen maar in de kaart en beperk je je eigen bewegingsvrijheid nog meer. Geloof me, dit soort types willen alleen meer aandacht en hoe meer je ze die geeft, hoe gretiger ze worden om je het leven zuur te maken.'

'Denk je?'

'Ik weet het zeker. Ik heb vaker met dit soort zaken te maken gehad. Door hiermee in de publiciteit te treden, laat je hem zien dat hij je heeft geraakt, dat hij je bang heeft gemaakt. Dit soort gasten kickt daarop. Er zit geen rem op. Ze gaan steeds verder en willen steeds meer. Negeren is de enige methode die werkt. Laat hem zien dat hij geen vat op je heeft, dat het je koud laat wat hij doet of schrijft.' Niels stond op en nam haar in zijn armen.

'Maar dat mes dan? Nu zat het in mijn kussen, maar de volgende keer...'

'Sstt,' suste Niels. 'Zo moet je niet denken. Wat vind je ervan als ik de komende weken bij je slaap? Ik denk dat dat voor ons beider nachtrust beter is.'

'Dat valt nog te bezien,' zei ze met een insinuerende ondertoon. Ze pakte zijn gezicht tussen haar handen en kuste hem in een poging het nare gevoel een beetje kwijt te raken. Niels opende zijn mond en ze liet haar tong langs zijn voortand met het ontbrekende hoekje gaan. Even vervaagde de realiteit naar de achtergrond toen ze zichzelf verloor in de kus. Toen haar lippen tintelden en brandden, trok Niels zich terug.

'Wat vind je van mijn voorstel?' vroeg hij zachtjes.

'Het is het proberen waard. Proefsamenwonen. Ik denk niet dat dat het resultaat is dat die engerd beoogde met zijn brief en bezoekje aan mijn huis. Alleen al daarom zou ik "ja" zeggen.'

'Alleen daarom?' Niels veinsde teleurstelling.

'Ook omdat je knap bent en lekker en leuk en grappig,' beantwoordde Chantal zijn vraag naar de bekende weg.

Niels' maag knorde hoorbaar.

'En omdat je liefde door de maag gaat.' Ze trok hem mee naar de tafel. 'Eerst je eetlust maar eens stillen voordat we die andere honger gaan bevredigen.'

'Voordat ik ook maar een hap kan eten, ga ik eerst dat mes even veiligstellen. Ik heb nog wel wat zakjes in mijn jas zitten.'

Chantal trok haar wenkbrauwen op.

'Ja, je weet maar nooit waar je ze voor nodig hebt, dat zie je maar weer.'

'Jij neemt net als ik je werk mee naar huis, zullen we maar zeggen.'

Even later stopte Niels het mes in een zakje en sloot dat af. Hij borg het diep weg in zijn sporttas. 'Zo, nou niet meer aan denken. Vanavond gaan we het niet meer over die gek hebben, oké? Die vent heeft je al veel te veel tijd en energie gekost.'

'Ik zal het proberen.'

Chantal liep naar de eettafel, maar Niels haalde haar in, pakte haar vast en kuste haar. 'Zeg, dat eten kan nog wel een keer opgewarmd worden, toch?' vroeg hij met schorre stem.

'Geen probleem,' zei ze zachtjes. 'Ik had toch al niet veel honger.' Ze begon haar blouse los te knopen en gooide die voor zijn voeten. Hij raapte haar op en liet zijn gezicht erin verdwijnen.

Onderweg naar de bank in de woonkamer liet Chantal haar rok vallen. Ze was er nog niet aan toe om naar de slaapkamer te gaan, ook al was het mes weg. Uit het goedkeurende gegrom vlak achter haar maakte ze op dat Niels haar volgde. Ze liet zich op haar buik op de bank vallen en stak haar onderbenen in de lucht. Ze wipte lichtjes op toen Niels gretig de panty van haar benen stroopte. Daarna voelde ze zijn sterke handen op haar billen en zijn gretige tong die haar huid likte toen hij haar tanga uitdeed.

'Wist je dat seks een heel goede manier is om spanning kwijt te raken?' Hij gaf een speelse tik op haar billen.

'Zit de voordeur op slot?!' riep Chantal ineens paniekerig. Ze duwde Niels van zich af en vloog overeind. 'Sorry, maar ik moet het even controleren.'

'Chan, hij komt echt niet binnen.' Hij klonk geërgerd.

'Ik voel me gewoon veiliger als ik het nog even check. Ik probeer echt om er niet aan te denken, maar het lukt gewoon niet.'

'Toe maar. Ik wacht wel.'

'Ik stop de reservesleutel wel even aan de binnenkant van de deur. Zo terug.' Ze liep naar de keuken, trok de bestekla open en keek in het vakje waar ze paperclips, elastiekjes en dergelijke bewaarde. 'Ik kan hem niet vinden.'

'Wat zeg je?'

Ze deed haar best niet meteen volledig in paniek te raken. Ze gooide al het bestek een voor een op het aanrecht tot de hele la leeg was. 'Hij heeft mijn reservesleutel meegenomen!' gilde ze. Doodsbang keek ze naar de deur alsof er elk moment iemand binnen kon komen. 'Wat moet ik nou?'

Niels kwam aanhollen en greep haar vast. 'Weet je het zeker?'

'Kijk dan, de sleutel ligt er niet tussen. Ik ben toch niet gek?'

Niels liet zijn handen door het bestek gaan en legde alles een voor een weer terug in de la. 'Weet je zeker dat je de sleutel niet ergens anders hebt neergelegd?'

'Honderd procent zeker. Hij heeft met zijn tengels in mijn bestekla gezeten, dat heb je toch gelezen in de brief?!'

'Ja, rustig maar.' Niels keek op zijn horloge. 'Ik bel wel even een vriendje die je sloten kan vervangen. Ik wil daar niet mee wachten tot morgenochtend, als je het goedvindt.'

Chantal knikte. 'Graag. Dat vriendje is toch wel te vertrouwen?'

Niels wierp haar een geërgerde blik toe.

'Sorry,' verontschuldigde ze zich. 'Dat heb ik niet gezegd. Ik ben een beetje overstuur.'

Niels nam haar in zijn armen en ze klampte zich aan hem vast. Zijn krachtige omhelzing maakte haar weer wat rustiger. Ze voelde zich veilig bij hem. Als hij in de buurt was, zou haar niets overkomen. 'Bel dat vriendje maar,' fluisterde ze. 'Hoe eerder die sloten zijn vervangen, hoe liever.'

Niels pleegde het telefoontje en daarna kleedden ze zich allebei zwijgend aan. Toen gingen ze hand in hand op de bank zitten. Het eten bleef onaangeroerd op tafel staan.

8

Het geluid van de deurbel deed Chantal ineenkrimpen. Het was ongetwijfeld de slotenmaker die Niels had gebeld, maar de gedachte dat het ook iemand anders kon zijn maakte haar onzeker. Niels had het in de gaten. 'Ik doe wel open.'

Ze knikte dankbaar terwijl ze nerveus op haar nagels beet. Niels haalde voorzichtig haar vinger uit haar mond en gaf een kus op de rafelige nagel. 'Zonde joh. Nergens voor nodig. Je bent veilig.'

Chantal kreeg een brok in haar keel. Het was lang geleden dat ze zich zo hulpeloos en kwetsbaar had gevoeld. Ze was er eigenlijk behoorlijk van geschrokken dat de brief en het bezoek aan haar huis haar zo hadden aangegrepen. In haar werk kwam ze in aanraking met mannen die veel ergere dingen op hun geweten hadden. Dat had haar nog nooit doen wankelen. Maar nu ze zelf bedreigd werd, was ze toch een stuk minder stoer dan ze altijd had gedacht.

De centrale toegangsdeur ging open en sloeg weer dicht, gevolgd door stampende voetstappen op de trap. Ze spitste haar oren. De stem van Niels en toen een bulderende lach. Dat ergerde haar. Er viel even helemaal niets te lachen. Ze stond op van de bank en liep naar de hal om zichzelf aan de slotenmaker voor te stellen.

'Hé schat, dit is Ronnie.'

De man deed een stap naar haar toe, haalde zijn zwarte muts van zijn hoofd en stak haar zijn grote hand toe. Ze verstijfde toen zijn vage aftershavegeur haar neus binnendrong. Weer die verrekte geur, gebruikte iedereen die dan? Ze nam de man goed in zich op. Geen hipsterbaardje, grove bouw, grote werkhanden, kale kop. Geen enkel raakvlak met de man die makelaar Duinkerk had beschreven. Chantal probeerde het nare gevoel dat de aftershave bij haar opriep van zich af te schudden. *Deze man komt je helpen. Hij heeft niets met die mafkees te maken. Je mag blij zijn dat hij op zijn vrije avond komt opdraven.*

'Fijn dat u kon komen,' hakkelde ze. 'Kan ik misschien koffie voor u zetten?'

'Zeg maar je, hoor. Geen koffie. Ik ga eerst aan het werk en dan lust ik daarna wel een biertje.'

'Prima, wat u wilt.'

Ronnie pakte zijn gereedschap en ging aan de slag. Chantal schonk zichzelf nog een wijntje in en ging weer op de bank zitten. Niels hield Ronnie gezelschap. Een paar flinke slokken wijn en het geruststellende gebrom van de mannenstemmen deden haar weer een beetje ontspannen. Ze liet zich achteroverzakken en sloot haar ogen. Nu de adrenaline langzaam haar lichaam verliet, merkte ze pas hoe moe ze eigenlijk was. Ze zou wat overhebben voor een goede nachtrust.

'Deze man heeft wel een koud biertje verdiend, Chantal.'

Ze schrok wakker van Niels' harde stem. 'Ik kom eraan.' Vlug streek ze door haar haren en trok ze haar rok recht. Op kousenvoeten liep ze naar de koelkast, haalde er twee biertjes uit, opende ze en overhandigde ze aan de mannen. Ronnie nam een grote slok en likte het schuim van zijn lippen. Hij overhandigde haar twee setjes met drie sleutels.

'Kwaliteit hoor, dit. Knappe meneer die deze sloten open krijgt. Ik heb er nog twee extra pinsloten bij gezet. De voordeur voldoet nu in elk geval aan de eisen van het keurmerk Veilig Wonen.'

'Heel erg bedankt. Stuurt u de rekening naar dit adres?'

'Dat regel ik wel met Niels.'

'Ik wil niet dat Niels opdraait voor mijn kosten.'

'Kost hem niets, althans geen geld. Ik doe iets voor Niels en

Niels doet weer eens wat voor mij. Zo werkt dat.' Met een verlekkerd gezicht keek hij naar de eettafel. 'Dat ziet er goed uit...'

Even viel er een stilte en toen drong tot Chantal door wat hij bedoelde.

'Ik kan wel even wat voor u opwarmen,' zei ze. Het klonk niet erg hartelijk. Eigenlijk wilde ze hem zo snel mogelijk weer de deur uit hebben; ze was bekaf en wilde dat deze dag zo snel mogelijk tot een einde kwam. Zijn aftershave hielp ook niet.

'Als het niet te veel moeite is...' Ronnie nam nog een slok van zijn bier. Niels wierp haar een vragende blik toe.

'Nee, nee, natuurlijk niet. Ik ben allang blij dat u hier op uw vrije avond de helpende hand wilde bieden.' Ze legde de sleutelsets op tafel en nam de schaal met ratatouille mee naar de keuken. Niels liep achter haar aan met de rollade.

'Een beetje enthousiaster had wel gemogen,' fluisterde hij in haar oor.

'Sorry hoor, ik ben gewoon moe.' Ze goot de ratatouille over in de hapjespan en stak het gas aan.

'Zal ik een paar plakjes rollade aanbakken in een pan?' vroeg Niels behulpzaam. 'Ik lust zelf ook nog wel wat. Jij?'

'Misschien wel verstandig. Ik ben al met mijn derde glas bezig op een bijna lege maag.'

Niels pakte een grote koekenpan en bakte de rollade op een laag vuurtje nog iets aan. Daarna ging hij net als een paar uur geleden achter haar staan, met zijn hoofd leunend op haar schouder. 'Gaat het wel goed met je?'

Ze zuchtte. 'Het moet gewoon allemaal even bezinken. Vandaag was niet bepaald de beste dag uit mijn leven.'

'Misschien moet je er eens over nadenken om het even wat rustiger aan te doen?'

'Dat zei Anique ook al. Ze heeft me vandaag naar huis gestuurd met het advies om wat tijd voor mezelf te nemen en vooral uit de publiciteit te blijven na dat debacle van vanochtend.'

'Anique is een wijze vrouw. Ik maak me zorgen om je. Je eet

en slaapt slecht, je drinkt te veel koffie en bent continu gespannen. Dat is niet gezond, Chantal.'

'Denk je aan je vlees?' wees ze hem op de pan met rollade.

'Je praat eroverheen.'

'Ja, ik ga zo'n serieus gesprek toch niet voeren als er een vreemde in mijn huis is?'

'Die "vreemde" heeft je anders wel à la minute uit de brand geholpen.'

'Ja, dat weet ik wel, maar...'

Ze zweeg en leek niet van plan er nog op door te gaan. Niels keek haar vragend aan en na een minuut kon hij zich niet meer inhouden. 'Maar wat?'

'Nou, het is niet dat ik het niet enorm waardeer, want dat doe ik echt, maar ik wil gewoon rust aan mijn kop. Hij draagt dezelfde aftershave als die gek en dat roept nare associaties op.'

'Serieus? Dat had ik nog helemaal niet opgemerkt.'

'Wat ben je nou voor politieman?' Ze gaf hem een speelse klap.

'Mijn dag was ook lang en vermoeiend, laten we het daar maar op houden.'

'Shit, de aardappeltjes, die moet ik ook nog opbakken.'

'Ik pak ze wel even, maar alleen als je in elk geval doet alsof je blij bent met Ronnie.'

'Jahaa.' Chantal zette de pit waar de ratatouille op stond laag en pakte nog een biertje uit de koelkast. 'Omdat ik blij ben met Ronnie,' zei ze grinnikend.

Niels zette de schaal met aardappeltjes op het aanrecht en pakte het biertje van haar aan. Hij pakte er ook nog eentje voor zichzelf uit de koelkast. 'Het vlees is klaar, dus ik ga hem even gezelschap houden,' zei hij lachend. Daarna werd zijn gezicht weer ernstig. 'Ik denk echt dat Anique gelijk heeft en dat je een tijdje uit de publiciteit moet blijven. Naast dat je rust nodig hebt, haalt het ook de angel uit het stalken. Daar ben ik van overtuigd.'

'Ik begrijp niet waarom de publiciteit mijden invloed zou

hebben op mijn stalker. Als hij me niet meer op tv en in de bladen ziet, kan hij me toch hier opzoeken? Hij weet waar ik woon. Voor hetzelfde geld staat hij nu in de straat te posten.'

'Personen die op tv zijn, hebben over het algemeen een grotere aantrekkingskracht op mensen. Als je je terugtrekt uit de media en weer een "gewoon" iemand wordt, dan ben je meteen minder interessant. Die brieven zijn begonnen sinds je af en toe te zien bent in *Wake Up Call*, waar of niet?'

'Ja, daar heb je gelijk in. Maar ik ben er niet zo zeker van dat mijn stalker zich alleen aangetrokken voelt tot mijn zogenaamde roem. Er is absoluut meer aan de hand, dat bleek wel uit zijn laatste brief.'

'Wat dan?'

'Dat weet ik niet, ik kan mijn vinger er ook niet op leggen. Laten we het er straks maar over hebben, als we alleen zijn. En ga nu maar bij Ronnie zitten, jullie bier wordt lauw, dan bak ik de aardappels nog even op.'

Chantal sloot de deur van de keuken achter Niels. Ze wilde even een minuutje voor zichzelf hebben voordat ze beide heren zo weer onder ogen moest komen. De aardappeltjes sisten in de pan terwijl ze de woorden van Niels de revue liet passeren. Terugtreden uit de media was niet zomaar iets. Dit was wat ze altijd had gewild, een succesvolle advocaat zijn. Het bewijs dat ze dat was, had ze gekregen toen ze gevraagd was voor die ochtendshow. Losers werden niet gevraagd voor televisie. En sinds haar deelname aan het programma was de vraag naar haar alleen maar toegenomen en had ze het alleen maar drukker gekregen. Roem vergrootte inderdaad de aantrekkingskracht die je op andere mensen had. Maar roem was ook vluchtig en afhankelijk van de waan van de dag. Als ze haar podium in de media kwijtraakte, was ze voor haar gevoel weer grotendeels terug bij af. Wilde ze dat risico nemen? Kansen moest je pakken als ze voorbijkwamen, want als jij misgreep, pakte een ander ze. Bovendien vond ze het veel te leuk om in de belangstelling te staan. Het streelde haar ego, maar ook dat van haar vader, die bijna in de tv kroop als ze in beeld was en alle artikelen over haar in een plakboek verzamelde. Gek toch eigenlijk, dat haar vader gelukkig maken nog steeds bijna een doel op zich was. Dat ze eerder die middag nog had nagedacht over wat haarzelf gelukkig zou maken, zelfs voorzichtig een sabbatical had overwogen, was alweer op de achtergrond geraakt. Ze moest er nog maar eens goed over nadenken wat ze nou eigenlijk wilde. Om Niels en Anique tegemoet te komen, zou ze twee weken vakantie boeken naar de sneeuw. Met Niels, welteverstaan. Daarna zou ze wel weer verder zien. Een korte break zou op alle fronten rust brengen, zonder dat ze iemand teleurstelde.

'Chantal, bakt er iets aan? Ik ruik een brandlucht.' Ze schrok van Niels' stem. Shit, de aardappels waren te lang aan haar aandacht ontsnapt en begonnen inderdaad zwart te worden. Snel zette ze het gas uit en schudde de aardappels terug in de schaal. Met een rood hoofd van schaamte zette ze de schaal op tafel. 'Dat ging even niet helemaal goed.'

'Klodder mayo erop en je ziet er niks meer van,' probeerde Ronnie haar leed te verzachten.

Ze lachte schaapachtig. 'Ik zal de mayonaise halen.'

'Ik loop wel even mee om het vlees en de groente te pakken.' Niels volgde haar naar de keuken en ze gaf hem de schalen aan. Toen ze allemaal met een gevuld bord aan tafel zaten, hief Chantal haar halfvolle glas wijn en tikte hem tegen de bierflesjes van Niels en Ronnie aan. 'Op een rare dag dan maar.'

9

Het drukke stadsverkeer had Chantal meer opgehouden dan haar lief was en met rode blossen op haar wangen parkeerde ze haar auto in de buurt van haar huis. Ze kwam net terug van kantoor, waar ze een dossier had opgehaald dat ze vanmiddag nodig had. Over een paar uur moest ze in de rechtbank zijn om een zaak af te handelen die ze Anique niet ook nog eens in haar maag had willen splitsen. Haar collega kwam al om in het werk. 'Een break nemen' was makkelijk gezegd, maar in de praktijk had het nogal wat implicaties. Ze vroeg zich af of Anique zich dat wel voldoende had gerealiseerd. Chantal had er dan ook voor gekozen om niet meteen alles uit haar handen te laten vallen en haar werk rustig af te bouwen. Dat leek haar wel zo collegiaal naar Anique toe.

Hoewel ze de afgelopen week niet al te best had geslapen, voelde ze zich toch redelijk goed. Het was nu een week geleden dat de stalker bij haar in huis was geweest. Sinds Ronnie haar appartement had voorzien van nieuwe sloten voelde ze zich binnen weer veilig, hoewel ze nog steeds niet in bed kon kruipen zonder aan het mes te denken. Ze had zichzelf voorgenomen om te stoppen met argwanend om zich heen kijken als ze op straat liep. Dat lukte de ene keer beter dan de andere. Er was simpelweg geen beginnen aan om de talloze hipsters die in haar buurt waren te scannen om in te schatten of ze deugden. Bovendien wilde ze zo niet leven.

Ze had een nieuwe makelaar ingeschakeld en die had gisteren probleemloos twee bezichtigingen begeleid. Ze had hem duidelijk gemaakt dat ze het moeilijk vond als er vreemden door haar huis liepen en hem op het hart gedrukt kijkers niet onbeheerd in een vertrek te laten of meerdere kijkers tegelijk toe te laten. Hij had haar verzekerd dat ze zich geen zorgen hoefde te maken. Dat moest ze dan maar aannemen.

Het gedoe met de stalker had, voor zover je daarvan kon spreken, ook iets positiefs gebracht. Haar relatie met Niels was een stuk intenser geworden. Sinds de bewuste dag was hij 'tijdelijk' bij haar ingetrokken en dat beviel hun beiden heel erg goed. Behalve dat Niels Chantals gevoel van veiligheid vergrootte, genoot ze ook meer van zijn permanente aanwezigheid dan ze had gedacht. Het was haar nog geen ogenblik aangevlogen dat er maar weinig momenten waren waarop ze echt alleen was. Dat had haar een week geleden nog ondenkbaar geleken. Maar sinds ze haar stoere façade had afgeworpen en echt zichzelf was bij Niels, was haar behoefte aan vrijheid en momenten voor zichzelf nauwelijks nog aanwezig. Het kostte haar geen extra energie om Niels om zich heen te hebben. Het samenzijn ging als vanzelf en eigenlijk voelde het alsof het altijd zo was geweest.

Ze had haar plan om er samen twee weken tussenuit te gaan gisteren gedeeld met Niels en hij had enthousiast gereageerd. Net als zij hield hij van skiën. Hij vertelde haar dat hij in de *Kampioen* een keer een stuk had gelezen over Zwitserland waarin ook de Glacier Express werd aangehaald. Toen ze hem vroeg wat dat was, antwoordde hij dat het de langzaamste sneltrein van de wereld was, die in acht uur heen en weer pendelde tussen St. Moritz en het autovrije skioord Zermatt aan de voet van de Matterhorn. 'Het is een panoramatrein en het uitzicht schijnt fantastisch te zijn,' vertelde hij enthousiast. 'De reis gaat over 291 bruggen en door 91 tunnels. Sinds ik dat artikel heb gelezen, heb ik al in mijn kop dat ik dat ooit een keer wil doen.'

'Oké, laten we de daad bij het woord voegen. We gáán het gewoon doen. Ik ben nog nooit in die omgeving gaan skiën, ik ga eigenlijk altijd naar de Franse Alpen.'

De rest van de avond hadden ze besteed aan het uitstippelen van de reis. Vliegen naar Zürich en van daar met een taxi naar St. Moritz om de Glacier Express naar Zermatt te pakken. Dat het plaatsje Zermatt autoluw was sprak Chantal wel aan. Vervoerd worden met paard-en-wagen of elektrische voertuigen had een bepaalde charme. De accommodatie die hen na lang zoeken het meeste aansprak, was Hotel Mirabeau. Het hotel had uitzicht op de Matterhorn, lag drie minuten lopen van het centrum en slechts tweehonderd meter van het station. De keuken stond uitstekend aangeschreven en er waren volop wellnessfaciliteiten aanwezig.

Niels had wat gesputterd toen hij de prijs voor twee weken onder ogen kreeg – hij kon zich met zijn politiesalaris niet zoveel luxe veroorloven. Uiteindelijk had ze hem bijna zover gekregen dat hij zijn trots opzijzette en zij de vakantie mocht betalen. Áls ze er dan twee weken tussenuit gingen, dan wilde ze ook dat het hun aan niets zou ontbreken. Ze had Niels moeten beloven er nog een nachtje over te slapen, want hij wilde niet dat ze er achteraf spijt van zou krijgen dat zij de kosten voor haar rekening nam en hem een klaploper zou vinden. Dat had ze dus braaf gedaan; haar standpunt was uiteraard niet veranderd.

Met het dossier onder haar arm sloot Chantal haar auto af. Als ze een halfuur uittrok voor het boeken van de vakantie en het eten van een snelle boterham, dan had ze nog voldoende tijd om zich voor te bereiden op de rechtbank. In hoog tempo liep ze naar de centrale deur die via een trap toegang gaf tot haar appartement. Bij binnenkomst viel haar oog meteen op haar postvak. Leeg! Fluitend maakte ze de drie sloten op haar voordeur open. Ze liep linea recta naar haar laptop en zette hem vast aan. Terwijl haar computer opstartte, kon ze mooi een boterham voor zichzelf smeren. Ze liep langs de gevulde fruitschaal en pakte er twee sinaasappels uit. Ze at veel gezonder sinds Niels bij haar was ingetrokken en kwam voor het eerst in eeuwen aan haar twee stuks fruit per dag toe.

Even later liep ze met een kop Senseo-koffie in haar hand en twee boterhammen met kaas weer terug naar haar computer en startte Safari op. De website van Hotel Mirabeau zat in haar bladwijzers en ze klikte erop. Ze koos voor een junior suite met uitzicht op de Matterhorn. Dromerig bekeek ze de foto's van het verblijf waar ze over een week met Niels zou zijn. Van de foto met het keurig opgemaakte bed kreeg ze ter plekke slaap. Ze kon de zachtheid van de matras bijna voelen als ze haar ogen sloot. Vlug boekte ze een vlucht en regelde ze vervoer van de luchthaven naar St. Moritz. Toen ze een bevestiging van alle boekingen had ontvangen en haar creditcardgegevens op de betreffende sites had achtergelaten, sloot ze haar computer af. Alle papieren printen deed ze vanavond wel.

Ze propte de laatste hap brood in haar mond en bedacht dat ze vergeten was melk in haar koffie te doen. Ze liep naar de keuken en trok gedachteloos de koelkast open om koffiemelk te pakken. Haar hand ging automatisch naar de plek in de deur waar de fles normaal altijd stond, maar daar was nu een lege plek. Heel even was ze verbaasd en toen bedacht ze dat Niels hem die ochtend met zijn slaapdronken hoofd waarschijnlijk verkeerd had teruggezet. Ze bukte zich en keek, op zoek naar de melk, de koelkast in toen...

'Gatver!'

Ze krijste het uit en sloeg de deur met een klap dicht. *Dat heb ik niet gezien. Dat was niet wat ik denk dat het is.* De keuken begon om haar heen te draaien en ze moest zich vasthouden aan het aanrecht om niet te vallen. *Nee, nee, nee, dat kon toch niet waar zijn?* Langzaam trok het duizelige gevoel in haar hoofd weg. Ze haalde een paar keer trillend adem en wist toen de moed te verzamelen om de koelkast weer open te trekken. Ze moest zeker weten of haar ogen haar niet bedrogen hadden.

Met een ruk trok ze de deur open en staarde naar het bloederige ding dat in het midden van haar koelkast lag, naast de koffiemelk. Ja, geen twijfel mogelijk. Ze herkende het van vroeger: een runderhart. Haar oma trok er altijd bouillon van, dus ze had die dingen in haar jeugd vaak genoeg gezien. Maar de vraag was natuurlijk: wat deed dat ding in haar koelkast?! Had Niels spannende dinerplannen voor vanavond en gauw nog een boodschap gedaan voordat hij naar zijn werk ging? Dan moest ze hem maar even uit de droom helpen. No way dat ze iets ging eten wat bereid was met dat gore ding! Ze pakte het bord met twee handen uit de koelkast. Het hart verschoof wat op het bord en ze liet het bijna vallen. Een straaltje bloed kwam op haar hand terecht en walgend zette ze het bord op het aanrecht. Ze waste haar handen tot ze rood zagen van het boenen.

Als je nog eens wat weet... Gatverdamme! appte ze naar Niels. Vrijwel meteen kreeg ze een reactie terug met drie vraagtekens.

Waarom heb je een runderhart in mijn koelkast gelegd?

Ik weet niet hoe dat ding in je koelkast komt, maar ik heb het er niet in gelegd.

Nou, ik ook niet.

???

Inderdaad: ???

Is die makelaar in je huis geweest?

Niet dat ik weet.

Rook je huis naar aftershave?

Nee.

Ben je vanochtend nog weg geweest?

Uurtje op kantoor.

Dan zou het in die tijd gebeurd moeten zijn. Vanochtend lag het er toch niet?

Nee. Fuck!

Ja.

Ik snap het niet. Alle sloten zijn vervangen. Alleen jij en de makelaar hebben een sleutel.

Bel je makelaar, misschien weet hij iets.

Ja, zal ik doen. Moet nu rennen anders te laat bij rechtbank. Bel wel in de auto.

Laat me weten wat hij heeft gezegd. xxx

xxx

Chantal legde haar telefoon op het aanrecht en pakte een grote vuilniszak. Ze kieperde het hart er met bord en al in en legde een dubbele knoop in de zak. Dat ding ging nu linea recta naar de ondergrondse container verderop in de straat. Ze pakte haar jas, haar telefoon en de vuilniszak en sloot haar voordeur zorgvuldig af. Gehaast nam ze de trap naar beneden. Voordat ze naar buiten stapte, zag ze nog net de kaart die op de deurmat lag. Het was een foto van een koe. Ze pakte de kaart op en keek naar de adressering zodat ze hem in het goede postvak kon stoppen. Haar adem stokte. De kaart was niet bestemd voor een van haar bovenburen, maar voor haarzelf. Er stond slechts één enkele zin op: *De volgende keer is het jouw hart.*

Haar handen begonnen te trillen en de kaart glipte uit haar vingers. Hij dwarrelde naar de grond, waar hij schuin op haar voet terechtkwam. Ze had het niet in de gaten. Als in trance stapte ze naar buiten en deed de deur achter zich dicht. Ze kon er niet meer omheen. Hij was weer in haar huis geweest.

Maar dat is onmogelijk! Ronnie heeft de beste sloten op mijn deur gezet. Ze had geen braaksporen gezien, iets waar ze sinds kort zeer goed op lette, en alleen zijzelf, Niels en de makelaar hadden een sleutel. Ze moest hem bellen, nu meteen. Ze moest weten of hij zonder haar medeweten in haar huis was geweest.

Met handen die nog steeds trilden pakte ze haar telefoon en zocht zijn naam op in het menu. Hij nam vrijwel meteen op.

'Hadden wij vandaag een belafspraak, mevrouw Donkers?' Hij had duidelijk niet gerekend op haar telefoontje.

'Nee, maar er is iets belangrijks dat ik met u moet bespreken.'

'Kan dat ook later? Ik verwacht een belangrijk telefoontje. Ik zit midden in een onderhandeling.'

'Ik zal het kort houden. Bent u vandaag in mijn huis geweest?'

'Nee, hoe komt u daarbij?'

'U hebt mijn sleutel niet aan iemand anders meegegeven?'

'Wat een rare vraag, waarom zou ik dat doen?'

'Kunt u voor de zekerheid nog even checken of mijn sleutel bij u op kantoor is?'

'Mevrouw Donkers...'

'U zou me er een extreem groot plezier mee doen.'

De makelaar zuchtte. 'Blijft u aan de lijn, ik loop naar de sleutelkast.' Er klonk wat gekraak en geruis op de lijn. Ze hoorde een deurtje opengaan en toen de stem van de makelaar weer: 'De sleutel hangt keurig op zijn plek, ik kijk er op dit moment naar. Kunt u me vertellen waar dit over gaat?'

'Stuurt u me alstublieft een foto van mijn sleutelset in uw sleutelkast.'

'Mevrouw Donkers, u kunt me op mijn woord geloven.'

'App of sms me die foto, anders bent u niet langer mijn makelaar.'

Abrupt hing ze op. In afwachting van de foto ging ze op de onderste trede van de trap zitten. Ze probeerde niet te kijken naar de vuilniszak op de deurmat en vooral niet te denken aan wat erin zat. Haar telefoon piepte. Ze klikte op de foto die binnenkwam en herkende haar sleutelset meteen. Die hing inderdaad keurig in de kast. Als de makelaar niet met een kijker binnen was geweest, hoe had de stalker dan haar appartement binnen weten te dringen? Was het mogelijk dat er sleutels van haar huis in omloop waren zonder dat zij dat wist? Maar die konden alleen maar via Ronnie zijn verspreid. Die conclusie riep meteen een volgende vraag op: was die Ronnie wel zo betrouwbaar als Niels dacht? Ze was blind op Niels' oordeel afgegaan en had haar gevoel dat Ronnie een beetje een vreemde snoeshaan was, genegeerd. Ze zou Niels vanavond nog eens vragen waar hij hem nou precies van kende. Het zinnetje 'Ik doe iets voor hem en hij doet weer wat voor mij' spookte ook nog door haar hoofd. Was dat 'iets' legaal of schuurde het tegen de grenzen van de wet aan? Voor hetzelfde geld was die Ronnie een crimineel die een keer door Niels was gematst. Er zat niets anders op dan de sloten wéér te laten vervangen. En deze keer zou ze zelf een slotenmaker regelen en geen tussenkomst van Niels en zijn 'contacten' dulden.

Ze toetste 'slotenmaker' in op Google en er verscheen een keur aan bedrijfjes in Amsterdam. Het gros garandeerde binnen dertig minuten ter plekke te zijn. Ze keek op haar horloge. Dat zou nog moeten lukken voordat ze naar de rechtbank moest. Van het doornemen van het dossier zou waarschijnlijk weinig terechtkomen, maar ze zat aardig goed in de materie en ze moest dus maar vertrouwen op de kennis die ze al had. Het slot van de centrale toegangsdeur zou ze ook laten vervangen. Tijd om met de Vereniging van Eigenaren te overleggen en toestemming te vragen had ze niet, het moest vandaag geregeld worden. Ze zou wel een briefje op de buitendeur hangen dat de bewoners van de andere appartementen bij haar konden aanbellen en een nieuwe sleutel konden afhalen. Ze belde de slotenmaker met de meeste positieve reviews. De man die ze aan de lijn kreeg verzekerde haar inderdaad er binnen een halfuur te zijn. In de tussentijd kon ze mooi die vuilniszak wegwerken.

Het schichtige gevoel dat ze een paar dagen kwijt was geweest, was weer helemaal terug. Ze kwam ogen tekort bij het om zich heen kijken. Alle mannen met hipsterbaarden waren nu weer potentiële daders. Ze had duidelijk te vroeg gejuicht toen ze een week niets van de stalker had vernomen, en ineens realiseerde ze zich dat de kaart door de stalker zelf door de brievenbus moest zijn gegooid toen ze boven achter haar computer een vakantie zat te boeken. Er zat geen postzegel op en toen ze thuiskwam had er nog geen kaart op de mat gelegen. Haar stalker was heel dichtbij geweest. Misschien was hij nog wel in de buurt, dat kon niet anders. Maar waar?

Chantal begon zich steeds ongemakkelijker te voelen op straat. Ze was vogelvrij. Ze had zich veilig gewaand achter de keurmerksloten van Ronnie, maar was bedrogen uitgekomen. Er waren weliswaar geen braaksporen, maar ze wist honderd procent zeker dat de man weer in haar huis was geweest. Ze moest Niels vragen of zijn collega al naar het mes en de koffiemok had kunnen kijken. Bruikbare DNA-sporen zouden kunnen leiden naar zijn identiteit, zouden een einde kunnen maken aan deze zenuwslopende affaire.

De laatste meters naar de vuilnisbak wilde ze zo snel mogelijk overbruggen, maar toen viel haar oog op een man met een baard aan de overkant van de straat. Hij staarde haar met samengeknepen ogen aan. Haar voeten kwamen niet meer van de grond. Er ging een schok door haar buik en met open mond gaapte ze terug. Hun blikken bleven verstrengeld totdat de man wegkeek naar beneden. Bevrijd van zijn blik was ze plots weer in staat om te bewegen. Ze rende de straat over, tussen het verkeer door slalommend, recht op de man af. Hijgend stond ze voor hem.

'Ben jij het?' vroeg ze hem.

'Je ware liefde?' antwoordde hij met een lach in zijn stem. 'Of hebben we samen op de kleuterschool gezeten en kan ik me dat niet meer herinneren?'

Chantal staarde hem aan en hij schrok duidelijk van de blik in haar ogen.

Hij stak zijn gehandschoende hand naar haar uit. 'Martijn.'

Ze keek argwanend naar zijn hand en pakte hem niet aan. 'Ben jij het?' herhaalde ze nog eens.

'Jeetje, dit is echt de slechtste versiertruc die ik ooit heb gehoord. Nog slechter dan "Heb je een vuurtje".'

'Ben jij in mijn huis geweest?'

De man keek haar aan alsof ze gek was geworden. 'Ik weet niet eens waar je woont.'

'Je hield me in de gaten, ik zag het, waarom?'

'Ik heb echt geen flauw idee waarover je het hebt.'

'Je keek me met samengeknepen ogen aan toen ik daar liep.' Zonder hem uit het oog te verliezen wees ze met haar arm naar de overkant. 'Ik zag het.'

'Met samengeknepen ogen nog wel? Als je zonder zonnebril tegen de zon in kijkt, krijg je dat...'

'Ik zag het echt. Je hield me in de gaten.'

‘Niet om je te beledigen hoor, maar eerlijk gezegd was je me nog niet opgevallen totdat je voor me ging staan raaskallen. Bovendien ben je mijn type niet, ik val op donker. Dus waar slaat dit op?’

Chantal begon zich steeds ongemakkelijker te voelen. Ze had een wildvreemde aangesproken in de overtuiging dat hij haar stalker was. De eerste tekenen van paranoia waren een feit. ‘Eh, sorry,’ stamelde ze.

‘Je gedraagt je een beetje vreemd.’

‘Ik moet gaan. Nogmaals sorry.’

‘Je gaat me niet uitleggen waar dit allemaal op sloeg?’

‘Vergeet maar dat je me ooit hebt gezien.’ Ze liep bij hem vandaan.

‘Vertel me dan in elk geval hoe je heet!’ brulde hij haar na.

‘Chantal.’ Ze zette het op een lopen richting de vuilnisbak en dankte God dat Martijn haar niet had herkend als de tv-personality die ze inmiddels was.

10

Chantal zat in haar joggingpak op de bank met een glas wijn. Haar in dikke sokken gestoken voeten lagen op de salontafel. Ze nipte kleine slokjes uit haar glas en probeerde de dag langzaam van zich af te laten glijden. De rechter had haar flink berispt toen ze uiteindelijk toch nog te laat in de rechtbank was verschenen. Het vervangen van de sloten had meer tijd in beslag genomen dan ze had gehoopt. Pas toen ze de rechter even apart had genomen om een kletsverhaal op te hangen over een ex die met zijn oude sleutel haar appartement was binnengedrongen, was hij wat gekalmeerd.

Ze baalde ervan dat ze zich vandaag in de rechtszaal niet van haar beste kant had laten zien. Haar reputatie op dat vlak was tot nu toe onberispelijk geweest. Ze had gestotterd en was een paar keer zelfs echt de draad kwijt geweest omdat ze met haar hoofd bij de griezel zat die voor de tweede keer haar privédomein was binnengedrongen. Misschien had hij op haar bank gezeten, zijn handen door haar spullen laten gaan, op haar bed gelegen. In haar hoofd had ze de wildste fantasieën van alles wat er gebeurd zou kunnen zijn toen hij in haar huis was om het hart in haar koelkast te leggen. Ze hoopte maar dat het opnieuw vervangen van haar sloten afdoende was om de man in de toekomst tegen te houden.

De mensen die in de appartementen boven haar woonden had ze laten weten dat het slot van de centrale toegangsdeur vervangen was en ze hadden allemaal hun nieuwe sleutel al opgehaald aan het begin van de avond. Ze had de nodige boze reacties gehad, maar daar trok ze zich niks van aan. Haar veiligheid was belangrijker. De makelaar zou nog even geen nieuwe sleutel van haar huis krijgen. Morgen zou ze hem bellen en zeggen dat ze de bezichtigingen tot nader order on hold wilde zetten. Ongeduldig keek ze naar de klok. Ze zou blij zijn als Niels thuis was. Terwijl ze aan hem dacht, ging de deurbel. Ze vloog overeind, zoals ze de hele avond al had gedaan als de bel ging. Elke keer was ze bang dat de man die haar bedreigde weer een stapje verder zou gaan en rechtstreeks bij haar zou aanbellen. Met knikkende knieën liep ze naar het schermpje van de intercom. Ze liet haar adem in een lange zucht ontsnappen toen ze zag dat het Niels was. Hij keek niet al te vrolijk. Ze drukte op de knop die de deur beneden automatisch moest openen. Ze hoorde een zoem en een klikgeluid ten teken dat hij openging. Ze nam boven aan de trap plaats om Niels op te vangen en liet de deur van haar appartement openstaan.

'Dat slot is niet goed, ik kan er niet in,' begroette Niels haar korzelig.

'Dag schat, ook goedenavond.' Ze gaf hem een kus op zijn mond en trok hem mee naar binnen. 'Heb je de deur beneden goed achter je dichtgetrokken?'

'Ja, natuurlijk. Had jij ook problemen met die deur vandaag?'

'Ik heb het slot beneden laten vervangen en die van mijn eigen toegangsdeur ook weer. Hij is weer binnen geweest, Niels. Kijk maar.' Ze liep naar de tafel, pakte de kaart met de koe en gaf deze aan hem. Met een zorgelijk gezicht las hij de oneliner die de stalker achterop had geschreven.

'Hij is met een sleutel binnengekomen,' zei ze paniekerig, 'en niet via de makelaar.'

'Maar hoe dan? Ronnie heeft de sloten toch vervangen?'

'Precies, dus hoe betrouwbaar is Ronnie?'

'Wat wil je daarmee insinueren?'

'Zou het misschien zo kunnen zijn dat Ronnie zelf een sleutel van de sloten heeft achtergehouden en dat hij mijn stalker op de een of andere manier kent?'

'Je vermoedt dat Ronnie hem je sleutels heeft gegeven?'

'Inderdaad, ja. Ik kan geen andere mogelijkheid verzinnen, aangezien de makelaar niet binnen is geweest. De sleutels van mijn huis hingen keurig achter slot en grendel in zijn sleutelkast.' Ze liet Niels de foto zien. 'Buiten ikzelf en jij heeft niemand verder een sleutel van me.'

'Geen buren, vrienden, vriendinnen?'

'Nee. Wat ik ook verzin, ik kom elke keer bij jouw vriend Ronnie uit.'

'Nou, vriend... Hij is niet echt een vriend,' bromde Niels.

'O? Laatst zei je nog van wel.'

'Hij doet weleens wat ad-hocklusjes.'

'Waar ken je hem van? Want dat heb je me nog steeds niet verteld.'

'Hij is een voormalig inbreker die het rechte pad op is gegaan. Ik heb hem samen met een collega een keer gematst en sindsdien laten we hem weleens een klusje doen. Hij is een slotenmakerij begonnen.'

'Jij laat dus een voormalig inbreker mijn sloten vervangen zonder mij daarvan op de hoogte te stellen?' Chantal keek hem verontwaardigd aan.

'Je had snel iemand nodig,' verweerde Niels zich. 'Als ik had gezegd dat Ronnie van de nood een deugd heeft gemaakt, dan had je er nooit mee ingestemd om je sloten door hem te laten vervangen.'

'Om de dooie dood niet. Hoe haal je het in je hoofd? Ik had liever een paar uur langer gewacht op een betrouwbare slotenmaker.'

'Ronnie ís betrouwbaar, anders had ik hem nooit gebeld!' zei Niels verontwaardigd.

'Hoe zeker weet je dat, van dat rechte pad? Mijn ervaring met criminelen is dat ze hun streken nooit helemaal verleren. Ze kunnen de spanning niet missen.'

'Ronnie deugt, oké.'

'Hoe komen mijn sleutels dan bij een wildvreemde terecht?'

'Weet ik veel. En bovendien, nu ik erover nadenk, Ronnie

heeft de sleutel van de centrale deur beneden niet vervangen en van die deur had je ook geen extra reservesleutel in huis liggen. De stalker heeft alleen de reservesleutel van jouw eigen deur meegenomen toen hij met de makelaar binnen is geweest. Toch is hij zonder braaksporen achter te laten door die deur heen gekomen.'

Chantal trok wit weg.

'Heeft een van de andere bewoners hem misschien binnengelaten?'

'Kan het me niet voorstellen. Ze hebben er niets over gezegd en ik heb ze allemaal gesproken vandaag.'

'Misschien moet je dat dan nog even navragen en expliciet zeggen dat ze niemand binnen mogen laten die beweert voor jou te komen?'

'Ja, dat moet ik maar doen. Ik bel wel even bij iedereen aan. Ik weet dat ze vanavond allemaal thuis zijn.'

'Als jij dat doet, dan scoor ik even een paar pizza's. Jij hebt ook nog niet gegeten, toch?'

'Nee. Maar ik heb ook helemaal geen honger meer.'

'Je moet wat eten, Chantal. Welke pizza mag het zijn?'

'Doe maar een Margherita dan.'

'Regel ik voor je. Ik zal onderweg Ronnie nog wel even bellen om je gerust te stellen.'

'Doe dat, maar ik betwijfel of hij zal toegeven dat hij iemand mijn sleutel heeft gegeven.'

Niels reageerde niet op deze opmerking en gaf haar een kus. 'Heb je nieuwe sleutels voor me?'

'Ja, natuurlijk.' Ze pakte een sleutelbos van tafel die ze al voor hem had klaargelegd.

'Bedankt.'

'Wees er zuinig op en aan niemand uitlenen, hè?' drukte ze hem op het hart.

'Tuurlijk niet.'

'En wat ik nog vragen wilde: heeft je collega nog kunnen kijken naar dat mes en die mok?'

'Daar zijn geen bruikbare sporen op gevonden.'
'Hoe lang weet je dat al?'
'Twee dagen.'
'Waarom heb je me dat niet meteen verteld?'
Niels pakte haar handen vast en de blik in zijn ogen verzachtte. 'Omdat ik dacht dat het beter voor je was om er niet over te beginnen, Chantal. Je was net weer wat rustiger geworden en je had niks meer van die vent gehoord. Het leek me niet goed om de boel weer onnodig op te rakelen terwijl ik eigenlijk niets te melden had.'
'Ik hou er niet van als mensen voor me denken of buiten mij om beslissingen nemen. Ik heb altijd mijn eigen boontjes gedopt en daar wil ik graag mee doorgaan. Ik ben geen kwetsbaar vogeltje dat beschermd moet worden.'
'Vorige week was je anders aardig overstuur.'
'Ja, logisch toch? Hoe zou jij reageren als er iemand in je huis was geweest en een mes in je hoofdkussen had achtergelaten? Maar dat wil niet zeggen dat je me overal buiten moet houden. Ik heb mezelf een paar keer laten gaan bij je omdat ik dacht dat ik bij jou mezelf kon zijn en dat je mijn paniek wel op waarde kon schatten. Maar ik blijf nooit lang hangen in emoties en schakel altijd zo snel mogelijk mijn logische verstand weer in. Ik wil je blind kunnen vertrouwen, Niels.'
'Oké, helder. Ik heb een verkeerde inschatting gemaakt. In het vervolg zal ik alles met je delen, ook de minder leuke dingen.'
'Graag.'
Even hing er een gespannen stilte in de lucht. Om die te breken, ging ze op haar tenen staan en kuste hem zachtjes op zijn mond. 'Ik heb de vakantie geboekt,' zei ze toen. 'Over een week zitten we met zijn tweetjes in de sneeuw en hebben we met niemand iets te maken.'
Niels omsloot haar gezicht met zijn handen. 'Dat is precies wat we nodig hebben, schatje. Even weg uit deze gekte. Jij en ik en niemand anders.'

Ze lachte. 'En nou pizza halen, jij, we moeten toch wat eten.'

Niels gaf haar een vluchtige kus op het puntje van haar neus en liet haar toen los. 'Zal ik die kaart met die koe vast in mijn jaszak stoppen? Dan kan ik hem morgen op mijn werk bij de andere brieven stoppen. Als we deze meneer eenmaal te pakken krijgen, dan hebben we alvast een mooi stapeltje ondersteunend bewijsmateriaal.'

Chantal knikte instemmend. 'Ja, neem dat ding maar mee, dan ga ik proberen het zo snel mogelijk te vergeten. Mijn sloten zijn nu vervangen door een officiële slotenmaker, dus nu ben ik echt weer veilig in mijn eigen huis.'

'Ik ga Ronnie bellen om te vragen of hij er meer van weet, maar het zou me echt verbazen als dat zo is. Tot nu toe heeft hij me nog nooit belazerd en kon ik hem blind vertrouwen.'

'Ik heb hem vanaf het eerste moment dat ik hem zag een rare snuiter gevonden. Ik wilde jou niet in verlegenheid brengen door hem weg te sturen, maar als het aan mij had gelegen, had ik mijn sloten nooit door hem laten vervangen.'

'Luister, als ik eerlijk tegen jou moet zijn, dan verwacht ik andersom hetzelfde van jou. Als jij je in het vervolg ergens niet prettig bij voelt, dan moet je dat gewoon tegen me zeggen. Ik ben een grote jongen, daar kom ik wel overheen. Afgesproken?'

'Deal.'

'Mooi. Dan ga ik nu echt pizza halen.' Hij rammelde met de sleutelbos en liep naar de deur. 'Wacht, ik loop met je mee.' Ze pakte haar eigen sleutelbos en liet hem voorgaan naar het trappenhuis. 'Ik sluit wel af. Mocht jij eerder terug zijn dan ik, dan ben ik waarschijnlijk bij de buurvrouw van driehoog blijven plakken. Die heeft altijd hele verhalen en is blij als ze wat aanspraak heeft. App me dan maar dat mijn pizza koud wordt, dan kom ik er meteen aan.'

'Doe ik. Margherita was het, hè?'

'Maak er maar Hawaï van.'

Niels stak zijn duim op en liep naar beneden. Chantal keek hem na totdat ze er zeker van was dat de deur naar de straat goed was afgesloten. Daarna liep ze naar het appartement boven het hare en belde aan.

'Dus geen van je buren heeft vanmiddag iemand binnengelaten of gezien die ze niet kenden?' vroeg Niels met volle mond.

Chantal slikte eerst een hap pizza door voordat ze antwoord gaf. 'Nee. Sterker nog, ze waren geen van allen voor de avond thuis. Ze hebben me allemaal gezworen dat ze nooit iemand binnenlaten die niet voor henzelf komt. De buurvrouw op driehoog heeft echter wel een schoonmaakster die een sleutel heeft van zowel haar appartement als de centrale toegangsdeur. Die is vandaag bij haar aan het werk geweest. Ik hoor zo nog of de schoonmaakster iemand heeft binnengelaten. Buuf kreeg haar net niet te pakken. En jij? Heb je Ronnie nog gesproken?'

'Ja. Hij wist van niks.'

'Dat was te verwachten. Heb je doorgevraagd?'

'Natuurlijk. Daarna hing hij boos op omdat ik zijn integriteit in twijfel trok. Zulke dingen liggen gevoelig, weet je. Zeker bij jongens die voor het rechte pad hebben gekozen. Ze doen er alles aan om zich netjes te gedragen, maar worden keer op keer op hun eerder gemaakte fouten gewezen. Dat is frustrerend.'

'Ik snap dat het frustrerend is, maar je kunt het verleden nooit helemaal van je afschudden. Het haalt je altijd weer in en meestal op momenten dat je het niet verwacht.' Chantal nam een slok van haar wijn en staarde voor zich uit.

'Je klinkt alsof je daar ervaring mee hebt.'

'Huh? Waarmee?'

'Ingehaald worden door het verleden.'

'Nee, heb ik niet, maar ik hoef maar een paar dossiers van cliënten open te slaan om legio voorbeelden te zien.'

Niels mompelde instemmend, terwijl hij zijn laatste hap pizza doorslikte. Chantal was nog niet eens halverwege de hare. Ze nam een muizenhapje en spoelde hem net weg met een slok wijn toen de bel ging. Onzeker keek ze Niels aan. 'Ik verwacht niemand. Jij?'

'Nee, maar misschien is het Ronnie die de boel wil uitpraten. Hij heeft zich vast gerealiseerd dat het niet handig is om ruzie te maken met een politieagent.' Niels knikte en liep naar het scherm van de intercom.

'Als dat zo is, dan ga je maar lekker met hem in de kroeg zitten. Ik wil hem echt niet meer in mijn huis hebben.'

'Het is Ronnie niet. Ik zie alleen een hand. Het lijkt wel van... een kind.'

'Wat moet een kind nou hier? Het is toch geen Halloween of Driekoningen? Is er nog een ander feest waarbij kinderen aan de deur komen voor snoep?'

Niels schudde zijn hoofd. 'Volgens mij niet.'

Er werd weer aangebeld. 'Hallo?' zei een kinderstemmetje.

'Misschien moet je toch even gaan kijken? Ik loop wel met je mee.'

'Denk je niet dat het een truc is om mij via dat kind de deur open te laten doen?'

'Ik ben bij je, er kan je niks gebeuren.'

Langzaam liep Chantal naar beneden, met Niels vlak achter zich. Bij de deur aangekomen, twijfelde ze. Ze keek Niels aan. 'Weet je het zeker?'

Hij sloeg beschermend een arm om haar heen, en toen deed ze aarzelend de deur open. Voor haar stond een meisje met blonde vlechtjes. Ze droeg een roze jas. De banden van een duidelijk overvolle K3-rugzak sneden in haar schouders. Ondanks de kou had ze geen handschoenen aan of muts op. Niels keek langs het meisje heen naar links en rechts om te zien of er iemand bij haar was. Niemand. Chantal keek de straat in en zag een zwarte auto met draaiende motor dubbel geparkeerd voor haar huis staan. Er zaten twee figuren in. Op datzelfde moment gaf de bestuurder gas en reed in stevig tempo weg.

Het meisje keek haar met grote blauwe ogen aan. Met een zacht stemmetje zei ze: 'Ik heb het koud, tante Chantal. Mag ik binnenkomen?'

11

'Tante?' zei Niels verbaasd.

Chantal negeerde hem en trok het meisje naar binnen. Ze sloot de deur en knielde daarna bij haar neer. 'Wie ben jij?' fluisterde ze.

'Fenna.'

'En waarom sta jij hier voor mijn deur, Fenna? Waar is... Amber? Waar is je mama?'

'Mama zegt dat ik bij jou veilig ben,' zei het meisje. Daarna begon ze zachtjes te huilen.

Automatisch trok Chantal haar in haar armen. Ze voelde het fragiele lijfje trillen tegen haar borst. Ze maakte sussende geluidjes en streelde het meisje zachtjes over haar rug. Daarna bekeek ze haar eens goed.

'Je lijkt op je moeder. Als twee druppels water. Kom, we zullen je eerst eens bevrijden van die zware tas.'

Fenna werkte gewillig mee en zuchtte opgelucht toen Chantal de overvolle rugzak van haar overnam.

'Mijn hemel, wat zit hier allemaal in?'

Fenna keek bedenkelijk en antwoordde toen: 'Mijn eerste levensbehoeftes.' Ze sprak de woorden een voor een zorgvuldig uit en keek Chantal toen met een voorzichtige glimlach aan, alsof ze opgelucht was dat ze het er goed van af had gebracht.

'Hoe oud ben je, Fenna?'

Het meisje telde op haar vingers en stak er toen zes in de lucht.

'Zes jaar?' vroeg Chantal ter bevestiging.

Fenna knikte gretig. 'Mama zegt dat ik al een echt dametje

ben.' Ineens betrok haar gezichtje en begon ze weer te huilen. 'Ik mis mama.'

'Fenna, waar is je mama?'

'Dat mag ik niet weten. Dat is beter voor me.'

'Wie zegt dat dat beter voor je is? Je mama?'

'Mama en die meneer.'

'Welke meneer?'

'Die bij mama is.'

'Is dat je mama's vriend?'

Fenna haalde haar schouders op. 'Ik denk het.'

'Is die meneer jouw papa?'

'Nee!' Fenna keek Chantal aan alsof ze iets heel doms had gezegd.

'Weet je wel waar je papa is?'

Fenna legde haar wijsvinger op haar lippen. 'Sssst. Papa mag niet weten waar ik ben.'

'Hebben papa en mama ruzie?'

'Ja.' Fenna's stem klonk benepen. 'Papa is boos.'

'Heeft mama je hier gebracht met die meneer?'

'Ja.' Het meisje zweeg even en keek naar haar schoenen. Met waterig ogen staarde ze naar Chantal. 'Tante Chantal?'

'Ja, lieverd?'

'Ik ben een beetje moe. Ik wil nu graag slapen.'

Chantal keek naar de K3-rugzak aan haar voeten. 'Je bedoelt dat je komt logeren?'

'Mama zegt dat jij nu voor me zorgt.' Fenna pakte Chantals hand vast. Het kinderknuistje was verkleumd.

Chantal keek Niels vragend aan, maar die haalde zijn schouders op. 'Fenna, wat bedoelde je mama precies toen ze zei dat ik voor jou zou zorgen?'

'Ik kom bij jou wonen, dommie. Mag ik nou slapen?' Fenna geeuwde en wreef met haar vrije hand in haar ogen.

Chantal stond op. 'Oké, dit is wat we gaan doen. Ik stop je eerst onder de douche zodat je het weer een beetje warm krijgt en dan leg ik je in bed.' Welk bed? Ze had niet eens een logeerkamer, daar was haar appartement te klein voor. 'Heb je eigenlijk al gegeten vanavond?'

'McDonald's,' zei Fenna glunderend.

Dat was tenminste iets. Echt iets voor Amber om haar kind junkfood te voeren. Amber als moeder – Chantal moest heel erg aan het idee wennen. Ze wist niet dat haar zus een kinderwens had. Maar goed, wat wist ze eigenlijk wél van Amber? Ze hadden al ruim tien jaar geen contact meer. De boosheid om het verdriet dat Amber haar en haar ouders had aangedaan, vlamde weer op. De hevigheid ervan verbaasde haar.

'Zal ik haar rugzak dragen?' bood Niels aan. Chantal schrok van zijn stem. Ze was zo opgegaan in haar gesprek met Fenna, dat ze hem even helemaal vergeten was.

'Ja, graag.' Ze glimlachte naar hem en was hem dankbaar dat hij haar de ruimte had gegeven om op haar eigen manier met haar 'nieuwe' nichtje te praten en na te denken over de situatie. Ze besefte ook meteen dat ze heel wat had uit te leggen. Ze had Niels inderdaad nooit verteld dat ze een jongere zus had.

Chantal had in tijden niet meer aan Amber gedacht, de zorgen om haar zus had ze allang van zich afgeschud. Althans, dat had ze tot op de dag van vandaag oprecht geloofd. Ze keek naar Fenna en er ging een steek door haar hart. Dit kleine meisje met die eigenwijze vlechtjes was een kleine versie van Amber. Hoe vaak had ze vroeger het handje van haar zus niet vastgehouden zoals ze nu Fenna's hand vasthield?

De afscheidsbrief van Amber en het verzoek geen contact meer met haar op te nemen, waren destijds als een donderslag bij heldere hemel gekomen. Zowel voor haar als voor hun ouders. Van de ene op de andere dag verbrak Amber alle banden. Ze beëindigde haar relatie met Dennis, een brave goedzak met wie ze al een jaar samenwoonde, en Chantal en haar ouders moesten het doen met een kort briefje waarin ze meedeelde dat ze zich terugtrok in een klooster. Ze wilde ten faveure van haar persoonlijke ontwikkeling alle contact met de buitenwereld voor onbepaalde tijd verbreken. Die onbepaalde tijd duurde nu al ruim tien jaar. Als argument voor het 'papieren' afscheid had Amber aangegeven dat ze het zichzelf en hun niet moeilijker wilde maken dan nodig was. Het leek haar beter ineens te verdwijnen om drama's te voorkomen. Daarmee had Amber het zichzelf misschien makkelijker gemaakt, maar Chantal des te moeilijker. Zij bleef achter met een ontroostbare vader en moeder die zich steeds maar bleven afvragen wat ze nou toch in hemelsnaam fout hadden gedaan.

Het eerste jaar was er de hoop geweest dat Amber bij zinnen zou komen en met hangende pootjes weer op de stoep zou staan. Chantal was alle kloosters afgegaan om te achterhalen waar haar zus zat. Ze kon de twijfel over of Amber uit vrije wil was vertrokken niet loslaten, totdat ze bevestigd had gekregen dat Amber echt in een klooster woonde. Tot die tijd was Chantal diep vanbinnen bang geweest dat Amber bevangen was geraakt door een sekte. Uiteindelijk kwam ze erachter dat haar zusje was toegetreden tot het slotklooster van de benedictinessen in Oosterhout. Ze kreeg haar niet te spreken, maar kreeg wel zwart-op-wit de bevestiging te zien van Ambers inschrijving. Daar moest ze het mee doen.

Chantal bleef er een raar gevoel aan overhouden. Amber had nooit zichtbare tekenen vertoond van een devote toewijding aan een god of een specifieke religie. Chantal zou haar eerder als atheïst omschrijven. Ook haar ex, Dennis, had Amber nooit betrapt op het doen van gebeden of andere religieuze rituelen. 'Vloeken was haar tweede natuur!' had hij Chantal verontwaardigd toevertrouwd toen ze hem ernaar had gevraagd.

Haar ouders hadden er drie jaar over gedaan voordat ze konden accepteren dat hun jongste dochter zichzelf aan God had gegeven. Vanaf dat moment ging haar moeder elke week naar de kerk om God te vragen goed voor Amber te zorgen. Haar vader meed de kerk juist als de pest. Hij verafschuwde het instituut dat hem zijn dochter had afgenomen.

Chantal had het weer anders aangepakt. Zij had besloten het niet meer over Amber te hebben. Totdat Amber weer contact zocht had ze geen zus meer, maar het gevoel dat er iets niet klopte, bleef.

Met het verstrijken van de jaren was Chantal er steeds meer van overtuigd geraakt dat Amber nooit meer wat van zich zou laten horen. Maar nu bleek het tegendeel waar. Ze was er alleen nog niet uit of ze daar nu blij mee moest zijn of niet. De aanwezigheid van Fenna kon maar één ding betekenen: dat Amber flink in de problemen zat. En nu ze er een puinhoop van had gemaakt, was haar familie kennelijk weer goed genoeg om het op te lossen. Maar hoe wist haar zus eigenlijk waar ze woonde? Was ze toch minder afwezig geweest dan ze had doen voorkomen?

'Wil je me dragen, tante Chantal?' doorbrak Fenna Chantals gedachtestroom. 'Ik ben zo moe, ik denk dat mijn benen instorten.'

Chantal moest lachen om de verbastering. Er viel winst te behalen op zowel eet- als taalgebied. Ze tilde Fenna op en haar nichtje klampte zich als een aapje aan haar vast. Fenna stak haar duim in haar mond en legde haar hoofd op Chantals schouder. De blonde vlechtjes kriebelden zachtjes in haar hals. Het meisje was zo licht als een veertje en rook naar een zoetige bodylotion.

Voorzichtig liep Chantal naar boven, doodsbang als ze was dat ze Fenna door een onhandigheid zou laten vallen. Ook al was ze er nog niet helemaal uit in hoeverre ze verantwoordelijk was voor het kleine meisje in haar armen, ze wilde voor nu goed voor haar zorgen. Het kind kon er ook niks aan doen dat ze door haar moeder op Chantals stoep was gedumpt met de overtuiging dat die haar zonder al te veel vragen binnen zou laten.

Niels stond haar boven aan de trap op te wachten en ging haar voor naar binnen toen hij zag dat ze veilig boven was gekomen.

'Zet die tas maar even op het bed neer, dan kijk ik zo of ik er een pyjama of iets dergelijks in kan vinden. Ik zet haar vast onder de douche. Ze is steenkoud.'

Fenna ademde diep en liet een zacht snurkgeluid horen. Chantal wreef over haar rug en riep zachtjes haar naam. 'Fenna, wakker worden. Tante Chantal gaat je even onder de douche zetten zodat je het weer een beetje warm krijgt.'

'Maar ik ben moe,' murmelde Fenna met haar duim nog in haar mond.

'Dat weet ik, schatje, je mag zo weer verder slapen. We frissen je even op en dan mag je in het bed van tante Chantal liggen.'

Fenna haalde haar duim uit haar mond en keek haar met slaperige ogen aan. 'Heb je een groot bed?'

'Ik denk dat jij er wel vijf keer in past.'

Fenna giechelde. Chantal zette haar nichtje op de grond en ging voor haar op de toiletpot zitten. Ze ritste de jas van het meisje los en trok hem uit. Onder de jas kwam een rode gebreide trui met een roze hart tevoorschijn. Ze verdrong de gedachte aan het andere hart dat ze vandaag had gezien. Fenna stak braaf haar armen in de lucht zodat haar tante haar trui kon uittrekken. Die gooide hem op de grond, naast de jas. Fenna sloeg haar bedenkelijk gade. 'Dat is niet netjes,' zei ze met een ernstig gezichtje.

'Gooit je mama nooit kleren op de grond?'

'Nee.'

'Daar heeft je mama ook wel gelijk in, hoor, maar vandaag mag het even. Ik weet zeker dat je mama het ook goedvindt.'

'Echt waar?'

'Ja. Vandaag is toch een beetje een rare dag, vind je niet? En op rare dagen mag je rare dingen doen.'

Fenna begon als een malle te springen en stak haar tong uit. 'Raar doen is leuk.'

'Zeg, ik dacht dat jij zo moe was?' Chantal probeerde Fenna's kronkelende lijfje vast te pakken, maar het meisje ontglipte haar en sprong door de badkamer.

'Ik ben een kikker, tante Chantal! Kwaak, kwaak!' Fenna's schoenen lieten een spoor van modder en natte sneeuw achter op de badkamervloer.

'Kom hier, Kermit!' Chantal spreidde haar armen wijd open in de hoop dat het meisje naar haar toe zou rennen.

'Wat is een kermit, tante Chantal?' Fenna staakte haar gehups en keek haar ernstig aan.

'Dat is een kikker die leefde toen tante Chantal net zo oud was als jij.'

'Kent mama hem ook?'

'Ja, je mama kent hem ook.'

Het gezichtje van het meisje betrok. 'Ik mis mama. Heel erg. Ik wil dat ze terugkomt. Ik vind jou ook lief, hoor.' Fenna stortte zich in Chantals armen alsof ze bang was dat ze Chantal had gekwetst.

'Ik hoop net als jij dat je mama snel terugkomt. Tot die tijd moeten we er maar het beste van maken.' Chantal schrok van de woorden die ze automatisch had uitgesproken. Ze impliceerden dat Fenna bij haar zou blijven totdat Amber haar kind weer besloot op te halen. Maar dat kon helemaal niet. Haar leven was niet ingericht op een kind. Ze was amper thuis, leefde heel onregelmatig, sliep te weinig, dronk te veel en kookte niet volgens de schijf van vijf. Ze was bewust kinderloos gebleven nadat Amber had laten zien hoeveel leed een kind ouders kon bezorgen. Ze had gekozen voor haar carrière in plaats van voor het moederschap. En nu stond er ineens een klein meisje in haar badkamer voor wie ze geacht werd te zorgen. Besefte haar zus wel wat ze had gedaan? Een kind deed je niet zomaar weg alsof het een dier was waar je genoeg van had. En je dumpte het ook niet bij je zus die je ruim tien jaar geleden had laten zakken.

'Ben je boos?' vroeg Fenna met een klein stemmetje.

Chantals gezicht verzachtte. 'Nee, schatje, ik ben niet boos.'

Fenna geloofde haar duidelijk niet.

'Ik ben echt niet boos,' herhaalde ze. 'Kom, we gaan douchen.'

'Samen douchen?'

'Nee...'

'Je zei we! Wat je zegt moet je doen.'

'Oké, vooruit.'

Er werd op de deur geklopt en Niels stak zijn hoofd om het hoekje van de deur. 'Lukt het allemaal?' Geamuseerd keek hij naar de half ontklede Fenna.

Het meisje bestudeerde hem aandachtig en vroeg toen: 'Wie ben jij?'

'Mijn naam is Niels, prinses Fenna,' antwoordde Niels. Nadat hij zijn naam had uitgesproken maakte hij een buiging en gaf Fenna een kusje op haar hand. Die proestte het uit en keek Niels toen verlegen aan.

'Ik logeer ook bij jouw tante Chantal. Gezellig toch?' zei Niels.

Fenna knikte.

Chantal duwde Niels de badkamer uit. 'Wegwezen, anders komt dat kind nooit in bed. Schenk jij maar vast een wijntje in.' Ze gaf hem een kus op zijn mond, wat Fenna deed giechelen. Niels zwaaide naar Fenna en sloot de badkamerdeur achter zich.

Chantal zette de douche aan zodat het water vast kon opwarmen en kleedde haar nichtje verder uit. Ze kon niet anders dan vertedering voelen voor het hulpeloze meisje dat poedelnaakt voor haar stond. Ze legde haar eigen kleren over de gesloten wasmand heen en begeleidde het meisje de douche in. Te laat realiseerde ze zich dat ze beter eerst de vlechtjes uit Fenna's haren had kunnen halen. Nou ja, morgen weer een dag. Ze deed wat doucheschuim op haar hand en begon het meisje onhandig in te zepen. Het kind liet het allemaal braaf toe. Zorgvuldig spoelde Chantal daarna alle zeep van Fenna af.

'Tante Chantal zeept zich ook even snel in en dan gaan we je afdrogen, goed?'

Fenna volgde nauwlettend hoe ze zich waste. Toen Chantal zich even later afspoelde, stak Fenna haar handje uit en trok met een vinger een horizontale lijn over Chantals onderbuik. 'Mama heeft hier een streep. Dat komt omdat ik in haar buik heb gewoond toen ik nog een baby was.'

Amber was dus van Fenna bevallen door middel van een keizersnede.

'Heb jij ook een baby in je buik?'

En bedankt. Chantal trok automatisch haar navel in. 'Nee, ik heb geen baby in mijn buik.'

'Waarom niet?'

'Daarom niet.'

'Daarom is geen reden.'

Chantal wreef over haar slapen om een opkomende hoofdpijn te onderdrukken en zette de kraan uit. Druipend pakte ze een badlaken uit de kast en wikkelde het om Fenna heen. Voorzichtig wreef ze het meisje droog en toen gooide ze een handdoek over zichzelf heen. 'Heeft je mama een pyjama en een schone onderbroek in je tas gestopt?'

'Ja, mijn Peppa Pig-pyjama!'

Chantal trok haar badjas aan en tilde Fenna met handdoek en al op. Het meisje sloeg meteen haar armen om haar nek. Ze droeg Fenna naar haar slaapkamer en zette haar neer op de bedrand. Daarna pakte ze Fenna's rugzak en maakte hem open. Een voor een haalde ze de spullen die erin zaten tevoorschijn en stalde ze uit op bed. Een knalroze pyjama met een lelijk varken, een envelop waar *Voor Chantal* op stond, een klein toilettasje, een onderbroekje, een paar sokken, een nachtlampje. Chantal keek verbaasd toen er ook een kappersschaar en een flesje kleurspoeling uit de tas kwamen. Fenna dook meteen op de Snoopy-knuffel die ze als laatste tevoorschijn haalde. Chantals hart kromp ineen toen ze de knuffel zag. Amber en zij waren vroeger idolaat geweest van Snoopy. Blijkbaar probeerde Amber dat nu ook op haar dochtertje over te brengen.

Chantal verdrong de herinnering naar de achtergrond. Het aankleden van het kleine meisje dat op haar bed lag te rillen had nu prioriteit. 'Wat een mooie pyjama, Fenna. Zullen we hem eens aantrekken?'

'Ik heb het koud.'

'Ja, daarom. Daar gaan we wat aan doen. Eerst je pyjama aan en dan mag je lekker onder tante Chantals warme dekbed.' Fenna liet zich gewillig overeind helpen. Chantal ging voor haar zitten en hield het kind de onderbroek voor. Fenna leunde op haar schouders terwijl ze eerst met het ene been en daarna met het andere in de onderbroek stapte. Het ritueel werd herhaald met de pyjamabroek. Braaf stak Fenna vervolgens haar armpjes in de lucht voor het bovenstuk. Daarna sloeg Chantal het dikke dekbed terug aan de kant waar Niels normaliter sliep.

'Ik mag niet met nat haar slapen van mama.'

Chantal keek naar Fenna's kletsnatte vlechtjes. *Zucht.* 'Weet je wat er gebeurt als je gevlochten haar nat maakt en vanzelf laat opdrogen?'

Fenna schudde haar hoofd.

'Dan krijg je mooie golfjes in je haar.'

'Wat zijn golfjes?'

'Een soort krullen.'

Fenna begon te lachen. 'Krullen zijn mooi.' Daarna betrok haar gezichtje weer. 'Maar ik mag van mama echt niet met nat haar slapen.'

'Zal tante Chantal je eens iets vertellen? Vroeger, toen tante Chantal en jouw mama nog klein waren, speelden we altijd kappertje. Het liefst vlak voordat we moesten gaan slapen zodat we langer op konden blijven. Jouw mama had mooie lange haren, net als jij, en zij wilde dan altijd een watergolfkapsel. Tante Chantal maakte dan allemaal vlechtjes in jouw mama's haar en daarna maakten we ze nat met de plantenspuit. Dan kroop jouw mama met haar natte vlechten in bed en de volgende ochtend kamde onze moeder, jouw oma, dan haar haren uit en deed er een mooie haarband in. Dan had jouw mama de prachtigste golven in haar haren en dan was iedereen op school jaloers. Ik weet zeker dat je mama het goedvindt als je met natte haren gaat slapen zodat jij morgen ook zulke mooie golfjes in je haren hebt.'

Fenna leek na te denken over haar woorden en knikte toen aarzelend. Het bleef even stil. 'Heb ik een oma?' vroeg ze toen zachtjes.

'Ja. En een opa.'

'Echt waar? Dat wist ik niet. Waar zijn oma en opa nu?'

'In hun eigen huis.'

'Maar waar is dat?'

'In Den Bosch.'

'Is dat ver?'

'Ongeveer een uur en een kwartier van hier.'

'Lopen?'

'Met de auto.'

'Hoeveel minuten is een uur en een kwartier?'

'Vijfenzeventig,' zuchtte Chantal. Ze bedacht dat ze een spervuur aan vragen in de rechtbank minder vermoeiend vond dan de vragen van dit kind. Tijd om een einde aan deze sessie te maken. 'Kom, en nu ga jij slapen.' Ze klopte uitnodigend op het bed. Fenna kroop onder het dekbed en liet haar hoofd met de natte vlechten op het kussen vallen. Met de Snoopy-knuffel in haar hand rolde ze zich op in foetushouding en ze stak haar duim in haar mond. Chantal stopte haar in en besloot vanavond niets te zeggen over het slechte effect van duimen op je gebit. Amber had er zelf in haar jonge jaren een beugel aan overgehouden en het verbaasde Chantal dat ze haar dochter daar blijkbaar niet voor behoedde. Zwijgend stopte ze Fenna's spullen, op de brief na, terug in de rugzak en zette de tas in haar klerenkast tegenover het bed. De kamer was niet ruim genoeg voor rondslingerende spullen. Morgen zou ze wel weer verder zien.

Terwijl Fenna's ademhaling steeds rustiger en dieper werd, ging Chantal op het voeteneind zitten en maakte de envelop open. Ze wilde de brief eerst zelf lezen voordat ze hem aan Niels liet zien. Als ze dat al zou doen. Haar handen trilden licht. Dit was het eerste levensteken dat haar zus in ruim tien jaar gaf en ze vreesde voor wat ze te lezen kreeg. De manier waarop Fenna voor haar deur was gedumpt, beloofde niet veel goeds.

Het papier ritselde toen ze het openvouwde. De brief was handgeschreven met blauwe balpen, de letters waren overduidelijk in haast gevormd. Halverwege was wat inkt uitgelopen, alsof het papier daar nat was geworden. De bovenkant van het papier was slordig van een schrijfblok afgescheurd. Chantal verzamelde moed en begon te lezen.

12

Lieve Chantal,

Het spijt me dat ik op deze manier weer je leven binnen kom denderen. Geloof me, ik had het graag anders gedaan, maar dit is een noodsituatie. Als je deze brief leest, is mijn dochter Fenna als het goed is bij je. Mijn kleine meisje is alles voor me, maar toch heb ik haar moeten verlaten. Er is maar één iemand die ik haar toevertrouw en dat ben jij, mijn lieve zus. Ik ben in gevaar, Chantal. Fenna's vader zit achter me aan. Ik kan je geen details vertellen, maar ik vlucht op dit moment voor mijn leven en ik kan niet garanderen dat ik het er uiteindelijk levend van afbreng. Probeer me niet te zoeken. Fenna's vader weet niet van je bestaan, althans niet van mij, dus jij en Fenna zijn als het goed is veilig. Dat moet ik geloven. Toch wil ik je vragen om Fenna's uiterlijk voor de zekerheid te veranderen. Knip en verf haar haren en koop nieuwe kleren voor haar. Ik weet dat ik veel van je vraag, maar ik zweer je, als ik dit overleef betaal ik je alles terug.
Ik hoop dat ik ooit de kans krijg om je alles uit te leggen. Tot die tijd wil ik je vragen om voor mijn dochter te zorgen. Als je na een jaar nog niets van me hebt gehoord, mag je aannemen dat ik dood ben. Ga dan, precies over een jaar, naar notaris Arthur Witteveen. Hij beheert mijn testament, waarin ik jou heb laten opnemen als Fenna's voogd. Ik verwacht niet dat Fenna's vader haar zal opeisen, maar mocht dat wel het geval zijn, dan weet ik dat je je mannetje zult staan in de rechtbank. Ga niet naar de politie en praat hier met niemand over. Ik

zeg dit niet zomaar. Ik kan alleen maar hopen dat je me voldoende vertrouwt om dit van me aan te nemen. Ik weet dat ik het onmogelijke vraag na alles wat er gebeurd is. Als ik je niet zelf kan uitleggen waarom ik destijds van de aardbodem ben verdwenen, dan zal Witteveen dat namens mij over een jaar doen. Hij heeft ook voldoende stukken in zijn bezit om Fenna's vader uit de ouderlijke macht te laten ontzetten, mocht het nodig zijn.
Je moet me geloven als ik je zeg dat ik sinds mijn verdwijning grote offers heb gebracht, maar dat ik alleen maar heb gedaan wat ik dacht dat goed was. Ik sta nog steeds achter mijn keuze van toen en het spijt me dat ik jou en papa en mama zoveel verdriet heb gedaan.
Fenna was een ongelukje, maar wel het beste ongelukje dat me ooit is overkomen. Ze heeft mijn leven enorm verrijkt en tegelijkertijd ook extreem complex gemaakt. Ik prijs mezelf gelukkig dat ik in elk geval zes jaar van haar heb mogen genieten. Ik hoop dat het me gegeven is om haar verder te zien opgroeien. Zo niet, dan is ze bij jou in de beste handen. Ik hou van je, Chantal, dat heb ik altijd gedaan. Ook van papa en mama. Hopelijk tot ziens. Zorg voor mijn meisje alsof ze je eigen kind is.

Liefs,
Amber

Chantal herlas de brief drie keer voordat ze hem voorzichtig terug in de envelop stopte. Ze hield hem even tegen haar hart gedrukt en legde hem toen in haar nachtkastje. Besluiteloos bleef ze vervolgens staan. Een veelvoud van emoties benam haar bijna de adem. Ze had tijd nodig om alles op een rijtje te zetten en daarvoor moest ze eigenlijk alleen zijn. Maar als ze de slaapkamer zou verlaten, dan was daar Niels die wachtte op antwoorden. Wat kon ze hem wel vertellen en wat niet? Amber had duidelijk gemaakt dat ze met niemand mocht praten en zeker niet met de politie. Niels was een politieagent. Maar hij was ook haar vriend, die ze vertrouwde, en hij zou het haar niet in dank afnemen als ze dingen voor hem achterhield. Het feit dat ze had verzwegen dat ze een zus had, zou waarschijnlijk al niet in goede aarde vallen. Dat begreep ze ook. Aan de andere kant had hij ook nog niet bepaald veel losgelaten over zijn familie. In die fase zaten ze nog niet. Ze waren nog meer met elkaar bezig dan met alles en iedereen die om hen heen hing. Ze wist dat zijn beide ouders nog leefden en dat hij een oudere broer had, maar Chantal had nog nooit kennis met hen gemaakt. Ze had op haar beurt Niels ook nog niet voorgesteld aan haar ouders. Pas nu Niels min of meer bij haar was ingetrokken, begon die gedachte een beetje door haar hoofd te spelen.

Ambers brief had haar geschokt en meer vragen opgeworpen dan antwoorden gegeven. Haar zus zat dus in een relatiecrisis met de vader van Fenna en was voor hem gevlucht omdat hij haar naar het leven stond. Het klooster had Amber blijkbaar niet de innerlijke rust en vrede gebracht waar ze naar op zoek was gegaan – God had de leegte die haar zus had gevoeld niet op kunnen vullen. Had ze in haar kloostertijd spanning gemist? Had ze daarom, bewust of onbewust, voor een man gekozen die gewelddadig bleek te zijn? Overcompensatie? Hoe dan ook, het had Amber een hoop ellende opgeleverd waar ze Chantal nu ook ongevraagd in meesleepte. Er werd van haar verwacht dat ze nu zomaar de zorg voor een kind op zich zou nemen en haar leven daaraan zou aanpassen. Maar hoe dan? Een paar weken viel dat wel in te plannen, zeker nu ze het wat rustiger had, maar als ze weer aan het werk ging, liet haar drukke agenda de zorg voor een kind helemaal niet toe.

Fenna's vader zou 'waarschijnlijk' niet naar haar op zoek gaan, maar er waren geen garanties. Of ze het uiterlijk van het kind toch maar voor de zekerheid even wilde aanpassen... Amber vroeg inderdaad nogal wat van haar, en dat terwijl ze haar en haar ouders destijds had laten barsten. Net nu haar ouders hun leven, na jaren van verdriet, eindelijk weer goed op de rit hadden, moest ze hun zeker gaan vertellen dat Amber een teken van leven had gegeven? En vervolgens weer met de noorderzon was vertrokken? *O ja, en jullie zijn opa en oma van de zesjarige Fenna.* Had Amber erbij stilgestaan wat dat met haar ouders zou doen? Chantal nam tenminste aan dat het verzoek er met niemand over te praten niet gold voor hun ouders. *Verdomme, Amber, wat doe je ons aan?*

En dan was er nog de zorg om Amber zelf. Hoewel ze niet bepaald scheutig was geweest met informatie, was het wel duidelijk dat ze in gevaar dacht te zijn. Ze vreesde zelfs voor haar leven. Was dat echt zo? Amber had vroeger als kind al een rijke fantasie gehad. Feit en fictie liepen bij haar vaak door elkaar en ze kwam altijd uit school met grote verhalen die meestal maar half waar bleken te zijn. Maar aan de andere kant, je liet je kind toch niet zomaar achter als het niet strikt noodzakelijk was? Dat gaf toch wel aan dat de situatie ernstig was? *Maar ze heeft jou en papa en mama toch ook achtergelaten toen haar dat beter uitkwam?* Dat was waar. Iets in haar zei haar echter dat Ambers angst oprecht was.

Die angst sloeg nu ook op Chantal over. Fenna's vader zou niet op de hoogte zijn van Chantals bestaan, maar kon ze daar honderd procent van op aan? Misschien was ze zelf ook wel in gevaar vanaf het moment dat Amber Fenna op haar stoep had achtergelaten. Misschien was Amber wel gevolgd zonder dat ze het in de gaten had gehad. Voor hetzelfde geld werd haar huis nu in de gaten gehouden door een agressieveling die zijn dochter terug wilde. *Kan hij gezellig koffie gaan drinken met mijn stalker*, dacht ze cynisch.

Ineens vloog de hele situatie haar enorm aan. De man die haar stalkte had haar tot nu toe fysiek nog niks aangedaan. Het was echter allerminst zeker dat daar geen verandering in zou komen – de bedreigingen waren serieus en angstaanjagend. En dan nu dit gedoe met Amber, waarbij het maar de vraag was of Fenna echt veilig was bij haar... Dit groeide haar boven de pet. Ze moest Niels hierbij betrekken. Ze kon dit niet alleen. Wilde dat ook niet. Amber kon niet van haar verlangen dat ze haar vriend helemaal buiten deze toestanden zou houden. Nee, dat kon niet. Haar besluit was genomen. Ze zou Niels de brief niet laten lezen, maar hem wel globaal de inhoud vertellen.

En dan was er nog een verzoek in Ambers brief waar ze niet aan kon voldoen. Natuurlijk zou ze haar zus wél gaan zoeken. Ze ging niet een jaar zitten wachten tot Amber al dan niet terugkwam voordat ze actie zou ondernemen en een bezoek aan Witteveen zou brengen. Notaris Witteveen. Hij was de vader van een jongen, man intussen, die Amber al sinds de kleuterschool kende: Joris. Hoe zou het met hem zijn? Had hij de afgelopen jaren nog contact met Amber gehad, of was hij haar ook uit het oog verloren? Waarschijnlijk wist hij niks van de bezoekjes die Amber klaarblijkelijk aan zijn vader had gebracht. Een notaris had immers beroepsgeheim.

Fenna murmelde wat in haar slaap. Chantal keek naar de kleine versie van haar zus. Het meisje zag er zo kwetsbaar uit in het grote bed. Chantal wist niet precies hoe, maar ze zou in elk geval haar best doen om ervoor te zorgen dat haar nichtje niks tekortkwam. Of dat bij haar was of dat ze een andere oplossing moest zoeken, liet ze nog maar even in het midden. Dit waren geen zaken waar je ad hoc over besliste.

Ze pakte het nachtlampje dat ze op het voeteneind had laten liggen en plugde het in in een stopcontact. Daarna deed ze de plafondverlichting uit. De summiere gloed van het nachtlampje zou een troost voor Fenna zijn als ze vannacht wakker werd en niet wist waar ze was. Het moest overweldigend zijn voor een kind om zomaar afgezet te worden voor de deur van een tante die je nog nooit hebt gezien, in de wetenschap dat je je moeder en je vertrouwde omgeving voor onbepaalde tijd zult moeten missen. In Fenna's plaats had Chantal het op een brullen gezet en was ze voorlopig niet meer opgehouden. Maar misschien was dat wel gedacht vanuit het gezichtspunt van een volwassene. Werd er niet altijd gezegd dat kinderen flexibel waren en zich juist veel makkelijker aanpasten aan een nieuwe situatie omdat ze nog zo jong waren? Chantal had niet veel verstand van kinderen, maar wist wel dat een kind als basis stabiliteit, geborgenheid en liefde nodig had. Het was nu aan haar om die aan haar nieuwbakken nichtje te bieden.

Niels lag met een biertje en een bakje borrelnootjes op de bank. Zijn vinger drukte bijna neurotisch op de zapknop van de afstandsbediening van de televisie. Chantal struikelde bijna over zijn schoenen, die hij had laten slingeren. Ze bukte zich en zette ze uit het looppad.

Op de salontafel bij de bank stond een goedgevuld glas rode wijn op haar te wachten. Niels haalde zijn benen van de bank om plaats voor haar te maken. Zodra ze naast hem zat, zette hij de televisie uit.

'Heb je haar in bed gelegd?'

Ze knikte.

'Mooi, dan kunnen wij even praten.'

Ze pakte een handje nootjes en nam een slok wijn. Niels liet haar geduldig haar gang gaan en wachtte tot ze zover was. Toen begon Chantal te vertellen. Over de plotselinge toetreding van haar zus, Amber, in het klooster en haar eigen, mislukte pogingen om contact te zoeken. Over dat zij en haar ouders zich er eindelijk bij neergelegd hadden dat ze nooit meer wat van Amber zouden horen. Dat ze daar tot op de dag van vandaag heilig in had geloofd.

'Ik wist niet beter dan dat ze nog steeds in dat klooster zat. Ik had er niet meer naast kunnen zitten. Fenna is zes jaar oud, dus Amber heeft niet bepaald de non uitgehangen, en een klooster dat van de kloosterlingen vroeg om de banden met de buitenwereld te verbreken, is vast niet ruimdenkend genoeg om zwangere nonnen onderdak te bieden.'

'Welk klooster was dat dan?'

'Volgens mijn laatste informatie het slotklooster van de benedictinessen in Oosterhout. Daar vond ik haar een maand na haar verdwijning. Nou ja, vond... Ik kreeg haar niet te spreken, maar er werd wel bevestigd dat ene zuster Amber was ingetrokken op dezelfde dag dat mijn zus was verdwenen. Ik vroeg of ik haar op een later tijdstip mocht spreken, maar dat was geen optie. Zuster Amber zat midden in haar onthechtingsproces en mocht daarbij niet gestoord worden. Twee maanden lang ben ik elke zaterdag naar het klooster gegaan, steeds weer met het verzoek om mijn zus te spreken te krijgen. Elke keer kreeg ik nul op het rekest. Ik hoefde me geen zorgen te maken over zuster Amber, het ging prima met haar, maar ze mocht en wilde geen bezoek ontvangen. Na acht keer het deksel op mijn neus te hebben gekregen, besloot ik om mezelf in bescherming te nemen en het daarbij te laten. Steeds weer die teleurstelling, die afwijzing, het deed me te veel verdriet.'

'Heeft je zus dan helemaal geen afscheid genomen van jou en je ouders?'

'Met een briefje, ze stuurde ons niets anders dan een briefje met een korte krabbel. Ze had niet eens het fatsoen om het ons recht in ons gezicht te vertellen.'

'En dat vriendje?'

'Dennis? Dennis was een goedzak van de eerste orde. Ze woonde al een halfjaar met hem samen. Hij was net zo verbaasd als mijn ouders en ik over deze radicale ommezwaai van Amber. Amber was niet bepaald gelovig.'

'Heeft ze van die Dennis wel fatsoenlijk afscheid genomen?'

'Nee. Er lag een briefje op het aanrecht toen hij thuiskwam.'

'Heftig zeg.'

'Ja, nogal.'

'Dennis kan niet de vader zijn van Fenna?'

'In theorie kan alles, maar dat zou betekenen dat ze een jaar of zeven of nog langer geleden weer contact met hem heeft opgenomen. Dat zou hij mij of mijn ouders absoluut hebben laten weten. Bovendien is Amber op de vlucht voor de vader van Fenna en ik eet mijn hoed op als dat Dennis is. Er zit geen kwaad in die jongen. Volgens mij is hij niet eens in staat tot het gebruiken van geweld. En bovendien beweert Amber dat de vader van Fenna niet op de hoogte is van mijn bestaan. Dat sluit Dennis definitief uit.'

'Hoe weet je dat allemaal van Amber? Dat ze op de vlucht is voor Fenna's vader en zo.'

'Ik vond een brief van haar in Fenna's tas.'

Niels ging rechterop zitten. 'Mag ik die brief zien?'

'Nee.'

Aan de teleurstelling op zijn gezicht viel duidelijk af te lezen dat hij dit antwoord niet had verwacht.

'Vertrouw je me niet?'

'Daar heeft het niks mee te maken. Hij was aan mij persoonlijk gericht en Amber heeft me gevraagd hem aan niemand anders te laten lezen, en dat respecteer ik.'

Niels' gezicht trok nog niet bij.

'Luister,' suste ze, 'Amber vroeg me ook om hier met niemand over te praten en niet naar de politie te gaan en kijk eens wat ik nu aan het doen ben. Ik praat met jou én je bent van de politie.'

Het hielp. Niels glimlachte flauwtjes. 'Toch denk ik dat het goed is als ik die brief wel zie. Wat je me vertelt, klinkt niet goed. Mijn gutfeeling zegt me dat je zus in gevaar is. Wil je haar niet helpen?'

'Ze heeft me nadrukkelijk gevraagd haar niet te gaan zoeken.'

'En ga je je daaraan houden?'

'Echt niet. Ik ga niet zitten afwachten tot het mevrouw eindelijk goeddunkt om weer eens op te duiken.'

'Duidelijke taal. Het zit je nog steeds hoog, hè?'

'Ja, logisch toch? Hoe zou jij het vinden als jouw broer zonder fatsoenlijk afscheid te nemen ineens verdwijnt en na tien jaar weer opduikt om zijn kind op je stoep te dumpen?'

'Ik zou toch op zijn minst wat uitleg willen en ik zou er net als jij niet blij mee zijn. Ik zou me ook zorgen maken om zijn welzijn. Het blijft toch je familie. En ik zou hem gaan zoeken, zeker weten. Daarom denk ik dat het echt belangrijk is dat ik die brief te zien krijg, om een risicoanalyse te maken.'

'Niels, die brief krijg je niet. Er staat niets in waar je wat mee kunt en alles wat ter zake doet heb ik je net verteld.'

'Oké, oké.' Niels leunde weer achterover tegen de kussens. 'Wat schrijft ze over Fenna?'

'Amber vraagt me om voor haar te zorgen tot ze terug is.'

'En wanneer is dat?'

'Ze hoopt binnen een jaar.'

Niels' ogen werden groter. 'Een jaar? Ze wil dus dat je een jaar lang de zorg voor Fenna op je neemt?'

'Klopt. Met uitloop naar altijd. Ze vreest voor haar leven.'

'Omdat die vader van Fenna achter haar aan zit?'

Chantal knikte.

'Heeft ze ook gezegd hoe hij heet, of iets dergelijks?'

'Nee, helaas niet. Ik heb werkelijk geen flauw idee wie er achter haar aan zit. Het kan iedereen zijn van het mannelijke geslacht.'

'Ho, ho, deze man niet.' Niels stak zijn vinger op. 'Deze man zit achter jou aan, Chantal Donkers, en niet achter je zus.'

Chantal grinnikte en gaf hem een kus.

'Maar serieus, een jaar voor Fenna zorgen? Je zus vraagt nogal wat van je.'

'Dat realiseert ze zich ook. Ze klonk nogal wanhopig in die brief. Ze heeft me gevraagd om voor de zekerheid Fenna's haar af te knippen, het een andere kleur te verven en nieuwe kleren voor haar te kopen.'

'Je zus is er dus niet honderd procent zeker van dat Fenna's vader haar niet zal gaan zoeken? Dat betekent dat jij mogelijk ook gevaar loopt.'

'Ach, ik draai mijn hand niet om voor een enge kerel meer of minder die me in de gaten houdt. Achter aansluiten in de rij alsjeblieft.'

'Ik meen het serieus, Chantal. Dit bevalt me niks.'

Chantal werd weer ernstig. 'Ik vind het ook niet bepaald lollig, maar wat heb ik voor keus? Ik kan Fenna niet zomaar op straat zetten. Het is mijn nichtje. Een kind.'

'Dat weet je zus ook. Het grootste chantagemiddel dat ze heeft ingezet om te waarborgen dat je voor haar kind zorgt, is Fenna zelf. Ik zou ook smelten als er zo'n klein moppie op mijn stoep stond. Het is bijna onmogelijk om daar weerstand aan te bieden.'

'Het ís onmogelijk om daar weerstand aan te bieden, Niels. Ik weet alleen nog niet hoe ik een en ander moet invullen. Mijn leven, ons leven, is helemaal niet ingericht op een kind, met onze drukke banen en onregelmatige werktijden. En ik weet helemaal niet hoe dit juridisch in elkaar steekt.'

'Ik wil best een tijdje vadertje en moedertje met je spelen, hoor.' Niels legde zijn hand betekenisvol op haar been. 'En als het bevalt, kunnen we er misschien een van onszelf nemen.'

'Doe eens normaal.'

'Nee, serieus.'

'Zou je graag vader willen worden dan?'

'Ja, heel graag. Het is er alleen nog nooit van gekomen. Niet het juiste moment, niet de juiste vrouw, je kent het wel. Maar de tijd staat niet stil. Voor ik het weet ben ik zo'n oude zak met een kind dat zijn kleindochter had kunnen zijn. Dat is een spookbeeld voor me. En jij?'

'Ik ben er nooit heel erg mee bezig geweest. Ik had dat hoofdstuk voor mezelf eigenlijk al een beetje afgesloten om dezelfde redenen als die jij net noemde, maar mijn voornaamste reden om niet te kiezen voor een kind is de zus die me vandaag met een kind heeft opgescheept. Ik heb gezien wat Ambers verdwijning met mijn ouders heeft gedaan. Al het verdriet, het gemis, de zorgen. Vanaf de geboorte van een kind heb je volgens mij nooit meer een rustig moment. Elke leeftijd brengt zijn eigen problemen en zorgen met zich mee en ik weet niet of ik daartegen opgewassen zou zijn. En natuurlijk zijn er ook nog de zaken die jij net noemde: niet het goede moment, niet de goede partner, geen tijd, blabla. Ouders blijf je altijd, ook als je je kind verliest of als het de benen neemt. Ik wilde mezelf dat niet aandoen.'

'Mmm, dat klinkt wel heel erg negatief. Een kind brengt toch niet alleen maar zorgen en ellende met zich mee?'

'Zo bedoel ik het ook niet. Ik vind het gewoon een hele verantwoordelijkheid. Het is niet iets waar je "zomaar" aan begint. Als het uiteindelijk niet bevalt, kun je je kind niet wegdoen of omruilen voor een leuker exemplaar. Dat benauwt me.'

'Nadenken en praten over het nemen van een kind doe je vanuit liefde en een stabiele relatie. Ik zou het met jou wel aandurven.'

Niels boog zich naar haar toe en zoende haar. Chantal liet hem zijn gang gaan en liet zich meevoeren door zijn tong. Niels trok haar van de bank en wilde haar meenemen naar de slaapkamer, toen hij zich realiseerde dat daar een klein meisje lag te slapen. Halverwege de kamer bleef hij een beetje onbeholpen staan. Chantal lachte.

'Wen er maar vast aan, "papa", dat wordt plannen als je van bil wilt.' Ze trok hem weer mee naar de bank en kroop boven op hem. 'Als we zachtjes doen...' fluisterde ze.

Niels trok een moeilijk gezicht. 'Straks komt ze de kamer binnen.'

'Ze ligt te slapen als een roosje.'

'Ze kan toch wakker worden?'

Chantal ging zuchtend naast hem zitten.

'Even heel praktisch: waar slaap ik vannacht eigenlijk?'

'Eh... op de bank? Mijn twijfelaar is te klein voor twee volwassenen en een kind.'

Niels trok een quasi-sip gezicht.

'Het is maar voor een nachtje. Morgen koop ik een opklapbedje voor Fenna.'

'En waar wil je dat bedje dan neerzetten?' Hij liet zijn ogen door de kleine ruimte gaan.

'Tja, daar zeg je wat,' beaamde ze. 'Ik moet serieus werk gaan maken van een groter huis.'

'Wat vind je ervan als we om te beginnen de komende week in mijn woning verblijven? Ik heb drie slaapkamers en een tuin. Na de vakantie gaan we dan serieus op huizenjacht voor je. Tenzij het je natuurlijk heel goed bevalt bij mij...'

'Is dat een verkapte uitnodiging om bij je in te trekken?'

'Als jij dat zo wilt opvatten,' zei hij lachend. Hij pakte haar hand. 'Ik zou het wel aandurven met jou. Én Fenna.'

Chantal glimlachte flauwtjes, het ging allemaal wel heel snel nu. Doordat Amber haar zaakjes niet op orde had, werd zij gedwongen om haar leven ook drastisch overhoop te gooien. Noodgedwongen samenwonen in Niels' huis, haar arbeidsuren terugschroeven, een school uitzoeken voor Fenna... En dan waren er vast nog duizend andere dingen waar ze nu niet bij stilstond, maar waar ze gaandeweg mee geconfronteerd zou worden. Ze pakte haar glas wijn en dronk het in één keer leeg. Niels sloeg het met een zorgelijk gezicht gade.

'Zo erg is het toch niet om bij me in te trekken?' Er lag een onzekere ondertoon in zijn stem.

'Nee. Denk ik. Het is... Ik had me alles alleen zo anders voorgesteld. Niet zo overhaast en noodgedwongen. Ik doe dingen graag in mijn eigen tempo, dan weet ik zeker dat ik er honderd procent achter sta. Ik ben al zo lang alleen, heb mijn eigen ritmes en rituelen. Ik vind het lastig om dat in één keer om te gooien. Dat zou een geleidelijk proces moeten zijn.'

Niels begon te lachen. 'Ik vraag me af wie er eigenlijk de kerel is in deze relatie. Meestal is het juist de man die aarzelt met samenwonen omdat hij zijn vrijheid niet wil kwijtraken.'

'Vind jij het dan niet moeilijk?'

'Het lijkt me hartstikke leuk. Ik ben dat alleen-zijn wel een beetje zat. De afgelopen weken zijn we in onze vrije tijd continu bij elkaar geweest en dat beviel me prima. En natuurlijk zullen we tegen dingen aanlopen en onze weg moeten vinden in een gezamenlijk huishouden, maar hé, ik hou wel van een uitdaging.'

Hij trok haar tegen zich aan en gaf haar een kus op haar hoofd. Ze voelde zich ineens een enorme zeikerd. Ze zou een gat in de lucht moeten springen dat deze fantastische man met haar wilde samenwonen.

'Ik ga in elk geval niet een hele week op jouw bank slapen, want dan hou ik geen rug meer over.'

Dit laatste argument van Niels trok haar over de streep. 'Oké, we verblijven de komende week in jouw woning en na de vakantie zien we wel verder. Morgen staat in het teken van spullen pakken.'

'Dan kom ik jou en Fenna morgen na mijn werk ophalen. Ik laat tussen mijn werkzaamheden door wel een reservesleutel van mijn huis maken.'

'Ik zal mijn stalker een verhuisbericht sturen,' grapte ze.

Niels stond op. 'Ik pak nog een biertje. Jij geen wijn meer, denk ik?'

'Zeker wel! We hebben iets te vieren, geloof ik.'

Na een uitgebreide toost en wat geknuffel werd Niels even later weer serieus. 'Nog even over je zus: je zei dat je haar wilde gaan zoeken. Hoe wil je dat gaan aanpakken?'

'Ik wil beginnen met het natrekken van het kenteken van de auto die Fenna hier voor de deur heeft afgezet.'

'Heb je dat gezien?' vroeg Niels verbaasd.

'Toen ik met Fenna stond te praten reed er een auto weg. Heb ik je weleens verteld dat ik een kentekentic heb? Amber en ik deden vroeger altijd een wedstrijdje wie de meeste kentekens kon verzamelen als we met mijn ouders op pad waren. Zij zat altijd links en ik rechts op de achterbank. Meestal won ik. Naar kentekens kijken is een soort tweede natuur voor me geworden.'

Niels keek haar wat meewarig aan.

'Ja, ik geef toe dat het een autistisch trekje is.'

'Kun je wel zeggen, ja. Maar je hebt dus een kenteken?'

'Yep.' Chantal vlijde zich tegen Niels aan, en liet haar hand onder zijn trui verdwijnen. Zachtjes woelde ze met haar vingers door zijn borsthaar. 'Zeg, meneer de politieagent, jij kunt toch in een vloek en een zucht kentekens natrekken?' Haar vinger draaide cirkeltjes op zijn buik, vlak boven zijn broeksband. Ze hoorde aan zijn ademhaling dat het hem niet onberoerd liet. 'Uiteraard ben ik bereid er grof voor te betalen.' Haar stem klonk verleidelijk en ze maakte zijn riem los. Daarna knoopte ze tergend langzaam zijn broek open. 'Hebben we een deal?'

'Ja,' gromde hij.

13

Chantal schrok wakker van de wekker. Zonder haar ogen te openen drukte ze op de snoozeknop en kroop naar de andere helft van het bed. Loom tilde ze haar arm op, met de bedoeling hem om Niels heen te slaan.

'Dag, tante Chantal.'

Haar arm bleef in de lucht hangen. Twee blauwe kinderoogjes keken haar recht aan toen ze haar ogen opende. Chantal was meteen klaarwakker en bevond zich weer midden in de bizarre werkelijkheid. Ze was voor onbepaalde tijd verantwoordelijk voor een kind.

Fenna was inmiddels onder het dekbed uit gekropen en stond enthousiast op het bed te springen. Chantal kwam overeind en greep naar haar hoofd. Vanaf vandaag zou ze minder wijn drinken. 'Fenna, kom maar even rustig zitten.'

'Maar ik ben wakker!'

'Ja, maar tante Chantal nog niet.'

'Komt mama vandaag terug?'

Fenna liet zich op bed ploffen. Haar ogen waren waterig. Chantal besloot eerlijk te zijn en haar niet vanaf dag één al van alles wijs te maken om haar rustig te houden.

'Ik weet niet wanneer mama terugkomt, Fenna.'

'Komt ze morgen terug?'

'Nee, lieverd, dat denk ik niet.'

'Na hoeveel nachtjes slapen dan?'

'Dat weet ik niet, schatje.' Ze besloot haar nichtje af te leiden. 'Zullen we eens gaan kijken of je mooie golven in je haren hebt?' Zachtjes trok ze aan een van Fenna's vlechten. Het afleidingstrucje werkte, want het gezicht van het meisje klaarde meteen weer op.

'Ja!' Ze kroop van het bed af. 'Kom, tante Chantal!'

Zat er ook een uitknop op dat kind? Verlangend dacht Chantal terug aan de ochtenden waarop haar enige gezelschap een mok met een dubbele dosering Senseo-koffie was. Zuchtend stapte ze uit bed en trok haar badjas aan. Ze wierp een vluchtige blik op Fenna's rugzak, waar de scharenset en een haarkleurmiddel in zaten. Hoe moest ze in vredesnaam het meisje zover krijgen dat ze haar haren mocht kortwieken, als ze straks de golven in haar haren had gezien? Waarom had ze het kind die anekdote over haar en Amber ook verteld?

Fenna greep haar hand, wierp een blik in de lege woonkamer en trok haar mee naar de badkamer. 'Waar is oom Niels?'

Oom Niels? Zo had hij zich toch niet aan Fenna voorgesteld? Dacht haar nichtje misschien dat Niels en zij getrouwd waren?

'Naar zijn werk bij de politie.' Chantal pakte een borstel van het planchet en haalde hem zachtjes door Fenna's blonde haren.

'Mooi, tante Chantal?'

'Prachtig.'

'Zien!' Chantal tilde Fenna op en liep met haar naar de badkamerspiegel. Ze ging er schuin voor staan zodat Fenna een glimp kon opvangen van haar haren.

'Ik zie het niet goed,' zei Fenna teleurgesteld terwijl ze met haar hand aan haar haren voelde.

'Wacht, tante Chantal heeft een idee. Ze rende naar haar slaapkamer en griste haar mobiel van haar nachtkastje. Teruggekomen in de badkamer vroeg ze Fenna om met haar rug naar haar toe te gaan staan. Ze maakte een paar foto's. 'Kijk, zo ziet het er van de achterkant uit.'

Ze hield het scherm van haar telefoon voor Fenna's gezicht en het meisje keek gebiologeerd naar de foto's.

'Echt mooi. Ik wil nu altijd golfjes.'

Daar heb je het al. Hoe krijg ik dat kind ooit zover dat ik een schaar in haar haren mag zetten? Je wordt bedankt, zus.

Er kwam een app binnen van Niels. Gretig opende ze het bericht. Elke afleiding van de 'kindsituatie' was welkom.

Ik heb het kenteken nagetrokken. Staat op naam van een verhuurbedrijf dus het zou me verbazen als je er verder mee komt zonder mijn hulp. Laat maar weten of je wilt dat ik erlangs ga om een beetje met mijn penning te zwaaien ;-) Het gaat om Doeks Autoverhuur aan de Willem de Zwijgerlaan. X

Chantal zuchtte. Het was ook te mooi geweest om waar te zijn dat het kenteken rechtstreeks naar de bestuurder of haar zus zou leiden. Ze stuurde Niels een berichtje terug dat ze eerst zelf een poging wilde wagen bij Doeks. Ze wilde de boel niet meteen op scherp zetten door het bedrijf een politieagent op zijn dak te sturen.

De klok gaf inmiddels negen uur aan. Gelukkig had ze deze week verder geen bezoekjes aan de rechtbank meer op de rol staan en de paar kleine dingen die ze nog had willen doen, kon Anique wel afhandelen. Net als Niels, had ze ook Anique nooit over haar zus verteld. Dat nu wel doen was eigenlijk geen optie. Niet dat ze haar partner niet vertrouwde, maar ze had het vertrouwen van Amber al geschonden door met Niels over de kwestie te praten. Ze zou Anique in plaats hiervan vertellen over het hart dat ze in haar koelkast had gevonden en dat ze daar zo overstuur van was, dat ze Aniques advies om even niet te werken ter harte zou nemen. Met onmiddellijke ingang.

'Mag ik jouw haar kammen?' vroeg Fenna.

'Nee, schatje, tante Chantal moet even een paar belletjes plegen.'

'O,' reageerde Fenna teleurgesteld. Chantal nam het kind mee naar de woonkamer en griste in het voorbijgaan een leeg A4'tje uit de printer. Ze legde het op de salontafel, samen met een pen. Kleurpotloden of viltstiften had ze natuurlijk niet in huis. 'Hier, ga maar even een mooie tekening maken voor je mama. Als ze dan weer terugkomt, kun je die aan haar geven.' Ze tikte op het tafelblad en Fenna ging op haar knietjes op het crèmekleurige kleed zitten. Ze pakte de pen in haar linkerhand en begon op het papier te krassen. *Linkshandig, net als haar moeder.*

'Hij doet het niet!'

Natuurlijk niet. Ze trok een keukenla open en ging op zoek naar een ander exemplaar. Het enige wat ze vond was een felgele markeerstift. Ze gaf hem aan Fenna.

'Ik wil een blauwe kleur.'

'Die heb ik niet, Fenna.'

'Deze kun je niet goed zien.'

'Dat komt doordat het overdag is. 's Nachts licht deze kleur op.'

'Echt waar?'

'Ga maar sterretjes en zonnetjes tekenen, die zijn geel.'

'Sterren kun je 's nachts zien. Die ga ik tekenen!'

'Heel goed, meisje. Tante Chantal gaat even douchen en een paar dingen regelen. Daarna gaan we ontbijten.'

Fenna hoorde haar al niet meer en hing met een geconcentreerd gezicht boven het witte vel papier, de markeerstift stevig tussen haar vingers geklemd. Chantal maakte gebruik van het moment en sloop met haar telefoon de kamer uit. Ze pakte vlug een setje schoon ondergoed, een strakke spijkerbroek en een dikke trui uit haar kast en liep naar de badkamer. Ze draaide de deur op slot. De behoefte om even echt alleen te zijn was groot. Haar nichtje moest zich maar even zonder haar vermaken. Ze belde Anique, die precies reageerde zoals ze had verwacht: bezorgd over haar veiligheid en blij dat ze eindelijk rust ging nemen. Voor ze ophing, had Anique haar op het hart gedrukt om nu toch echt naar de politie te gaan en aangifte van stalking en bedreiging te doen. Met het vage 'Niels is ermee bezig' had ze opgehangen. Daarna zocht ze het nummer van notaris Witteveen op. Deze man had informatie over Amber en ze zou echt geen jaar gaan zitten wachten. Tot haar teleurstelling kreeg ze zijn voicemail. Ze sprak een boodschap in met het verzoek haar terug te bellen. Douchen dan maar. Chantal gunde zichzelf een minuut onder de warme waterstraal en draaide toen de kraan weer dicht om haar haren en haar lijf in te soppen. Daarna spoelde ze zich vlug af. Hoe lang kon je een kind alleen laten met een gele markeerstift? Nachtmerriebeelden van haar mooie, witgestucte muren die waren volgekliederd met hemellichamen, verschenen op haar netvlies. Ze droogde zich maar half af en schoot in haar kleren. Met een handdoek om haar druipende ongekamde haar gewikkeld liep ze de woonkamer in. In een oogopslag zag ze dat Fenna haar muren ongemoeid had gelaten. Maar haar prachtige witte kleed niet.

'Fenna!' brulde Chantal. 'Laat dat!'

Fenna zat geconcentreerd op het kleed te kleuren. Het puntje van haar tong stak uit haar mond. Ze keek verschrikt op toen Chantal schreeuwde, en begon te huilen. *Waarom moeten kinderen toch altijd huilen?*

'Ik maahaak sterretjes. Dat is moohooi,' snikte haar nichtje.

'Vloerkleden zijn niet bedoeld om op te tekenen. Papier is bedoeld om op te tekenen.' Chantal vloekte inwendig de hele buurt bij elkaar. Haar mooie dure kleed naar de gallemiezen! Ze pakte Fenna bij haar arm en trok haar omhoog. Het meisje begon alleen maar harder te huilen.

'Ik wil naar mama toehoe!'

Chantal keek op de klok. Ze was nog geen uur uit haar bed en zat nu al tegen een zenuwinstorting aan. Om nog maar te zwijgen over het feit dat ze nog geen koffie of ontbijt had gehad.

Gewapend met kind, creditcard en haar sleutels liep Chantal naar haar auto. Haar ogen scanden de omgeving op verdachte personen. De komst van Fenna had haar angst voor de onbekende man die haar achtervolgde even naar de achtergrond doen verdwijnen, maar zodra ze de straat op was gestapt, was het unheimische gevoel weer in volle hevigheid teruggekomen. Dat ze nu ook nog verantwoordelijk was voor een kind maakte het er niet bepaald gemakkelijker op. Amber was ervan uitgegaan dat Fenna bij haar veilig was, dat had ze het kind ook ingeprent. Het vertrouwen dat haar zus in haar had gesteld, streelde haar, maar daardoor stak het des te meer dat ze niet zeker wist of ze die veiligheid kon garanderen. Hoe zou haar stalker reageren op een kind? En dan was er nog de vader van Fenna die geen lieverdje was en misschien wel op zoek was naar zijn dochter.

Fenna huppelde steeds verder voor Chantal uit en met schrille stem riep ze het kind terug. Het meisje hield haar pas in en wachtte braaf tot haar tante haar had ingehaald. Chantal pakte de hand van haar nichtje om zeker te weten dat het meisje er niet weer vandoor ging. Hoewel ze het liefste naar het autoverhuurbedrijf was gereden om uit te zoeken of ze meer informatie hadden over Amber, besloot ze toch eerst naar de kapper en een paar kledingwinkels te gaan. Hoe sneller Fenna een metamorfose kreeg, hoe beter. Aangekomen bij haar auto realiseerde ze zich dat ze geen kinderzitje had. Was dat verplicht? Ze hielp Fenna op de achterbank en klikte de gordel vast. 'Zit je bij je mama ook altijd op de achterbank of heeft je mama een stoeltje voor je?'

'Stoeltje.'

Oké, ze moest dus ook een kinderstoeltje kopen. In de auto belde ze haar kapper of hij een gaatje in zijn agenda had. Eigenlijk niet, maar omdat zij het was... Dankbaar maakte ze wat zoengeluiden en verbrak de verbinding. De rode auto die al een paar straten achter haar aan reed, sloeg tot haar opluchting af. Ongestoord reed ze door naar de kapper en parkeerde haar auto. Fenna zat op de achterbank zachtjes te zingen. Chantal vond het bijna jammer dat ze het vrolijke gekweel moest onderbreken.

'We zijn er, Fenna.' Ze hielp haar nichtje van de achterbank en liep hand in hand met haar bij de kapper naar binnen.

'Chantalleke!' begroette Johnnie haar hartelijk. 'En wie is dit schatje?'

'Ik ben Fenna.'

Johnnie ging op zijn knieën voor het meisje zitten. Fenna

stak haar hand uit en Johnnie drukte er een kus op, net zoals Niels gisteren had gedaan. Fenna giechelde verlegen. Johnnie liet zijn hand door Fenna's blonde haren gaan. 'Wat heb jij een prachtig haar, Fenna.'

Chantal tikte hem tegen zijn schouder en keek hem waarschuwend aan. Dit ging helemaal verkeerd. Als Johnnie Fenna wijs ging maken dat ze mooie haren had, dan ging het never nooit meer lukken om het kind een kort kapsel aan te meten. Johnnie kwam met een vragende blik overeind.

'Fenna, ga jij even in die stoel daar zitten? Tante Chantal moet even met ome Johnnie praten.'

Het kind keek haar met een schuin hoofd aan en gehoorzaamde toen. Ze pakte een *Donald Duck* van de leestafel en was al snel verdiept in het blad. Ze maakte zachtjes wat kwaakgeluiden en giechelde af en toe in zichzelf. Chantal trok Johnnie zo ver mogelijk bij haar vandaan en vertelde hem fluisterend wat ze van hem verwachtte.

'Kort?!' riep hij verschrikt uit.

'Sssst.'

'Sorry. Maar kort?' zei hij zachtjes. 'Ze is geen jongetje. Dat kan ik niet over mijn kappershart verkrijgen. Boblijn is het maximale dat ik voor je kan doen. En zwart? Weet je dat heel zeker?'

'Ja, anders vroeg ik het toch niet?' Chantal begon haar geduld te verliezen. 'Luister Johnnie, echt heel fijn dat we tussendoor bij je terecht kunnen, maar ik heb het heel erg druk vandaag. Als jij het lastig vindt om haar te knippen, dan ga ik wel op zoek naar een andere kapper. Geen probleem.'

'Fenna, schatje?' riep Johnnie. 'Kom je even in deze stoel zitten? Dan gaat ome Johnnie je haren even mooi maken.'

Het meisje weekte zich met moeite los van haar *Donald Duck* en keek op. 'Ik heb al mooie haren,' was het commentaar, maar ze liep wel naar hem toe.

Johnnie tilde haar voorzichtig op en zette haar op de kappersstoel. Met een spijtig gezicht liet hij zijn handen nog even door haar zachte blonde haren gaan en hing haar toen een kappersschort voor. Hij pakte een plantenspuit en begon haar haren nat te maken. Daarna kamde hij het. Fenna liet hem begaan maar volgde elke handeling via de spiegel.

'Niet aan mijn golfjes komen,' zei ze beslist toen Johnnie een schaar pakte.

'Fenna,' greep Chantal meteen in, 'we doen dit als verrassing voor je mama, omdat zij dit heel mooi vindt.'

Fenna's lip begon te trillen en Chantal was bang dat ze zou gaan huilen. Er verscheen echter een glimlach op Fenna's gezicht.

'Jij ook! Jij moet mama ook verrassen!' zei ze triomfantelijk.

'Wat bedoel je, liefje?'

'Jij moet je haren ook knippen voor mama.'

'Fenna, luister...'

'Jij en ik,' klonk het beslist.

Johnnie probeerde tevergeefs een grijns te onderdrukken. 'Ik geloof dat jij ook de klos bent, Chantalleke. Heb jij even mazzel dat het een boblijn wordt en geen jongenskapsel.'

'Meisje, dat kan echt niet. Tante Chantal heeft haar lange haren nodig voor haar werk.'

Fenna's lip begon weer te trillen en deze keer zette haar huilbui wel door.

'Fenna!' Chantal probeerde boven het gebrul uit te komen, maar haar nichtje schroefde het volume nog wat op. Johnnies collega, die net krulspelden stond in te draaien bij een oudere dame, keek haar verwijtend aan. *Alsof het mijn schuld is!*

'Fenna, stop met huilen.'

'Samen.' Het gekrijs zwol nog verder aan.

'Oké, oké! Allebei nieuwe haren, maar hou alsjeblieft op met dat gehuil.'

Fenna snikte nog even na en werd toen stil. Johnnie pakte zijn schaar weer op en algauw was de tegelvloer bezaaid met lange blonde lokken. Terwijl de zwarte kleurspoeling bij Fenna introk, nodigde Johnnie Chantal uit om plaats te nemen in de stoel ernaast. Toen ze opstond, kon ze via de spiegel een korte blik naar buiten werpen. Haar hart klopte in haar keel toen ze een kale man zag die tegen een boom schuin voor de ingang stond geleund. Zijn bovenlip was volledig overgroeid door een dikke grijze snor. Ze kreeg de kriebels van zijn aanblik. Hij keek strak naar de ingang en even was er oogcontact.

'Johnnie, weet jij wie dat is daarbuiten?'

'Die met die snor? Nee, nog nooit gezien. Hoezo?'

De man pakte zijn telefoon en liep bellend weg.

'Laat maar.'

'Je probeert zeker tijd te rekken,' zei Johnnie grinnikend.

'Oeps, betrapt.'

Met een knoop in haar maag nam ze plaats in de kappersstoel. Ze bekeek zichzelf nog eens goed in de spiegel. Ze was ontzettend gehecht aan haar lange blonde haren. *Fenna ook aan die van haar.*

'Ben je er klaar voor?'

Chantal sloot haar ogen en zei: 'Doe je ding.'

Bij het geluid van de knippende schaar kneep ze haar ogen nog steviger dicht. Ze zou willen dat ze met stoel en al ter plekke kon verdwijnen. Niels zou zich rot schrikken als hij haar vanavond zag. Ze had grote twijfels over of hij haar nieuwe kapsel zou kunnen waarderen.

14

Fenna zat met een tevreden gezicht in de nieuwe kinderstoel op de achterbank. Het prijskaartje hing er nog aan. Naast haar lag de bank bezaaid met tassen die gevuld waren met een kledingcollectie waar Chantal jaloers op was. Nadat ze zelf het offer had gebracht om haar haren net als die van Fenna te laten kortwieken, had het meisje zich voorbeeldig gedragen. Ergens had Chantal het gevoel dat ze was beetgenomen, dat haar nieuwbakken nichtje haar aan het uitproberen was – kijken hoe ver ze kon gaan en wat ze allemaal voor elkaar kon krijgen – maar was dat niet kinderen eigen? Chantal en Amber waren vroeger zelf ook sterren geweest in het bespelen van hun vader.

Chantal speurde de weg af. Toen ze de kapperszaak verlieten, had de kale man met de snor verderop in de straat gestaan. Ze was dus op haar hoede, maar tot nu toe was ze niet gevolgd. Waarschijnlijk had ze in haar fantasie van deze man meer gemaakt dan hij was. Het gênante moment met de wildvreemde Martijn die onschuldig in haar straat had gestaan en die ze van van alles en nog wat had beschuldigd, schoot weer door haar hoofd.

Het stoplicht waar ze voor stond, sprong op groen en rustig trok ze op. De haast die ze eerder had gehad, was verdwenen nu ze zo goed op schema lag. Ze was slechts een paar straten verwijderd van de Willem de Zwijgerlaan en hoewel ze niet verwachtte dat ze bij het autoverhuurbedrijf veel wijzer zou worden, moest ze er van zichzelf toch langs. Elk stukje summiere informatie dat naar Amber kon leiden, moest ze zien te verzamelen. Daarna zou ze naar huis gaan om haar spullen in te pakken, zodat zij en Fenna klaar zouden staan wanneer Niels hen kwam ophalen. Ze was benieuwd naar zijn huis. Sinds ze een relatie hadden, was hij eigenlijk altijd naar haar toe gekomen. Haar verzoeken om ook eens naar zijn woning te gaan, had hij tot nu toe afgehouden. Zijn *man cave* was niet geschikt om vrouwen te ontvangen. Ze had er nooit moeilijk over gedaan, ze sliep tenslotte het liefste in haar eigen bed. Maar met de komst van Fenna was alles anders geworden.

Ze nam een laatste bocht en reed toen het terrein van Doeks Autoverhuur op. Ze parkeerde op een vrije plek tussen een zwarte Volkswagenbus en een blauwe Renault Clio. Ze twijfelde even of ze Fenna mee naar binnen zou nemen. Zonder kind was wel zo praktisch en snel. Als ze de verwarming nou aanliet? Ze stond al bijna op het punt om uit te stappen toen ze zichzelf corrigeerde. *Natuurlijk laat je haar niet zonder toezicht in die auto achter.* Ondanks Fenna's metamorfose was het nog altijd mogelijk dat haar vader haar in de gaten hield en elk moment zou aangrijpen om het kind weer in handen te krijgen.

Ze opende het achterportier en hielp Fenna uit haar stoeltje. De tassen op de achterbank lagen in de weg, dus die borg ze eerst in de kofferbak op.

'Wanneer gaan we naar huis, tante Chantal? Ik ben moe.'

'Tante Chantal is ook moe, schat, maar dit moeten we nog even doen. We gaan even naar binnen om te praten en dan gaan we naar huis, goed?'

Fenna knikte. Chantal pakte het nu gehandschoende kinderknuistje vast en samen liepen ze naar de ingang. Er klonk een belletje toen ze de deur opendeed. Een aangename warmte kwam haar tegemoet, samen met de geur van rubber en olie.

Achter de balie stond een keurige man in pak die haar vriendelijk begroette. Zijn accent verraadde dat hij geboren en getogen was in Amsterdam. Gelukkig leek hij haar niet te herkennen van de tv – haar nieuwe kapsel en haarkleur mochten haar dan een doorn in het oog zijn, op dit moment kwamen ze heel goed van pas.

'Goede...' ze keek naar de wijzers van haar horloge die halfeen aangaven, '... middag is het alweer.'

Voordat ze verder kon gaan, trok Fenna aan haar hand.

'Ogenblikje,' zei ze glimlachend tegen de man. 'Wat is er, Fenna?'

'Mag ik daar spelen?' Ze wees naar een tafel met kinderstoelen in de hoek, waar kleurpotloden en papier op lagen.

'Ja, dat mag, dan gaat tante Chantal even met deze meneer praten.'

Fenna huppelde naar de tafel en Chantal richtte zich weer tot de man achter de balie, die geduldig stond te wachten. Even stond ze met haar mond vol tanden. Hoe ging ze dit eigenlijk aanpakken? Ze had nog niet bepaald veel tijd gehad om daarover na te denken. Ze opende haar tas om tijd te rekken en zocht naar het briefje waarop ze het kenteken van de auto had gekrabbeld. Haar oog viel op de collier die ze al een paar dagen in haar tas had, met het voornemen om een gebroken schakel te laten maken. Ze was er nog steeds niet aan toe gekomen en in alle drukte was ze vergeten dat hij nog steeds in haar tas zat.

Ze haalde de ketting tevoorschijn, samen met het briefje met het bewuste kenteken erop, en legde deze op de balie neer. 'Ik, eh, heb een beetje een rare vraag,' begon ze. 'Gisteren liep ik in een winkelstraat en toen zag ik een vrouw met grote haast naar een auto met dit kenteken rennen' – ze liet hem het briefje zien – 'en als ik het goed heb, gaat het om een auto van jullie zaak. Toen die vrouw instapte, verloor ze deze ketting. Schakeltje gebroken. Hier.'

Ze toonde de ketting aan de man, die er een blik op wierp. Verder keek hij nog net zo ongeïnteresseerd als toen ze haar verhaal begon, en ze besefte dat hij haar gezwets voor zoete koek slikte. 'Ik heb de ketting van straat geplukt en ben nog achter haar aan gerend, maar dat was natuurlijk kansloos. Ze zag me niet. Nou vroeg ik me af of u in uw systeem kunt zien aan wie u deze auto' – Chantal tikte met haar vinger op het briefje met het kenteken – 'gisteren verhuurd hebt, zodat ik de ketting naar die mevrouw terug kan brengen.'

Uiterst tevreden met zichzelf keek ze de man achter de balie aan. Zonder een woord te zeggen pakte hij het briefje van haar aan en liep ermee naar de computer die links van hem stond. Hij typte wat in, keek haar even aan en richtte zijn blik toen weer op het scherm. Hij zweeg nog steeds in alle talen.

'En? Kunt u wat vinden?'

De man liet de computer voor wat hij was en liep terug. 'U bent niet de eerste vandaag die vraagt naar de verhuurder van deze auto. Vanochtend vroeg was hier een man die ook informatie probeerde te krijgen.'

Er ging een steek door Chantals buik. Niels? Of was Fenna's vader ook op het spoor van de auto gekomen?

'Ik moet zeggen dat ik uw verhaal beter vind,' ging de man verder. Hij lachte. 'Maar even voor de goede orde: wij geven nooit gegevens prijs van mensen die een auto bij ons huren. Tenzij een rechter ons dwingt, natuurlijk. Privacy is tegenwoordig een schaars goed en wij zijn nog zo'n ouderwets bedrijf dat die wil waarborgen voor zijn klanten.'

Hij gaf haar het briefje terug. 'Maar als u wilt, dan kunnen wij er namens u voor zorgen dat deze ketting bij zijn rechtmatige eigenaar terechtkomt. Duur dingetje zo te zien.'

Hij wilde de ketting al pakken, maar Chantal was hem net voor en liet het sieraad vlug in haar tas glijden.

'Ik breng hem wel naar de politie.' Ze wierp hem een minzaam lachje toe.

'Wat u wilt.'

'Maar u weet dus wel wie die auto gisteren gehuurd heeft?'

'Gaat u er maar van uit dat wij onze administratie goed op orde hebben.'

'U zei dat er vanochtend een man was die ook naar deze auto vroeg?'

'Ja, toevallig hè?'

Chantal knikte aarzelend.

'U zult begrijpen dat het mij een beetje argwanend maakt.'

'Was dit hem?' Ze liet een foto van Niels zien.

'Als u het per se wilt weten: nee, dit was niet de man.'

'Hoe zag hij er dan uit?'

'Luister, mevrouw, ik verhuur auto's en ben geen expert in line-ups. Er komen hier zoveel mensen op een dag.'

'Maar u geeft uw auto's toch niet zomaar aan iedereen mee? U kijkt toch aan wie u ze uitleent?'

'Ik kijk naar de papieren en de betaling. Als die in orde zijn, dan is dat voldoende voor mij. Hoe iemand eruitziet, boeit me niet zo. Ik heb me in het verleden zo vaak in mensen vergist aan de hand van hun uiterlijk, dat ik mezelf heb aangeleerd om daar geen conclusies meer aan te verbinden.'

'Ja, natuurlijk. Maar ik ben gewoon een eerlijke moeder. Voor hetzelfde geld is die ketting een erfstuk en zit die vrouw nu in zak en as. Ik wil hem zo graag persoonlijk aan haar teruggeven. Ik ben ook weleens een sieraad kwijtgeraakt dat veel emotionele waarde had en...'

'Ik heb u al aangeboden om de ketting hier achter te laten. U kunt uw adresgegevens opschrijven zodat de eigenaresse contact met u kan opnemen om u te bedanken.'

'Nee hoor, dat ga ik niet doen. Hoe weet ik dan dat de ketting ook daadwerkelijk bij haar terechtkomt?'

'Een beetje vertrouwen in een eerlijke zakenman zou u niet misstaan,' zei de man beledigd.

'Tante Chantal! Kom eens kijken!'

'Ik dacht dat u zei dat u moeder was?'

'Ben ik ook, mijn kind zit op school. Ik pas vandaag op mijn nichtje,' antwoordde ze met een strak gezicht.

'Uw nichtje is zeker gek op u.'

Chantal keek hem vragend aan.

'Zelfde kapsel,' verduidelijkte hij zijn opmerking.

'Ze is inderdaad heel dol op me.'

Fenna kwam aanlopen met een tekening in haar hand. 'Kijk, tante Chantal, voor jou.' Vol trots overhandigde ze het bekraste papier. 'Dit is mama en dat ben jij.'

'Wat mooi, Fenna. Heel knap.'

'Schrijf jij de namen erbij? Dat doet mama ook altijd.'

'Hebt u een pen?' vroeg ze aan de man achter de balie. Hij knikte en gaf haar er eentje. Bij de ene vorm schreef ze '*Tante Chantal*' en bij de andere '*Mama*'. In de rechterbovenhoek schreef ze haar mobiele nummer en ze gaf de tekening aan de man achter de balie. 'Geef dit aan de huurder van de auto en vraag haar mij te bellen.'

Ze pakte Fenna's hand en liep met haar naar het tafeltje waar ze net aan had zitten tekenen. Ze griste de handschoentjes van tafel en toen liepen ze naar de uitgang.

'Maar mijn tekening!'

'Die meneer vond hem zo mooi, dat hij vroeg of hij hem mocht houden. Jij kunt straks een nieuwe maken voor tante Chantal.'

Fenna keek achterom en zwaaide naar de man. 'Dag, meneer!'

De man zwaaide terug en stak daarna zijn duim naar haar op.

Zonder problemen liep Fenna mee naar buiten. Chantal bad dat de man de tekening aan Amber zou overhandigen en dat haar zus haar snel zou bellen. Als het tenminste Amber was geweest die in de auto had gezeten. Het feit dat er vanochtend een kerel langs was geweest bij het verhuurbedrijf die ook naar de auto had gevraagd, was erg verontrustend. Ze moesten hier dan ook zo snel mogelijk weg. Ze kon alleen maar hopen dat die man achter de balie zich vanochtend net zo discreet had gedragen en de identiteit van de huurder van de auto toen ook niet had prijsgegeven. In gedachten bedankte ze Fenna dat ze haar had gedwongen om een nieuw kapsel te nemen. Het verschafte haar de anonimiteit die ze nodig had. Het laatste wat ze kon gebruiken was een artikel in een roddelblad of een showbizzrubriek over dat ze met een vaag verhaal bij een autoverhuurbedrijf had staan bedelen om de adresgegevens van een van hun klanten. Dat zou allemaal ongewenste vragen oproepen die ze niet wilde en kon beantwoorden.

Chantal startte haar auto en reed stapvoets naar de uitrit van het parkeerterrein. Op dat moment kwam een donkerblauwe Volkswagen Passat het terrein op rijden. Chantal hield haar adem in toen ze het kenteken van de auto zag. Het was de auto die Fenna voor haar deur had afgezet. Achter het stuur zat een man. De bijrijdersstoel was leeg.

Chantal zette haar auto in zijn achteruit en scheurde terug naar de parkeerplek die ze net had verlaten. Ze moest de bestuurder van de Volkswagen spreken.

'Tante Chantal? Zal ik thuis een nieuwe tekening voor jou maken?'

De Volkswagen reed voorbij en parkeerde een paar plaatsen verder. De man stapte uit en Chantal wilde hetzelfde doen.

'Tante Chantahal?! Wil je een tekening?'

'Straks, Fenna. Tante Chantal moet even iets aan die meneer vragen.'

Ze pakte haar tas, vloog de auto uit en gooide de deur dicht zonder nog acht te slaan op haar nichtje. 'Meneer!'

De man draaide zich om en bleef staan. Zijn gezicht was nors en pokdalig. Chantal deed automatisch een stap terug. Ze herpakte zich en zette door.

'Hebt u deze auto gehuurd?'

De man keek haar zwijgend aan en schudde tergend langzaam een sigaret uit een pakje dat hij uit zijn binnenzak haalde. Hij stak de peuk aan en blies een rookwolk haar kant op. Ze hoestte demonstratief, maar bleef wel staan.

'Mijn auto moet binnenkort een paar dagen naar de garage en ik overweeg een Passat te huren. Ik vroeg me af of het een fijne auto is. Bent u tevreden?' probeerde ze een gesprek op gang te brengen.

De man keek langs haar heen toen er gebonk klonk.

Chantal draaide zich om en zag haar nichtje met een rood gezicht op het raam slaan. Ze had het duidelijk niet naar haar

zin. Chantal zwaaide en wierp haar een kushandje toe.
'Maak een proefrit zou ik zeggen.'
'Huh?' Chantal wendde zich weer tot de man.
'Maak een proefrit.'
'Ja, dat ga ik ook wel doen, maar ik was benieuwd naar uw mening. U hebt tenslotte een paar dagen in deze auto gereden.'
'Nee hoor. Ik heb hem net opgepikt bij een afgesproken punt. Ik rij wel vaker auto's terug.'
'O, ik wist niet dat dat zo werkte. Dus u spreekt met de huurder af op een bepaalde plek en neemt dan de auto van hem over?'
'We hebben een aantal *pick-up points* in het land.'
'En dan neemt u de sleutels aan van de huurder en controleert u of de auto in goede staat is?'
'Zeg, ik begin het koud te krijgen. Ze hebben binnen vast wel een folder.' De man wilde weglopen.
'Maar hebt u de huurder van deze auto gezien?'
De man keek haar onderzoekend aan. 'U bent dus geïnteresseerd in de huurder van deze auto, niet in de auto zelf?'
Deze man was minder dom dan hij eruitzag.
'Als ik de huurder had gezien, had ik hem wel aangesproken op het niet naleven van de huisregels. Het zal trouwens wel om een vrouw gaan, want die bak stinkt ongelooflijk naar mentholsigaretten. We moeten hem eerst laten cleanen voordat-ie weer als rookvrije auto kan worden aangeboden.'
'Ik wil hem huren,' zei ze in een opwelling. 'Die rooklucht maakt me niet uit.'
'Daar ga ik niet over. Daarvoor moet u binnen zijn.'
Chantal wierp een snelle blik op haar eigen auto. Fenna zat rustig achterin en speelde met de franjes van haar sjaal. Als ze het kind weer mee naar binnen zou nemen, leverde dat vast een hoop gedrein en vertraging op. Het parkeerterrein was, op de huurauto's die er stonden na, leeg. Durfde ze de gok te wagen en Fenna even onbewaakt achter te laten? Al die tijd dat ze hier was, had ze geen mens gezien.

Chantal sprintte achter de man aan naar de ingang van het verhuurbedrijf. Hij trapte zijn sigaret uit en hield de deur voor haar open. Het gezicht van de man achter de balie betrok toen hij haar weer zag.

'U weer,' zei hij met een zucht. 'Ik dacht dat wij uitgepraat waren.'

De man met het pokdalige gezicht haalde de papieren en de sleutel van de Passat uit zijn binnenzak en legde ze op de balie. 'Kunnen we dit eerst even afhandelen? Er zijn mensen die meer te doen hebben vandaag.' Hij keek Chantal geërgerd aan.

Chantal griste de autopapieren en de sleutel van de balie. 'Ik wil deze auto huren. Mijn auto doet raar en ik heb haast.'

'De papieren en sleutel graag,' zei de man achter de balie dwingend.

Chantal legde de papieren terug. Ze pakte haar portemonnee en haalde haar rijbewijs tevoorschijn. 'Hier. Waar moet ik tekenen en kan ik pinnen? Toe nou, ik heb haast. En er zit een klein kind achter in mijn eigen auto dat bevriest.'

Het laatste argument liet de man achter de balie kennelijk niet onberoerd, want hij pakte haar rijbewijs en bekeek het grondig. Tot Chantals oplichting leek hij haar niet te herkennen.

'Bent u dit?' Hij hield haar de foto voor waarop ze nog lang en blond haar had en vergeleek hem met haar huidige verschijning.

'Uitprobeersel van mijn kapper,' zei ze met een grimas.

'Ik zou een andere kapper overwegen als ik u was.'

'Klein kind. Vrieskou. Haast,' probeerde ze nogmaals.

De man achter de balie schudde zijn hoofd.

'Je moet deze eerst laten cleanen,' bemoeide de man met het pokdalige gezicht zich ermee. 'Meurt naar mentholsigaretten.'

'O, maar ik ben dol op sigarettenlucht. Geen enkel probleem.' Ze zwaaide met haar creditcard, maar de man achter de balie stond duidelijk nog steeds in dubio. Ze moest die auto meekrijgen!

'Oké, handel is handel,' zei hij uiteindelijk. 'Hoe lang wilt u de auto huren?'

'Drie dagen.'

De man pakte de autopapieren en haar rijbewijs en voerde wat gegevens in in zijn computer. 'Het is zeker geheel toevallig dat dit de auto is waar u straks naar informeerde?'

'Is dat zo? Dat had ik helemaal niet door.'

'Mevrouw, u bent niet blond meer, dus u hoeft zich ook niet zo te gedragen.'

Chantal zei niets meer en zag dat de man even later een paar formulieren uit de printer haalde.

'Tekenen bij het kruisje.'

Ze pakte een pen van de balie en zette een krabbel.

'Hier ook nog een. Dit is uw exemplaar.'

Chantal propte het huurcontract in haar tas en pakte de sleutel en de papieren van de Passat aan. Daarna stopte ze haar creditcard in de betaalautomaat en rekende af.

'Probeer hem heel te laten,' zei de man nog, maar Chantal had zich al omgedraaid en liep met een triomfantelijke grijns op haar gezicht naar buiten. Maar toen ze naar haar eigen auto keek, verdween de glimlach abrupt. Het stoeltje op de achterbank was leeg. Van Fenna was geen spoor te bekennen.

15

In blinde paniek draaide Chantal om haar as en speurde het parkeerterrein af. *Stomme trut, waarom heb je dat kind ook alleen gelaten?* De meest vreselijke scenario's schoten door haar hoofd.

'Fenna!' Haar stem klonk schril. 'Fenna waar ben je?'

Ze rende naar de weg. *Laat haar alsjeblieft niet aangereden op de weg liggen.* Maar er viel niets anders te zien dan voorbijrijdende auto's. Geen gewond kind. Helemaal geen kind. Waar was Fenna gebleven? Chantal rende de stoep op die parallel liep aan de weg. Links of rechts? Kon ze zichzelf maar in tweeën splitsen. Had het zin om als een blind paard alle kanten op te rennen? Voor hetzelfde geld was Fenna meegenomen in een auto en al kilometers van haar verwijderd. Maar als dat zo was, dan had ze die auto toch wel horen wegrijden? Toen ze binnen haar best stond te doen om die Passat mee te krijgen, had ze op de achtergrond het gezoem van passerende auto's op de weg gehoord. Een auto op het parkeerterrein van het verhuurbedrijf had ze zeker opgemerkt.

Links of rechts? Ze rende naar rechts. Ondanks de kou liep het zweet in straaltjes langs haar rug. Hijgend riep ze Fenna's naam weer terwijl haar ogen de omgeving scanden. Bijna gleed ze uit over een stukje platgetrapte sneeuw. Struikelend rende ze verder tot ze in de verte een man zag staan. Misschien had hij iets gezien? Ze versnelde haar tempo. Toen ze nog maar een paar meter bij hem vandaan was, draaide hij zich naar haar om. Een ijzige hand klemde zich om haar hart. Het was dezelfde man die ze eerder bij de kapperszaak had gezien. Aan zijn voeten zat een klein meisje op haar hurken. Het kind aaide een hond.

'Fennaaaaaa!' krijste ze zo hard dat haar keel er pijn van deed.

De man keek haar rustig aan, maar haar nichtje kwam geschrokken overeind. Toen ze haar tante zag, verscheen er echter een brede lach op haar gezichtje.

'Tante Chantal. Kijk!' Ze wees naar de kwispelende jack russell die tegen haar op sprong. Een vrouw met opgestoken blond haar in een lange bruine jas hield met een vertederd gezicht de hondenlijn vast.

'Blijf van mijn kind af! Hou die vent bij haar vandaan!' brulde Chantal naar de vrouw. Toen sprong ze op de man af, haar handen vooruitgestoken. Haar nagels gingen rakelings langs zijn ogen, maar de man plukte haar simpelweg uit de lucht en zette haar klem in een ijzeren greep. Van het ene op het andere moment kon ze geen kant meer op. Ze spartelde wat met haar benen, maar gaf haar verzet al snel op toen bleek dat het geen enkele zin had. De man was sterk als een beer. Maar zolang hij druk was met haar, bleef hij tenminste met zijn poten van Fenna af. Die was inmiddels door alle commotie in huilen uitgebarsten.

'Rustig. Ze is in orde,' gromde de man in haar oor.

Chantal probeerde zich opnieuw los te wurmen, maar hij gaf geen krimp. De vrouw met de hond sloeg het tafereel met open mond gade. Ze leek niet te weten wat ze moest doen en keek vertwijfeld om zich heen, zoekend naar hulp. Fenna begon steeds harder te huilen en zette het vervolgens op een krijsen.

'Ik zei je toch dat je je rustig moest houden, je maakt het zo alleen maar erger.'

'Stil maar, Fenna,' wist Chantal met moeite uit te brengen, 'tante Chantal is bij je. Alles komt goed.' De woorden klonken niet bepaald overtuigend of geruststellend en de manier waarop ze door de man met de snor in bedwang werd gehouden, hielp ook al niet mee. Fenna reageerde er dan ook totaal niet op.

'Hou je mond nou eens,' klonk de zware stem weer, 'je maakt haar overstuur. Ik ga je nu langzaam loslaten en dan gaan we even praten. Eén verkeerde beweging en ik pak je weer beet. Begrepen?'

'Laat haar gaan, zij kan er niks aan doen,' zei Chantal op smekende toon.

'Heb je begrepen wat ik net zei?'

Chantal knikte en de man liet haar los. Meteen draaide ze zich om om de man een knietje te geven – het enige waarvan ze dacht dat het kans van slagen had – maar de man had het door en nam haar ogenblikkelijk weer in een ijzeren greep.

'Niet doen, oom Joep!' Fenna begon met haar kleine handjes op zijn benen te slaan. 'Je mag tante Chantal geen pijn doen!'

De man liet haar opnieuw los en deze keer wist Chantal zich te beheersen.

'Moet ik de politie bellen?' vroeg de vrouw met de hond, die een paar meter verderop was gaan staan.

'Ja, deze gek...'

'Niet nodig,' onderbrak de man haar. 'Ik ben hier om haar en die kleine in de gaten te houden en te beschermen.'

Wat? Wat zei hij?

De vrouw keek Chantal vragend aan.

'Ik ben hier in opdracht van Niels,' zei de man.

'Wat?!' Chantal draaide zich geschokt naar hem om. 'Wat zei je daar?'

'Niels heeft me gestuurd.'

'Nou, eh, dan ga ik er maar vandoor.' De vrouw met de hond draaide zich om en liep haastig weg, overduidelijk opgelucht dat ze het vreemde tafereel achter zich kon laten. Fenna wilde haar achterna lopen, maar Chantal kon haar nog net aan haar capuchon terugtrekken.

'Hier blijven, jij.'

'Maar ik wil Snoopy een afscheidskusje geven!' jammerde Fenna.

'Nu niet. Een andere keer.'

'Ja, maar...'

'Tante Chantal moet nu even met deze meneer praten.'

'Oom Joep! Hij heet oom Joep.'

'Fenna, nou even je mond houden!'

Theatraal deed het meisje haar armen over elkaar en ging toen met haar rug naar Chantal toe staan.

Chantal draaide zich weer om naar de man. 'Heeft Niels jou gestuurd?' vroeg ze. 'Waarom? Hoe ken je hem?'

'Niels maakte zich zorgen over jou en Fenna en heeft me gevraagd om jullie een beetje in de gaten te houden. Zodat jullie niet in zeven sloten tegelijk zouden lopen. En het was maar goed dat ik in de buurt was, want deze kleine houdini is zelf uit de auto ontsnapt en ik had haar gelukkig net te pakken voordat ze de weg overstak.'

'Jij hebt haar dus niet uit de auto gehaald?'

'Nee, natuurlijk niet, waarom zou ik dat doen?'

'Ik geloof er helemaal niks van. Ik ga Niels nu bellen en vragen hoe het zit,' siste ze.

'Ga je gang.'

Ze pakte haar telefoon uit haar tas en zocht, zonder de man uit het oog te verliezen, Niels' nummer in het menu op.

'Heb jij een of andere vage snorremans achter mij en Fenna aan gestuurd?' viel ze met de deur in huis toen hij opnam.

'Wow. Ook goedemiddag.'

'Niks goedemiddag. Geef antwoord, Niels.'

'Ik heb inderdaad een vriendje van me gevraagd...'

'Een vriendje in de categorie Ronnie zeker,' onderbrak ze hem. 'Ik word al de hele dag achtervolgd door die engerd. Eerst bij de kapper, nu weer bij het autoverhuurbedrijf... Hij had Fenna meegenomen, godverdomme! Ik heb doodsangsten uitgestaan toen ze niet meer in mijn auto zat!' Chantal begon steeds harder te schreeuwen.

'Ik héb haar niet meegenomen, ze is zelf aan de wandel gegaan!' riep Joep.

'Chantal, luister nou even naar me,' probeerde Niels haar te kalmeren. 'Doe even rustig. Ik had Joep gevraagd je onopvallend te volgen. Dat is blijkbaar niet gelukt.'

'Nee, dat is zeker niet gelukt. Wat denk je dat het met me doet als ik zo'n vent zie? Voor hetzelfde geld is het die stalker.'

Even was het stil aan de andere kant van de lijn. 'Shit, ja, daar had ik helemaal niet aan gedacht. Dat was misschien niet zo handig van me, maar ik maakte me zorgen om je.'

'Niet zo handig? Jezus, dat lijkt me nogal een understatement.'

'Het spijt me, Chantal, echt, maar ik deed het met de beste bedoelingen. Dat moet je van me aannemen. Geef me Joep even.'

Met tegenzin gaf ze haar telefoon aan Joep. Hij liep een eindje bij haar en Fenna vandaan en even was Chantal bang dat hij haar telefoon zou jatten. Gelukkig bleef hij na een paar meter staan.

Chantal knielde neer bij Fenna, die nog steeds stond te mokken. 'Sorry dat ik tegen je schreeuwde, Fenna, tante Chantal was gewoon heel erg geschrokken.'

'Ik wilde Snoopy alleen maar even aaien,' klonk het benepen. Toen sloeg ze haar armpjes om haar tantes nek en Chantal tilde haar op.

'Fenna, heeft deze meneer je meegenomen uit de auto?'

Het meisje schudde haar hoofd. 'Ik ben er zelf uit gegaan. Van mama geleerd.' Ze keek haar tante trots aan. 'Eén, twee, foetsieee,' en ze gooide haar armen in de lucht.

'Dus je mama heeft je geleerd om zelf uit je stoeltje en de auto te komen?'

Fenna knikte enthousiast.

Chantal liet dit even op zich inwerken. Waarom leerde je je kind in godsnaam om uit auto's te ontsnappen? Om goed voorbereid te zijn voor het geval dat je moest vluchten? Zou dat erop kunnen wijzen dat Amber haar ontsnapping met Fenna al langere tijd aan het voorbereiden was?

'Waarom ben je uit de auto gegaan, Fenna?'

'Voor Snoopy!'

'Bedoel je dat je dat hondje zag en dat je toen bent uitgestapt?'

Ze knikte weer enthousiast. 'Ik wilde Snoopy aaien.'

'Heb je niet van je mama geleerd dat je nóóit vreemde hondjes op straat mag aaien?'

'Maar hij lijkte op Snoopy!'

'Leek op Snoopy.' Chantal verbaasde zich opnieuw over de vreemde taalfouten die Fenna soms maakte. Maar ja, wat wist zij ook van het taalniveau van een zesjarige. En met de beste wil van de wereld kon Chantal geen gelijkenis vinden tussen de hond die ze zojuist had gezien en Snoopy, maar het leek haar verstandig om daar op dit moment maar niet op in te gaan. Ze wierp een blik op Joep. Hij stond nog steeds met Niels te bellen en aan zijn verhitte armbewegingen te zien, was het een pittig gesprek.

'Fenna, ben jij weleens naar school geweest?'

'Wat is school?'

'Een plek waar allemaal kindjes zijn om mee te spelen en dingen te leren van een juffrouw of meester.'

Fenna schudde verwoed haar hoofd.

'Wie heeft jou dan woordjes geleerd?'

'Mama.'

Had Amber haar kind echt weggehouden van school? 'Had je thuis vriendjes en vriendinnetjes?'

'Mama is mijn béste vriendin.'

'Waren er geen andere kindjes dan?'

Fenna schudde haar hoofd. 'Wel ooms.'

Waren haar zus en het kind omringd geweest door mannen? Was dat waarom Fenna iedereen te pas en te onpas 'oom' noemde? In wat voor kringen had haar zus zich toch begeven? Hoe had een toetreding tot het klooster uiteindelijk kunnen leiden tot een kind van een gewelddadige ex? Of was het helemaal geen ex, waren ze misschien nog gewoon samen? Het mysterie rond Amber werd steeds groter, maar één ding was wel duidelijk: het was geen zuivere koffie.

Chantal zette haar nichtje voorzichtig op de grond, maar het meisje stak meteen haar handen weer omhoog ten teken dat ze weer opgetild wilde worden. 'Tante Chantal heeft niet zulke grote spierballen, schatje.'

Joep was uitgebeld en kwam op hen afgelopen. Chantal griste haar telefoon uit zijn hand en hield hem bij haar oor. 'Niels?'

'Hij moest weer aan het werk.'

'Ja, dat zou ik ook zeggen als ik hem was. Lekker makkelijk om het een ander op te laten knappen.'

'Misschien moeten we even naar een rustig plekje rijden in plaats van hier op straat te blijven staan. Dat moppie krijgt het koud.' Hij keek naar Fenna, die zachtjes stond te klappertanden.

'Ze is je moppie niet,' bitste Chantal, 'en geen haar op mijn hoofd die eraan denkt dat ik je mee naar mijn huis neem.'

'Ik zat eerder aan Niels' huis te denken, daar zou je later op de dag toch al naartoe gaan.'

'Dat weet je dus ook al. Wat weet je allemaal nog meer van Niels en mij? Onze bedgeheimen?' reageerde ze sarcastisch.

'Ik heb beroepsgeheim,' antwoordde Joep, zonder verder concreet op haar vraag in te gaan. 'Je hebt een sleutel van Niels' huis, toch?'

Chantal knikte stuurs.

'Mooi, dan hoef ik de mijne niet op te halen. Laten we naar je auto gaan.'

'Ik heb er momenteel twee.'

'Twee wat?

'Auto's.'

'Twee?' vroeg Joep nogmaals.

'Laat maar, lang verhaal. Maar als je hier nu toch bent, kun je je ook wel meteen nuttig maken. Jij rijdt mijn auto naar het

huis van Niels en ik volg in de auto die ik net heb gehuurd.'
'En mijn auto dan?'
'Die haal je later maar lekker op.'
'Maar waarom heb je een auto gehuurd als je er al een hebt?' vroeg Joep.
'Lang verhaal zei ik toch al en bovendien gaat het je niets aan.'
'Oké. Geef me de sleutels dan maar.' Joep stak zijn hand uit en ze legde haar autosleutels er met tegenzin in. Gezamenlijk liepen ze terug naar de parkeerplaats van het autoverhuurbedrijf. Chantal paste zich aan Fenna's tempo aan en hield de hand van haar nichtje stevig vast. Het zou haar niet nog eens gebeuren dat ze haar kwijtraakte.
Op het parkeerterrein aangekomen maakte Joep haar auto open en stak zijn handen uit om Fenna van haar over te nemen.
'O nee, Fenna gaat bij mij in de auto.'
'Maar in deze auto zit haar stoeltje. Toch veel handiger als ze bij mij instapt?'
'Fenna gaat bij mij in de auto,' herhaalde Chantal op dreigende toon. 'Ik zou het op prijs stellen als je mij haar stoeltje geeft.'
Joep haalde zijn schouders op en dook de auto in. 'In welke auto moet ik dit ding zetten?'
Chantal liep met hem mee naar de Passat en ontgrendelde de deuren. Routineus zette Joep het stoeltje op de achterbank.
'Dat heb je vaker gedaan.'
'Vier kleinkinderen.' Hij was opa? Op de een of andere manier gaf haar dat een iets beter gevoel over de man.
Chantal zette Fenna in haar stoeltje en klikte de gordel vast. Ze kroop zelf achter het stuur en sloot de auto af.
'Het ruikt naar mama,' zei Fenna.
'Ja, schatje, het ruikt hier naar je mama.'
Chantal snoof de geur van mentholsigaretten diep op. De geur die in de Volkswagen hing, kon in theorie van iedereen afkomstig zijn, maar Chantal wist wel beter. Het laatste jaar voor haar verdwijning was Amber begonnen met het roken

van mentholsigaretten. En vooral als ze nerveus was, stak ze er graag een op. Tegen beter weten in trok Chantal de asbak van de auto open om te kijken of er nog opgerookte sigaretten in lagen. Hij was leeg. Zo slim was ze natuurlijk wel geweest.

16

Chantal opende de deur van Niels' woning. Tot de vakantie zou dit haar en Fenna's thuis zijn. Daarna zagen ze wel weer verder. Joep en Fenna volgden haar naar binnen. Aan de rechterkant van de vrij ruime hal hing een kapstok met witte kleerhangers. Het huis rook fris en dat beviel haar wel. Ze was gevoelig voor geurtjes. Niels ging met zijn huis blijkbaar net zo hygiënisch om als met zichzelf.

Chantal trok haar jas uit terwijl Joep Fenna uit de hare hielp, en liep over de eikenhouten vloer naar de smaakvol ingerichte woonkamer. Fenna sprong meteen op de grijze loungebank en liet haar hoofd rusten op het stapeltje kussens in de hoek.

'Niet met je schoenen op de bank, Fenna,' corrigeerde ze haar nichtje. Fenna trok het klittenband los en schopte haar schoenen op de grond. Chantal raapte ze op en zette ze keurig naast de bank.

'Koffie?' vroeg Joep.

'Kind aan huis hier?' vroeg Chantal pinnig.

'Ik kom hier wel vaker, ja.'

Hij wel. Het zat Chantal, meer dan ze ooit aan Niels zou toegeven, dwars dat deze bullebak wel bij hem thuis kwam, terwijl het voor haar de eerste keer was sinds ze een relatie hadden. Ze had zich er nooit zo druk om gemaakt en gedacht dat Niels zich schaamde voor zijn 'mannenhuis', maar als ze zo rondkeek in de kamer dan was er werkelijk niets om je voor te schamen. De woonkamer was luxueus en comfortabel ingericht. Haar eigen appartement stak er sober en gedateerd bij af. *Waar heeft hij het geld vandaan gehaald om zijn huis zo in te richten? Hij kan dit toch onmogelijk betalen? Hij heeft niet eens geld voor een vakantie. Zou hij schulden hebben?*

Joep verdween in de keuken en ze liep hem achterna. Zachtjes floot ze tussen haar tanden toen het ook in de keuken aan niets leek te ontbreken. De modernste apparatuur en een dik marmeren aanrechtblad. Jaloers keek Chantal naar de prachtige roestvrijstalen Boretti. Als ze zo'n fornuis en oven tot haar beschikking had, zou ze vast vaker koken.

'Cappuccino of espresso?'

'Toe maar, nog keuze ook. Doe maar een cappuccino.'

Joep leek zich weinig van haar gemopper aan te trekken en ging onverstoorbaar door met het bedienen van het espresso-apparaat. Chantal bedacht zich dat ze niet moest vergeten om die avond haar Senseo-apparaat mee te nemen.

Ze liep naar de Amerikaanse koelkast en trok hem open. 'Even kijken of we ook wat te drinken voor Fenna kunnen vinden.' In de vrijwel lege koelkast stond een ongeopend pak vruchtensap. Ze trok wat kastjes open, op zoek naar glazen, en draaide zich geërgerd om toen Joep op haar schouder tikte.

'Zocht je dit soms?' Hij hield haar een limonadeglas voor.

'Dank je.' Ze kon haar ergernis met moeite uit haar stem houden. Ze vulde het glas met sap en wilde het naar Fenna brengen, maar Joep hield haar tegen en stak een rietje in het glas.

'Beter voor de bank.'

'Goh, die Niels heeft ook alles in huis, hè? En ik maar denken dat een politiesalaris zo armetierig is.'

'Zijn ouders hebben hem een handje geholpen, aardige mensen.'

Oké, ze had dus rijke schoonouders. Dan mochten ze best bijdragen aan de skivakantie die zij nu in haar eentje betaalde...

'Zijn ouders ken je dus ook al?'

Joep knikte.

'Misschien kan Niels dan maar beter met jou gaan samenwonen. Hij deelt meer met jou dan met mij.'

Joep glimlachte. 'Kom, dan praten we verder in de kamer.'

Hij liep langs haar heen met twee koppen cappuccino. Chantal volgde hem met Fenna's drinken.

Haar nichtje had zich opgekruld op de bank en was in slaap gevallen. Chantal zette het glas sap op de salontafel en pakte de roomkleurige plaid die keurig opgevouwen over de rugleuning hing. Ze legde hem voorzichtig over Fenna heen. Joep zette met een druk op de knop de grote gashaard tegenover de bank aan.

Chantal nam plaats in een van de comfortabele stoelen en sloeg haar handen om de kop cappuccino. Ze nam een slok. Niet zo lekker als Senseo, maar ook zeker niet slecht. Als het per se moest, kon ze hier de komende week wel genoegen mee nemen. Ze nam nog een slok, sloot kort haar ogen en luisterde even naar het geruis van de gashaard. Toen nam ze het woord. 'Nou, vertel me maar eens waar je Niels van kent.'

'Ik heb Niels leren kennen via mijn dochter.'

Chantal trok haar wenkbrauwen op.

'Ze hebben niets met elkaar gehad, hoor,' zei hij er snel achteraan. 'Mijn dochter was vier jaar geleden zwanger van haar eerste kindje. Drie weken voor de uitgerekende datum, op een mooie zomerdag, ging ze met haar man picknicken in het Vondelpark. Halverwege de picknick kreeg ze weeën en voordat ze hun spullen hadden kunnen opruimen, braken haar vliezen en wilde de baby eruit. Er was geen tijd meer om naar het ziekenhuis te gaan en haar verloskundige was op dat moment aan de andere kant van de stad. Haar man wist niet wat hij moest doen en rende in paniek door het park, schreeuwend om hulp. Op dat moment liep Niels langs en hij is meteen naar mijn dochter gegaan en heeft haar begeleid. Het kindje kwam ter wereld met de navelstreng om zijn nek en zonder Niels' snelle ingrijpen was mijn kleinkind gestorven.'

Chantal keek hem ongelovig aan. 'Niels heeft geholpen bij een bevalling in het Vondelpark? Serieus?'

'Ja, en je zult begrijpen dat ik hem eeuwig dankbaar ben. Ik heb hem gezegd dat als ik ooit iets terug kon doen, hij me moest bellen. Ik ben privédetective en ik kon me voorstellen dat hij daar in zijn beroep weleens behoefte aan zou hebben. Sindsdien doe ik weleens een klusje voor hem. Gisteren belde hij me om te vragen of ik jou en je nichtje wilde schaduwen, omdat hij zich zorgen maakte over jullie veiligheid in verband met die ex van je zus.'

'Heeft hij je dat verteld? Dat had hij helemaal niet mogen doen!'

'Wees gerust, ik kan zwijgen als het graf. Zoals ik je al eerder zei, heb ik beroepsgeheim en dat is heilig voor me. Als mijn klanten niet op mijn integriteit kunnen vertrouwen, dan kan ik net zo goed meteen ophouden.'

'Dat kan wel zo zijn, maar hij had me beloofd om het aan niemand te vertellen.'

'Luister, ik heb nou eenmaal informatie nodig om mijn werk goed te kunnen doen. Als ik niet weet wat er aan de hand is en waar ik op moet letten, dan kan ik je ook niet beschermen. Jij kunt een cliënt toch ook niet verdedigen als je met lege handen staat?'

'Ben jij vanochtend in opdracht van Niels langs geweest bij het autoverhuurbedrijf?'

'Nee, waarom denk je dat? Ik was enkel en alleen in de buurt omdat jij er naar binnen ging. Ik weet niet eens wat jij daar ging doen.'

'Dat heeft Niels je dus niet verteld?'

'Niels vertelt me nooit meer dan strikt noodzakelijk is. Onnodige informatie geeft alleen maar ruis op de lijn.'

'Wat is de exacte opdracht die Niels je heeft gegeven?'

'Dat heb ik je al gezegd, maar ik wil het best nog een keer herhalen, hoor. Niels wilde dat ik jou en Fenna schaduwde om te zorgen dat jullie niks overkwam.'

'Hij denkt dus echt dat die ex van mijn zus achter ons aan zit?'

'Hij sluit het niet uit.'

'Weet hij wie het is dan?'

'Dat moet je hem zelf maar vragen.'

'Weet jij wie het is?'

'Als dat al zo zou zijn, dan zou ik je dat niet zeggen.'

'Waarom niet?'

'Wat heb je aan die informatie?'

'Ik weet graag wie mijn vijanden zijn.'

'Dat hoeft niet, want voordat ze bij jou in de buurt kunnen komen, heb ik ze al te pakken.'

'Ik heb dus een bodyguard.'

'Zo zou je het kunnen noemen.'

'Of een stalker. Nog eentje.'

'Ik vind bodyguard wat sympathieker klinken.'

'Luister, Joep, bedankt voor je moeite, maar je bent ontslagen. Ik word er heel nerveus van als ik de hele dag achtervolgd word door een schaduw die niet van mezelf is.'

'Ik pak mijn biezen pas als Niels dat zegt.'

Chantal rolde met haar ogen. 'Zo trouw als een hond aan zijn baas.'

Joep gaf haar een knipoog. 'Je leert snel.'

'Heeft Niels meer "vriendjes" zoals jij?'

'Een paar.'

'Ken jij ene Ronnie?'

'Sleutelman! Ja, die ken ik wel. Goeie gast.'

'Ik vertrouw hem voor geen meter. Voormalig inbreker toch?'

'Ach, we maken allemaal weleens een foutje.'

'Niels heeft hem sloten bij mij laten vervangen en de dag erna is mijn stalker binnen geweest zonder dat er braaksporen waren.'

'Denk je dat Ronnie je stalkt?' Joep begon bulderend te lachen.

'Wat is daar zo grappig aan?'

'Ronnie is van de heren. Die heeft helemaal niets met vrouwen.'

'Daar heeft Niels me anders helemaal niets van verteld.'

'Dan zal hij het niet belangrijk gevonden hebben.'

'Misschien kent Ronnie mijn stalker en heeft hij hem mijn sleutel gegeven.'

'Ja hoor, natuurlijk.'

'Voor geld is alles te koop, ook integriteit.'

'Ronnie is net als ik uiterst loyaal aan Niels. Hij zou hem nooit wat flikken. Dat betekent dat hij jou ook nooit wat zou flikken, want jij hoort bij Niels. Hij is echt helemaal idolaat van je, weet je dat? Hij heeft sinds ik hem ken wel vaker een vriendinnetje gehad, maar dat stelde niets voor. Over jou raakt hij niet uitgepraat. Hij is als de dood dat je iets overkomt, daarom heeft hij mij ingeschakeld. Wees niet te hard voor hem, dat verdient hij niet. Laat me deze week tot aan jullie vakantie gewoon een beetje op je passen, oké? Geeft Niels een hoop rust en mij eerlijk gezegd ook.' Vertederd keek Joep naar Fenna. 'Je moet er toch niet aan denken dat iemand dat moppie kwaad doet.'

'Denken jij en Niels dat Fenna's vader haar wat aan wil doen?'

'Wil je het risico lopen?'

'Waarom geef je geen fatsoenlijk antwoord op mijn vragen?'

'Ik heb je al meer verteld dan ik van plan was. Zeg eens, hebben we een deal? Ik pas een beetje op jou en Fenna en na jullie vakantie zien we wel verder. Ik wil Niels niet teleurstellen, dat verdient hij niet.'

'Wie zegt me dat ik jou kan vertrouwen?'

'Als je Niels vertrouwt, vertrouw je mij ook. Is dit hele gesprek dat we net hebben gehad voor niets geweest? Ik heb je verteld wat ik je kon vertellen. Ik had gehoopt dat het genoeg voor je was.'

Chantal beet op haar onderlip. Ze was in dubio. Joep had met Niels gebeld en Niels had toegegeven dat hij Joep had gevraagd haar te schaduwen. Deed ze te moeilijk en moest ze gewoon dankbaar zijn dat hij zo bezorgd om haar was?

'Niels wil niets liever dan een toekomst met jou.'

Chantal nam een besluit. 'Oké, dit is hoe we het gaan doen. Jij blijft hier bij Fenna terwijl ik even naar mijn eigen huis rij om wat spullen op te halen. Dat gaat een stuk sneller zonder

Fenna. Zodra ik terug ben, vertrek je. Doe wat je moet doen, maar ik wil het niet merken. En je gaat niet mee op vakantie.'

'Lijkt me een eerlijke deal.'

'Hoe heette je bedrijf ook alweer?'

'Ik kan me niet herinneren dat ik je dat verteld heb. Maar als je het per se wilt weten, het is Boskoop Detectives. Officieel ben ik met pensioen, maar voor de lol doe ik nog weleens een klusje.'

'Je werkt met meerdere mensen?'

'Nee, maar "detectives" bekt lekkerder. Een mens moet een beetje aan zijn pr werken tegenwoordig. Het gaat allemaal niet vanzelf.'

'Goed, dan moet ik nu alleen nog even naar het toilet voordat ik ga.'

'Mijn website is vrij sober. Geen ronkende aanbevelingen. Mijn klanten blijven graag anoniem.'

Chantal voelde dat ze bloosde. Ze had inderdaad op het toilet even willen googelen naar Joep Boskoop.

'Het is mijn vak om mensen te observeren en te voorspellen wat ze van plan zijn,' zei Joep op rustige toon. 'Ik ben goed in mijn vak.'

Chantal glimlachte geforceerd en wierp een blik op de slapende Fenna. Heerlijk als je zo ontspannen kon slapen op een vreemde plek. Geen notie van gevaar.

Joeps telefoon ging.

'Sorry, deze moet ik even nemen. Mijn kleindochter.'

Chantal knikte en verliet de kamer. Ze liet de deur naar de hal op een kiertje staan en bleef even staan luisteren naar het gesprek tussen Joep en zijn kleindochter. Joep was leuk met kinderen, dat moest ze toegeven. Zijn verhaal over zijn connectie met Niels had geloofwaardig geklonken. Ze liep naar het toilet en draaide de deur op slot. Eerst zocht ze op de site van de Kamer van Koophandel naar Boskoop Detectives. Tot haar opluchting zag ze dat het bedrijfje inderdaad bestond en keurig was ingeschreven. Niet dat het alles zei, want in principe kon iedere idioot een bedrijfje inschrijven bij de KvK, maar toch. Daarna bezocht ze de website van Boskoop Detectives. Zoals Joep al had voorspeld, was die sober en to the point. Ze stuurde Niels een appje. *Is Joep echt te vertrouwen?*

Vrijwel meteen kwam er een reactie terug. *Ik zou hem mijn leven durven toevertrouwen. Ik wil alleen het beste voor jou, voor ons. Joep ís de beste. Echt waar.*

Chantal zuchtte. Ze moest Niels maar op zijn woord geloven. Er was geen enkele reden om hem niet te vertrouwen. Ze trok het toilet door en liep naar de woonkamer. Joep maakte net een hoop zoengeluidjes naar zijn telefoon en beëindigde zijn gesprek.

'Ze heeft vandaag op school een tekening voor me gemaakt,' zei Joep vertederd.

Ineens zag ze hem niet meer als detective, maar als een slungelige opa. Een opa aan wie ze haar nichtje best een uurtje durfde toe te vertrouwen.

Deel II
Zwitserland, december 2016

17

Met een gelukzalige blik in haar ogen keek Chantal naar de witte bergtoppen waar ze langzaam tussendoor reden. Een kwartier geleden hadden Niels, Fenna en zij plaatsgenomen in de panoramawagon van de Glacier Express. De trein met maar liefst veertien rijtuigen was goed vol en herbergde verschillende nationaliteiten. In hun coupé zaten Nederlanders, Amerikanen en Indiërs. Vooral die laatste groep was goed vertegenwoordigd. De trein was bezig met de afdaling over de Albulabahn, een bouwwerk dat uit maar liefst 42 tunnels en 144 viaducten en bruggen bestond. Het verbaasde Chantal niet dat het majestueuze bouwwerk op de Werelderfgoedlijst stond.

De reis naar St. Moritz was vlekkeloos verlopen. Fenna had zich voorbeeldig gedragen, zowel gedurende de vlucht als tijdens de taxirit daarna. Ze zat nu braaf te tekenen in de trein. Eerder op de luchthaven had Fenna huilend afscheid genomen van 'oom Joep'. Chantals nichtje was ontzettend dol geraakt op de detective met de grote snor en, eerlijk was eerlijk, ook Chantals hart had hij inmiddels gestolen. Hoewel hij haar nog een keer goed de stuipen op het lijf had gejaagd. Toen ze naar haar huis was gereden om spullen te halen voor haar logeerpartij bij Niels, was ze in een leeg huis teruggekeerd. Fenna en Joep waren nergens te bekennen. Vloekend en tierend had ze Niels opgebeld, die meteen verhaal was gaan halen bij Joep. Met een simpel 'Het moppie wilde buiten spelen,' had Joep nog geen kwartier later voor haar neus gestaan. Fenna had rode blossen van het buiten zijn en stak enthousiast haar handschoenen met een hoopje sneeuw uit naar Chantal.

'Kijk, een sneeuwtaartje. Voor jou gebakken, tante Chantal.'

Hulpeloos had ze naar het smeltende hoopje gekeken, niet wetend wat ze ermee aan moest.

'Misschien moet je even een bordje uit de keuken pakken om het taartje op te leggen?' had Joep haar geadviseerd. Chantal had stante pede besloten om Joeps advies op te volgen en de voorgenomen scheldpartij achterwege te laten. De rest van de week had ze dankbaar gebruikgemaakt van zijn ervaring met kinderen van Fenna's leeftijd. Hij bleek een wereldwijze man, boordevol interessante verhalen en grappige anekdotes. Chantal was zijn gezelschap gaan waarderen.

De stalker had niets meer van zich laten horen. Misschien was haar nieuwe kapsel hem niet bevallen, was hij bang voor Joep of wist hij niet dat ze bij Niels was ingetrokken. Wat de reden ook mocht zijn, ze was er blij om. Niels had de laatste week voor de vakantie alleen maar dagdiensten gedraaid, dus de avonden hadden ze doorgebracht als een 'normaal' gezin. Hoewel het vadertje en moedertje spelen bij Chantal nog steeds niet vanzelf ging, begon ze het wel steeds leuker te vinden. De grote onschuldige ogen van Fenna en haar open en enthousiaste kijk op de wereld hadden wel iets losgemaakt wat Chantal voorzichtig als 'moedergevoelens' wilde bestempelen. Amber had haar dochter dan misschien niet volgens het boekje opgevoed, ze had er wel voor gewaakt dat haar kind haar onschuld verloor, ondanks de penibele situatie waarin ze klaarblijkelijk had verkeerd.

De Volkswagen Passat had ze door Joep laten terugbrengen naar het verhuurbedrijf om vragen te voorkomen. Niels had de auto grondig onderzocht en een lange blonde krulhaar gevonden op de bekleding van de passagiersstoel. Chantal had meteen gedacht dat deze van haar zus was, maar Niels wilde via de contacten van Joep toch een DNA-test laten doen. Chantal zag daar het nut niet van in, maar had uiteindelijk toch wat wangslijm laten afnemen om de familieband officieel te laten vaststellen. Ze had het niet goedgevonden dat er ook DNA van Fenna werd afgenomen.

Joep had bij het terugbrengen van de auto Fenna's tekening achter de balie zien liggen. De man van het autoverhuurbedrijf had hem dus (nog) niet aan haar zus overhandigd. Chantal had notaris Witteveen nog steeds niet te pakken gekregen en dat zat haar behoorlijk dwars. Het leek wel of de man van de aardbodem verdwenen was. Na de vakantie stond een bezoekje aan het kantoor van Witteveen boven aan haar lijstje.

'Wist je dat het spoorwegtraject naar St. Moritz is aangelegd door een Nederlander?' onderbrak Niels haar gedachten.

'Echt waar?'

Niels knikte. 'Zijn naam was Willem-Jan Holsboer en hij kwam uit Zutphen.'

'Jij hebt je huiswerk goed gedaan,' zei Chantal grinnikend.

'Ik vind het altijd leuk om me een beetje te verdiepen in de achtergronden van en wetenswaardigheden over de plekken waar ik naartoe ga. Weet je hoe die Holsboer het aangepakt heeft?'

'Nou?'

'Hij bouwde eerst een paar kuuroorden en daarna legde hij het spoor aan om er te komen.'

'Ha, dat noem ik nog eens omdenken!'

'Ja, goed hè?'

Chantal nam een slok van haar glaasje bubbels en keek weer naar buiten. De trein reed over een viaduct. 'Kijk, Fenna, mensen op sleeën!'

'Waar?' vroeg het meisje enthousiast.

'Daar, beneden ons.' Ze tilde Fenna op en ging met haar voor het raam staan.

'Ik wil ook op een slee! Tante Chantal, mag ik op een slee?'

'Vandaag gaan we even met de trein, maar morgen gaan we een slee voor je zoeken.'

'Gaan we ook een sneeuwpop maken? Mama maakte altijd sneeuwpoppen.'

'Natuurlijk gaan we dat doen en als we de sneeuwpop dan klaar hebben, maken we er een foto van zodat we die aan mama kunnen laten zien als ze terug is.'

'Wanneer komt mama nou terug?'
'Dat weet ik niet, schatje. Tante Chantal is daar net zo benieuwd naar als jij. Als ik het weet, dan zeg ik het meteen tegen je. Oké? Maar eerst bouwen we een sneeuwpop.'
'Oom Niels, ga jij ook helpen met de sneeuwpop?'
'Jazeker.'
'Ik ga een sneeuwpop tekenen.'
'Heel goed, meisje, ga jij maar vast tekenen hoe de sneeuwpop eruit moet zien.'
Fenna pakte een nieuw A4'tje en ging meteen druk aan de slag. Chantal pakte Niels' hand en zwijgend bleven ze een tijdje zo zitten, zich vergapend aan het woeste witte landschap om hen heen. Ter hoogte van het oudste plaatsje van Zwitserland, Chur, was een wilde waterstroom te zien.
'De Rijn,' wist Niels te vertellen. 'Het water heeft een kloof in het landschap uitgesleten en daardoor zijn die bizarre rotsformaties ontstaan die je nu ziet. Het wordt ook wel de Zwitserse Grand Canyon genoemd.'
Chantal bewoog haar hoofd van links naar rechts om maar niets te missen van de prachtige omgeving. 'O, wow! Dit is echt fantastisch. Stille wateren hebben diepe gronden, zullen we maar zeggen. Bij ons is de Rijn niets anders dan een trage brede rivier, maar moet je hem hier eens tekeer zien gaan.'
'Indrukwekkend, hè? Zeg, ik loop even naar achteren voor wat foto's, want daar is de weerspiegeling een stuk minder. Voor in het familiealbum,' voegde hij er lachend aan toe. Toen werd zijn gezicht plots ernstig. 'Ik hoop tenminste dat dat er komt.'
'Kijk, tante Chantal en oom Niels, de sneeuwpop is klaar!'
Fenna hield vol trots haar tekening omhoog en Chantal maakte dankbaar van het moment gebruik. Ze voelde Niels' ogen op zich gericht, maar ze concentreerde zich even volledig op haar nichtje. Niels had duidelijk de behoefte om zo snel mogelijk een volgende stap in hun relatie te zetten, maar zij had dat een stuk minder. Ze wilde gewoon eerst eens een tijdje on-

gedwongen vakantie vieren en samenwonen. Rustig kijken hoe dat ging. De behoefte om te trouwen voelde ze nog helemaal niet. Ze wist eigenlijk überhaupt niet of ze dat wel wilde. Wat stelde het tegenwoordig eigenlijk nog voor?

'Ik ga foto's maken.'

Niels liep weg. Chantal hoopte maar dat hij het bij een losse opmerking zou laten en haar niet zou dwingen om uit te spreken dat ze nog niet klaar was voor een officiële bezegeling. Ze besefte dat Niels, gezien haar leeftijd, misschien wel haar enige kans was op een gezin. Misschien had ze mazzel en zou ze snel zwanger worden, maar hoeveel koppels belandden er tegenwoordig niet in een zenuwslopend en jaren durend vruchtbaarheidstraject?

Ze was een tijdje in gedachten verzonken. Toen ze opkeek zag ze Niels weer aan komen lopen.

'Wat een prachtige tekening, Fenna,' hoorde ze hem zeggen.

'Ik kan heel goed tekenen,' zei het meisje stellig.

Chantal keek aarzelend op naar Niels en glimlachte voorzichtig naar hem. Hij lachte tot haar opluchting voluit terug.

'Ik heb een paar mooie plaatjes geschoten.'

Enthousiast liet hij ze aan haar zien. Ze merkte geen enkele terughoudendheid bij hem, hij gedroeg zich net zo blij en ontspannen als voor zijn uitgesproken familiewens. Misschien had hij begrepen dat ze nog niet toe was aan de grote vraag, of anders had ze wellicht te veel achter zijn opmerking gezocht. Ze moest eens stoppen zich druk te maken om niks. Door haar werk als advocate was ze zo getraind om overal wat achter te zoeken, dat ze het leven niet meer onbevangen tegemoet kon treden. In dat opzicht kon ze nog veel van Fenna leren. Heimwee naar haar kindertijd stak de kop op en automatisch gingen haar gedachten uit naar haar zus. Zou alles nog goed gaan met Amber? Waar zou ze op dit moment zijn? Chantal voelde zich er schuldig over dat zij hier lekker vakantie zat te vieren terwijl haar zus misschien wel in gevaar was, maar wat kon ze doen? Ze kreeg Witteveen niet te pakken en Amber had haar duidelijk te kennen gegeven dat ze niet gezocht en gevonden wilde worden. Ze had zelfs haar dierbaarste bezit, haar eigen vlees en bloed, achtergelaten.

De trein reed de skigemeente Disentis binnen.

'Oei, nu gaan we pas echt klimmen. We krijgen zo een andere locomotief met tandradaandrijving,' vertelde Niels enthousiast. 'We gaan de Oberalppas over.'

Hij wees op het kaartje dat voor hem lag – zijn vinger rustte bij een hoogte van 2.033 meter – en Chantal deed haar best om net zo enthousiast te zijn. Ze faalde hopeloos.

'Hé, geniet je nog een beetje? Je kijkt alsof je die bergen zelf moet beklimmen.' Niels wreef over haar bovenarm en kneep er bemoedigend in. 'Ontspan, schatje. Alles komt goed.'

Chantal wilde niets liever dan hem geloven.

De trein tjoekte voort en de omgeving werd witter en witter. Dikke sneeuwvlokken dwarrelden loodrecht naar beneden. Fenna was inmiddels uitgetekend en begon zich duidelijk te vervelen. Chantal probeerde haar af te leiden door haar te wijzen op de huizen die ze op de top van de Oberalppas konden zien. 'Kijk, Fenna, die huizen hebben zich verstopt onder de sneeuw.'

Fenna drukte haar handjes tegen het raam en staarde naar buiten. 'Tante Chantal, wanneer stopt de trein? Ik wil ook verstoppertje spelen in de sneeuw.'

'Mensen kunnen geen verstoppertje spelen in de sneeuw, dat is veel te koud.'

'Maar ik wil zo graag onder de sneeuw liggen en dan moet jij me zoeken.'

'Dat kan niet, schatje, dat is gevaarlijk. Onder de sneeuw kun je niet ademen. Maar we gaan wel andere leuke dingen doen in de sneeuw.'

'Wat dan?'

'Je ging toch met oom Niels een sneeuwpop maken?'

Fenna's gezicht klaarde op. 'O ja. En als die klaar is, wat dan?'

'Skiën. Weet je wat skiën is?'

'Dat kan ik heel goed,' liet haar nichtje gretig weten.

'Heb je dat weleens gedaan dan?'

'Ja, met mama en papa.'

Het was alsof Chantal een stomp in haar buik kreeg. Dit was de eerste keer dat Fenna haar vader noemde.

'Vond je het leuk dat papa mee was?'

'Weet ik niet.' Fenna's gezicht betrok.

'Was papa lief tegen je?'

Fenna haalde haar schouders op. 'Hij maakte soms grapjes.' Fenna prikte met haar vinger tegen Chantals borst. 'Er zit iets op je trui.' Chantal keek naar beneden en Fenna bracht snel haar vinger omhoog zodat-ie tegen Chantals neus aan tikte. Het ging niet bepaald zachtzinnig.

'Was dat zo'n grapje van papa?' vroeg Chantal, terwijl ze over haar neus wreef.

'Ja. Doet een beetje pijn, hè? Kusje erop.' Fenna tuitte haar lipjes en Chantal bukte om haar een kus op haar neus te laten geven.

'Maakte papa ook weleens grapjes tegen mama?'

'Ja hoor. "We stoppen mama in de grond en geven een klap tegen haar"' – Fenna stak haar billen naar achteren en gaf er een tik op – '"kont."' Ze schaterde het uit.

Chantal voelde de rillingen over haar rug lopen. 'Maakte papa dat grapje vaak?'

'Ja.'

'En vond mama dat ook grappig?'

'Weet ik niet. Papa wel en ikke ook.'

Chantal keek hulpeloos naar Niels, die zich nog helemaal niet met het gesprek had bemoeid. Hij haalde zijn schouders op alsof hij niet wist wat hij moest zeggen.

'Hoe ziet papa eruit, Fenna?'

'Groot.'

'En verder?'

'Gewoon groot.'

'Hoe heet papa?'
'Papa.'
'Maar papa heeft toch wel een naam?'
Het meisje keek haar niet-begrijpend aan. Oké, hier kwam ze dus niet verder mee. Ineens kreeg ze een ingeving.
'Fenna, ik vind dat je zo mooi kunt tekenen. Kun jij voor tante Chantal een tekening maken van papa, mama en Fenna?'
Het meisje wilde het gewone potlood pakken waar ze ook de sneeuwpop mee had getekend, maar Chantal pakte het plastic mapje met kleurpotloden en legde het op tafel. 'Met deze potloden wordt het nog mooier.'
Fenna knikte enthousiast en begon net te tekenen toen het treinpersoneel de wensen voor de lunch kwam opnemen. Samen met Niels bekeek Chantal vlug de menukaart. Niels bestelde een entrecote en Chantal een tonijnslade. Voor Fenna kozen ze het kindermenu, dat bestond uit kipnuggets met tomatenketchup.
'Flesje prosecco bestellen?' stelde Niels voor.
'Ja, lekker. Doe voor Fenna maar een druivensap.'
Niels gaf de bestelling door en vroeg of hij de kurk van de fles mocht hebben.
'Wat moet jij nou met die kurk?' vroeg Chantal.
'Ogen voor Fenna's sneeuwpop. Ik knip hem in tweeën.'
'Wat lief dat je daaraan denkt.'
'Hé, je bent een oom Niels of niet.' Hij klopte zichzelf gekscherend op de borst.
Niet veel later werden de drankjes gebracht. Niels nam de kurk van de fles prosecco lachend aan van de vrouw die hun tafel verzorgde en stopte hem in de binnenzak van zijn jas. De champagneglazen werden gevuld en de fles met het restant werd in een champagnekoeler op tafel gezet. Het flesje druivensap voor Fenna werd als laatste op tafel gezet. De serveerster wilde er een gewoon glas bij zetten, maar Chantal vroeg of ze nog een champagneglas had. De vrouw keek vertederd naar Fenna en pakte er een van haar kar. Ze schonk de helft van het

flesje in het glas en reed de serveerkar een tafel verder.

'Fenna, zullen we proosten?' vroeg Chantal. Ze hield haar nichtje het glas voor.

Fenna schoof haar tekening aan de kant en wees naar het glas. 'Wat is dat?'

'Kinderwijn,' antwoordde Niels.

Er verscheen een grote lach op Fenna's gezicht. 'Mag ik dat?'

'Je bent toch al een grote meid?'

'Ja, heel groot,' beaamde Fenna. Voorzichtig pakte ze het glas van Chantal aan.

'Nou mag je zachtjes met je glas tegen dat van ons tikken.'

Niels hief zijn glas en Chantal volgde zijn voorbeeld. Hij was echt goed met kinderen. Kinderwijn! Daar was ze zelf nooit opgekomen. Fenna glunderde helemaal toen ze haar glas iets te hard tegen dat van Niels en Chantal aantikte.

'Neem nu maar een slokje, Fenna, en hou het drankje even in je mond voor je het doorslikt. Dan kun je het beter proeven. Kijk, zo.'

Niels nam een slok en liet de prosecco even door zijn mond gaan, voor hij hem met een genoegzaam gezicht doorslikte. Fenna imiteerde hem met een serieus gezicht waar de concentratie van afspatte. Ze pompte haar sapje rond in haar mond alsof ze aan het spoelen was. Daarna slikte ze het door en knikte met haar hoofd.

'Hmm, lekker.' Toen zette ze het glas aan haar mond en dronk het in één keer leeg. 'Mag ik meer kinderwijn?'

'Geef me uw glas maar, mevrouw,' zei Niels met plechtige stem.

Fenna giechelde toen hij het resterende druivensap in haar glas schonk. Chantal moest van de weeromstuit ook lachen, maar toen bevroor de glimlach op haar gezicht. Haar blik was gevallen op de tekening die Fenna aan het maken was. Geschrokken pakte ze het papier op.

'Fenna,' vroeg ze met schrille stem. 'Is dit bloed?'

18

Vol afschuw keek Chantal naar de tekening in haar handen. Ze wees op een poppetje dat, aan de lange blonde krulharen te zien, Amber moest voorstellen. Een spoor van rode stipjes liep naar beneden vanaf de neus. 'Is dit bloed, Fenna?' vroeg ze nogmaals.

'Ja, mama was heel vaak verkouden.'

'En liep er dan bloed uit haar neus?'

Fenna knikte.

'Heeft ze je dat zelf verteld, dat ze een bloedneus kreeg als ze verkouden was?'

'Nee, papa.'

'Papa vertelde dat? En wat zei mama dan daarover?'

'Weet ik niet. Papa zei altijd dat mama haar mond moest houden.'

Chantal voelde haar prosecco omhoogkomen. 'Was jij ook weleens verkouden, Fenna?'

Haar nichtje knikte.

'En kwam er bij jou dan ook bloed uit je neus?'

'Nee, joh.' Fenna giechelde. 'Bij mij was het wit. Of groen. Bah.'

'Heeft papa jou weleens pijn gedaan?'

Ze schudde haar hoofd.

'Echt niet?'

'Nee, maar mama wel.'

'Heeft mama je pijn gedaan? Bedoel je dat?'

'Nee. Papa deed mama pijn, maar dat vond ik niet leuk en dan moest ik huilen en werd ik opgesloten door papa.'

'Gebeurde dat vaak?'

Het meisje knikte en haar onderlip begon te trillen. Niels had het ook gezien en gaf een seintje aan Chantal dat ze haar ondervraging moest stopzetten. Gelukkig kwam op dat moment net de ober aanlopen en Chantal maakte daar dankbaar gebruik van. 'Wil je nog wat kinderwijn, Fenna?'

'Lekker!' Het gezicht van het meisje klaarde ineens weer op en even later zat ze geconcentreerd van haar 'wijn' te nippen. De ondervraging die ze net had ondergaan, was ze alweer vergeten.

Maar terwijl Fenna weer kon lachen, zat Chantal met tranen in haar ogen naar buiten te staren. De schoonheid van het landschap daarbuiten ging geheel aan haar voorbij. Waar was Amber toch in terechtgekomen? Met wat voor monster had ze zich ingelaten?

'Gaat het een beetje?' fluisterde Niels.

Met een ruk draaide ze zich naar hem om. 'Nee, natuurlijk niet. Mijn zus werd aan de lopende band in elkaar geslagen en voor Fenna is dat de normaalste zaak van de wereld. Wat moet ik nou, Niels? Ik moet haar hieruit zien te redden.' Ze keek Niels vol afschuw aan en gaf hem de tekening.

'Sorry, zo bedoelde ik het niet.' Hij bestudeerde de tekening nauwgezet. 'Laat mij maar even,' fluisterde hij toen.

'Fenna, is dat papa?' Hij wees op een poppetje dat zeker een kop groter was dan Amber. Het had halflang donker haar. Op de bovenarmen waren rondjes getekend, vermoedelijk spierballen of tatoeages.

'Papa.' Fenna wees naar de manspersoon op haar tekening.

'Is papa sterk?'

Fenna knikte. 'Heel erg sterk.'

'En was je vaak bij hem? Deden jullie vaak leuke dingen samen?'

Nu schudde ze haar hoofd.

'Was je niet vaak alleen met papa?'

'Mama was er bijna altijd bij. Papa ging 's ochtends altijd krachtpatsen en daarna ging hij weg met ooms.'

'Ging hij krachtpatsen in de sportschool?'
'In de kelder.'
'Zo, dan hadden jullie zeker een heel groot huis?'
'Ja, heeeeeel erg groot.'
'Weet je ook waar jullie huis stond? In welke plaats?'
'Weet ik niet.'
'Hoe zag het er vanbuiten uit?'
'Wit. Met een speeltuin in de tuin!'
'Had jij je eigen speeltuin?'
'Ja,' zei het meisje enthousiast. 'Schommelen is het leukst. Mama ging me altijd duwen en dan ging ik heel hoog met mijn voeten in de wolken. De glijbaan is ook leuk. En de zandbak.'
Toen betrok Fenna's gezicht. 'Wanneer komt mama nou terug? Ik mis mama. Jullie zijn ook lief, maar mama hoort bij mij. "Wij horen bij elkaar, Fenna, wat er ook gebeurt." Dat zegt mama altijd.'
Chantal ontwaakte uit haar gepeins en keek naar Fenna. Het meisje vormde met haar handen een hartje. Het gebaar ontroerde Chantal. Ze probeerde zich te verplaatsen in Fenna's belevingswereld en was ineens ongelooflijk trots op haar nichtje. Gezien de omstandigheden deed ze het hartstikke goed. Ze was af en toe wat eigenwijs en huilerig geweest, maar vond je het gek? Ze werd in haar eentje gedumpt voor de deur van een tante die ze niet kende, in een stad die misschien wel niet de hare was. Haar moeder was met de noorderzon vertrokken en ze moest vrezen voor haar vader. Het kind leek het allemaal maar te accepteren en er niet heel raar van op te kijken dat haar oude leventje volledig op zijn kop was gezet.
Dankzij Fenna hadden ze nu eindelijk een heel klein beetje informatie over de man die achter haar zus aan zat, maar het stelde haar allesbehalve gerust. Als de verhoudingen op Fenna's tekening een beetje klopten, ging het om een boom van een kerel. Amber was één meter tachtig en deze man torende kennelijk boven haar uit. Chantal begreep dan ook heel goed waarom ze was gevlucht. In haar geval had ze hetzelfde ge-

daan. Ze begreep echter nog steeds niet dat Amber geen enkele hint over haar verblijfplaats had gegeven. Ze kon haar eigen zus toch wel vertrouwen? Maar net als tien jaar geleden, was Amber weer in het niets verdwenen. En om je kind achter te laten... Hoe wanhopig moest je dan zijn?

Deze rare gang van zaken was ook de reden dat Chantal haar ouders nog steeds niets had verteld van Ambers levensteken of over het feit dat ze opa en oma waren van een zesjarig meisje. Enerzijds voelde ze zich daar schuldig over – wie was zij om haar ouders die belangrijke informatie te onthouden? – maar anderzijds was de drang om hen te beschermen tegen nog meer verdriet en zorgen om Amber ook heel groot. Ze kon Fenna echter niet verborgen blijven houden, en ze was van plan om na de vakantie met het kind bij haar ouders langs te gaan. Fenna verdiende een opa en oma en zij verdienden haar. Ze wist dat haar ouders, vooral haar moeder, het erg vonden dat ze geen kleinkinderen hadden.

'Hoeveel ooms had je eigenlijk, Fenna?' vroeg Niels.

'Heel veel.' Haar nichtje stak twee handen in de lucht.

Chantal schrok en ook Niels keek niet blij. Zelfs als deze 'ooms' Fenna met geen vinger hadden aangeraakt – en daar hadden ze tot nu toe geen enkele aanwijzing voor – dan nog was het duidelijk dat Amber er minder goed vanaf was gekomen. Wat had haar zus allemaal moeten doorstaan en verdragen en waarom had ze het zo lang bij die vent volgehouden? Zodat Fenna een vader zou hebben? Maar zo'n vader wílde je je kind toch helemaal niet geven? Bij de eerste tekenen van zwangerschap had Amber toch zeker allang weg moeten wezen? Nee, Amber moest een andere reden hebben gehad om haarzelf en haar kind zo lang bloot te stellen aan gevaar; Chantal had alleen geen flauw idee wat die reden zou kunnen zijn. Maar haar zus was geen domme vrouw en totdat ze ineens in het klooster verdween, ook niet onbezonnen of impulsief.

De vraagtekens bleven zich maar opstapelen en Amber zelf was de enige die helderheid zou kunnen verschaffen in de warboel. Zij of Witteveen. Notaris Witteveen moest meer weten en Chantal was vastbesloten hem te pakken te krijgen. Ze zou hem straks weer proberen te bellen. Het bestaan van de notaris had ze nog steeds niet met Niels gedeeld; Ambers verzoek om met niemand over haar verdwijning te praten, spookte nog dagelijks door haar hoofd. Chantal was al over de schreef gegaan door Niels gedeeltelijk in te lichten en dat wilde ze niet nog erger maken. En als ze heel eerlijk was, was het feit dat Niels bij de politie werkte een belangrijke reden om hem niet nog meer te vertellen. Want als bleek dat Amber iets crimineels had gedaan – ze ging tenslotte om met ongure types – hoe zou Niels dan reageren? Zou hij haar zus beschermen door erover te zwijgen, of zou hij het volgens het boekje rapporteren? Bovendien had Chantal een sterke behoefte om de zaak 'klein' te houden. Niels schakelde nogal gemakkelijk 'vriendjes' in als hij dingen nodig had. Gezien Ambers verzoek tot geheimhouding was dat niet handig.

Ze wilde Amber zo graag helpen, maar hoe? Onrustig staarde ze naar buiten. Overal om haar heen waren bergen. Het afgelopen uur was het alleen maar harder gaan sneeuwen en aan de vlokken, die niet meer loodrecht vielen, maar nu al bijna horizontaal voorbij kwamen zetten, kon ze zien dat de wind verder toenam. Ze hoopte maar dat het weer zich een beetje gedeisd hield tot ze veilig en wel in hun hotel waren beland. Een sneeuwstorm was het laatste waar ze op zat te wachten.

Hoe dan ook zat ze voorlopig nog vast in deze trein en kon ze geen kant op.

19

Chantal lag op bed te luisteren naar de rustige ademhaling van Fenna. Het meisje was al in diepe slaap. Tegen de avond waren ze aangekomen in Zermatt, hun eindbestemming. Hoewel het niet ver lopen was vanaf het station naar Hotel Mirabeau, hadden ze zich met paard-en-wagen naar het hotel laten brengen. Fenna wilde het zo graag en bovendien sneeuwde het ook nog steeds behoorlijk.

Tevreden vouwde Chantal haar handen achter haar hoofd; het zou geen probleem zijn om het in dit hotel een week vol te houden. Het was net zo mooi als de foto's op internet hadden beloofd. Hun kamer had uitzicht op de Matterhorn en Chantal was blij dat ze de 'Toblerone-berg' nu eindelijk eens in het echt kon zien. De kamer rook fris, was schoon en had naast twee eenpersoonsbedden ook een slaapbank voor Fenna. De lakens waren stralend wit en de dekbedden zacht en donzig.

Na een eenvoudig diner van verse streekproducten in het hotelrestaurant, hadden ze Fenna naar bed gebracht. Het meisje had eerst nog wat geprotesteerd, maar toen Niels haar had beloofd dat ze de volgende ochtend na het ontbijt meteen een sneeuwpop zouden gaan maken, was ze braaf gaan liggen. Ze sliep zo'n beetje meteen in toen haar hoofdje het kussen raakte. Omdat Niels zich al een week had verheugd op de wellnessfaciliteiten die het hotel bood, had Chantal hem gezegd dat ze het geen probleem vond als hij het bergbloemenstoombad vast uitprobeerde. Zij zou bij Fenna blijven. Na enige aarzeling was hij gegaan.

Voor Chantal was het een uitgelezen moment om in alle rust

notaris Witteveen nog eens te bellen. Zachtjes stond ze op van het bed en controleerde of Fenna nog steeds diep in slaap was voordat ze zich terugtrok in de badkamer. Voor de zoveelste keer toetste ze Witteveens nummer in, in de hoop dat ze hem deze keer eindelijk te pakken kreeg. De kiestoon klonk in haar oor. Ze begon de moed alweer op te geven toen ze een klik hoorde, gevolgd door een ruisend geluid. Er was verbinding.

'Hallo, meneer Witteveen?'

Het bleef even stil en toen klonk er een aarzelend: 'Ja?'

'Meneer Witteveen, u spreekt met Chantal Donkers. Ik heb u al een aantal keer proberen te bellen...'

'Stop daarmee. Je hebt instructies gekregen. Hou je daaraan.'

De verbinding werd verbroken. Chantal staarde verbaasd naar haar telefoon, alsof die uitleg kon geven. Wat onbeschoft om zo plompverloren op te hangen terwijl ze haar verhaal nog niet eens had kunnen doen! Ze belde opnieuw, maar deze keer nam hij niet op en kreeg ze de voicemail weer.

'Ik zou het zeer op prijs stellen als u me fatsoenlijk te woord staat. Ik wil weten hoe het met mijn zus is. Of ze veilig is. Bel me alstublieft terug.' Chantal dreunde haar mobiele nummer op en sloot af met de woorden: 'Fenna mist haar mama.'

Ze legde het toestel naast zich neer. Na tien minuten lag het daar nog steeds onaangeroerd. Witteveen belde niet terug. Ze probeerde het opnieuw, maar toen ze wederom het voicemailbericht te horen kreeg, hing ze op. Ze vloekte zachtjes en verliet toen de badkamer. Morgen zou ze het weer proberen, want dit accepteerde ze niet. Van niemand niet. In haar herinnering was Witteveen een heel aimabele man geweest, maar hoe hij zich net had gedragen stond daar haaks op. Gefrustreerd pakte ze de tekening die Fenna in de Glacier Express had gemaakt van haar vader en moeder. Ze probeerde zich de continue spanning en angst voor te stellen die haar zus de afgelopen jaren ten deel waren gevallen. Het geweld van Fenna's vader was ongetwijfeld niet iets van de laatste weken geweest. Dergelijke types hadden geweld tegen vrouwen in hun genen zitten. Ze had legio voorbeelden in haar werk gezien om tot die conclusie te komen.

Het deed haar pijn dat haar zus het niet beter had getroffen in het leven. Ze was natuurlijk zelf verantwoordelijk voor bepaalde keuzes die ze had gemaakt, maar slachtoffer zijn van geweld was geen keuze, dat overkwam je. Amber had moed getoond door te vluchten. Waarschijnlijk had ze er jaren over gedaan om die stap te zetten. In dergelijke gevallen zag je vaak dat de angst regeerde en dat vrouwen tegen beter weten in bleven geloven dat dit 'echt de laatste keer' was. Meestal werd er niet eens aangifte gedaan van mishandeling. Amber was nu een stap verder gegaan en had haar relatie verbroken. Chantal hoopte dat het met zelfrespect te maken had. Dat Amber had gekozen voor zichzelf. Maar waarom had ze niet ook voor haar kind gekozen? Waarom had ze Fenna niet meegenomen op haar vlucht? Chantal begreep het nog steeds niet. Welke zwaarwegende reden kon Amber hebben gehad om haar kind op Chantals stoep achter te laten? Bij Chantal was ze net zo kwetsbaar als bij haar eigen moeder. Het zou haar niets verbazen als Fenna's vader alles op alles zou zetten om zijn kind terug te krijgen. Trots en eergevoel wonnen het vaak van de liefde voor het kind, als die er al was.

Hoe frustrerend was het allemaal! En dan te bedenken dat notaris Witteveen meer wist van Ambers situatie, maar weigerde Chantal te helpen in haar zoektocht naar antwoorden. Ze besloot zijn voicemail nogmaals in te spreken en hem dat te vertellen, maar net toen ze haar telefoon wilde pakken, hoorde ze gerommel bij de kamerdeur. Niels. Vlug legde ze haar telefoon met het scherm naar beneden op haar nachtkastje en zette het geluid uit. Ze pakte Fenna's tekening en staarde naar het papier toen Niels de kamer binnenkwam. Hij had een ontspannen lach op zijn gezicht, maar die verdween toen hij zag waar ze naar staarde. Hij wierp een blik op Fenna en kwam naast haar op bed zitten.

'Schatje, maak jezelf niet gek met die tekening. Ik heb er nog eens over nagedacht: wie zegt dat die tekening waarheidsgetrouw is? Fenna is een kind van zes. Kinderen van zes hebben een levendige fantasie.'

'Wil je zeggen dat ze dit allemaal verzonnen heeft?'

'In een rechtszaal zou deze tekening toch niet dienen als bewijsmateriaal? Dat zou jij als advocate toch moeten weten?'

'Dus Fenna is een fantast en ik ben een middelmatige advocate die de regels niet kent?'

'Nee, dat maak jij er weer van. Zo bedoel ik het helemaal niet.' Niels streek gefrustreerd door zijn natte haren. 'Waarom vat je mijn woorden toch altijd verkeerd op?'

Chantal keek hem aan en moest ineens lachen. 'We lijken wel een getrouwd stel.'

'Nou, ik wilde het niet zeggen, maar...'

'Je dacht het wel.' Chantal trok een schuldbewust gezicht. 'Sorry, ik bedoelde het ook niet zo rot als dat het mijn mond uit kwam. Ik maak me gewoon ernstige zorgen over mijn zus. Ik ken haar goed genoeg om te weten dat er echt wel iets aan de hand is en de tekening van Fenna bevestigt dat voor mij. Ik voel gewoon dat het klopt wat ze heeft getekend.'

'Ik ga liever op feiten af dan op gevoel,' zei Niels voorzichtig.

'Dat snap ik, maar als je zo praat over de geloofwaardigheid van Fenna's tekening, dan voelt dat voor mij alsof je de ernst van de situatie niet inziet.'

'O, geloof me, die ernst zie ik meer in dan jij denkt.'

'Ik wil gewoon niet het gevoel krijgen dat je me een aansteller vindt die overal spoken ziet.'

'Chantal, jij en ik zorgen samen voor Fenna en ik zal je helpen waar ik kan om je zus te vinden. Alleen hebben we geen enkele aanwijzing. En ik kan ook niet zo snel bedenken wie ons verder zou kunnen helpen.'

'Nee, je hebt gelijk, ik ook niet.'

Behalve notaris Witteveen natuurlijk, die alles weet maar mij niks wil vertellen en wiens bestaan ik voor jou verzwegen heb. Chantal kreeg het er warm van en bad dat Niels niet zou merken dat ze hem zat voor te liegen. Ze veranderde snel van onderwerp. 'Over aanwijzingen gesproken, ik durf het bijna niet te vragen, maar zijn er op die laatste kaart van mijn stalker nog sporen aangetroffen?'

'Nee, helaas. Geen vingerafdruk aangetroffen, zelfs geen fractie daarvan.'

'Echt niet? Dat is behoorlijk teleurstellend, ik had er zo op gehoopt.'

'Anders ik wel.'

'Nou ja, in elk geval bedankt dat je ernaar hebt laten kijken.'

'Natuurlijk, wat dacht jij dan? Die stalker zit mij net zo dwars als jou. Als ik hem in mijn handen krijg...'

Chantal kroop tegen Niels aan. 'Het geeft me wel een heel veilig gevoel als je dat zegt.'

'Je bent ook veilig bij me, Chantal. Jij én Fenna, want die hoort er nu ook bij. Ik zal alles doen wat ik kan om goed voor jullie te zorgen.'

'Dat is fijn. Had ik al gezegd hoezeer ik het waardeer dat je Fenna met open armen hebt ontvangen?'

'Natuurlijk. Zij kan er ook niks aan doen en bovendien is het een schatje.'

'Klopt, maar ik denk dat menig man anders had gereageerd.'

'Hé, ik ben nou eenmaal dol op kinderen, het prototype familieman. Ik wil er voor je zijn en je steunen.'

'Dat weet ik en waardeer ik ook.'

'Mooi. Maar nu genoeg gekletst, ik ben bekaf en dat bed ziet er wel erg aanlokkelijk uit.'

Even later lagen ze in bed en Niels was binnen een minuut onder zeil. Chantal, daarentegen, kon de slaap niet vatten. Ze deed haar uiterste best om alle nare beelden uit haar hoofd te zetten, maar Amber bleef maar door haar hoofd spoken. Een uur verstreek, toen nog een. Ze luisterde bezorgd naar de wind die langs de ramen gierde en hoopte dat het gestopt was met sneeuwen. Toen viel ze eindelijk in slaap.

20

'Kijk, tante Chantal!'

Fenna stond trots te springen naast de sneeuwpop die ze net met Niels had gemaakt. De pop stond naast de enorme versierde spar die op zo'n dertig meter van de ingang van het hotel stond. De champagnekurk uit de Glacier Express was door Niels met zijn zakmes in tweeën gesneden en deed dienst als ogen. Van de keuken van het hotelrestaurant hadden ze een wortel gekregen voor de neus.

'Hoe gaan we de sneeuwpop noemen, Fenna?' vroeg Niels.

Het meisje trok een bedenkelijk gezicht en schreeuwde toen: 'Witje!'

Chantal glimlachte. De sneeuwpoppen die zij en haar zus vroeger maakten, werden ook steevast Witje gedoopt. Amber had deze familietraditie klaarblijkelijk aan haar dochter doorgegeven.

'Zeg, tante Chantal, maak jij eens een foto van ons met Witje,' zei Niels.

Chantal deed een handschoen uit en haalde haar mobiele telefoon uit haar jaszak. Door de aanhoudende harde wind was de gevoelstemperatuur ver beneden nul. Haar vingers verstijfden vrijwel meteen door de ijzige kou en met moeite ontgrendelde ze haar toestel. In een oogopslag zag ze dat Witteveen nog steeds niet de moeite had genomen om haar terug te bellen. Ze verborg haar teleurstelling achter een gemaakte lach.

Niels hurkte neer bij de sneeuwpop en Fenna sloeg haar armpjes om Witje heen. 'Brr, koud,' zei ze giechelend.

'Allemaal lachen!'

Fenna en Niels ontblootten hun tanden. Chantal maakte een stuk of vijf foto's en een kort filmpje en borg haar toestel toen weer op. Fenna was het daar niet mee eens en rende naar haar toe.

'Kijken!' Ze stopte haar handje enthousiast in Chantals jaszak en trok haar telefoon eruit. Het toestel viel uit haar handjes in de sneeuw.

'Voorzichtig, Fenna. Dat is duur. Straks gaat het kapot.'

'Nee hoor.' Haar nichtje veegde het toestel af aan haar jas en gaf het aan Chantal. 'Mag ik nou de foto's zien?' vroeg ze met een zoet stemmetje.

'Jij weet wel hoe je je zin moet krijgen, hè, klein drammertje. Nou, eens even kijken.' Chantal liet de eerste foto op haar scherm zien. Niels was ook aan komen lopen en stond achter haar over haar schouder mee te kijken. Fenna schoof met haar kleine vingertje over het scherm om de volgende foto te bekijken. Het gemak waarmee ze dat deed verbaasde Chantal. Wat was er toch veel veranderd sinds de tijd dat zijzelf nog kind was. Terwijl zij en Amber opgroeiden met potlood en papier, werd Fenna grootgebracht met computers, tablets en smartphones.

'Leuke foto's,' zei Fenna met een serieus gezichtje.

'Ik heb ook nog een kort filmpje gemaakt.' Chantal speelde het af en Fenna gierde het uit toen ze zichzelf 'Brr, koud' hoorde zeggen terwijl ze Witje omhelsde.

'Nog een keer, nog een keer,' riep ze terwijl ze enthousiast in het rond sprong. Pas na zes herhalingen had Fenna genoeg van het filmpje, maar dat kwam meer omdat Niels ingreep.

'Oom Niels heeft het ook brr-koud. We gaan binnen even opwarmen met warme chocomel en slagroom.'

Na de warme versnapering besloten ze te gaan skiën. Terug in hun hotelkamer hielp Chantal eerst Fenna in het dikke roze skipak dat ze in allerijl nog voor haar had gekocht. Het meisje leek net een roze ijsbeertje. Daarna trok ze haar eigen pak aan.

Niels was allang klaar en stond voor het raam naar buiten te kijken. Chantal ging bij hem staan.

'Heb jij de actuele weersituatie nog bekeken?'

'Ja. Er is een verhoogde kans op lawines, maar ik durf het wel aan. Het is gestopt met sneeuwen en de zon breekt door. Er ligt een mooie dikke laag op de pistes.'

'En de wind?'

'Matig en volgens de berichten gaat hij nog verder afnemen. Je hoeft je geen zorgen te maken.'

'Weet je het zeker? Ik wil geen enkel risico nemen met Fenna.'

'Natuurlijk, ik toch ook niet?'

'Jij hebt die skileraar voor haar geregeld, hè?'

'Die staat over een halfuur klaar op de blauwe Iglu-piste, als we niet opschieten komen we nog te laat.'

'Gaan we nou? Ik krijg het warm.' Op Fenna's wangen zaten rode blosjes.

'Ja, schat, we gaan.' Chantal zette een hippe, roze skibril op Fenna's hoofd en snoerde de capuchon van haar skipak stevig aan. 'Oké, de skipassen.'

'Al voor gezorgd!' Niels zwaaide ermee voor haar neus. Hij duwde haar naar de deur en pakte Fenna's hand. '*Off we go, ladies.*'

Ze namen de skilift vanuit Zermatt en enige tijd later stonden ze op de afgesproken piste, die met nummer 45 stond aangeduid op hun pistekaart. De skileraar was er nog niet. Chantal keek bezorgd toen ze haar nichtje wat onwennig op de latten zag staan.

'Je had toch al eens eerder geskied met papa en mama, Fenna?'

'Ja. Ook met andere kindjes.'

'Kende je die kindjes?'

'Eerst niet, later wel.'

'Was het in een skiklasje?'

Fenna trok een moeilijk gezicht en haalde haar schouders op.

'Heeft mama je geleerd hoe je moet skiën of iemand anders?'

'Een meneer.'
'Een vreemde meneer?'
'Hij was wel een beetje raar.'
Chantal besloot Fenna niet te corrigeren. 'Hoezo raar?'
'Hij wilde mama steeds leren skiën, maar mama kon het al.'
Dat klonk als een opdringerige skileraar. 'Was papa er ook bij?'
'Papa keek.'
'Papa deed verder niks?'
Ze haalde haar schouders op.
'Deed papa wel wat? Wat dan, Fenna?'
'Weet ik niet meer. Gaan we nu skiën?'
Chantal moest denken aan de tekening die Fenna gisteren had gemaakt van haar moeder: ze had wel zo'n vermoeden hoe Fenna's vader zou hebben gereageerd op de aandacht die Amber van de skileraar had gekregen.
'Oké, Fenna, even goed luisteren. Je moet goed tussen mij en Niels in blijven. Niet alleen ervandoor gaan, dat is gevaarlijk.'
Fenna keek gebiologeerd naar de skiërs die de heuvel af suisden.
'Heb je me gehoord, Fenna?' Chantal pakte haar nichtje bij de schouders en dwong haar om haar aan te kijken. 'Wat zei tante Chantal net tegen je?'
'Ik moet bij jou en oom Niels blijven.' De verveeldheid klonk door in haar stem. 'Mag ik nou skiën?'
'Nog heel even wachten. Er komt zo een leuke meneer die met jou mee gaat skiën. Tot die tijd moet je hier even blijven staan.'
Chantal keek naar Niels, die net bezig was om met zijn mobiel een paar foto's te maken van de piste. Omdat Fenna's skileraar er toch nog niet was, besloot ze om te checken of ze nog oproepen gemist had. Ze haalde haar telefoon tevoorschijn, wat nog een heel gedoe was, maar Witteveen bleek nog steeds niets van zich te hebben laten horen. Niet onverwacht, maar toch weer teleurstellend. Ze besloot hem een sms te sturen op

het 06-nummer dat op zijn voicemail werd vermeld. Het viel haar tegen hoeveel moeite het haar kostte om met haar koude vingers een bericht te fabriceren en ze moest de typefouten keer op keer corrigeren. Tegen zulke rare fouten was zelfs de autocorrectie niet opgewassen.

Uiteindelijk lukte het haar een foutloos bericht te produceren en ze drukte op de verzendknop. Toen keek ze op en de schrik sloeg haar om het hart. Fenna stond niet meer naast haar, maar was een paar meter bij haar vandaan gegleden. Niels had het evenmin opgemerkt en was nog steeds druk met plaatjes schieten.

'Fenna!' zei ze luid. 'Hier blijven! Wat had ik nou gezegd!'

Haar nichtje draaide zich met een lachend gezicht half om en verloor daarbij bijna haar evenwicht. Ze wist met moeite overeind te blijven, maar kon niet meer voorkomen dat ze steeds sneller verder naar beneden gleed.

'Tante Chantal! Ik kan niet meer stoppen!'

'Ik kom eraan, Fenna!' riep Chantal, terwijl ze haastig haar ski's rechtzette. Ze deed dit echter zo onhandig, dat ze omviel.

'Tante Chantal! Help!'

'Niels! Niels! Fenna glijdt naar beneden!'

Niels keek geschrokken op en kwam meteen in actie. Hij wierp Chantal zijn telefoon toe en schoot vliegensvlug achter Fenna aan, voordat Chantal zelfs maar de tijd had gehad om weer op te staan. Fenna vloog intussen de berg af en het was een wonder dat ze nog steeds overeind stond. Chantal, die weer op haar ski's stond, keek in spanning toe hoe Niels de afstand tussen hemzelf en Fenna in rap tempo wist te overbruggen. Voorzichtig begon Chantal te hopen dat het goed zou aflopen. Toen zoefde er vanuit het niets een groep van acht skiërs rakelings langs haar heen. Ze vloekte hartgrondig, maar bleef deze keer wel overeind staan. De acht maakten tempo en waren elkaar duidelijk aan het opjutten, tot grote ergernis van de andere skiërs, die hun roekeloze gedrag luid becommentarieerden. Chantal concentreerde zich echter weer op Niels, die nog maar vijf meter van Fenna verwijderd was. Ze begon al bijna opgelucht adem te halen. Nog vier meter. Drie.

Ineens begon voor haar ogen de sneeuw te schuiven. Het gestunt van het groepje van acht was te veel voor de verse sneeuwlaag, die losraakte van de ondergrond. Algauw waaierde een drogesneeuwlawine vanuit één punt de helling af. Er klonk een dreigend gerommel.

'Niels!' schreeuwde Chantal. 'Kijk uit! Lawine!'

Ze schreeuwde haar longen uit het lijf, maar Niels hoorde haar niet en had geen idee van het gevaar dat in razend tempo dichterbij kwam. Hij was volledig gefocust op Fenna en had niet één keer achteromgekeken. De groep van acht had inmiddels wel door dat er een lawine was ontstaan en skiede in een schuine lijn en in hoog tempo verder om de losgekomen hoeveelheid sneeuw te ontwijken. Een andere skiër passeerde Niels en Fenna rakelings en leek Niels te waarschuwen. Die keek nu eindelijk over zijn schouder en zag het gevaar op zich afkomen. Was het niet te laat? De lawine bleef uitwaaieren en met het breder worden nam het tempo iets af, maar het was slechts een kwestie van seconden voordat Niels en Fenna bedolven zouden worden.

Ineens had Niels Fenna bereikt en hij greep haar roze skijack vast en stuurde het meisje uit de baan van de lawine, richting een groepje sparren. De twee hadden echter veel te veel vaart en naderden de bomen, die dicht op elkaar stonden, razendsnel. Ze moesten de veiligheid van de sparren opzoeken voor de lawine hen zou bereiken, dat snapte Chantal maar al te goed, maar ze bad dat ze er niet tegenaan zouden botsen. Met grote snelheid schoten de twee tussen de voorste bomen door en Niels raakte met zijn schouder een van de uitstekende takken. Hij ging hard onderuit en sleepte Fenna mee in zijn val. Op dat moment bereikte de voortrazende sneeuw de bosrand.

Chantal gilde het uit. De lawine werd flink afgeremd door de bomen en dat gaf Niels de tijd om vliegensvlug naar Fenna toe te kruipen en beschermend boven op haar te gaan liggen. Dat was echter niet meer nodig, want de bomen hadden hun werk gedaan en de sneeuw schoot rakelings langs de twee heen, om halverwege de heuvel tot stilstand te komen. De stilte die volgde was overweldigend.

Chantal staarde over de tot rust gekomen witte vlakte. Ze sloeg haar hand voor haar mond en begon te huilen. Toen zag ze een eind beneden zich Niels opstaan en Fenna overeind helpen. Op het eerste gezicht leken ze allebei ongedeerd. Een opgestoken duim van Niels bevestigde dat.

'Mevrouw Donkers?'

Chantal ontwaakte uit haar shock en keek naar de man met achterovergekamd halflang blond haar die haar een hand toestak.

'Ik ben Davy.'

'Hè? Wat?'

'De skileraar?'

'O ja, natuurlijk. Sorry hoor, maar ik sta even bij te komen. Mijn vriend en nichtje zijn net op het nippertje ontsnapt aan een lawine. Chantal Donkers.' Ze schudde hem de hand.

'Ik zag het gebeuren.' Davy keek langs haar heen naar beneden, waar Niels halverwege de piste sneeuw van Fenna stond af te kloppen. 'Ik ga meteen even bij ze kijken. Komt u ook mee? Goed aan de kant blijven en niet te veel vaart maken. Als u zich daaraan houdt is de kans op een nieuwe lawine klein.'

Chantal knikte en zoefde in rustig tempo achter Davy aan, naar Niels en Fenna toe. Bij hen aangekomen schopte ze haar ski's uit en ging op haar hurken voor haar nichtje zitten. Ze omhelsde het meisje opgelucht en begon te huilen. Toen maakte ze zich weer los van het meisje en bekeek haar van top tot teen.

'Heb je ergens pijn?'

'Nee,' reageerde het meisje met benepen stemmetje.

'U mankeert ook niks?' hoorde ze Davy aan Niels vragen.

'Nee, we hebben heel veel mazzel gehad.'

Chantal liet Fenna los en pakte Niels' hand. 'Dit is Davy, Fenna's skileraar.'

Niels schudde de man de hand. 'Niels Oosting. Het was de bedoeling dat we op je zouden wachten met afdalen, maar Fenna werd ongeduldig en ging er ineens vandoor.'

'Is dat zo, Fenna? Wilde je zo graag skiën?'

'Ja, maar nu niet meer. Het ging veel te hard en ik kwam bijna onder de sneeuw.'

'Het gebeurt weleens dat er onverwachts heel veel sneeuw tegelijk van een berg af rolt. Weet je hoe dat heet?'

'Ja, lawine. Heeft mama me verteld.'

Davy knikte goedkeurend naar Chantal.

'Mijn zus. Ik ben haar tante,' lichtte ze toe.

'Goed, Fenna, ik ga je vertellen wat je moet doen als er een lawine aankomt en je per ongeluk toch onder de sneeuw terechtkomt. Je oom en tante moeten ook maar even goed opletten.'

Fenna keek Davy met grote ogen aan.

'Als je ziet dat je niet meer op tijd weg kunt komen voor een lawine, weet je wat je dan als eerste moet doen?'

Fenna schudde haar hoofd.

'Je ski's uitschoppen en je stokken weggooien, zodat je je lijf vrij kunt bewegen. Zullen we dat een keer oefenen?'

Davy pakte Fenna's ski's en klikte ze aan haar voeten. Daarna gaf hij haar de stokken. 'Oké, gooi je stokken maar weg.'

Met een geconcentreerd gezicht wierp Fenna de stokken van zich af.

'Goed zo! Schop nu je ski's maar uit.'

Fenna deed een poging; onhandig, maar ze kreeg het wel voor elkaar.

'Jeetje, wat ben jij een stoere meid, zeg. Heel goed gedaan.'

Fenna keek trots naar Chantal. De blosjes op haar wangen waren alleen maar roder geworden.

'Oké, als je dan toch onder de sneeuw terechtkomt, weet je wat je dan moet doen? Heel hard trappen en zwembewegingen maken. Net alsof je onder water bent en weer naar boven probeert te zwemmen. Kun je zwemmen, Fenna?'

'Ja.'

'En heb je ook weleens onder water gezwommen?'

'Ja, in het zwembad van papa. Ik kan heel lang mijn adem inhouden.'

Davy stak zijn duim op. 'Maar als er dus sneeuw over je heen komt, wat doe je dan?'

'Naar boven zwemmen!'

'Heel goed. Jij hebt goed opgelet. Maar weet je, Fenna, soms is er zoveel sneeuw dat het niet altijd lukt om helemaal naar boven te zwemmen. Weet je wat je dan moet doen? Nou moet je even goed opletten, want dit is heel belangrijk. Dan doe je je handen voor je neus en je mond en steek je je ellebogen vooruit.' Davy deed het voor. 'Je armen maken dan een tunneltje in de sneeuw zodat je nog een beetje kunt ademen.'

Fenna luisterde aandachtig.

'We gaan het even oefenen. Je oom en tante ook. Allebei je handen voor je mond en neus. Ja, goed zo. En nu je ellebogen vooruitsteken. Hou je armen zo dicht mogelijk tegen elkaar aan.' Davy knikte hen alle drie goedkeurend toe. 'Dan gaan we nu proberen om het allemaal te onthouden. Doe mij maar na. Eerst schoppen en gooien.'

Hij maakte een beweging alsof hij zijn ski's uitschopte en zijn stokken weggooide. Fenna deed hem enthousiast na.

'Dan gaan we zwemmen' – Davy maakte een schoolslagbeweging met zijn armen – 'en dan maken we een tunneltje.' Fenna sloeg haar handjes voor haar mond en stak haar ellebogen naar voren, wat haar weer een opgestoken duim van Davy opleverde. 'En dan zeggen we het nu voor de laatste keer allemaal achter elkaar. Daar gaan we. Schoppen, gooien, zwemmen, tunneltje.'

Hij richtte zich tot Chantal. 'Ik wil haar heel even een stukje laten skiën zodat haar angst minder wordt. Anders zou het weleens kunnen dat ze nooit meer op de latten gaat staan.'

Chantal knikte. 'Lijkt me goed.'
'Fenna, zullen we je ski's nog even aandoen en een klein stukje skiën?'
'Nee, wil ik niet.'
'Maar je bent toch een stoere meid?'
Fenna knikte aarzelend naar Davy.
'Oom Niels en ik gaan naast je skiën zodat er niks kan gebeuren. En je tante gaat kijken hoe goed jij het kunt. Nietwaar, tante Chantal?'
'Jazeker. Laat maar eens zien wat je kunt, Fenna.' Ze lachte het meisje bemoedigend toe.
Davy bukte om Fenna te helpen bij het aandoen van de ski's en enkele seconden later zag Chantal het kleine roze poppetje met onvaste benen bij haar vandaan skiën, geflankeerd door haar skileraar en Niels. Ze kreeg er een brok van in haar keel. Gelukkig was het allemaal met een sisser afgelopen.
Maar het had ook heel anders kunnen uitpakken.

21

Badend in het zweet werd Chantal wakker. Een nachtmerrie over een lawine die Fenna en Niels verzwolg, was zo levensecht geweest dat ze met tranen op haar wangen was ontwaakt. Niels en Fenna hadden er gelukkig niets van gemerkt. Haar nichtje leek zelf niet geplaagd te worden door nare dromen en had een diepe en rustige ademhaling. Ook Niels lag te ronken als een os en leek de gebeurtenissen in elk geval in zijn dromen al van zich te hebben afgeschud.

Chantal draaide op haar zij en pakte haar telefoon van het nachtkastje om te kijken hoe laat het was. De digitale klok gaf acht uur aan. Geen gemiste oproepen. Ook geen nieuwe berichten, concludeerde ze teleurgesteld. De hoop dat Witteveen zich zou bedenken en alsnog contact met haar zou opnemen bleef, evenals de zorgen om Amber. Ze voelde zich zo verdomd machteloos in het hele verhaal. Het enige wat ze op dit moment kon doen was goed voor het kind van haar zus zorgen en dat was bijna misgegaan. Ze zou Amber nooit meer onder ogen durven komen als er iets met Fenna was gebeurd; zichzelf trouwens ook niet. Gelukkig was Niels als reddende engel de held van de dag geworden.

Er was haar gisteren plotseling een hoop duidelijk geworden, toen Niels zo vol overgave achter Fenna was aangegaan om haar te behoeden voor een ongeluk. Ze zag het heel helder. Wat hij voor haar betekende. Hoe haar toekomst eruit zou zien. Met deze man wilde ze oud worden. Zelfs zijn kinderwens was iets wat haar niet meer echt afschrikte. Zoals hij met Fenna omging: hij zou een fantastische vader zijn. Als ze terug waren van vakantie zou ze met hem gaan praten over samenwonen. Wat haar betreft in een huis dat voor hen beiden nieuw was. Ze wilde een frisse start. En een tuin voor Fenna.

Ze voelde een hand op haar rug.

'Ben je wakker?' fluisterde Niels.

Met een glimlach draaide ze zich om. 'Ja, ik ben wakker. Die kleine daarentegen...' Ze wees naar Fenna, die nog geen teken van leven had gegeven.

'Ideaal kind,' zei Niels grinnikend. Een streep zonlicht viel door een kier van het gordijn. 'Er wordt stormachtig weer voorspeld voor vandaag, maar daar is nog weinig van te merken. Op de weerberichten kun je tegenwoordig ook niet meer vertrouwen. Ze veranderen soms met de minuut, lijkt het wel.'

Chantal pakte Niels' hand. 'Ik heb wel zin om vandaag een beetje rond te struinen in het dorp. Echt de toerist uithangen, winkeltjes kijken, kaasfonduen. Jij?'

Niels trok een moeilijk gezicht. 'Net als heel veel mannen ben ik niet echt dol op shoppen en ik vraag me af of Fenna het heel geslaagd vindt om winkel in, winkel uit gesleept te worden.'

'Er zijn een paar chocoladewinkels. Ik denk dat ik haar daarmee wel zoet kan houden, gezien de gretigheid waarmee ze dat stuk Toblerone in het vliegtuig naar binnen schrokte.'

'Dat is omkoping, Chantal Donkers!'

'Yep.'

Fenna maakte een knorrend geluidje en ging rechtop in haar bed zitten. Chantal liep naar haar toe en gaf haar een kus. 'Heb je lekker geslapen, schatje?'

'Ja. Ik heb honger.'

'Dan moeten we daar maar snel iets aan gaan doen. Maar eerst douchen.' Ze tilde haar nichtje uit bed en bracht haar naar de badkamer. Het samen douchen met Fenna was inmiddels een vast ritueel geworden waar ze al behoorlijk wat handigheid in had gekregen.

'Ik googel nog wel even naar restaurantjes en ander vermaak,' riep Niels vanuit bed.

Toen Chantal en Fenna gekleed de badkamer uit kwamen, keek Niels enthousiast naar hen. 'Wat vinden jullie hiervan? Als we nou eens 's ochtends een uurtje of wat gaan winkelen en dan vanmiddag gaan sleetje rijden? Er zit hier een rodelbaan in de buurt waar we met de trein naartoe kunnen. Heel geschikt voor alle leeftijden, stond erbij. Lijkt je dat leuk, Fenna?'

'Ja!' gilde het meisje enthousiast terwijl ze rondsprong.

'Nou, dan geloof ik dat het al twee tegen één is. Wat ik vind doet er eigenlijk niet meer toe,' verzuchtte Chantal quasiverontwaardigd. 'Waar zit die rodelbaan?'

'Rotenboden. Er is een rechtstreekse treinverbinding vanaf Zermatt. Echt, Chan, het wordt hartstikke leuk. Jij krijgt je winkels en Fenna en ik onze portie dagelijkse sneeuwpret.'

'Het is een beter alternatief dan skiën, dat moet ik toegeven...'

'Gaan we sleeën, tante Chantal?' Fenna vlocht haar hand in de hare.

'Ja, schat, we gaan sleeën. Als oom Niels tenminste opschiet en zijn bed uit komt.'

Fenna dook boven op Niels om hem een handje te helpen. 'Opstaan, oom Niels, we gaan sleeën!'

Terwijl Niels de badkamer in dook, bracht Chantal een bescheiden laagje make-up aan. Ze kamde Fenna's en haar eigen haar en stopte haar mobiel en creditcard in haar tas. Niels schoor zich nog snel en nam een walm van aftershave mee de kamer in toen hij de badkamer verliet. Chantal inhaleerde de haar inmiddels zo vertrouwde geur die altijd om hem heen hing.

'Tijd voor een ontbijtje, dames.'

Niels stak zijn hand uit naar Fenna en ze rende meteen naar hem toe. Chantal realiseerde zich weer hoe blij ze was dat Niels en Fenna het vanaf dag één zo goed met elkaar hadden kunnen vinden. Dat was een geluk bij een verder ongelukkige situatie. Niels stond al met de deurknop in zijn hand toen Chantals telefoon ging. *Witteveen*, dacht ze meteen en haar maag trok samen. Ze pakte haar telefoon uit haar tas en keek verwachtingsvol op het scherm, maar het was de notaris niet.

'Het is Anique.' Ze kon de teleurstelling in haar stem niet verbergen. 'Ik moet hem even aannemen. Gaan jullie maar vast naar het restaurant.'

Niels gaf haar de kamersleutel. 'Niet te veel over werk praten, hè? Je hebt vakantie, weet je nog?'

Niels verdween met een huppelende Fenna naar de liften en Chantal nam op. 'Hé, Anique. Kun je me niet missen?'

'Jij hebt zeker niets meer van je stalker gehoord,' viel Anique met de deur in huis.

'Eh, nee, maar... Eerlijk gezegd had ik die helemaal uit mijn hoofd gezet. Dank dat je me eraan herinnert.'

'Je gaat ook niks meer van hem horen.'

'Hoe bedoel je?'

'Wist jij dat de vermoorde vrouw van Ali Aslan nog een broer had?'

'Eh, nee.'

'Hij heet Simon en ze hebben hem gisteren bungelend aan een haak in zijn appartement gevonden. Alles wijst op zelfmoord. Hij hing er waarschijnlijk al zeker een week. In zijn huis is een afscheidsbrief gevonden waarin hij aangeeft het leven niet meer aan te kunnen zonder zijn zus. En, nou komt het, hij betuigt ook spijt van het bedreigen van advocate Chantal Donkers.' Anique liet even een stilte vallen. 'Hij bekent dat hij je brieven heeft gestuurd en twee keer je huis is binnengedrongen.'

'Wat! Hoe weet je dit allemaal?'

'Er stond een berichtje in *De Telegraaf* over zijn zelfmoord. Omdat het de broer van Aslans vrouw was, viel het mij natuurlijk op en toen ben ik wat gaan rondbellen voor nadere details. Dit alles heb je overigens niet van mij.'

'Ik geloof dat ik even moet gaan zitten.' Chantal zakte neer op haar hotelbed.

'Doe dat maar, want wat ik nu ga vertellen, geloof je vast ook niet. Weet je wie die Simon heeft gevonden?'

‘Geen flauw idee.’

‘Die makelaar die je de bons hebt gegeven. Duinkerk.’

‘Wat zeg je?’

‘Bleek een oude schoolvriend van die Simon te zijn. Hij kreeg hem al een week niet te pakken en besloot poolshoogte te gaan nemen. Simon schijnt niet helemaal goed te zijn geweest in de bovenkamer. Tijdens het proces van Aslan zat hij met een psychose in de Valeriuskliniek en dat was niet de eerste keer, naar het schijnt.’

‘Ben ik paranoïde als ik denk dat Duinkerk Simon als vriendendienst in mijn appartement heeft toegelaten?’

‘Nou, als jij het bent, dan ben ik het ook. Hij moet geweten hebben dat Simon een bloedhekel aan je had omdat je Aslan hebt vrijgepleit. Misschien heeft meneer de makelaar een oogje toegeknepen toen Simon in je appartement rondstruinde. Maar goed, dat is allemaal speculatie en zoals je weet zijn rechters daar niet gevoelig voor. Hoe dan ook is Simons dood afgedaan als zelfmoord en wordt er niets gedaan met zijn bekentenis dat hij jou bedreigd heeft. Dat de man die Simon heeft gevonden jouw ex-makelaar is, weet de politie niet. Althans, niet van mij. Tenzij jij alsnog aangifte doet en ze dat zelf vertelt. Dan is er genoeg reden om Duinkerk eens aan de tand te voelen, maar die keuze is aan jou.’

‘Daar zal ik eens goed over nadenken. In elk geval bedankt dat je me op de hoogte hebt gebracht, Anique.’

‘Ik heb even getwijfeld of ik je hiervoor moest storen op je vakantie, maar ik dacht dat het wel een opluchting zou zijn dat je voorgoed van je stalker af bent. En stel dat de roddelbladen hierin duiken en je gaan bellen, dan weet je in elk geval wat ze van je willen. Op een geintje à la *Wake Up Call* zit je niet te wachten, dacht ik zo.’

‘Ik waardeer je bezorgdheid, Anique. Ik zal het allemaal eens even laten bezinken en met Niels bespreken. Die zal ook niet weten wat hij hoort. Kijken wat hij vindt dat ik moet doen.’

'Ik gok dat hij zegt dat je geen aangifte moet doen, aangezien hij dat steeds zei.'

'Daar zou je weleens gelijk in kunnen hebben.'

'Sterkte ermee en probeer een beetje te genieten van je vakantie.'

'Dus de vrouw van Aslan had een broer die weer bevriend was met jouw makelaar?'

Niels boog zich kauwend op zijn ontbijt naar haar toe zodat alleen Chantal kon horen wat hij zei. Fenna kliederde met een bakje yoghurt en ze lieten haar haar gang gaan.

Chantal knikte. 'Ze hebben een brief in zijn huis gevonden waarin hij bekent dat hij me bedreigd heeft. *Case closed.* Althans, als ik het erbij laat zitten.'

'Hoe bedoel je? De man is toch dood?'

'Jawel, maar het is heel goed mogelijk dat Duinkerk dus ook in het complot zat en dat wil ik misschien wel uitgezocht hebben. Hij heeft die gek binnengelaten in mijn appartement.'

'Weet je dat zeker?'

'Niet honderd procent, nee. Ik kan het niet bewijzen, maar het is wel heel erg toevallig allemaal.'

'Daar heb je wel gelijk in. Maar wat wil je dan precies doen?'

'Al het bewijsmateriaal dat jij bewaard hebt aan de politie overhandigen zodat ze de brieven die ik heb gekregen kunnen vergelijken met de brief die bij zijn lichaam is gevonden.'

'En dan?'

'Dan wil ik dat de politie het Duinkerk heel moeilijk gaat maken om uit te zoeken of hij wist wat Simon van plan was in mijn huis.'

'Maar Chan, het is een makelaar. Met een beroepscode en zo. Lijkt me nogal een probleem als je een makelaar die de sleutel van je huis heeft niet meer kunt vertrouwen.'

'Daarom juist! Ik wil dat die man uit de NVM wordt gezet.'

'Ja, misschien heb je wel gelijk...'

'Misschien?'

'Nou ja...'

'Wat, Niels? Hij is toch ver buiten zijn boekje gegaan? Dit kan toch gewoon niet?'

'Weet je wat ik denk?'

'Nou?'

'Dat je het beter kunt laten rusten. Die Simon is dood en met die makelaar heb je niks meer te maken. Probleem opgelost.'

'Dat is wel een heel simpele redenering.'

'Soms moet je dingen niet moeilijker maken dan ze zijn. Naar de toekomst kijken en niet blijven hangen in het verleden. De betrouwbaarheid van een makelaar is niet jouw verantwoordelijkheid.'

'Maar...'

'Denk eens aan alle pers die het gaat opleveren als je hier werk van gaat maken. Daar zit je toch niet op te wachten? En wat dacht je van Fenna? Zou zij nu niet onze allereerste prioriteit moeten zijn? Al het andere is toch zeker bijzaak, vind je niet?'

'Maar ik kan dit toch niet zomaar laten gaan?'

'Waarom niet? Je hoeft niet altijd tot het gaatje te gaan, toch? Soms moet je, in het algemeen belang, dingen loslaten.'

'Het is juist in het algemeen belang als ik er werk van maak.'

'Wat? Jouw persoonlijke wraak op die makelaar? Hou toch op. Wees blij dat het zo is afgelopen. Opgeruimd staat netjes.'

Chantal keek hem verbaasd aan. 'Je hoeft niet zo korzelig te doen.'

'Sorry. Je hebt natuurlijk helemaal gelijk, maar ik had me zo verheugd op een vakantie zonder gezeik over werk en aanverwante zaken. Op je eens echt ontspannen en blij te zien.'

Chantal had geen zin om de sfeer nog verder te verpesten en bond ook in. 'Ook sorry. Ik beloof je dat ik het voor nu laat rusten en als we weer thuis zijn, ga ik er eens goed over nadenken of ik nog met de politie wil gaan praten. Misschien bellen ze me evengoed wel omdat ik met naam en toenaam word genoemd in die brief.'

'Ik bel wel naar mijn collega's en zeg dat ze je in elk geval met rust moeten laten tot we weer thuis zijn. Zal ik Joep vragen om een babbeltje te maken met die Duinkerk? Hij kan wel inschatten of de man meer weet of zich van geen kwaad bewust is. Als hij van niks wist, kun je het meteen uit je hoofd zetten.'

'Misschien is dat wel een idee, maar ik twijfel er niet aan of Duinkerk er meer van af wist.' Chantal kon het niet laten dat toch nog eens te benadrukken. 'En ik vind dat je hem er wel heel gemakkelijk mee laat wegkomen.'

'Weet je waarom? Omdat ik die man op geen enkele manier als een bedreiging voor jou zie. Hij heeft geen sleutel meer van je huis en Simon is dood. Plat gezegd heb je geen ene moer meer met hem te maken, voor de rest van je leven. En dus hoef je je alleen maar druk te maken om mij en Fenna.' Hij gaf haar een kus op haar wang, schoof vervolgens een stukje bij haar vandaan en stortte zich vol overgave op zijn nog halfvolle bord.

Chantal scheurde een stukje van haar croissant af en stak het in haar mond. Toen ze opkeek van haar bord zag ze net dat Fenna een grote klodder yoghurt op haar trui knoeide. Ze zuchtte en moest toen glimlachen. Misschien had Niels ook wel gelijk.

Ze pakte een servet en liep ermee naar Fenna toe.

Het begon steeds harder te sneeuwen. De wind was weer aangetrokken en Chantal kroop diep weg in haar dikke jas, terwijl een rilling over haar rug liep. Gedrieën liepen ze langs de winkels in de Bahnhofstrasse, met aan de rechterkant van de straat het opvallende gebouw van sieradenontwerper Bucherer. Het pand was rood met groene accenten. Op de gevel stond tweemaal het woord ROLEX in dikke groene chocoladeletters. Chantal wilde al doorlopen, maar Niels stopte voor de etalage om zich te vergapen aan de kapitale klokjes.

'Ik wist niet dat jij zo'n glitterboy was,' zei Chantal lachend.

'O, ik ben net een ekster. Moet je nou kijken wat mooi!' Hij wees naar een gouden horloge dat rondom helemaal ingelegd was met diamanten.

‘Poeh, mij veel te protserig. En moet je zien wat zoveel lelijkheid kost!’ Chantal verslikte zich bijna toen ze het prijskaartje zag van ettelijke tienduizenden euro’s. ‘“Tijd is geld” is hier wel van toepassing.’

Niels leek echter wel aan de etalage vastgeplakt te zitten. ‘Kom we gaan even naar binnen, dan ga ik wat van die klokjes passen terwijl jij met je creditcard zwaait. Lachen.’

‘Ik heb het koud, tante Chantal,’ bemoeide Fenna zich ermee. ‘Ik wil sleeën.’ Ze trok aan Niels’ jas. ‘Kom nou, oom Niels, dan gaan we.’

Niels reageerde amper en vergaapte zich nog steeds aan de horloges. ‘Ik moet echt even naar binnen,’ mompelde hij.

‘Weet je wat? Fenna en ik gaan naar de chocoladewinkel en dan zien we je daar wel als je hier bent uitgekeken.’

Niels knikte.

‘Ik ga naar chocolaterie Lindt op nummer 52, want daar lag een overheerlijke flyer van in het hotel.’

‘Oké, tot zo,’ reageerde Niels, terwijl hij al naar de ingang van de juwelier liep.

Chantal pakte Fenna’s hand. ‘Kom, meisje, wij gaan chocolaatjes uitzoeken,’ en ze leidde het meisje bij de juwelier vandaan.

Het vooruitzicht van lekkere chocolaatjes had Fenna duidelijk wakker geschud en steeds als Chantal even halt wilde houden bij een etalage die haar aansprak, trok Fenna haar ongeduldig mee. ‘Kom nou!’ Pas toen de chocolaterie in zicht kwam, vertraagde het meisje enigszins haar pas. Eenmaal in de winkel liep ze meteen naar de toonbank, waarop een in goudkleurig papier verpakte chocoladeteddybeer stond. Om zijn nek had hij een rode band met een hartje eraan. ‘Die wil ik!’ riep ze verrukt.

Chantal liep achter Fenna aan en snoof de zoete geur van chocolade op. Ze pakte het beertje van de toonbank en zette het neer voor de vriendelijk ogende dame achter de kassa. Voor zichzelf liet ze een doosje volscheppen met exclusieve pralines.

Toen ze wilde afrekenen, trok Fenna aan haar mouw. 'De beer moet ingepakt. Het is een cadeautje.'

'Een cadeautje voor Fenna van tante Chantal.'

'Nee. Voor mama. Als ze weer terugkomt bij mij.' Haar gezichtje betrok.

O, Amber, wat doe je ons toch aan? Hoewel Fenna niet continu over haar moeder praatte, was voor Chantal duidelijk dat haar nichtje er veel meer mee bezig was dan op het eerste gezicht leek. Ze knielde voor haar neer. 'Wat lief van je, Fenna. Weet je wat, we nemen twee beren. Eentje voor mama en eentje voor jou.'

Het meisje knikte opgelucht. Chantal pakte nog een beer van de toonbank en vroeg de dame achter de kassa om er eentje in te pakken. Toen ze de tas met aankopen van de vrouw aannam, kwam Niels binnenlopen.

'Ha, schat, we zijn net klaar. Jij de juwelier overvallen?'

'Ik heb me inderdaad moeten bedwingen,' zei Niels grinnikend. 'Wow, wat een mooi spul.' Galant hield hij de deur voor haar en Fenna open. 'Op naar de rodelbaan, dames!'

De lucht was zwaar van de sneeuw en dikke vlokken dwarrelden in hoog tempo naar beneden toen ze aankwamen bij de rodelbaan in Rotenboden. Chantal had Fenna extra dik ingepakt en daar was ze nu blij om. De zon scheen nog wel, maar de toenemende wind koelde de stralen af voordat ze de aarde bereikten. Het was behoorlijk druk, veel gezinnen met kinderen.

Chantal keek naar een vader die samen met zijn dochter aan de afdaling ging beginnen. Dochter voorop en pa achter haar. Het meisje gilde toen haar vader de slee in beweging zette en ze samen in behoorlijk tempo naar beneden roetsjten.

'Zal ik Fenna bij mij op de slee nemen?' stelde Niels voor.

'Graag. Ik denk dat ik zelf al genoeg moeite heb om veilig beneden te komen. Amber was altijd de grootste durfal in ons gezin en ik een beetje de voorzichtige kluns.' Chantal grimaste.

'Nou, volgens mij is Fenna echt een dochter van haar moeder.' Niels kon nog net op tijd ingrijpen toen hij vanuit zijn ooghoek Fenna met een slee bij hen zag wegschuifelen. 'Even wachten, dametje. Je mag alleen maar samen met oom Niels naar beneden en niet in je eentje.'

Chantal dacht met schrik in haar hart terug aan wat er een dag eerder was gebeurd, toen Fenna er op haar ski's vandoor was gegaan. Ze realiseerde zich weer hoe goed het was afgelopen, mede dankzij Niels' snelle ingrijpen. Niels had intussen samen met Fenna plaatsgenomen op de slee en was aan de afdaling begonnen. Chantal wachtte tot de twee veilig beneden waren voordat ze zich er zelf aan waagde. Ze kreeg snelheid en terwijl de wind vol in haar gezicht blies en de sneeuwvlokken natte afdrukken achterlieten op haar wangen, gilde ze alle spanning van de afgelopen tijd eruit. Met een grote glimlach op haar gezicht kwam ze uiteindelijk beneden, waar Niels en Fenna al op haar stonden te wachten.

'Nog een keer!' riep Fenna enthousiast. 'Nu wil ik bij jou, tante Chantal.'

Niels keek haar vragend aan en ze knikte. 'Dat lijkt me een heel goed idee, Fenna.'

'En dan straks een lekkere kaasfondue bij restaurant Swiss Chalet om weer warm te worden,' zei Niels. 'Ik heb vanochtend al gereserveerd toen jullie chocolaatjes stonden uit te zoeken.'

Chantal lachte en Niels gaf haar een knipoog.

22

Chantal lag met een onrustig gevoel te luisteren naar de storm die langs het hotel gierde. Sinds gisteren was het weer omgeslagen. De wind was gedraaid en het had onophoudelijk gesneeuwd. Er was minstens een halve meter gevallen. De lawinecode was van 2 gestegen naar 4. Skiën was vrijwel onmogelijk en wegen waren veranderd in ijsbanen, mede door een forse temperatuurdaling. De autoriteiten adviseerden mensen zo veel mogelijk binnen te blijven; in hun hotel hielden de meeste mensen zich daaraan. Er hadden zich kaartclubjes gevormd om de tijd door te komen en een Duitse yogalerares die ook in het hotel verbleef had spontaan wat lessen gegeven.

Voor de aanwezige kinderen had het hotel een marathon-dvd-sessie van *Ice Age* gehouden, waarbij gratis limonade en chips werden uitgedeeld. Tijdens de *Ice Age Christmas Special* had Fenna nog geboeid zitten kijken, maar daarna was ze al snel onrustig geworden. Chantal had daardoor niet de kans gekregen om haar yogasessie helemaal af te maken: ze werd door iemand van het hotel uit de les geplukt omdat Fenna's onrust ook op de andere kinderen begon over te slaan. Zuchtend was ze uit de lotushouding gekomen om Fenna op te halen. Niels zat in de spa en ze vond het niet nodig om hem daaruit te halen. De rest van de middag had ze spelletjes gedaan met Fenna, liedjes gezongen, een puzzel gemaakt en getekend. Toen Niels haar eindelijk kwam aflossen, was ze opgelucht geweest, want haar creativiteit was wel zo'n beetje uitgeput. Net als zijzelf.

Hopelijk zou het de volgende dag weer verantwoord zijn om met haar nichtje naar buiten te gaan, maar het geluid van de aanhoudende storm deed anders vermoeden. Fenna gedijde niet goed bij gedwongen opsluiting en eerlijk gezegd werd Chantal er zelf ook kriegel van. Aan het hotel lag het niet; de service en het eten waren uitstekend en het personeel ontzettend vriendelijk. Zonder Fenna had ze zich waarschijnlijk makkelijker kunnen overgeven aan de situatie en was ze met een goed boek in een hoek gekropen of had ze net als Niels voor de spa gekozen. Maar Fenna was een handenbindertje, nog niet in staat om zich lang alleen te vermaken. Daardoor duurden de dagen dubbel zo lang en kostten ze evenredig zoveel energie.

Chantal glipte uit bed en trok haar dikke hotelbadjas aan. Zachtjes sloop ze naar het raam en trok het gordijn een stukje opzij. Het sneeuwde zo hard dat ze amper een hand voor ogen zag. Dat zag er niet veelbelovend uit. Gefrustreerd sloot ze het gordijn weer. Op naar weer een lange saaie dag. Ze liep terug naar haar bed en pakte een setje oordoppen van haar nachtkastje. Ze moest proberen nog wat te slapen en nieuwe energie op te doen en dat lukte alleen maar als ze de wereld even helemaal buitensloot.

Het was druk in de ontbijtzaal. Mensen verdrongen zich rond het buffet en het personeel liep af en aan met nieuwe kannen koffie en versgebakken broodjes. De sfeer was minder ontspannen dan gisteren. Het was duidelijk dat steeds meer mensen op hete kolen zaten en niet konden wachten tot ze de lange latten weer konden onderbinden. Het gros van de kinderen hing jengelend om hun ouders heen.

Chantal wreef over haar slapen om een opkomende hoofdpijn weg te masseren. Ze keek gelaten naar Niels en Fenna die gretig op de schaal verse broodjes doken terwijl zij een tafeltje bezet hield. Een jongetje van Fenna's leeftijd kwam naast haar nichtje staan. Heette hij niet Kasper? Hij had gisteren ook al rond Fenna gehangen en leek erg van haar gecharmeerd. Fenna had gisteren wat verlegen op hem gereageerd en dat was ook nu weer het geval. Chantal glimlachte toen ze zag dat Kasper Fenna's hand probeerde te pakken en ze dat schoorvoetend toeliet. Wie weet leidde deze stormachtige tijd wel tot een stormachtige kleuterliefde. Niels pakte een broodje van Fenna aan zodat ze haar handen helemaal vrij had voor haar nieuwe liefde. Hand in hand liep ze met Kasper naar Chantal.

'Tante Chantal, mag Kasper bij ons aan tafel?'

'Ja hoor, als Kaspers vader en moeder dat ook goedvinden.'

'Papa en mama zijn nog in bed,' antwoordde het jongetje.

'Ben je hier helemaal alleen?'

'Ja, ik had honger.'

'En vinden je papa en mama dat wel goed?'

'Ze zeiden het zelf.'

'Oké, kom maar zitten dan.'

Niels kwam aanlopen met een dienblad vol broodjes, koffie en een beker melk voor Fenna.

'Niels, dit is Kasper. Zijn ouders hebben hem alleen naar beneden gestuurd dus hij eet een hapje met ons mee.'

Niels trok zijn wenkbrauwen op en Chantal beaamde zijn verbazing over zoveel onverantwoordelijkheid met een knik.

'Nou, Kasper, welkom dan,' begroette Niels hem. 'Dit is Fenna's tante Chantal en ik ben haar oom Niels.'

'Hallo,' zei het jongetje verlegen. 'Mag ik een broodje?' Verlekkerd keek hij naar het dienblad dat Niels op tafel zette.

'Pak maar, ik haal nog wel wat extra brood. Wil je melk drinken?'

Kasper knikte en graaide een broodje van het dienblad. Als een uitgehongerde bouwvakker zette hij zijn tanden erin. Toen Fenna zijn voorbeeld wilde volgen, greep Chantal in.

'We gaan even netjes eten, jongens.' Chantal zette twee borden voor de kinderen neer. 'Leg je broodje er maar op, dan help ik jullie om er beleg op te doen.'

'Ik wil kaas.' 'En ik wil jam,' klonk het uit twee kindermonden.

Niels schoof lachend aan met in zijn ene hand een extra bord met brood en beleg en in zijn andere een glas melk. 'Heel goed, tante Chantal, voed ze maar eens even op.' En tegen de kinderen: 'Smakelijk eten, jongens.'

Tijdens het eten zaten Fenna en Kasper samen te smoezelen en te giechelen. Die twee leken elkaar helemaal gevonden te hebben en het verbaasde Chantal dan ook niet dat Fenna na het eten vroeg of ze met Kasper mocht spelen. De ouders van de jongen hadden zich nog steeds niet beneden laten zien.

Chantal liep met Fenna en Kasper mee naar de zaal die was omgetoverd tot kinderparadijs. Vanmiddag zou er weer een dvd worden afgespeeld en tot die tijd konden de kinderen zich vermaken met puzzels en spelletjes.

'Luister Fenna, tante Chantal en oom Niels zijn nog even in de ontbijtzaal. Jullie mogen hier gaan spelen, maar jullie moeten wel hier blijven. Niet zelf weglopen, oké? Als we onze broodjes ophebben, komen wij hier ook naartoe. Goed?'

Fenna luisterde duidelijk maar met een half oor.

'Fenna, heb je me gehoord?'

Het meisje knikte.

'Wat zei ik dan?'

'We moeten hier blijven.'

'Heel goed. Nou, ga maar lekker spelen dan.' Chantal gaf Fenna een zoen op haar kruin en zwaaide nog even naar het vrouwelijke personeelslid dat als een moeder-overste toezicht hield op de kinderen. Opgelucht dat ze zich over Fenna even niet druk hoefde te maken liep ze terug naar de eetzaal.

'Zal ik maar eens even bij die twee donderstenen gaan kijken?' zei Chantal een uur later, en ze streelde Niels over zijn hand. Ze hadden heerlijk met zijn tweetjes ontbeten, in de wetenschap dat Fenna en Kasper zich wel vermaakten in de speelkamer.

'Ik kan je eigenlijk niet missen, maar vooruit.'

'Haal jij nog maar twee koppen koffie. Ik ben terug voordat ze koud zijn.'

Op de gang naar de speelzaal kwam het geluid van vrolijke

kinderstemmen haar al tegemoet. Ze spitste haar oren en luisterde of ze Fenna's stem herkende. Met een glimlach rond haar mond liep ze de zaal in en speurde de ruimte af op zoek naar haar nichtje en haar nieuwbakken vriendje. Op de plek waar ze Fenna en Kasper had achtergelaten waren ze nu in elk geval niet meer. Ze liet haar blik over alle kinderhoofden gaan, maar Fenna en Kasper zaten er niet tussen. Onmogelijk. Ze had vast niet goed gekeken. Nogmaals scande ze de kinderen in de zaal. Niets. Een onrustig gevoel maakte zich van haar meester en ze liep naar de vrouw die op de kinderen lette.

'Hebt u mijn nichtje Fenna gezien?' Chantal liet de vrouw een foto van Fenna zien op haar telefoon. 'Er was een donkerharig jongetje bij haar met de naam Kasper.'

De vrouw bestudeerde de foto en keek naar de plek waar Chantal de kinderen had achtergelaten. 'Ze hebben de hele tijd met zijn tweetjes op die plek gezeten. Ik heb ze niet weg zien gaan.' De vrouw liet haar blik door de zaal gaan en trok een moeilijk gezicht. 'Ik zie ze niet.'

'Nee, zover was ik ook al gekomen. Bent u al die tijd in de zaal geweest?'

'Ik ben een aantal keer kort met kinderen mee naar de wc geweest. Maar dat was maar een paar minuutjes.'

'Genoeg tijd dus voor Fenna en Kasper om ongezien weg te komen,' zei Chantal en de ergernis klonk in haar stem door. 'Ik dacht dat ik de kinderen met een gerust hart bij u achter kon laten.'

'Mevrouw, ik ben een kamermeisje, geen volleerde kinderjuf. Ik doe mijn uiterste best om een zaal vol ongedurige kinderen in bedwang te houden omdat hun ouders ook gek van ze worden nu ze niet naar buiten kunnen, maar ik heb maar twee handen en twee ogen... De lawinecode is opgeschaald naar 5, dus we zijn nou eenmaal tot elkaar veroordeeld tot de dreiging geweken is.'

'Ik moet mijn nichtje zoeken.' Chantal wist dat de vrouw gelijk had en dat het hotelpersoneel ook alleen maar het beste probeerde te maken van een moeilijke situatie, maar voor een dergelijke nuance was er nu geen plek in haar hoofd. Ze rende de zaal uit. Shit, het was niet de eerste keer dat Fenna ervandoor was gegaan. De angst die ze eerder had gevoeld toen haar nichtje was verdwenen uit haar auto bij het verhuurbedrijf, en de paniek toen ze op het nippertje was ontsnapt aan een lawine, keerden in volle hevigheid terug. Ze moest haar vinden. Ze stormde de eetzaal in en Niels keek haar geschrokken aan.

'Fenna is weg! Ze was niet meer in de speelzaal. Ik had haar nog zo gezegd dat ze daar moest blijven tot we haar weer kwamen halen.'

Niels stond meteen op. 'Ze kan nooit ver zijn. Misschien is ze met Kasper meegegaan naar de kamer van hem en zijn ouders?'

'Dat zou ze toch niet...' De woorden stokten in haar keel. Ze staarde uit het raam.

'Chan, wat is er? Je ziet lijkbleek.'

'Fenna en Kasper, daar!' Met trillende hand wees ze naar beneden, naar de versierde spar buiten het hotel. 'Daar, bij die stomme sneeuwpop. Ze hebben geen jassen aan!'

Niels aarzelde geen moment. Hij spurtte de eetzaal uit en Chantal vloog achter hem aan. Ze zag hem de deur opengooien, tegen de op volle kracht blazende wind in, en hoorde hem Fenna's naam roepen. Toen bereikte ze zelf de deur en slechts met moeite wist ze hem open te houden. Dikke sneeuwvlokken waaiden naar binnen. In de verte klonk een dof gerommel, alsof ergens ver weg een flinke onweersbui aan de gang was. Door het gordijn van sneeuw had ze amper zicht op Niels en de kinderen. De sneeuw prikte in haar ogen, die begonnen te tranen. De tijd leek stil te staan. Hulpeloos keek ze toe.

O, mijn god, dit kan niet waar zijn. Laat dit niet waar zijn. Je moet iets doen. Ze stapte naar buiten en de ijskoude wind benam haar meteen de adem. Ze moest flink kracht zetten om vooruit te komen. Het onheilspellende rommelende geluid werd harder. Waar was Niels? Fenna? Ze ploeterde door de dikke sneeuwlaag heen, haar voeten hoog optillend. Het sneeuwgordijn week heel even uiteen en toen zag ze Niels en de kinderen, ze was bijna bij hen. Niels tilde Fenna op en drukte haar tegen zich aan om haar te beschermen tegen de wind. Het meisje spartelde echter hevig tegen en hij liet haar bijna vallen. *Ze hebben niet in de gaten hoe gevaarlijk het is,* dacht Chantal. *Ze vinden dit één groot avontuur.* Chantal was eindelijk bij Niels en de kinderen aangekomen. Ze greep Kasper vast en trok hem mee richting het hotel. Doordat ze hetzelfde pad nam als op de heenweg, ging het nu een stuk sneller. Toen ze bijna bij de ingang waren, rukte de jongen zich echter weer los. Hij rende weg, terug naar de sneeuwpop. Niels probeerde hem in het voorbijgaan vast te pakken, maar greep mis. Hij draaide zich om om achter de jongen aan te gaan. Fenna had haar protest opgegeven en hing stil in zijn armen.

'Niels, breng eerst Fenna naar binnen!' schreeuwde Chantal. Haar woorden werden meegenomen door de wind en bereikten hem niet. Hij zette stug door tot hij bij Kasper was. Op het moment dat hij de jongen stevig bij zijn arm greep, zag Chantal achter hem een witte massa verschijnen die in razend tempo op hem en de kinderen afkwam. Een boom die in de weg stond, knapte af als een luciferhoutje. Het rommelende geluid was oorverdovend en Niels en de kinderen werden verzwolgen door een sneeuwmassa die als een woeste golf alles meenam wat in de weg stond. Een woeste golf die recht op het hotel afkwam.

In een reflex gooide Chantal zichzelf naar binnen. Ze viel plat op haar buik en alle adem werd uit haar longen geperst. Tijd om verder weg te kruipen was er niet meer. Het glas in de deur begaf het door de enorme luchtdruk die vrijkwam toen de lawine het hotel raakte. Hout- en glassplinters vlogen in het rond en boorden zich door Chantals kleren heen in haar huid. Een afgescheurd stuk kozijn scheerde rakelings langs haar hoofd. Ze voelde de vloer onder haar golven en trillen. Het geluid van barstende en brekende wanden was oorverdovend, evenals het sissende geluid van de drukgolf die vrijkwam door de lawine. Terwijl de verwoestende sneeuwmassa de helft van het hotel met zich meenam, werd om Chantal heen alles donker en stil.

23

Ik krijg geen adem. Ik stik. Ik stik!

Chantal lag nog steeds op haar buik en de sneeuw die haar neus en mond was binnengedrongen maakte ademhalen onmogelijk. Ze was bij bewustzijn, maar het was de vraag voor hoe lang nog.

Niet in paniek raken, Chantal. Nu niet in paniek raken. Denk na. Wat moet je doen?

Ze lag doodstil. Ingeklemd door de sneeuwmassa, niet in staat zich te verroeren. Niet in staat helder na te denken.

Niet opgeven, Chantal! Denk na. Wat moet je doen? Wat moet je doen?

Niets. Leegte. Stilte. Alleen het kloppen van haar eigen hart. Geen enkele gedachte.

Denk na, Chantal! Denk verdomme na!

En ineens was het alsof iemand de aanknop in haar hersenen had ingedrukt.

Je moet je luchtwegen vrijmaken. Nu!

Natuurlijk, natuurlijk! Hoe?

Ergens in haar onderbewuste klonk de stem van skileraar Davy: 'Tunneltje, tunneltje.' Ze dacht terug aan het moment waarop hij Fenna had uitgelegd wat ze moest doen als ze ooit onder de sneeuw terecht zou komen, en bij de gedachte aan Fenna kreeg Chantal nieuwe kracht. Ze moest Fenna, Niels en Kasper gaan zoeken. Ze begon te worstelen en met haar handen te klauwen om ruimte te creëren zodat ze haar armen naar zich toe kon trekken. Haar vingers sneden door de zachte, koude sneeuw en op de een of andere manier wist ze haar handen bij haar gezicht te krijgen en de sneeuw uit haar mond te verwijderen. Ze maakte een kommetje van haar handen en hield dat voor haar mond en neus, tegelijkertijd met haar ellebogen in de sneeuw wrikkend totdat er een holle ruimte was ontstaan om door te ademen. Haar longen stonden in brand en snakten naar zuurstof. En toen, eindelijk, nam ze een ademteug. En toen nog een. En nog een.

En nu? Wat nu?

Ze was vrijwel uitgeput, maar ze mocht nu niet opgeven. Ze moest maken dat ze onder die sneeuw vandaan kwam. Maar wat was onder en wat was boven? Overal om haar heen was duisternis, nergens ook maar een contour of lichtpuntje te zien. Bovendien was ze door de klap compleet gedesoriënteerd geraakt. Ze voelde zich duizelig. Ineens herinnerde ze zich dat ze op haar buik was gevallen toen de lawine haar bereikt had. Ze moest er dus van uitgaan dat haar kruin naar boven wees. Als een bezetene begon ze te graven.

Haar lichaam was zo koud geworden dat ze het niet meer voelde. Haar handen bewogen werktuigelijk en haar longen begonnen steeds harder om meer zuurstof te schreeuwen. Steeds vaker moest ze korte pauzes nemen, maar stug ploeterde ze daarna weer door, gefrustreerde keelklanken uitstotend van de inspanning. Het ging moeizaam, zo verschrikkelijk moeizaam.

Wat was dat? Haar hand raakte iets hards. Iets scherps probeerde haar huid binnen te dringen en ze kon haar hand er net op tijd langswurmen. Het graven ging steeds langzamer. Haar lichaam begon uitgeput te raken. Ze moest hieruit komen. Niet opgeven nu! Met haar laatste krachten probeerde ze zich omhoog te duwen, maar het lukte haar niet om zichzelf boven de sneeuw uit te worstelen. Ze wilde niet opgeven, maar haar lichaam kon niet meer. Ze dacht aan Niels en Fenna. Aan Amber. Ze sloot haar ogen en gaf zich over aan de ontstellende vermoeidheid. Haar ademhaling werd moeizamer, ze zweefde op de rand van bewusteloosheid. Vaag merkte ze dat iets haar hoofd raakte. Ze probeerde haar zware oogleden op te tillen.

Tussen de smalle spleetjes door zag ze een beetje licht. Dat was vast het einde van de tunnel die uitkwam bij het eeuwige leven. Ze zou er straks wel een kijkje gaan nemen. Eerst moest ze uitrusten. Haar lijf voelde zo zwaar dat ze betwijfelde of ze ooit nog overeind zou kunnen komen.

Haar behoefte aan slaap won het van de nieuwsgierigheid naar het licht.

24

'*Wir haben ein Körper gefunden! Es ist eine Frau!*'

Spades werden in de grond gestoken en sneeuw werd in razend tempo weggeschept. Het lichaam werd uit de sneeuw getild en op een brancard gelegd.

'*Sie lebt!*' Warmtedekens werden rond het lichaam gewikkeld en extra zuurstof werd toegediend. Langzaam kreeg de vrouw wat meer kleur op haar gezicht. Haar tot vuisten gebalde handen ontspanden zich een beetje. Ze opende haar ogen en keek recht in twee vriendelijke ogen. Ze probeerde overeind te komen, maar sterke handen hielden haar tegen. Ze worstelde net zolang totdat ze haar in zithouding hielpen.

'*Ruhig, bitte.*'

'*Meine Nichte, mein Mann und ein Junge! Sie sind immer noch unter dem Schnee. Da!*' Chantal wees in de richting van de afgeknapte spar waar ze Niels en de kinderen voor het laatst had gezien voordat de sneeuw hen aan het zicht onttrok. '*Mir geht es gut, gehen Ihn finden, bitte.*'

De man die haar overeind had geholpen, keek haar onderzoekend aan en knikte. Samen met een andere man liep hij in de richting van de boom. Een vrouw die tot nu toe wat achteraf had gestaan, hurkte bij haar neer. Ze droeg een rood-wit pak, net als de mannen die haar hadden geholpen. Nu pas hoorde Chantal het gehuil en gekrijs om zich heen. Ze keek langs de vrouw heen en zag dat het krioelde van hulpverleners. Ze dacht ook wat militairen te zien. Het gebouw dat eens een mooi hotel was geweest, stak nu als een soort aangevreten kadaver boven de sneeuw uit. Her en der lagen gewonden op brancards. Over de mensachtige vormen onder een groot stuk zeil wilde ze nog even niet nadenken.

Geschokt keek ze de vrouw aan die bij haar zat. Ze werd licht in haar hoofd en lichtflitsen dansten voor haar ogen. De vrouw zette haar het zuurstofmasker weer op en ondersteunde haar rug. Toen de vlekken voor Chantals ogen waren weggetrokken en ze weer zonder hulp kon zitten, keek ze naar de plek waar koortsachtig naar Niels en de kinderen werd gezocht. Tot nu toe nog zonder resultaat. Ze wilde overeind komen, maar de vrouw hield haar tegen.

'Ik moet helpen zoeken.' Ze had het willen schreeuwen, maar het was niet meer dan een schor gefluister.

'Niet verstandig, je bent zelf maar ternauwernood gered. Laat de mannen hun werk doen, daar zijn ze voor opgeleid.' De vrouw verplaatste zich en blokkeerde haar gezichtsveld. 'Weet je wat er gebeurd is?'

'Een lawine?'

'Ja. Er is een grote brok sneeuw afgebroken van de Matterhorn. Er was in zeer korte tijd heel veel verse sneeuw gevallen en toen draaide de wind ook nog eens, en dat bij elkaar heeft de lawine veroorzaakt. Het halve dorp is bedolven en er zijn nog veel mensen zoek. Twee hulpdiensten en het leger zijn ingezet om te zoeken naar lichamen en wegen weer vrij te maken. Het is een grote ravage. Volgens de laatste berichten zijn er al vijftien doden geborgen en talloze gewonden afgevoerd naar ziekenhuizen in de buurt via een luchtbrug. Het is chaos alom, maar we doen wat we kunnen.'

Vijftien doden. En nog niet iedereen was gevonden. Niels en Fenna lagen nog onder de sneeuw. Waren zij ook dood? Of hadden ze het op de een of andere manier overleefd? Was dat mogelijk?

'Ik moet ze zoeken. Ze moeten gevonden worden voordat het te laat is.' *Als het al niet te laat is.* Ze verdrong het stemmetje in haar hoofd. Ze moest nu handelen.

De hulpverleenster had kennelijk door dat protesteren geen

zin had en hielp Chantal overeind. Bijna zakte die meteen weer door haar benen, maar haar zorg om het lot van Niels en Fenna gaf haar genoeg kracht om overeind te blijven. Ze negeerde de pijn van de verwondingen die ze had opgelopen aan haar rug en benen. Ze zwalkte naar de plek waar de hulpverleners koortsachtig met lange stokken in de sneeuw prikten in de hoop op een lichaam te stuiten. Eerst links van hun voeten, toen tussen hun voeten in en toen aan de rechterkant. Toen dat niks opleverde, zetten ze een kleine stap naar voren en herhaalden het proces.

Chantal bukte zich en begon als een bezetene met haar blote handen in de sneeuw te graven. Al snel had ze geen gevoel meer in haar vingers door de kou.

Hoeveel tijd was er al verstreken? Hoe lang kon een mens zonder adem voordat er schade aan hersenen en organen ontstond?

Een van de mannen stak zijn sondeerstok weer in de sneeuw en slaakte een kreet. '*Ich denke dass ich etwas gefunden habe!*' Hij pakte de spade die hij ook bij zich had en begon in hoog tempo sneeuw weg te scheppen. De andere mannen en vrouwen voegden zich bij hem. Chantal hielp hem waar ze kon.

'*Ich sehe ein Bein!*' schreeuwde toen een vrouw.

Chantals hart sloeg over. 'Niels!' brulde ze. 'Niels!' Haar handen klauwden paniekerig door de sneeuw op de plek waar ze vermoedde dat Niels' hoofd zich bevond. De hulpverleners hadden inmiddels met hun spades een gedeelte van Niels' borst blootgelegd. Chantal groef jammerend verder. Sneeuw spatte op en raakte haar oog. Hij smolt meteen door de tranen die onophoudelijk over haar wangen stroomden. Ze slaakte een kreet toen ze een stukje huid zag verschijnen. '*Ich glaube dass ich den Kopf gefunden habe.*'

Een van de mannen knielde naast haar neer en begon nu ook met zijn blote handen te graven. Zijn collega's gingen door met het vrijmaken van de rest van het lichaam. Niels' gezicht kwam onder de sneeuw vandaan. Zijn ogen waren gesloten. De man legde zijn vingers in Niels' nek.

'*Ich fühle mich ein Herzschlag*.'

Chantal veegde de sneeuw van zijn neus en van zijn mond. Haar helper duwde haar aan de kant en begon mond-op-mondbeademing toe te passen. Chantal griste zijn schep weg en begon een meter bij Niels vandaan te graven. '*Meine Nichte und der Junge!*' schreeuwde ze, terwijl ze met de spade een grote hap sneeuw wegschepte.

'*Vorsichtig!*' brulde een van de reddingswerkers haar toe.

Ze hoorde hem amper. Fenna en Kasper moesten wel in de buurt liggen, konden onmogelijk ver van Niels vandaan zijn, dus ze groef een geul van iets meer dan een halve meter richting de boom die een stukje verderop stond. Af en toe keek ze vluchtig over haar schouder naar de plek waar Niels eerste hulp kreeg.

'*Er beginnt das Bewusstsein wieder zu erlangen!*' riep de man die met Niels bezig was plotseling uit.

Ze wilde niets liever dan naar Niels toe rennen om hem vast te pakken, tegen zich aan te houden, hem te voelen. Tijdens die angstige minuten waarin ze had gevreesd voor zijn leven, had ze pas beseft hoeveel ze van hem hield en dat ze niet zonder hem kon. Maar het moest wachten. Fenna en Kasper lagen nog steeds onder de sneeuw. Wat waren hun overlevingskansen? Of was ze al te laat?

Nee! Nee, zo mag je niet denken.

Waarom waren Fenna en Kasper in godsnaam naar buiten gegaan? Ze had hun toch uitdrukkelijk verboden de speelzaal te verlaten.

Graven, Chantal. Graven tot je erbij neervalt.

Ze vermande zich en schepte verder. Haar longen deden pijn van de kou en haar armen voelden aan alsof er tien kilo lood aan hing. Bij elke schep hoopte ze op een of andere aanwijzing te stuiten dat ze op de goede plek aan het zoeken was.

Fenna, waar ben je nou?

In de verte klonk het geluid van helikopters van reddingsdiensten Air Zermatt en Rega.

Hou vol, Fenna!

Haar schep verdween in de sneeuw. En weer en weer. Met elke schep nam haar wanhoop toe. Chantal keek over haar schouder richting Niels. Hij was ondertussen weer bij bewustzijn, maar ze zag zijn van pijn verwrongen gezicht. Hij hield zijn been vast en toen zag ze het bot dat door de huid naar buiten stak. Ze wankelde even op haar benen. Hij zwaaide lauwtjes naar haar en toen knielde de vrouw die eerder bij haar had gezeten bij hem neer en deed hem een zuurstofmasker voor. De man die zich over Niels had ontfermd, snelde haar te hulp met zijn sondeerstok. Voorzichtig prikte hij weer in de sneeuw, net als zijn collega's. Links, midden, rechts; steeds verder richting de boom. Chantal bleef wanhopig verder graven. Een van de reddingshelikopters bereidde zich voor om te gaan landen. Er stoof sneeuw rond op de plek waar de helikopter boven hing. Het geluid van de rotors klonk steeds luider. Chantal probeerde zich niet te laten afleiden van haar doel: Fenna en Kasper vinden voordat het te laat was.

'*Vielleicht habe ich etwas gefunden!*' brulde de reddingswerker die nu een halve meter voor haar stond te sonderen, en Chantal snelde naar hem toe om hem te helpen. Ruim een halve meter onder de sneeuw en een meter van de boom vandaan werd iets zichtbaar. Het was nog onduidelijk welk lichaamsdeel ze hadden blootgelegd en of het van Fenna of van Kasper was.

'*Sie graben in diese Richtung und ich nach den Baum!*' schreeuwde de man.

Chantal kon hem amper verstaan door het lawaai van de helikopter, maar begreep door zijn handgebaren wat hij van haar verlangde. Als een dolle klauwde ze met haar handen door de witte massa terwijl de man de spade keer op keer voorzichtig in de sneeuw stak.

'*Ich sehe einen Schuh!*' krijste Chantal. Ze verliet de plek bij het onderlichaam en begon te graven in het verlengde van de boom. De man begreep wat ze aan het doen was en verplaatste zijn graafactiviteiten naar de plek waar Chantal bezig was. Met zijn tweeën kregen ze het uiteindelijk voor elkaar om het hoofd vrij te graven.

Het was van Fenna.

Chantal begon hevig te snikken. Fenna lag met haar schedel tegen de boom en had een intens bleke kleur. Het zag er niet goed uit. Helemaal niet goed. Chantal probeerde haar emoties weer enigszins onder controle te krijgen. De reddingswerker begon het meisje mond-op-mondbeademing te geven zodra hij haar luchtwegen sneeuwvrij had gemaakt. Chantal groef het meisje verder op.

Vier nieuwe reddingswerkers kwamen aanrennen en Chantal werd aan de kant geduwd. De man die Chantal had geholpen Fenna te vinden, gaf hun wat commando's. Twee van hen ontfermden zich over Fenna en de andere twee begonnen verder te zoeken naar Kasper. Nu Fenna was gevonden, stortte Chantal in. Alle kracht vloeide uit haar lichaam en een vlammende pijn schoot door haar been. Nu pas zag ze dat haar broek vol bloed zat. Trillend strompelde ze op Niels af, wiens been intussen provisorisch gespalkt was. Ze liet zich in de sneeuw naast hem zakken en hij pakte haar vast. Huilend zakte ze tegen hem aan.

'Rustig maar,' zei Niels, terwijl hij zijn armen om haar heen sloeg.

'Ik ben zo blij dat je nog leeft.'

'Ik ook. Nu Fenna nog.'

'Ze ziet er zo dood uit, Niels,' snikte Chantal. 'O, god, laat haar niet dood zijn.'

Van een afstandje zagen ze dat Fenna's vitale functies werden gecontroleerd. Het eerstehulpteam deed haar vakkundig een nekband om en haar gezichtje was nu bijna geheel verdwenen onder een zuurstofmasker. Het meisje werd voorzichtig op de brancard gelegd die erbij was gesleept.

Chantal maakte zich los uit Niels' omarming en rende ernaartoe. '*Ist sie noch am Leben?*'

'*Kaum.*'

‘*Was sind ihre Überlebenschancen? Welches Krankenhaus?*’

De mannen hielden hun pas niet in, dus Chantal rende met hen mee.

‘*Das Krankenhaus in Visp.*’

‘*Kann ich reinkommen?*’

‘*Nein. Kein Platz.*’

Verbouwereerd zette Chantal een stap opzij. Ze kon alleen maar toekijken hoe Fenna in de reddingshelikopter verdween. Er werd nog een pakket met warmtedekens in haar richting gegooid en daarna steeg de helikopter onmiddellijk op. In een vloek en een zucht was hij niet meer dan een stip in de lucht. Chantal had geen idee of ze haar nichtje ooit nog levend terug zou zien.

Een mix van emoties verzamelde zich in een ijselijke schreeuw. Verdriet, angst, woede en schuldgevoel. *Mama zegt dat ik bij jou veilig ben.* Vrijwel de eerste woorden die Fenna ooit tegen haar gesproken had, klonken keer op keer in haar hoofd. Amber had een groot vertrouwen in haar gesteld en dat had ze beschaamd. Wat een ‘fantastische’ tante was ze geweest in die korte tijd dat Fenna in haar leven was. Het was onmogelijk het meer te verprutsen dan zij had gedaan. Het was haar schuld. Natuurlijk had zij de lawine niet veroorzaakt, maar ze had Fenna en Kasper wél alleen achtergelaten in de speelzaal in de naïeve veronderstelling dat ze daar ook zouden blijven. Toen bekeek ze de ruïne van het hotel en besefte ze dat ze realistisch moest zijn. Als Fenna binnen was gebleven, had ze net zo weinig kans gehad. Er was niets wat ze had kunnen doen om dit te voorkomen.

Maar hoe moet ik dit ooit aan Amber uitleggen? Hoe kon ze haar zus ooit nog onder ogen komen als Fenna dit niet zou overleven? En haar ouders? *Pap en mam, jullie hadden een kleinkind, een lief, schattig meisje...*

Er klonk opgewonden geschreeuw en Chantal keek op. De reddingswerkers die naar Kasper aan het graven waren, hadden iets gevonden. Ze hielp Niels overeind en samen wankelden ze ernaartoe, de warmtedekens over hun schouders geslagen. Chantal keek met een brok in haar keel naar de bleke kinderhandjes die al zichtbaar waren. *Laat hem nog in leven zijn.* De reddingswerkers groeven in hoog tempo door op de plek waar zijn hoofd moest zitten. Chantals bezorgde gevoel nam toe toen ze even later Kaspers grauwe gezicht zag. Zijn ogen waren gesloten en zijn lippen gezwollen en blauw.

'*Kein Herzschlag!*' schreeuwde een van de mannen. Een andere man pakte de reanimatiekit. Het zicht op Kasper werd Chantal ontnomen toen de mannen om hem heen dromden en alles op alles zetten om de jongen weer tot leven te wekken. Met een brok in haar keel voelde Chantal de tijd wegtikken. Een goede afloop was steeds verder weg. Niels omklemde haar stevig. *Alsjeblieft alsjeblieft alsjeblieft.* Seconde na seconde... Eén minuut... Twee minuten... Drie...

De reddingswerkers stonden op. Heel even had Chantal hoop, verwachtte ze dat Kasper weer overeind zou gaan zitten. Toen legde een van de mannen een deken over het hoofd van het jongetje neer.

'Neeeeeeeeee!' Chantal barstte in huilen uit. De mannen lieten de jongen liggen en voegden zich bij hun collega's om verder te zoeken naar overlevenden onder het puin. Een andere ploeg zou het lichaam van de jongen straks bergen.

Chantal maakte zich los uit Niels' greep en liep naar Kasper toe. Ze liet zich op haar knieën zakken en verbeet de pijn in haar been. Zachtjes streelde ze de wangen van de jongen terwijl een onophoudelijke stroom van sorry's over haar lippen kwam.

25

Chantal en Niels zaten hand in hand in de wachtruimte van de intensivecareafdeling van Sital Visp, het ziekenhuis waar Fenna naartoe was gebracht; Chantal op een van de harde stoelen, Niels in een rolstoel. Niels' been was in het gips gezet – het bleek gelukkig een mooie breuk te zijn – en Chantal was net terug van de Eerste Hulp, waar ze alle hout- en glassplinters uit haar rug en benen hadden gehaald. Het gros van de wondjes was oppervlakkig; alleen de snee in haar been hadden ze moeten hechten.

Fenna werd op dit moment geopereerd. Ze was levend aangekomen in het ziekenhuis, maar daar was ook alles mee gezegd. Of ze nog steeds in leven was en wat de artsen op dit moment aan het doen waren, was een vraagteken. Een wat gehaaste verpleegster had hen naar de wachtkamer gebracht en hun gevraagd daar te blijven zitten. Als er nieuws over Fenna was, dan zouden ze dat daar te horen krijgen.

De minuten tikten traag weg. Chantal telde elke seconde in haar hoofd terwijl ze Niels' hand krampachtig vasthield. Ze hadden nog nauwelijks een woord gewisseld. Wat viel er ook te zeggen?

Niels rekte zich uit en kneep zachtjes in haar hand. 'Zal ik even wat te eten en drinken gaan halen? Ik begin behoorlijk gammel te worden.'

Hoewel Chantal eigenlijk niet aan eten moest denken, realiseerde ze zich ook dat ze vandaag alleen nog maar ontbeten hadden. Om op de been te blijven en het lange wachten vol te houden, was eten noodzakelijk. 'Graag, maar gaat dat wel met die rolstoel?' antwoordde ze Niels.

'Geen probleem, ik moet toch zo snel mogelijk leren ermee om te gaan. Wat wil je hebben?'

'Een kop sterke koffie en een broodje.'

Niels knikte.

'Hou je je telefoon aan zodat ik je kan bereiken als er nieuws is?'

'Uiteraard.' Hij klopte op de broekzak waar zijn mobiel in zat. Wonder boven wonder hadden hun telefoons de lawine overleefd in hun broekzakken. Chantals tas was zoekgeraakt in het natuurgeweld, maar gelukkig had ze haar mapje met pasjes, met onder andere haar identiteitskaart en creditcard, net als haar telefoon in haar zak gehad.

Niels' gezicht kreeg een bezorgde uitdrukking. 'Weet je zeker dat je het even alleen redt?'

'Als je niet te lang wegblijft, moet het goed komen.'

Niels vertrok en zodra hij was verdwenen, voelde ze zich eenzaam. Toen hij nog naast haar zat, had de situatie minder uitzichtloos geleken. Ze haalde haar telefoon tevoorschijn. Ondanks het belverbod dat heerste in de wachtkamer, drukte ze op de redialknop waar het nummer van Witteveen onder stond. Natuurlijk kreeg ze zijn voicemail weer. Tegen beter weten in sprak ze toch een bericht in: 'Met Chantal. Ik moet Amber spreken. Fenna heeft een ongeluk gehad en ze is er heel slecht aan toe. Ze heeft haar moeder nodig.'

Met een vinnig gebaar verbrak ze de verbinding. Ze onderdrukte de neiging om haar mobiel door de wachtruimte te smijten. Waarom belde die klootzak toch niet terug? Dit was een noodsituatie! Amber moest de kans krijgen om aan het bed van haar dochter te zitten of, in het ergste geval, afscheid van haar te nemen. Dat mocht Witteveen haar zus niet onthouden. Voor sommige dingen in het leven was geen herkansing, dat moest ze Witteveen op de een of andere manier aan zijn verstand zien te brengen. Ze pakte haar telefoon om hem opnieuw te bellen en zijn voicemail vol te schelden, maar zag ervan af toen Niels aan kwam rollen met een dienblad met koffie en twee croissantjes op zijn schoot. Ze pakte de bekers koffie van het dienblad.

'Nog niemand gezien? Geen nieuws?'

'Nee, nog steeds niet. Ik zou willen dat ze ons in elk geval íéts vertelden. Deze spanning is echt ondraaglijk.'

'Ik stel voor dat we onze koffie opdrinken en de croissantjes naar binnen werken en als we dan nog niemand hebben gezien, trek ik iemand achter die balie van de IC vandaan.'

Chantal knikte instemmend, terwijl Niels een slok van zijn koffie nam.

'Er hing in het restaurant een tv-scherm waarop het laatste nieuws vanuit Zermatt live te zien was. Het dodental is al opgelopen tot drieëntwintig. Het dorp is grotendeels verwoest.'

Met tegenzin nam ze een hap van de krakend verse croissant en maalde hem tot een papperige prop die ze met moeite doorslikte.

Niels zag haar worsteling met het eten.

'Verstand op nul en kauwen, Chan. We moeten wat eten om overeind te blijven.'

'Dat weet ik, dat doe ik toch?' Dapper nam ze nog een hap en spoelde hem weg met koffie. Het zwarte vocht liet een bittere smaak na in haar mond, die een goede afspiegeling van haar gevoel was. Toen ze haar hand met de croissant naar haar mond bracht voor een derde hap, kwam een in operatiekleding gehulde man de wachtkamer binnen. Chantal bevroor ter plekke en haar hand bleef in de lucht hangen. Niels keek op.

'*You are the relatives of the little girl?*' De arts sprak Engels met een Franse tongval.

'*Yes, we are.*'

De man knikte. 'Ze leeft.'

Chantal slaakte een trillende zucht.

'Helaas is het op dit moment nog te vroeg om te zeggen of ze het gaat redden en, als ze het overleeft, hoe groot het letsel is dat ze eraan overhoudt. We hebben operatief een hematoom verwijderd, een ophoping van bloed in haar hersenen, veroorzaakt door de klap tegen de boom. Daarna hebben we een slangetje in haar schedel aangebracht met een drukmetertje om de zwelling van haar hersenen in de gaten te kunnen houden. Ze krijgt per infuus een middel toegediend dat vocht aan de hersenen onttrekt dat dan via een katheter in haar blaas wordt afgevoerd. Om haar te helpen met haar ademhaling en het teveel aan koolzuur af te voeren dat in haar lichaam zit, hebben we een slang in haar luchtpijp ingebracht die aangesloten is op een beademingsapparaat. Via dat apparaat kunnen we haar ook extra zuurstof toedienen. Haar reflexen werken en haar pupillen reageren op licht, dus dat geeft aan dat ze niet hersendood is. Al met al hebben we hoop voor de toekomst.'

'Wat houdt die hoop precies in?' vroeg Niels.

Chantal was blij dat hij een vraag stelde aan de dokter. Hoewel ze in haar werk gewend was aan het verwerken van grote stromen informatie, was het scheiden van hoofd- en bijzaken nu vrijwel onmogelijk voor haar.

'Ik kan natuurlijk geen garanties geven, maar op de Glasgow Coma Score, een meetmethode die we gebruiken om de ernst van het hersenletsel vast te stellen, haalt ze dertien punten. We zien bij comapatiënten met een dergelijke score op langere termijn vaak een volledig herstel. Maar ik zeg er meteen bij dat het met dit meisje nog alle kanten op kan. De komende dagen is het belangrijk dat we de hersendruk op een acceptabel niveau kunnen houden en dat er geen nieuwe bloedingen in de hersenen ontstaan. Als dat gebeurt, dan krijgen we weer een heel andere situatie.' Het gezicht van de arts was zorgelijk.

'Dat snappen we. Waar is Fenna nu? Kunnen we al naar haar toe?'

'Ik schat dat u over een halfuurtje bij haar kunt. Ze zijn haar nu aan het installeren op de IC en alle apparatuur aan het aansluiten en instellen. Ik zal zeggen dat ze u moeten roepen als mijn collega's daar klaar mee zijn.'

'Dank u, dat zou fijn zijn.'

'Ik ben trouwens dokter Ziegler. Als u nog vragen hebt en u

komt er niet uit met mijn collega's, dan mag u me laten oppiepen. Ik ben zeker tot middernacht hier. Veel sterkte. We duimen allemaal voor haar.'

De arts schudde eerst Niels' en daarna ook Chantals hand, en verliet de wachtruimte. Chantal keek hem als versteend na, niet in staat om iets te zeggen. Niels sloeg een arm om haar middel en ze leunde tegen hem aan.

'Ze leeft nog, schatje, en ze gaat beter worden. Die kleine is een vechter, let maar op.'

Met een brok in haar keel staarde ze naar het roerloze lichaampje van Fenna. Het plaatje klopte niet. Het bed was te groot, er waren veel te veel slangen die uit haar lijf staken, en het gepiep en gepuf van alle medische apparatuur was zenuwslopend. De gloed die ervan afkwam had ook iets buitenaards, alsof Fenna in een ruimteschip lag. Het was bijna wachten tot Mr Spock binnen zou komen om haar nichtje te onderzoeken.

Onrustig schoof Chantal met haar laarzen over de gele linoleumvloer. Haar blik bleef hangen op het witte verband dat om Fenna's hoofd zat. De kleur van haar gezichtje was zo bleek dat het bijna naadloos overging in het verband. Hoe kon dit ooit nog goed komen?

Niels was net zo bezorgd als Chantal, maar uitte dat op een andere manier. Hij had zijn rolstoel ingeruild voor krukken en in plaats van stil naar Fenna te blijven staren, strompelde hij nu vinnig de kamer op en neer. Zijn gezicht stond strijdbaar. De moedeloosheid die Chantal voelde, was bij hem duidelijk niet aanwezig. Hij had haar al een paar keer geprobeerd op te peppen en geprobeerd zijn vertrouwen in de goede afloop op Chantal over te brengen, maar was daar tot nu toe niet in geslaagd. Chantal vond het moeilijk om de wanhoop in zijn blik te zien. Die kwam niet door Fenna, maar door haar. Als hij zei dat het goed kwam, dan moest ze dat geloven. Waarom deed ze dat niet?

'Als wij er al niet in geloven, hoe kan Fenna dat dan? Ik ben ervan overtuigd dat ze onze gedachten oppikt, de intonatie van onze stemmen hoort. We moeten positief denken, positief praten. Ze scoorde heel goed op die comaschaal. Dat betekent iets, Chan, echt waar!'

Ze wilde hem zo graag geloven, maar een blik op de roerloze Fenna was genoeg om alle hoop weer te laten verdwijnen. Ze ging zitten op een van de stoelen naast het bed. Niels staakte zijn geijsbeer en nam naast haar plaats. Hij pakte haar beide handen vast.

'Ze gaat dit overleven, Chan, dat beloof ik je.'

Hij kneep in haar handen en ze kneep terug. Ze bad dat Fenna niet te veel van dit alles zou meekrijgen, dat ze op dit moment in een droomloze slaap ergens in het niets zweefde. Zonder pijn en zonder angst.

Wat zou er straks gebeuren? Het moest als volwassene al doodeng zijn om wakker te worden met al die toeters en bellen in en aan je lijf, laat staan voor een kind. Nog nooit eerder had Chantal zich zo machteloos gevoeld en een onrustig gevoel zette zich vast in haar buik als ze dacht aan Amber. Die had nog steeds geen idee van de kritieke toestand waarin haar dochter verkeerde. Haar dochter die ze vol vertrouwen had achtergelaten bij haar zus, in de overtuiging dat ze daar veilig was...

Een hevige misselijkheid overviel haar. 'Even naar de wc,' mompelde ze, terwijl ze opsprong en de kamer uit rende met haar hand voor haar mond. Het zweet brak haar uit en ze had het gevoel dat ze elk moment kon flauwvallen. Ze vloog de toiletruimte in en bereikte nog maar net op tijd de pot. Bibberend spuugde ze haar maag leeg tot er niets meer in zat. De pijnlijke krampen trokken langzaam weg.

Wankelend kwam ze na enkele minuten weer overeind. De onrust die haar naast Fenna's bed had overvallen was ze nog niet kwijt. Ze kon de gedachte aan haar zus die van niets wist maar niet loslaten. Ze moest iets doen om het een beetje goed te maken. Instinctief reikte ze weer naar haar telefoon. Ze belde Witteveen en toen ze wederom zijn voicemail kreeg, nam ze een besluit. Vastberaden liep ze terug naar Fenna's kamer.

'Voel je je wel goed?' vroeg Niels bezorgd zodra ze de kamer binnenkwam.

'Ik was even heel misselijk, maar nu gaat het wel weer. De spanning werd me even te veel.'

Niels knikte begripvol.

Chantal wierp een blik op Fenna en richtte zich weer tot Niels. 'Ik wil Amber gaan zoeken. Fenna heeft haar moeder naast zich nodig om hierdoorheen te komen.'

'Ze heeft jou ook nodig, Chan. Je kunt haar niet zomaar in de steek laten.'

'Ik laat haar niet "zomaar" in de steek. Ik kan simpelweg niet langer stilzitten en toekijken. Ik moet iets doen. Ik ben nooit goed geweest in aan de zijlijn staan.'

'We kunnen Fenna hier toch niet in haar eentje laten liggen?' zei Niels verontwaardigd.

'Dat gaan "we" ook niet doen.'

Even leek hij niet te begrijpen wat ze zojuist had gezegd. 'Bedoel je...'

'Jij blijft hier. Ik ga alleen op pad.'

'Geen sprake van.'

'Niels, je kunt me zoals je nu bent niet helpen, je zou alleen maar een blok aan mijn been zijn. En iemand moet bij Fenna blijven.'

'Maakt me niet uit, Chantal, ik laat je niet alleen achter je zus aan gaan terwijl haar mallotige ex vrij rondloopt. En trouwens, waar wil je beginnen? Je hebt geen enkele aanwijzing die je zelfs maar op het begin van een spoor kan zetten.'

'Dat heb ik wel.'

'Hoe bedoel je?'

'Ik heb een dingetje voor je achtergehouden. In Ambers brief stond een contactpersoon die mogelijk meer weet over de reden van haar vertrek en haar verblijfplaats.'

'Wat? En dat zeg je me nu pas?'

'Amber had me uitdrukkelijk verzocht om er met niemand over te praten. Het leek me beter om me daaraan te houden. Tot nu toe. Je hebt er recht op om te weten waar ik naartoe ga.'

'Wie is die contactpersoon?'

'Een notaris in Den Bosch. Amber heeft op de middelbare school kort verkering gehad met zijn zoon Joris. In haar brief stond dat ik pas over een jaar naar die notaris mag gaan, als ik dan nog steeds niets van haar gehoord heb. Een jaar radiostilte zou volgens Amber betekenen dat ze dood is en pas dan mogen haar geheimen onthuld worden.'

'En je was in eerste instantie van plan om je aan haar verzoek te houden en geen contact met die notaris, hoe die ook mag heten, op te nemen?'

'Nee, natuurlijk niet. Ik heb die Witteveen al tig keer gebeld. Hij heeft een keer opgenomen en me afgeblaft en sindsdien communiceer ik alleen met zijn voicemail.'

'Heb je hem verteld van Fenna?'

'Zijn voicemail, ja. Ik heb al zeker tien keer ingesproken dat Fenna een ongeluk heeft gehad en dat ik Amber moet spreken.'

'Denk je dat hij haar iets heeft laten weten?'

'Geen idee, maar mijn gevoel zegt me van niet. Toen hij opnam, nog voor Fenna's ongeluk, liet hij me weten dat ik de boel moest laten rusten en Ambers wens moest respecteren voor haar en mijn bestwil.'

'Maar Fenna's toestand breekt toch alle wetten? Deze situatie is toch allesoverstijgend?'

'Dat zou je denken, ja, maar leg me dan eens uit waarom Amber niet meteen in een vliegtuig is gestapt? Waarom zit ze nog niet hier in deze kamer naast haar dochter, de enige plek waar ze nu zou moeten zijn?'

'Omdat die notaris haar niet op de hoogte heeft gebracht.'

'Precies, dat kan niet anders. Ik ken mijn zus goed genoeg om te weten dat ze onmiddellijk alles uit haar handen zou laten vallen om bij haar kind te kunnen zijn.' Maar was dat wel zo? Kende ze Amber nog wel zo goed of bestond haar zus alleen nog uit brokjes herinneringen die ze tot een totaalplaatje aan elkaar had gepuzzeld? Misschien moest ze er rekening mee houden dat Amber niet meer dezelfde persoon was als toen ze haar voor het laatst had gezien. Haar zus had de afgelopen jaren veel meegemaakt en het kon niet anders dan dat dat haar had gevormd. Even overviel haar de angst dat wanneer ze haar zou vinden, ze een totale vreemde voor haar zou zijn geworden. In dat geval was het voor haarzelf beter om de boel inderdaad te laten rusten en verder te leven met het idee dat ze geen zus had, zoals ze zichzelf de afgelopen jaren had aangeleerd. Dat was hoogstwaarschijnlijk minder pijnlijk dan het alternatief.

Haar oog viel weer op Fenna. Ze was zo klein en kwetsbaar. Chantal liep naar het bed en legde haar hand voorzichtig op die van haar nichtje. Zachtjes streek ze Fenna over haar intens bleke wang en ze boog zich over haar heen. ‘Ik ga je mama zoeken, Fenna,’ fluisterde ze in haar nichtjes oor.

‘Wat nou als Fenna bijkomt?’ vroeg Niels.

‘Dan ben jij er om haar te troosten totdat Amber en ik er zijn.’

‘Stel dat er complicaties optreden en Fenna het toch niet haalt?’

‘Daar wil ik nog even niet aan denken, Niels. Jij zegt steeds dat ik positief moet zijn en dat alles goed komt. Of geloof je daar niet meer in?’

‘Jawel, maar...’

‘Nou dan.’

‘Ik vind het gewoon niet prettig dat je weggaat.’

Chantal liep naar hem toe. ‘Dat snap ik, maar je kunt me echt niet helpen met je been in het gips. Ik kan ook bepaald niet zeggen dat ik er zelf zin in heb, maar ik vind dat ik geen keuze heb. Dat ben je toch met me eens?’

‘Aan de ene kant wel, maar...’

‘Mooi. Dan gaan we het op deze manier doen. Ik ga meteen kijken of ik vandaag nog een vlucht kan regelen naar Nederland. Als ik voor zijn neus sta, kan Witteveen me niet langer ontlopen.’

'Dat wil niet zeggen dat hij je dan wel de contactgegevens van Amber geeft, mocht hij daarover beschikken. Voor hetzelfde geld houdt hij nog steeds zijn mond. Ik denk dat je daar wel rekening mee moet houden.'

'Dat risico moet ik dan maar nemen.'

26

Chantals vliegtuig was een uur geleden geland. Het liep tegen negen uur 's avonds en ze was in een huurauto op weg naar Den Bosch. De weg was rustig en haar banden hadden goede grip op de gepekelde weg. Ze voerde de snelheid op tot honderdveertig kilometer per uur. Boetes zou ze voor lief nemen.

Op de achterbank lag een bescheiden koffertje met wat kleding die ze had aangeschaft op de luchthaven. De kleren die ze mee had genomen naar Zermatt, zou ze niet meer terugzien. Op de passagiersstoel lag een nieuwe handtas. Voor de zekerheid had ze, voordat ze wegreed bij het vliegveld, het adres en de contactgegevens van Joris Witteveen opgezocht. Mocht ze weer nul op het rekest krijgen bij zijn vader, dan zou ze bij Joris aankloppen en hem de ernst van de situatie uitleggen en vertellen over de weigerachtige houding van zijn vader. Het was niet moeilijk geweest om het telefoonnummer van de zoon van Witteveen te bemachtigen. Hij hield samen met zijn vader kantoor en zijn mobiele nummer stond gewoon op de website van Witteveen & Zoon.

Hoewel het haar eigen keuze was geweest om te vertrekken, was het Chantal zwaar gevallen om afscheid te nemen van Fenna en Niels. Ze wist dat haar nichtje bij de kundige doktoren van het ziekenhuis in goede handen was, maar toch. Direct nadat ze geland was, had ze Niels gebeld. Fenna's situatie was niet veranderd. Niels had onafgebroken aan haar bed gezeten en zou tegen middernacht vertrekken naar een hotel in de buurt dat Chantal voor haar vertrek nog voor hem had geregeld. Ze wilde niets liever dan nu tegen Niels aan in bed kruipen, alle ellende even vergeten en zich laten opslokken door de nacht. Maar dat was geen optie. Haar enige optie was om op zoek te gaan naar de enige persoon die mogelijk meer informatie had over haar verdwenen zus. Haar zus die ze zo graag wilde herenigen met haar kind. En dus was ze hier, alleen in het donker op deze snelweg.

Haar routeplanner gaf aan dat ze over een kwartier op de plaats van bestemming zou zijn. Ze trapte het gaspedaal nog verder in. Hoe eerder ze Amber bij Fenna kon krijgen, hoe liever. Er viel natte sneeuw en ze zette de ruitenwissers aan. De natte waas op de voorruit gaf de lampen langs de weg een gelige halo. Ze hield Waalwijk aan op de A59 en nam na twee kilometer afslag 47 naar het centrum van Den Bosch. Daarna reed ze door tot de Koninginnelaan en nam bij de rotonde de derde afslag naar de Stationsweg, de straat waar de woning en het kantoor van Arthur Witteveen waren gevestigd.

Ze parkeerde haar auto zo dicht mogelijk bij het statige pand en stapte uit. Een ijzige windvlaag striemde haar gezicht en ze deed de kraag van haar jas nog wat verder omhoog. De steeds groter wordende sneeuwvlokken bleven liggen op de stof van haar jas toen ze zich in looppas naar nummer 20 begaf. Ze liep het trapje op naar de voordeur en wilde net op de bel drukken, toen ze zag dat de robuuste houten deur op een kier stond. Vreemd. Ze keek om zich heen. Buiten een paar voetgangers die zich door het gure weer spoedden, was er niemand op straat. Zou Witteveen bij thuiskomst zijn vergeten de deur goed te sluiten? Ze besloot voor alle zekerheid op de bel te drukken om haar komst aan te kondigen; ze wilde hem niet onnodig laten schrikken met haar onaangekondigde aanwezigheid in zijn huis.

Niets, geen reactie. Chantal spitste haar oren, maar hoorde geen enkel geluid. Ze duwde de deur een stukje verder open. Op de droogloopmat bij de drempel lag een hoopje gedeeltelijk weggesmolten sneeuw. Het blauwe tapijt in de gang vertoonde een spoor van natte plekken naar de trap. Chantal liep een stukje de hal in. 'Hallo?' Ze schrok van haar eigen stem. 'Meneer Witteveen? Bent u thuis?'

De stilte die volgde was angstaanjagend. De zenuwen gierden door Chantals keel. Zachtjes sloot ze de voordeur en liep richting de trap, die bekleed was met een tint donkerder blauw dan de hal. Ze kon geen vochtige plekken op de treden ontdekken, maar dat zei natuurlijk niets. Ze checkte een voor een de deuren op de begane grond. Allemaal op slot. Toen nam ze de trap. Langzaam liep ze omhoog. Het tapijt dempte het geluid van haar voetstappen, maar dat betekende ook dat zij op haar beurt de voetstappen van een eventuele andere aanwezige in het gebouw niet kon horen.

Toen ze bijna boven was, bleef ze even staan om nog eens goed te luisteren en om zich heen te kijken. Toen de kust veilig leek, nam ze de laatste treden naar boven. Ze kwam op een overloop terecht. Recht voor haar bevond zich een deur. Rechts van haar was een trap naar de volgende verdieping. Voorzichtig opende ze de deur en kwam uit op een gang waar hetzelfde blauwe tapijt lag als beneden. Links van haar, helemaal aan het uiteinde van de gang, was een keukentje. Op het aanrecht stond een dienblad met schone koffie- en theekopjes. Op een tafel tegen de wand stonden een espressomachine en een waterkoker. Het zag eruit als een kantoorkeukentje. Een blik achter de deuren die grensden aan de gang, bevestigde dat. Keurig opgeruimde bureaus met computers en afgesloten dossierkasten. In sommige kamers was het saaie interieur wat opgeleukt met een plant of een schilderij. De ruimte die zich rechts tegenover de trap bevond, zag er een stuk gezelliger uit. Overduidelijk een kamer waarin het klantencontact plaatsvond.

Hier werd ze niets wijzer en dus nam Chantal de trap naar de volgende verdieping. Omdat het gebouw nog steeds stilte en eenzaamheid uitademde, liet ze haar alertheid een beetje varen. Al snel ontdekte ze dat de hele tweede verdieping het privédomein van Witteveen was. Ook die verdieping bleek na onderzoek leeg te zijn. Het enige wat Chantal bevreemdde, was het feit dat de open haard volop brandde. Het was geen moderne haard met glazen deur, maar een ouderwetse schouw met spatscherm. Niet echt verantwoord om zo'n haard zonder toezicht te laten branden. Het hout leek nog niet al te lang geleden te zijn aangestoken. Was Witteveen om de een of andere reden even gauw naar buiten gerend nadat hij de haard had aangestoken? Had de voordeur daarom opengestaan? Maar waarom was hij dan niet meteen teruggekomen? Den Bosch was geen Amsterdam, maar je deur niet afsluiten was hoe dan ook niet bepaald slim. Ze kon niets verzinnen wat dat rechtvaardigde.

Ineens hoorde ze ergens in het gebouw een bonk die haar de adem benam. Het geluid was van ergens beneden vandaan gekomen. Met bonzend hart sloop ze de twee trappen weer af en bleef toen stilstaan in de hal. Ze hield haar adem in en luisterde. Het bonkende geluid was overgegaan in iets wat klonk als geschuifel en het bevond zich onder haar. Had dit pand ook nog iets van een kelder of souterrain? Links van de trap liep de hal door naar een deur die haar bij binnenkomst niet was opgevallen. Ze was gefocust geweest op de natte plekken in het tapijt die rechtstreeks naar de trap liepen en had automatisch dat spoor gevolgd. Weer klonk het schrapende geluid. Ze moest gaan kijken waardoor het veroorzaakt werd. Maar ze voelde zich een stuk minder heldhaftig dan toen ze de bovenverdieping onderzocht.

Plotseling kreeg ze een inval. Zou het zo kunnen zijn dat Amber zich schuilhield bij Witteveen? Als dat zo was, was die open deur zeker geen goed teken. Ze aarzelde niet langer en liep naar de enige deur in het gebouw waar ze nog niet achter had gekeken. Voorzichtig duwde ze de klink naar beneden en ze kromp ineen toen dat niet geluidloos ging. Achter de deur bevond zich een smalle houten trap naar beneden. Er was geen leuning en geen bekleding. Ergens in de ruimte beneden haar scheen licht. Het geluid klonk harder nu ze de deur had geopend en ze kon het nu ook beter duiden: alsof er met iets op de grond werd geslagen. Wat dat iets was en wie het geluid veroorzaakte, moest ze nu gaan uitvinden. Maar ze aarzelde. Het zat haar niet lekker dat ze geen enkele bescherming had. Geen wapen of verdedigingsmiddel. In de rechtbank was haar mond haar wapen, maar met uitgekookte praatjes zou ze hier niet ver komen.

Het gevoel dat er iets flink mis was, werd steeds sterker. Met pijn in haar buik daalde ze de trap af, bang voor wat ze zou aantreffen. Ze kwam in een ruimte terecht van zo'n twintig vierkante meter en de ravage die ze er aantrof, was schrikwekkend. De betonnen vloer lag bezaaid met omgegooide stellingkasten en ordners. De boekenkast die tegen de achterwand stond, was nog intact. Het bureau in het midden stond nog overeind, maar de stoel die erachter hoorde te staan, lag op de grond. Een kermend geluid trok haar aandacht. Haar hart sloeg over toen ze in de hoek onder een stellingkast een lichaam zag liggen. Heel even stond ze als aan de grond genageld, maar toen rende ze erop af en tilde met veel moeite de kast overeind. De geur van bloed drong haar neus binnen toen ze neerknielde bij het lichaam. Ze moest kokhalzen.

Arthur Witteveen was nauwelijks te herkennen door de vele zwellingen in zijn gezicht. Zijn hand greep haar pols. Waar de pink en de ringvinger hadden moeten zitten, waren nog slechts twee bloederige stompjes te zien. Ze gilde. Uit zijn mond bubbelden belletjes bloed en hij ademde zwaar en onregelmatig. Ter hoogte van zijn borst zat een rode vlek die zienderogen groter werd. Een scherpe geur drong haar neus binnen. Was dat... kruitdamp?

'Wat is er gebeurd?' stamelde ze terwijl ze met haar handen de wond probeerde te dichten. 'Ik moet een ambulance bellen.'

Witteveen bewoog met zijn hoofd. Het leek of hij 'nee' probeerde te schudden. Hij probeerde iets te zeggen en Chantal bracht haar oor naar zijn mond om hem te kunnen verstaan.

'Nee... Te... laat. Am... ber,' bracht hij uit. 'Grand... Chau...'

Chauffeuse, dacht Chantal op te vangen. 'Ik begrijp niet wat u bedoelt, meneer Witteveen. Grand chaufeusse?'

'Gar... teuse.' Witteveens gezicht was vertrokken van de pijn toen hij een nieuwe ademteug probeerde te nemen. 'Vind haar. Frankrijk. Klooster,' wist hij toen achter elkaar uit te brengen. 'Prior... Meeuwse.' Hij snakte weer naar adem en het rode schuim op zijn lippen nam toe.

'Maar wat is er toch aan de hand?'

Opnieuw probeerde hij zijn hoofd te schudden. 'Luister... Eén... Dertien... Twee... Vijf... Achttien... kluis.'

Chantal pakte haar telefoon en noteerde de getallen. 'Heeft degene die u zo heeft toegetakeld iets met Amber te maken?'

'Dwaal... spoor... Hij weg.' Witteveen maakte een rochelend geluid. 'Kluis niet gekraakt, ik ook niet.'

Chantal probeerde de zwaargewonde notaris wat overeind te hijsen, maar Witteveen kreunde van de pijn. Nu pas zag ze dat zijn benen in een rare hoek lagen. Alsof ze allebei gebroken waren. Zijn ogen draaiden even weg en hij verloor bijna het bewustzijn. Zijn ongeschonden hand klauwde door de lucht en greep haar bij haar jas.

'Je... moet... gaan...'

'Waar is de kluis?' vroeg Chantal paniekerig.

'Ach... ter... boek... kst. Knop... brr...'

Witteveen sloot zijn ogen. Zijn ademhaling werd zwoegend en de pauzes tussen elke teug langer. Zijn gezicht, dat tot nu toe verkrampt was geweest van de pijn, begon te ontspannen en kreeg de vredige uitdrukking van de naderende dood. Zonder na te denken pakte Chantal zijn gehavende hand en hield deze vast. Het zou niet lang meer duren. Ze zou bij hem blijven tot ze zeker wist dat het voorbij was.

Witteveen blies zijn laatste adem uit en een stilte viel over het souterrain. Chantal liet de hand van de notaris los en zag toen pas dat haar eigen handen onder het bloed zaten. Witteveens bloed. Pas toen drong tot haar door wat er was gebeurd. De mensen die achter Amber aan zaten, hadden Witteveen gemarteld in de hoop haar verblijfplaats te achterhalen. Maar hij had het geheim van haar zus bewaard. Ze hadden hem niet gebroken, had hij gezegd. Hij had hen op een dwaalspoor gezet. Nee, niet 'hen', niet meervoud. Witteveen had gesproken over een 'hij'. Maar wie deze man was, was Chantal een raadsel. Wie zou zoiets nou doen? Hoe was haar zus in vredesnaam toch met zulk soort mensen in contact gekomen? Toen besefte ze ineens dat de man die Witteveen had doodgemarteld, erachter zou komen dat hij de verkeerde kant op was gestuurd. Zou hij dan terugkomen om het pand verder te doorzoeken? Ze begon ongecontroleerd te trillen. Ze moest maken dat ze hier zo snel mogelijk wegkwam.

Volledig in paniek kwam Chantal overeind. Ze moest die kluis vinden om meer te weten te komen over Ambers verblijfplaats, maar eerst moest dat bloed van haar handen. Struikelend over de ordners wist ze de trap te bereiken. Als door de duivel op de hielen gezeten rende ze naar de eerste verdieping, waar het keukentje zich bevond. Pas toen ze haar handen een tijdje onder de warme kraan had gehouden, kwam ze wat tot rust. Als een bezetene boende ze toen haar huid met afwasmiddel uit een halfvolle fles tot haar vel rood was en schrijnde. Al die tijd huilde ze onophoudelijk. Ze verlangde terug naar haar oude leven, dat in vergelijking met deze verschrikkingen aangenaam overzichtelijk en vredig was geweest. Ze zou er wat voor overhebben om weer 'gewoon' in de rechtszaal te staan. Maar ze wist dat haar leven nooit meer zou worden als vroeger.

Chantal zette de kraan uit en droogde haar handen aan de vochtige handdoek naast het aanrecht. Ze wist dat ze terug moest naar het souterrain om antwoorden te vinden, maar ze zag enorm op tegen de confrontatie met het lijk van Witteveen. Toch dwong ze zichzelf om de veilige omgeving van de keuken te verlaten en de houten trap naar het souterrain weer af te dalen. Ze sloeg haar hand voor haar mond om de geur van bloed en kruit zo veel mogelijk buiten te sluiten en bond vervolgens haar sjaal voor haar gezicht om haar handen vrij te hebben. Oké, Witteveen had iets gemompeld over een kluis en een boekenkast, als ze het goed had verstaan. Ook iets over een knop en daarna iets wat klonk als 'brr' en was overgegaan in een zucht. Het was haar vooralsnog een raadsel wat hij met dat laatste had willen zeggen. Er was maar één boekenkast in de ruimte aanwezig, daar kon in elk geval geen misverstand over bestaan. Ze liep ernaartoe en voelde aan het hout. Nergens een oneffenheid aan de buitenranden. Ze gooide alle boeken op de grond tot de kast leeg was. Het was op het oog nog steeds een gewone boekenkast. Voor de zekerheid bevoelde ze alle planken, maar ze kon niets ontdekken. Ze probeerde de kast van de wand te trekken, maar zelfs zonder boeken was het ding te zwaar. Geen beweging in te krijgen. De mysterieuze knop bevond zich dus niet op, in of aan de kast. Maar waar dan?

Ze speurde de ruimte af. Het enige object dat met een 'b' begon, was het houten bureau in het midden van de kamer. Met een beetje fantasie kon je van 'brr' bureau maken. Ze liep ernaartoe. Het had aan weerszijden van het midden vier lades met sierlijk koperen beslag. Chantal begon met het opentrekken van de linkerlades. Buiten wat lege schrijfblokken, paperclips, elastiekjes, een nietmachine en een perforator zat er niets bijzonders in. Ze haalde alle spullen uit de lades en voelde met haar hand minutieus langs alle houten randen. Niets. Toen trok ze de bovenste la aan de rechterkant open. Opnieuw voelde ze aan de onderkant van het bureaublad, maar deze keer ontdekte ze een opstaand randje dat aan de linkerkant niet had gezeten. Gespannen liet ze haar vinger van links naar rechts over de richel gaan. Rechts in de hoek zat een knopje! Terwijl ze erop drukte, keek ze naar de boekenkast. Er gebeurde niets. Ze probeerde in de la te kijken en wilde hem verder opentrekken, maar dat lukte niet. Deze la kon beduidend minder ver open dan de andere lades. Ze zette nog wat meer kracht, maar kreeg hem echt met geen mogelijkheid verder open. Gefrustreerd bleef Chantal aan de la trekken en drukte toen ook het knopje in. Dat had resultaat. Er verscheen een tot nu toe verborgen vak. Opgewonden liet Chantal haar vingers door de la gaan en stuitte bovenin op iets glads dat tegen de onderkant van het bureaublad was bevestigd. Het voelde aan als een schakelaar. Ze drukte erop en barstte bijna weer in huilen uit toen ze achter zich een mechanisch geluid hoorde.

Ze liep naar de boekenkast toe en schopte alle boeken die ervoor lagen aan de kant. Toen trok ze opnieuw aan de zware kast, die nu licht als een veertje naar rechts openzwaaide. Een grote stalen deur werd zichtbaar. Halverwege zat een elektronisch bedieningspaneel. Chantal pakte haar telefoon en zocht de getallen op die Witteveen vlak voor zijn dood had opgenoemd. Maar net toen ze ze wilde intoetsen, ging haar telefoon. Van schrik liet ze het toestel vallen. Ze dook erachteraan en viste hem van de vloer. In het scherm zat een grote barst. Shit. De telefoon rinkelde ongestoord door en ze zag op het scherm dat het Niels was. Ze overwoog niet op te nemen en Niels later terug te bellen als ze hier weg was, maar bedacht zich. Misschien was er nieuws over Fenna.

Ze nam op, maar was zo buiten adem dat ze geen woord kon uitbrengen.

'Hallo? Hallo, Chan, ben je daar?'

'Ja, hier ben ik,' wist ze eindelijk uit te brengen.

'Godzijdank. Is alles goed met je? Ik maak me dodongerust. Waarom heb je niets meer van je laten horen?'

'O, Niels, het is zo erg. Witteveen is vermoord!'

'Wat?! Vermoord?'

'Ja, gestorven in mijn armen. Ik kwam aan bij zijn kantoor en de voordeur stond open. Het pand was verder leeg en ik vond Witteveen meer dood dan levend in het souterrain van het pand. Hij was gemarteld! Hij miste twee vingers en zijn benen waren gebroken. En ze hadden hem volgens mij in zijn borst geschoten.'

'O, mijn god. Heb je nog met hem kunnen spreken? Wist hij wie dit had gedaan? Was het Ambers ex?'

'Weet ik niet. Het was in elk geval iemand die achter Amber aan zit. Witteveen heeft hem een vals adres gegeven.'

'Heeft hij een beschrijving van die persoon gegeven?'

'Nee. Hij heeft me met zijn laatste adem wat aanwijzingen gegeven.'

'Weet je nu waar Amber is?'

'Nog niet, maar hopelijk heel binnenkort wel. Toen je belde stond ik net op het punt om een kluis te openen waar informatie in zou moeten liggen.'

'Luister, Chan, je moet daar zo snel mogelijk weg. Voor hetzelfde geld ontdekt die kerel dat hij door Witteveen is voorgelogen en komt hij terug. Doe wat je moet doen en breng jezelf in veiligheid. Shit, ik kan mezelf wel voor mijn kop slaan dat ik je heb laten gaan. Ik had Amber moeten gaan zoeken, ik ben verdomme politieagent. Jij had bij Fenna moeten blijven.'

'Fenna! Hoe is het met haar?' Haar stem sloeg bijna over toen ze naar haar nichtje vroeg.

'Daarom bel ik ook, haar toestand is verslechterd. De druk in haar hoofd neemt toe en als ze dat niet onder controle krijgen, dan willen ze haar schedel openmaken en een stuk bot verwijderen om het harde hersenvlies bloot te leggen. Het is een operatie die eigenlijk nog in de experimentele fase zit, het is zelfs onduidelijk of het echt effect heeft, maar ze moeten wat. Ik wil dit niet in mijn eentje beslissen, Chan. Zorg dat je Amber zo snel mogelijk te spreken krijgt, of kom anders terug hierheen. Ik wil niet op mijn geweten hebben dat ik ad hoc een verkeerde keuze maak.'

Chantals hart kromp ineen bij de gedachte aan Fenna in dat grote ziekenhuisbed. Ze had een belofte aan haar nichtje waar te maken.

'Ik moet gaan, Niels, anders vind ik Amber nooit op tijd.'

'Beloof me dat je voorzichtig doet, Chan. Het gaat me niet gebeuren dat we een lawine overleven en dat je nu alsnog het loodje legt. Jij en Fenna zijn het enige wat ertoe doet in mijn leven.'

'Ik hou van je, Niels,' zei ze zachtjes en ze hing op.

Meteen opende ze de notitie in haar telefoon en toetste de cijfers zorgvuldig in op het display. 1-13-2-5-18. Daarna drukte ze op de bevestigingsknop. Er begon een groen lampje te branden, gevolgd door een piep. De kluisdeur sprong open. Chantal wist niet wat ze verwacht had aan te treffen, maar dit in elk geval niet. In de enorme kluis lag één enkel, handgeschreven briefje. Ze pakte het en las wat erop stond. *Grand Chartreuse, Prior Meeuwse +33565175337, code: Le Tapis.*

'Grand chaufeusse' was dus 'Grand Chartreuse' geweest. Was dat het klooster waar Amber zich bevond? Ze typte het in op Google en vond meteen informatie. Het was een afgelegen klooster in het Franse plaatsje Saint-Pierre-de-Chartreuse, ten noorden van Grenoble, dat niet toegankelijk was voor publiek. Dat klonk als de perfecte plek voor haar voortvluchtige zus om zich te verstoppen. De naam van de prior op haar briefje vond ze ook terug op internet. Het was een hoogbejaarde Nederlandse man. In hoeverre was deze prior op de hoogte? Er was maar één manier om daarachter te komen.

Chantal toetste het telefoonnummer in dat op het briefje stond. Tot haar opluchting hoorde ze een kiestoon. Wat ze echter ook hoorde, en waar ze niet op had gerekend, was de deurbel die vlak daarna klonk. De adrenaline schoot door haar heen. Wie stond er aan de deur? Was het de moordenaar van Witteveen? Wat moest ze dan doen, waar moest ze dan heen? En wat als het de politie was? Had een van de buren iets gehoord en de politie gebeld? Kon ze dan bewijzen dat ze niets met Witteveens dood te maken had? Haar kleren zaten onder zijn bloed en door het hele pand heen waren haar vingerafdrukken te vinden. Ze was zo druk geweest met haar 'missie', dat ze zich dat helemaal niet had gerealiseerd. En dat voor een advocate die donders goed wist hoeveel sporen een mens onbedoeld achterliet op de plekken waar hij of zij was. Sporen die allemaal tegen haar gebruikt konden worden...

Ze haalde de telefoon van haar oor en luisterde ingespannen. Er werd niet opnieuw gebeld, maar ze hoorde wel gemorrel aan de deur. De deur werd opengedaan en dichtgeslagen. Haar adem stokte in haar keel.

'*Allô?*' klonk het plotseling zachtjes uit haar telefoon.

Shit! Ze reageerde niet. Het was weer stil in het huis. Het tapijt uit de hal absorbeerde het geluid van voetstappen. Ze bad dat de persoon die het pand had betreden naar boven zou gaan.

'Allô?' klonk het opnieuw, ongeduldiger dit keer.

Ze verbrak de verbinding en zette het geluid van haar telefoon uit. Ze durfde nog steeds niet goed diep in en uit te ademen. Haar hartslag stuwde het bloed in hoog tempo voort door haar aderen. Voetstappen op de houten trap naar het souterrain. De paniek sloeg nu echt toe. Koortsachtig keek ze het vertrek rond. De kluis was niet groot genoeg om zich in te verstoppen en als dat wel het geval was geweest, zou ze er nooit meer uit kunnen komen als de deur eenmaal dicht was. Geen optie. Er was maar één plek die haar een beetje aan het oog zou onttrekken. Zo zachtjes mogelijk liep ze naar het bureau en kroop eronder. De voorkant van het bureau was helemaal dicht.

De persoon die op weg was naar het souterrain liep tergend langzaam naar beneden. Bij elke voetstap kromp Chantal verder in elkaar. *Ga weer terug naar boven, wie je ook bent. Alsjeblieft.* Plotseling was het stil. Doodstil. Ingespannen spitste Chantal haar oren op elk geluid dat ze maar dacht te kunnen opvangen, maar ze hoorde niets. Zouden haar gebeden verhoord worden? Zou ze hier toch nog ongezien wegkomen? Toen ging de deur open.

27

Ze had zich zo klein mogelijk gemaakt. Zichzelf haast opgevouwen. De hechtingen in haar been werden strakgetrokken. Het geschuif van harde schoenzolen op beton en een tikkend geluid bij elke stap. Droeg de persoon die was binnengekomen hakken? Was het een vrouw? In elk geval leek hij of zij niet erg onder de indruk te zijn van de ravage, noch van het lijk van Arthur Witteveen. Zo te horen werd er niet eens moeite gedaan om te checken of Witteveen nog in leven was. Alleen die voetstappen, die tergend langzame passen die haar de adem benamen. Die deze persoon almaar dichterbij brachten. Tot hij of zij bij het bureau was aangekomen. Ze stopten. De persoon stond stil. Een schop tegen het hout. Chantal sloeg haar hand voor haar mond om een gil te onderdrukken. Haar hart bonsde zo hard dat ze dacht dat het in de kamer te horen moest zijn.

Ze probeerde zichzelf met minimale ademteugjes van zuurstof te voorzien om geen geluid te maken. Het zweet liep in twee straaltjes langs haar slapen naar haar hals. Even overwoog ze om zichzelf kenbaar te maken, vanuit een rare behoefte de situatie zelf in de hand te houden. De aanval is de beste verdediging, iets in die geest. Maar de minieme kans dat ze niet ontdekt zou worden, hield haar tegen en maakte dat ze in haar benarde positie bleef zitten. De schoenen begonnen zich weer te verplaatsen. Ze liepen verder het vertrek in, om het bureau heen. Ze kon nu elk moment ontdekt worden.

Waarom ben je ook niet meteen gevlucht toen je de kans had? Waarom ben je verdorie dat klooster gaan googelen, dat had toch kunnen wachten? Maar het was nu te laat voor dergelijke gedachten. Ze zou ontdekt worden door de indringer, en dan... Wat dan? Was het dezelfde man die Witteveen had gemarteld? Zou hij haar net zo martelen om erachter te komen wat ze over Amber wist? Zou zij net zo sterk zijn als de oude notaris, of zou ze bij de eerste tik op haar vingers al breken? Doodsbenauwd keek ze naar de punt van een zwarte slangenleren mannenschoen die zichtbaar werd. Een tweede schoen verscheen in haar gezichtsveld. De punten draaiden zich naar haar toe. Nu kon ze ook de gespen zien die aan de schoenen zaten en de zwarte broek die erop rustte. Op de punt van een van de glimmende schoenen zat een vlekje. De seconden dat ze nog veilig was, glipten als zand door haar vingers. Een knakkend geluid van knieën die doorbogen.

'Ah, daar ben je.' Joeps hoofd verscheen onder het bureau.

Chantal gilde en begon wild van zich af te slaan, wat onder het bureau weinig effectief was. Joep bleef rustig zitten tot het tot Chantal was doorgedrongen wie hij was. Toen het kwartje eindelijk was gevallen, begon ze hysterisch te huilen. De grote man stak haar hulpvaardig een hand toe, hielp haar onder het bureau uit en sloeg vervolgens vaderlijk zijn armen om haar heen tot ze een beetje gekalmeerd was.

'Niels belde me dat je wel wat hulp kon gebruiken. Ik was toevallig in de buurt, dus ik dacht: ik neem even een kijkje.'

'Hoezo was je toevallig in de buurt?' snotterde Chantal. Joep bood haar een zakdoek aan en ze snoot luidruchtig haar neus.

'Nou ja, niet helemaal toevallig. Niels had me al gebeld dat jij naar Den Bosch zou gaan en dat hij het eigenlijk maar niks vond dat jij er in je eentje op uit ging, dus hij vroeg of ik hierheen kon komen. Ik had alleen pech met mijn auto, anders was ik er al veel eerder geweest. Heb me op het laatst nog aardig moeten haasten, toen Niels belde dat je in een, eh, netelige situatie zat.'

'Dat is nogal een understatement, ja.'

Joep nam het vertrek in zich op.

'Heeft Niels je verteld over Fenna?'

'Ja, verschrikkelijk dat haar toestand aan het verslechteren is.' Joeps gezicht kreeg een trieste uitdrukking. 'Daarom ga ik je helpen om haar moeder zo snel mogelijk te vinden. Ik wil graag iets voor het moppie doen.'

'Dank je wel, Joep, ik kan geloof ik wel wat hulp gebruiken. Ik weet gewoon niet waar ik in verzeild ben geraakt.'

Hij liet zijn blik nog eens door de ruimte gaan en liep naar het lichaam van Witteveen. 'Ziet er dood uit,' zei hij droog.

Chantal staarde hem met grote ogen aan. 'Je lijkt niet echt onder de indruk.'

'Ben ik ook niet, heb wel ergere dingen gezien in mijn leven. Goed, dit is wat we gaan doen. Ik bel eerst even wat jongens op om hier de boel te komen cleanen en dan vertrekken we.'

'Sorry, wat zei je? Cleanen? Wat bedoel je daarmee?'

'Precies wat ik zeg. Deze plek is vergeven van jouw vingerafdrukken, ook op zijn lichaam, gezien het bloed op je kleren. Je hebt hem aangeraakt, toch?'

'Ja. Hij is in mijn armen gestorven.'

'Dacht ik al. En je wilt je zus toch snel vinden en terug naar Fenna?'

'Ja...'

'Dan kunnen we geen oponthoud gebruiken, toch?

'Nee, natuurlijk niet.'

'Dus willen we niet dat de politie hier sporen vindt die naar jou leiden.'

'Eh, nee...'

'Duidelijk. Daarom moeten we zorgen dat alle sporen gewist worden.'

'Maar dan vernietig je toch ook alles wat zou kunnen leiden naar die klootzak die Witteveen heeft omgebracht?'

'Ja, dat klopt, maar het is het een of het ander. En zo te zien is dit een professionele klus geweest, dus grote kans dat er weinig sporenmateriaal te vinden zal zijn.'

'Weet je het zeker?'

'Ja, Chantal, dat weet ik zeker. Je zei trouwens net "klootzak", hoe weet je dat het een man is?'

'Dat heeft Witteveen me vlak voor zijn dood verteld.'

'Heeft hij ook een beschrijving van de dader gegeven?'

'Nee, daar was geen tijd meer voor. Hij heeft me met moeite genoeg informatie gegeven om mijn zus te kunnen vinden en toen stierf hij.'

Joep knikte. 'Dat is goed nieuws. Hoe eerder we je zus vinden, hoe eerder we haar bij haar dochter kunnen krijgen en hoe eerder we haar kunnen beschermen tegen wie dit heeft gedaan. Het lijkt mij belangrijk dat we nu zo snel mogelijk vertrekken. Weet je waar je zus verblijft?'

'Ja, in een klooster in Frankrijk. In de Isère.'

'Exacte locatie?'

'Saint-Pierre-de-Chartreuse.'

'Bon, dan bel ik nu eerst mijn jongens om de boel hier een beetje te ordenen.'

Chantal twijfelde nog hevig. Joep had natuurlijk gelijk als hij zei dat ze het zich niet kon veroorloven om vertraging op te lopen. Amber moest gevonden worden en Witteveens moord had dat alleen maar urgenter gemaakt. Aan de andere kant wist Chantal als advocate hoe belangrijk het sporenmateriaal op een plaats delict was: zonder sporen zou de politie de dader nooit vinden, en als hij wel gevonden werd, zou het zonder dat sporenmateriaal moeilijk worden om te bewijzen dat hij het had gedaan. Maar er speelde nog wat mee. Het opzettelijk wissen van sporen was strafbaar en als naar buiten zou komen dat zij daaraan had meegewerkt, zou ze op zijn minst geroyeerd worden. Strafrechtelijke vervolging was minstens zo waarschijnlijk. Haar carrière stond op het spel, haar zorgvuldig geplande leven ook.

'Weet je het echt zeker?' vroeg ze nog eens aan Joep.

'Ja, Chantal, ik weet het zeker. Ze zullen te zijner tijd zijn lichaam wel vinden, maar zonder sporen komen ze nooit bij jou terecht. Twijfel je echt nog?'

Ze dacht aan Amber en aan Fenna. 'Nee, je hebt gelijk.'

Joep knikte en haalde zijn telefoon tevoorschijn. Na een kort gesprek hing hij op en wendde zich tot Chantal. 'Geregeld, en dan moeten we nu tempo maken. Ik denk dat het beter is om met de auto te gaan. Op dit tijdstip nog een vlucht naar Grenoble-Isère vinden, lijkt me vrij kansloos.'

'Inderdaad. Hoe lang is het rijden?'

Hij grijnsde. 'Als jij rijdt een uurtje of tien, als ik rijd een uurtje korter.'

Chantal pakte de sleutels van haar huurauto. 'Jij rijdt.'

'Daar ga je geen spijt van krijgen. Ik zal ervoor zorgen dat we op tijd zijn voor het ochtendgebed.'

Toen ze de trap op liepen, keek Chantal nog een laatste keer het souterrain in. Ze staarde naar het lichaam van Witteveen, alsof ze zich ervan moest vergewissen dat ze niet droomde. Maar het was geen droom, het was de keiharde realiteit. Witteveen was dood. Amber was op de vlucht. Fenna vocht voor haar leven. Chantal was in een nachtmerrie beland en ze had geen idee of ze er ooit nog uit zou komen. Toen zag ze Joep achter zich staan. Hij keek haar vastberaden aan en die blik deed haar vertrouwen in een goede afloop weer een beetje terugkomen. Ze stond er niet alleen voor.

Ze verlieten het souterrain en liepen naar de voordeur. 'Hoe ben je hier eigenlijk binnengekomen?' vroeg Chantal.

Terwijl Joep met één hand de deur achter hen sloot, haalde hij met zijn andere hand een setje lopers uit de binnenzak van zijn jas. 'Heb ik altijd bij me. Je weet maar nooit wanneer je ze nodig hebt.'

Chantal bleef stokstijf staan. Joep zette er de pas in en kreeg pas na enkele meters in de gaten dat ze niet meer naast hem liep. Hij hield halt en draaide zich naar haar om. 'Is er iets?'

Ze wees naar zijn middel. 'Zag ik daar nou net een pistool in je broeksband?'

'Mooi dat je scherp bent. Betekent dat je niet in shock verkeert.'

‘Dat was geen antwoord op mijn vraag.’

Hij keek haar recht aan, zonder met zijn ogen te knipperen. ‘Ik heb absoluut een pistool bij me. Toen Niels me beschreef wat je hier had aangetroffen, leek het me verstandig om wat voorzorgsmaatregelen te treffen. Het zijn niet bepaald de lekkerste types met wie we te maken hebben.’

Chantal moest hem wel gelijk geven, maar de glimp die ze had opgevangen van het pistool, had haar de koude rillingen bezorgd. Ze had het liever niet gezien.

Joep zag haar bezorgde gezicht en probeerde haar gerust te stellen. ‘Ik zorg dat je niks overkomt, Chantal. Je bent veilig bij me.’

‘Dat weet ik, Joep. Ik vertrouw je.’

‘Dat is mooi. Laten we dan nu maar gaan, want er is een klein meisje dat haar moeder nodig heeft. Heb jij trouwens nog schone kleren bij je? Dat bloed maakt zo’n slordige indruk en we willen je zus morgen niet aan het schrikken maken, toch?’

‘Ja, ik heb wat kleren op Schiphol gekocht.’

‘Mooi, dan kun je je onderweg nog wel ergens omkleden.’

‘Joep?’

‘Zeg het eens.’

‘Dank je wel. Ik weet niet of ik het aan zou kunnen als jij niet met mij meeging.’

‘Geen probleem. Zoals ik al zei: dat moppie heeft haar moeder nodig.’

28

De koplampen van de huurauto doorkliefden de zwarte nacht. Chantal wenste dat ze de duisternis in haar hoofd ook konden wegnemen. Steeds opnieuw verscheen het mishandelde gezicht van Arthur Witteveen voor haar ogen. Of ze ze nou dichtdeed of openhield, er viel niet aan te ontsnappen. Zou ze dit beeld ooit kwijtraken? Ze was door haar werk niet onbekend met verminkte gezichten en foto's van mensen die door geweld om het leven waren gebracht, maar normaliter kreeg ze alleen de foto's te zien als ze er achteraf bij werd gehaald om een verdachte te verdedigen. De confrontatie met de gemartelde en stervende Witteveen was de eerste keer dat ze dergelijk geweld van zo dichtbij had meegemaakt, en dat was toch wel andere koek. Bovendien was het slachtoffer een oude bekende van haar.

Joep leek er allemaal niet zo'n last van te hebben. Hij floot zachtjes mee met de muziek uit de radio en tikte ritmisch op het stuur. Hij oogde ontspannen.

'Heb je in je werk vaker met zware criminaliteit te maken?' vroeg Chantal.

Joep zette de radio zachter. 'Waarom denk je dat?'

'Je lijkt zo relaxed. Ik ben behoorlijk van de kaart door wat ik vanavond allemaal heb gezien.'

Heel even was hij stil, alsof hij diep moest nadenken over zijn antwoord. 'Ik heb geleerd om mijn gevoel helemaal uit te schakelen als een situatie erom vraagt,' zei hij toen. 'Dat is de enige manier om mijn werk vol te houden. Maar om antwoord te geven op je vraag: ja, ik moet wel vaker de confrontatie aangaan met gevaarlijke types.'

'Kun je de ex van mijn zus dan niet eens een bezoekje brengen om hem te zeggen dat hij haar met rust laat?'

'Met dat soort types valt niet te praten. Er is maar één manier om ze te stoppen.' Hij keek haar veelbetekenend aan.

'Met geweld, bedoel je?'

Joep knikte. 'Maar dat is een andere tak van sport. Ik probeer mijn handen altijd zo veel mogelijk schoon te houden.'

'En lukt dat?'

'Zou het je denkwijze over mij veranderen als ik "niet altijd" antwoordde?'

Chantal zweeg even. 'Dat weet ik eigenlijk niet. Ik ken je alleen als een aardige vent. De manier waarop je met Fenna omging, was... geweldig.'

'Ik denk dat het niet zoveel zin heeft om diep in te gaan op de manier waarop ik mijn werk doe. We doen allemaal weleens iets wat we liever anders hadden opgelost, maar soms heb je geen keuze. Dat zal in jouw werk ook gelden. Ik neem aan dat jij ook weleens dingen van je cliënten moet rechtbreien die eigenlijk heel krom zijn.'

'Ja, dat is wel zo.'

'Ieder zijn vak. Zullen we het daar maar op houden?'

Chantal knikte. Toen vroeg ze: 'Heeft Niels je nog gevraagd om bij die makelaar langs te gaan?'

'Wel gevraagd, maar ik ben er nog niet aan toegekomen.'

'O, oké.'

'Luister, als ik je een advies mag geven: probeer wat te slapen. Vandaag was een heel pittige dag voor je en je weet niet wat je morgen allemaal weer te wachten staat. Het weerzien met je zus zal best emotioneel zijn, stel ik me zo voor. Dan kun je maar beter een beetje uitgerust zijn.'

'Moet ik het stuur echt niet even van je overnemen?'

'Doe jij je ogen nou maar dicht, ik red me wel. Bezwaar als ik de radio iets harder zet?'

'Nee, ga je gang.'

Chantal zette haar stoel wat achterover en probeerde zich

mee te laten voeren op de zachte fluittonen van de vriendelijke opa die zijn handen graag schoonhield.

Chantal werd wakker uit een diepe slaap. Versuft deed ze haar ogen open. Uit de radio klonk een Franstalige nieuwslezer. Ze schoot overeind en greep naar haar nek, die stijf aanvoelde van haar ongemakkelijke slaaphouding in de autostoel. Joep keek haar met een geamuseerd gezicht aan en richtte zijn ogen weer op de weg.

'Was nog niet zo'n gek idee van me, hè, dat je je ogen even dichtdeed.'

'Hoe lang heb ik geslapen?'

'Ik zou durven zeggen dat je een volwaardig nachie hebt gedraaid.'

'O, wat gênant...'

'Hoezo? Ik zou willen dat ik zo lekker had geslapen.'

'Dat is ook precies wat het zo gênant maakt. Jij zit al de hele nacht onafgebroken achter het stuur. Ik had je moeten helpen, het van je moeten overnemen.'

'Zit daar maar niet over in. Ik ben het gewend om af en toe eens een nacht door te halen.'

'Ik heb ook niet bepaald een negen-tot-vijfbaan hoor, mocht je dat denken.'

'Doet het er iets toe wat ik denk?'

Chantal haalde haar schouders op. 'Weet ik eigenlijk niet. In elk geval bedankt dat je ons al tot hier hebt gebracht. Waar zijn we precies?'

'Nog een klein halfuur van Saint-Pierre-de-Chartreuse vandaan.'

'Jemig, dan heb je echt doorgereden.'

'Dat had ik je toch beloofd?'

Ze staarde naar buiten, naar het landschap dat voorbijflitste. 'Is mijn telefoon nog gegaan?'

'Niet dat ik heb gehoord, maar de radio stond aan, dus ik kan iets gemist hebben.'

Chantal pakte haar toestel. Het was zeven minuten voor halfnegen in de ochtend. Geen gemiste oproepen of berichtjes van Niels. Ze slaakte een zucht van opluchting. Dat hij niets meer van zich had laten horen na het paniekerige telefoongesprek van de avond daarvoor, moest haast wel betekenen dat Fenna zonder problemen de nacht was doorgekomen. Ze hoopte dat Niels net zo goed had geslapen als zij. De wetenschap dat Joep haar nu vergezelde in de zoektocht naar haar zus, was voor hem ongetwijfeld net zo'n geruststelling als voor haarzelf. Hij had ervan gebaald dat ze zelf op pad was gegaan in plaats van dat ze dat aan hem had overgelaten. Maar het had niet anders gekund, hij was er zelf niet toe in staat geweest. Had ze dan toch bij Fenna moeten blijven? Het was tenslotte háár nichtje dat in kritieke toestand in het ziekenhuis lag. En wat zou Amber ervan vinden dat ze Fenna in de handen van een voor haar wildvreemde man had achtergelaten? Toch had Chantal geen spijt van haar beslissing. Niets doen terwijl Amber in gevaar was, voelde helemaal niet goed. Ze moest later tegen zichzelf kunnen zeggen dat ze er alles aan had gedaan om haar zus te helpen. Als dingen echt uit de hand liepen, dan zou ze niet met zichzelf kunnen leven als ze geen actie had ondernomen.

'Ik wil daar de tank nog even volgooien, zodat we goedgevuld aankomen in Saint-Pierre. Als we dan snel moeten vertrekken, zijn we tenminste goed voorbereid.'

'Verwacht je dat? Dat we weer snel moeten vertrekken?'

'Ik weet niet precies wat ik moet verwachten, maar ik hou overal rekening mee. Laten we er voorlopig nog maar even van uitgaan dat we je zus tussen de braaf biddende nonnen aantreffen en dat de man die achter haar aan zit het dwaalspoor van Witteveen volgt.' Joep zette zijn knipperlicht aan om de afslag naar het tankstation aan te kondigen. 'Als jij zo nou eens een lekker ontbijtje voor ons gaat scoren terwijl ik tank? Van zo'n nachtje doorrijden krijg je trek.'

'Van zo'n nachtje slapen anders ook,' zei Chantal grinnikend. 'Nog een voorkeur voor iets specifieks?'

'Nee, als je er maar een driedubbele espresso bij doet om de oogjes open te houden.'

'Ga ik regelen zodra ik een toiletronde heb gedaan. Mijn blaas staat op knappen.'

Joep parkeerde de auto achter een lege auto bij de pomp. Chantal pakte haar tas en stapte uit. De koude wind kreeg meteen vat op haar en verdreef het laatste restje slaap. De temperatuur lag hier een stuk lager dan in Nederland, iets waar ze in de warme auto geen erg in had gehad. Hoewel het zachtjes sneeuwde, waren de vlokken die neerdwarrelden behoorlijk groot. Ze ving er een paar op in haar handschoen. Toen rende ze snel naar binnen en liep linea recta naar de toiletten. Ze leegde haar blaas op een wc die er redelijk schoon uitzag – de hygiëne langs de Franse snelwegen was de afgelopen jaren gelukkig sterk verbeterd. Ze kon zich de keren dat ze vroeger samen met Amber in een stinkend gat had moeten plassen nog levendig herinneren: het leverde altijd grote hilariteit op.

Als vanzelf verscheen er een glimlach op Chantals gezicht, die vrijwel meteen veranderde in een trieste grimas. Ze miste haar zus. Nu ze zo dicht bij Amber in de buurt was en zo goed als zeker wist dat ze haar vandaag zou weerzien, kon ze dat niet meer ontkennen. De zorgvuldig opgebouwde muur om haar emoties buiten te houden, brokkelde af waar ze bij stond. Ze wist dat het haar uiterst kwetsbaar maakte, maar ze kon het niet langer tegenhouden. Ze kon alleen maar hopen dat de ontmoeting met Amber niet op een teleurstelling zou uitlopen en dat haar zus haar net zo zou omarmen als andersom het geval zou zijn.

Gewapend met koffie en vers belegde broodjes verliet ze even later het benzinestation. Joep stond haar leunend tegen de auto op de ruime parkeerplaats op te wachten. Zijn adem condenseerde tot wolkjes in de lucht. Op zijn kale kop en in zijn snor zaten druppels gesmolten sneeuw.

'Joh, ga lekker in de auto zitten,' zei ze, terwijl ze hem zijn broodje en een warme beker espresso overhandigde.

'Ik had behoefte aan een opfrissertje na die lange autorit. Even de benen strekken. En die kou houdt me wakker.'

'Snap ik, maar als je het niet erg vindt, stap ik vast in.' Chantal kroop de auto in en zette haar koffie in de bekerhouder, zodat ze haar handen vrij had voor haar broodje. Toen ze haar tanden in het krakend verse stokbroodje zette, merkte ze pas hoeveel honger ze had. Een Snickers uit een automaat op Schiphol was het laatste wat ze gegeten had en dat was zeker al vijftien uur geleden.

Joep trok zijn autodeur open en klopte de sneeuw van zich af voordat hij instapte. Kauwend op zijn laatste hap ging hij achter het stuur zitten en schoof zijn stoel zo ver mogelijk naar achteren. 'Hè, hè, nog even vijf minuten van de baas.'

'Gelijk heb je.'

Genietend dronk hij van zijn espresso en daarna wreef hij uitgebreid in zijn ogen. 'Zo, ik ben d'r weer. We gaan de laatste kilometers vreten.'

Chantal stak haar hand uit. 'Geef die beker maar hier, dan ruim ik de troep even op.'

Joep grinnikte. 'Dat is het voordeel van een vrouw in de auto. Als het aan mij lag, dan donderde ik alles achter mijn stoel.'

Chantal keek hem afkeurend aan. 'Dat vindt je vrouw vast niet goed. En je wilt je kleinkinderen toch zeker ook niet rondrijden in een vuilnisbak?'

'Mijn bedrijfsauto is tegen het weekeinde altijd weer keurig opgeruimd en de privéauto blinkt vanbinnen en vanbuiten als een idioot. Daar zorgt mijn vrouw wel voor.'

Chantal verzamelde de gebruikte servetten en lege koffiebekers en propte ze in de papieren zak waar ze de stokbroodjes in vervoerd had. Daarna deponeerde ze die in de halfvolle afvalcontainer die een paar parkeerplekken verderop stond. Toen spoedde ze zich vlug weer terug naar de auto. Joep liet de motor al draaien en had zijn stoel weer goed gezet. Het was over met de prietpraat, nu begon het echte werk.

Wat kon ze eigenlijk verwachten van het weerzien met haar

zus? Zou die blij zijn om haar te zien, of zou ze boos worden omdat Chantal haar tegen haar wil toch had opgespoord? En hoe zou het nieuws van Fenna en de lawine vallen? In stilte bedankte ze Witteveen dat hij zo moedig was geweest om Amber te beschermen en zijn belager van haar weg te leiden. Daarmee had hij indirect ook Chantal en Joep genoeg respijt gegeven om Amber weg te halen van de locatie waar ze nu zat.

Chantal keek naar Joep en schrok van de grimmige uitdrukking die op zijn gezicht was verschenen.

'Wat trek jij ineens een moeilijk gezicht?' zei ze voorzichtig.

'Ik bereid me voor,' antwoordde hij kortaf.

'Eh, waarop precies, als ik vragen mag? Je kijkt alsof we een oorlogsgebied binnenrijden.'

'Misschien is dat ook wel zo. We weten toch niet wat we zullen aantreffen bij dat klooster? Het is een beetje naïef om te denken dat die ex van je zus er niet achter komt dat hij of een van zijn mannetjes op het verkeerde spoor is gezet. Net zo goed als wij je zus willen vinden, willen zij dat ook.'

'Klopt, maar zij hebben onze aanwijzingen niet en zullen er hoe dan ook langer over doen om haar te traceren.'

'Klinkt allemaal prachtig en misschien heb je zelfs gelijk, maar ik vaar liever mijn eigen koers. Dat heeft tot nu toe altijd goed uitgepakt.'

'En hoe ziet die koers er dan precies uit?'

'Ik verwacht en bereid me voor op het ergste, dan kan het altijd meevallen.'

'En het ergste is...'

'Dat ik mijn pistool moet gebruiken.'

Chantal keek hem geschrokken aan.

'Ik dacht dat jij wel wat gewend was, mevrouw de advocaat...'

'Op papier, ja. Maar ik heb zelf nog nooit een wapen aangeraakt en ben nog nooit betrokken geweest bij een gevaarlijke situatie.'

'Dan is het maar goed dat ik bij je ben.'

'Eh, Joep, ik vind het heel fijn dat je bij me bent, begrijp me niet verkeerd, maar ik wil mijn zus in eerste instantie alleen spreken, onder vier ogen. Ik wil dat jij in de auto op me wacht tot ik je een seintje geef.'

'Geen sprake van.'

'O, zeker wel. Mijn zus zal zich sowieso al helemaal te pletter schrikken als ík voor haar neus sta, en als ze jou ook nog ziet, krijgt ze een hartverzakking. Ik had hier met niemand over mogen praten, weet je nog? Dus ik ga eerst zelf kijken hoe ik haar aantref en dan bereid ik haar voorzichtig voor op jouw aanwezigheid en de toestand van Fenna. Je hebt twee keuzes: of je stemt in met mijn plan, of ik reis vanaf hier alleen verder.'

Chantal was verbaasd over de vastberaden toon die ze net had weten aan te slaan. Kennelijk was haar oude vechtlust nog niet helemaal verdwenen.

Maar Joep was het er duidelijk niet mee eens en zijn gezicht stond nu op onweer. 'Ik werk voor Niels en niet voor jou. Hij zal hier nooit mee akkoord gaan. Het is mijn job om jou te beschermen en dat is vrij lastig als ik in de auto achterblijf.'

'Als Niels het er niet mee eens is, dan stuur je hem maar door naar mij. Hij zal jou echt niets kwalijk nemen. Hij heeft al vaker met dit bijltje gehakt en weet dat ik uiteindelijk toch wel mijn zin krijg.'

Met een vette knipoog probeerde ze de woordenwisseling weer wat luchtiger te maken. Joep schudde zuchtend zijn hoofd.

'Kom op, Joep. Het ergste wat me kan overkomen is dat mijn zus me een klap voor mijn kop verkoopt omdat ik niet naar haar heb geluisterd. Nou, ik denk dat ik dat wel overleef, hoor. Bovendien kom je het klooster überhaupt niet binnen zonder mij.'

'Waarom denk je dat? Jij bent daar net zomin welkom als ik.'

'Maar ík heb het nummer van de prior en het codewoord waardoor hij zijn deuren zal openen,' zei Chantal triomfantelijk.

'Codewoord? Daar heb je mij niets over verteld. Vertrouw je me soms niet?'

'Daar heeft het niets mee te maken. Ik wil gewoon eerst zonder jou naar binnen om mijn zus te spreken, en ik had natuurlijk allang voorzien dat je het daar niet mee eens zou zijn. En dus heb ik deze informatie om binnen te komen nog even voor mezelf gehouden. Wedden dat jij hetzelfde zou hebben gedaan als je je in mijn positie bevond?'

Ze lachte geforceerd in een poging de gespannen sfeer wat te doorbreken. Toen ze zag dat zijn gezicht nog net zo strak stond als daarvoor, gaf ze hem een vriendschappelijke por. Dat werkte beter.

Joep slaakte een diepe zucht. 'Jij bent geen katje om zonder handschoenen aan te pakken, hè? Ook helemaal niet dwingend of zo...'

'Hoe is die uitdrukking ook alweer? Wat ze in haar kop heeft, heeft ze niet in haar kont.'

'Ik snap wel wat Niels in je ziet. Hij is niet vies van een kleine uitdaging en daarvoor is hij bij jou absoluut aan het goede adres.'

'Fijn dat je me waardeert, Joep, dat is wederzijds.'

'Steekt die zus van jou hetzelfde in elkaar?'

'Die stak haar mening ook nooit onder stoelen of banken. Ik weet niet wat de tijd en alles wat ze heeft meegemaakt met haar hebben gedaan, maar bereid je maar op het ergste voor.'

'Ik ga Niels om opslag vragen,' zei hij quasi-mokkend. 'Eén vrouw is nog tot daaraan toe, maar twee... Niet te doen.'

Het lachrimpeltje bij zijn mond trilde. Chantal was blij dat de 'oude Joep' weer naast haar zat en dat zijzelf weer aan de touwtjes trok. Even was ze bang geweest dat ze Joep niet kon overtuigen. In dat geval had ze Niels als hulplijn ingezet om zijn mannetje terug te fluiten. Gelukkig was dat niet nodig geweest. Ze hield de relatie met Joep liever goed. Haar zus moest zich straks veilig voelen bij haar en Joep, en een grimmige sfeer zou daar zeker niet aan bijdragen.

Tevreden zakte ze achterover in haar stoel en liet haar hoofd rusten tegen deneksteun. Het dorpje Saint-Pierre-de-Chartreuse werd in de verte aangekondigd met een bord. Ze graaide in haar tas en maakte er een foto van toen ze het bord passeerden. 'Voor Niels,' lichtte ze toe. 'Dan weet hij waar we zijn.'

Joep knikte goedkeurend.

We zijn er bijna! typte ze als onderschrift bij de foto en ze verstuurde hem. *Hoe is het met Fenna?* appte ze er meteen achteraan.

Net als de vorige keer, stuurde Niels vrijwel meteen een bericht terug. *Geen verandering in Fenna's toestand. Niet beter geworden, maar gelukkig ook niet slechter. Succes zo meteen. Doe je voorzichtig? Zeg tegen Joep dat hij goed op je past, anders krijgt hij met mij te maken.*

'En, heeft Niels nog wat te melden?' bromde Joep.

'Fenna is stabiel.'

'Verder niks?'

'Nee,' loog ze met droge ogen. Als ze Niels' instructie voor Joep aan hem zou doorgeven, begon hij vast weer te zeuren over het feit dat ze eerst alleen naar binnen wilde gaan in het klooster. Ze had geen zin om die discussie opnieuw aan te zwengelen.

Joep volgde de instructies van de ingebouwde navigator en algauw reden ze over een kronkelweg naar het klooster. Bij een van de bochten begon de auto te glijden en Joep kreeg met moeite de controle over het stuur weer terug. 'Het is eigenlijk ook gekkenwerk om in dit seizoen nog zonder winterbanden te rijden,' mopperde hij.

'Sorry, niet aan gedacht. Misschien moet je wat minder hard rijden?' opperde ze voorzichtig. 'Die paar minuten winst die jouw levendige rijstijl oplevert, wegen niet op tegen de risico's.'

'We wilden toch geen tijd verliezen?'

'Nee, liever niet, maar we willen ook heelhuids aankomen op de plaats van bestemming. Zo vlak voor de finish lijkt dat me het belangrijkste.'

Aan Joeps gezicht was duidelijk te zien dat hij haar mening niet deelde, maar hij nam wel gas terug.

Toen doemde plotseling het majestueuze klooster voor hen op en Chantal hield ongewild haar adem even in toen ze het zag. La Grande Chartreuse was grotendeels omringd door een hoge stenen muur. Op de talrijke torentjes lag een dik pak sneeuw. Een waterig zonnetje had een gaatje gevonden in een dikke grijze wolk en bracht nog enige verlichting in het duistere geheel. De beslotenheid van de gebouwen vloog Chantal naar de keel. De bergen rondom maakten het er niet beter op. Wat zocht haar zus toch in dit soort afgestompte omgevingen? Was haar leven zo verschrikkelijk, dat ze het alleen aankon als ze de wereld buitensloot?

Ambers recente vlucht naar deze plek was misschien niet geheel vrijwillig geweest, maar haar vertrek naar het klooster in Oosterhout was dat destijds wel geweest. Chantal kon zich er helemaal niks bij voorstellen. Het paste ook niet bij de Amber die ze altijd had gekend, een meisje dat juist heel spontaan en sociaal was en altijd mensen opzocht. Amber hield van uitgaan en van feestjes, van alles wat haaks stond op het besloten kloosterleven. Ze hoopte dat haar zus haar ooit antwoord zou geven op de vragen die al jaren door haar hoofd spookten. Maar hoe graag ze dit ook wilde, vandaag had het geen prioriteit. Amber inlichten over Fenna en over de gewelddadige dood van Arthur Witteveen wel. Dat moment kwam nu steeds dichterbij en dat bezorgde Chantal nog meer kriebels dan de aanblik van het klooster.

Joep reed de auto zo dicht mogelijk naar de ingang toe. 'Je bent nog niet van gedachten veranderd, neem ik aan?'

'Nee, en dat ga ik ook niet doen. Ik bel je als ik Amber heb verteld over jouw stralende aanwezigheid. Ik weet zeker dat ze je dan meteen wil ontmoeten.'

29

Met kramp in haar buik belde Chantal het nummer van prior Meeuwse dat ze in Arthur Witteveens kluis had gevonden. Terwijl de telefoon overging, liep ze langzaam naar de toegangsdeuren van het klooster. Hoe dichter ze deze naderde, hoe meer ze onder de indruk raakte van de grootte van het geheel. Haar voetafdrukken in de sneeuw waren nietig. Zijzelf was nietig. In de verte hoorde ze het wegstervende geluid van de auto. Joep had aangekondigd 'een rondje om de kerk' te gaan rijden, zodat hij de omgeving kon verkennen op mogelijk gevaar. Chantal had haar duim opgestoken en hem laten gaan.

De telefoon werd eindelijk opgenomen. Net als de vorige keer gebeurde dat met een vragend 'Allô?'. Het was dezelfde broze mannenstem die in haar oor had geklonken tijdens haar eerste contactpoging in het kantoor van Witteveen.

'Prior Meeuwse?'

'Qui êtes-vous?'

'Parlez-vous néerlandais?'

'Cela dépend,' was het aarzelende antwoord. '*Qui êtes-vous?*'

'Chantal Donkers, *la soeur d'Amber.*'

'Mon Dieu...'

'Kunnen we alstublieft overschakelen op het Nederlands? Mijn Frans is niet toereikend. Ik ben hier op verzoek van Arthur Witteveen.'

'Ik ken geen Arthur Witteveen.' De broze stem was ineens fel, maar de man aan de andere kant van de lijn sprak nu wel Nederlands.

'Arthur Witteveen is dood. Vermoord. Ik heb hem gevonden

en het was gruwelijk. Zijn laatste adem heeft hij gebruikt om mij uw contactgegevens te geven zodat ik Amber kon waarschuwen dat ze in gevaar is. U moet me bij Amber laten, het codewoord is "*Le Tapis*".

Het bleef stil aan de andere kant van de lijn en even dacht Chantal dat de man had opgehangen.

'Hallo, bent u daar nog?' vroeg ze voorzichtig.

'Bent u alleen?'

'Ja,' loog ze. Het kwam nu wel heel erg goed uit dat Joep niet meer met draaiende motor achter haar stond.

'Hebt u legitimatie bij u?'

'Identiteitskaart en rijbewijs, wat wilt u hebben?'

'Beide. Rechts op de deur zit een klepje, schuif ze daardoorheen.'

Chantal vond de klep en gooide haar legitimatiebewijzen naar binnen. Gespannen wachtte ze af wat er zou gebeuren, maar het bleef verdacht stil aan de andere kant van de deur. 'Hallo, bent u daar nog?' riep ze door haar telefoon. Even klonk er wat geruis en toen werd de verbinding verbroken. *Verdomme!* Onmiddellijk belde ze het nummer terug. Er werd niet opgenomen.

Daar stond ze dan, zonder identiteitspapieren, voor een klooster dat veel weghad van Fort Knox, en ze had nog niet eens bevestigd gekregen dat Amber hier ook daadwerkelijk binnen was. Gefrustreerd timmerde ze met haar vuisten op de dikke toegangsdeur. Daarna tilde ze het klepje weer op en keek naar binnen. Een lege ruimte, een soort portaaltje met grote terracottakleurige tegels. De houten deur waar ze recht tegenaan keek, was gesloten. Wat nu? Ze moest die Meeuwse weer te pakken krijgen. Ze moest hem de noodzaak van haar bezoek duidelijk maken, want ze had nog niet eens de kans gekregen om over Fenna te beginnen.

Chantal typte een bericht en zond het naar het nummer van Meeuwse. Misschien dat de boodschap op die manier overkwam. *Er is nog een reden waarom ik Amber moet spreken.*

Haar dochter Fenna heeft een ongeluk gehad en ligt in coma. Het gaat niet goed met haar. Groet, Chantal Donkers. Ze wachtte af. In eerste instantie gebeurde er niets en ze wilde bijna gaan bidden tot de God waar ze niet in geloofde, toen haar telefoon begon te rinkelen.

'U bent alleen, hè?' klonk de stem van prior Meeuwse.

'Ja.'

'Ik stuur iemand om u binnen te laten.' De verbinding werd meteen verbroken.

Chantal zuchtte opgelucht en typte snel nog een bericht naar Joep, voordat die ongeduldig begon te worden en alsnog voor de deur stond. Dat zou alles verpesten. *Alles onder controle. Gaat niet zo snel. Later. C*

Vlug borg ze haar toestel op zodat de persoon die haar kwam halen geen argwaan zou krijgen. Ongedurig stampte ze in de sneeuw om de bloeddoorstroom in haar koude voeten weer wat op gang te brengen. Ze hoopte dat de toegangsdeur nu snel open zou gaan, want ze begon het aardig koud te krijgen. Net toen ze wat heen en weer wilde gaan lopen om het wat warmer te krijgen, hoorde ze een geluid. Grendels werden verschoven en sloten klikten. Toen klonk de langgerekte kreun van een deur die al veel te lang dichtzat. De deur bleef op een kier staan waar ze amper doorheen paste. Er stapte niemand naar buiten. Niet bepaald een warm welkom.

'Hallo?' vroeg ze aarzelend.

'Snel. Naar binnen,' klonk het nors. Het was niet de stem van Meeuwse, maar wel van iemand die ook Nederlands sprak.

Chantal glipte naar binnen. Rechts in het portaal stond een grote man in een witte pij. Het pistool in zijn hand dat op haar was gericht, maakte dat hij er allerminst als een heilige broeder uitzag. In een reflex stak ze haar handen in de lucht. Hij duwde haar bruut aan de kant en schopte de deur achter haar dicht.

'Omdraaien en tegen de muur gaan staan,' gromde hij. 'Handen plat tegen de muur boven je hoofd.'

Chantal deed wat haar gevraagd werd. Ze hoorde de man de

deur weer vergrendelen. Daarna ging hij achter haar staan. Ze kromp ineen toen ze zijn handen zorgvuldig over haar lichaam voelde gaan. Geen plekje werd overgeslagen tijdens het fouilleren.

'Je bent clean.'

'Ja, dat had ik je zo ook wel kunnen vertellen.'

'Ik neem geen enkel risico.' De man stapte bij haar vandaan. 'Je mag je omdraaien.'

Chantal gehoorzaamde.

'Rudie. Aangenaam.' Hij stak haar een grote hand toe en Chantal pakte hem aarzelend aan.

'Chantal Donkers, de zus van Amber. Ik wist niet dat God wapens goedkeurde. Ik dacht dat die van de vrede en liefde was.' Ze hoorde het zichzelf zeggen en wilde dat ze haar woorden weer kon inslikken. Waarom moest ze toch altijd overal wat van vinden en bijdehante opmerkingen maken? Gespannen keek ze naar Rudies hoekige gezicht.

'Als ik al twijfelde, dan weet ik nu zeker dat je Ambers zus bent.' Hij glimlachte kort. 'Kom, ik breng je naar haar toe.'

Hij liep haar voorbij en het enige wat ze kon doen, was hem volgen.

'Woon jij hier of ben jij de man met wie Amber is gevlucht op de avond dat Fenna voor mijn deur stond? Je hebt niet bepaald de uitstraling van een monnik.'

'Amber zal je zo alles vertellen.' Hij maakte aanstalten om de houten deur te openen die het portaal afsloot, maar draaide zich toen naar haar om. 'We betreden nu een stiltegebied,' zei hij. 'Je zult hier je mond moeten houden en zo min mogelijk geluid moeten maken.'

Chantal knikte en Rudie maakte de deur open. Hij liet haar voorgaan en sloot de deur vrijwel geruisloos. Op haar tenen liep ze achter hem aan door een met kaarsen verlichte ruimte, bang om de serene rust te verstoren. Haar ogen waren nog niet genoeg gewend aan het summiere licht en hierdoor kon ze de ruimte waar ze doorheen liepen niet goed in zich opnemen.

Ze had verwacht monniken te zien die knielend zaten te bidden voor een altaar vol protserigheid, maar zij en Rudie waren de enige personen in het vertrek. Hoewel ze niks had met de Kerk en niet geloofde in God, kon ze niet ontkennen dat er een bijzondere atmosfeer in de ruimte hing. Het deed iets met haar, ook al kon ze er niet echt vat op krijgen wat dat dan was. De adrenaline die ze had gevoeld toen ze voor de deur van het klooster was afgezet, begon eindelijk wat af te nemen. De druk op haar borst werd minder en ze kon eindelijk weer goed doorademen. Ze was al verder gekomen dan ze ooit had verwacht. Toen Meeuwse de verbinding had verbroken en haar voor een dichte deur had laten staan, was de moed haar in de schoenen gezonken. Het bericht dat ze hem toen had gestuurd, was duidelijk een gouden greep geweest.

Rudie liep stevig door en keek niet één keer achterom. Ze hield haar ogen strak op zijn rug gericht en probeerde niet langer om zich heen te kijken. Ze besefte dat het heel bijzonder was dat ze mocht rondlopen in dit klooster waar men zeer op zichzelf was en in principe geen bezoekers duldde. Ook al was het met toestemming, toch had ze het gevoel dat ze de privacy van de monniken ernstig schond en dat de omgeving waarin ze zich bevond niet voor haar of andere vreemde ogen bestemd was.

Ze waren weer aangekomen bij een deur en Chantal huiverde toen Rudie hem ontgrendelde en ze ineens weer met haar voeten in de sneeuw kwam te staan. Ze liepen verder naar een lange rij kleine huisjes en voor een ervan hield Rudie stil. Chantal botste bijna tegen hem op. Hij bonsde op de deur en gebruikte hetzelfde codewoord dat Chantal op het briefje in de kluis had gevonden. *Le Tapis*. Zijn vuist had echter amper de deur geraakt of deze vloog al open.

Amber.

Chantals hart leek even stil te staan toen ze haar zus in de deuropening zag staan. Hoe had ze zichzelf ooit kunnen wijsmaken dat ze zonder Amber kon leven? Alle verdrongen emoties van de afgelopen jaren persten zich door haar ogen naar buiten en het enige wat ze kon was huilen. Dikke tranen vloeiden over haar wangen terwijl ze haar zus aanstaarde alsof deze was teruggekeerd uit de dood.

Amber pakte haar handen en trok haar naar zich toe. 'Chantie,' zei ze met dikke stem. Een eenzame traan biggelde over haar rechterwang. 'Je haar zit anders.'

'Ideetje van Fenna,' zei Chantal met onvaste stem.

'Dat was wel te verwach...'

'Sorry, maar jullie moeten je rendez-vous binnen voortzetten.'

Rudie zocht oogcontact met Amber. Die knikte en raakte kort zijn hand aan. Het was een veelzeggend gebaar en Chantal bedacht dat ze haar zusje er later naar zou vragen. Nu was niet het moment. Ze volgde Amber naar binnen en die sloot de deur. Rudie bleef buiten op wacht staan.

'Je bent mager geworden.' Chantal keek haar zus bezorgd aan.

'Vertel me over Fenna.'

Chantal begon weer hevig te snikken. 'O, het is zo erg en het spijt me zo.'

'Chantal... Chantal, luister... Wat is er precies gebeurd?' Amber klonk zakelijk, sprak op een toon die Chantal niet verwachtte bij een bezorgde moeder. Maar het hielp, want ze wist zichzelf weer enigszins onder controle te krijgen.

'Er was een lawine en Fenna werd erdoor bedolven. Ze werd vrij snel gevonden, maar sindsdien ligt ze in een coma.'

Amber slikte, maar vertrok verder geen spier. 'Hoe liggen haar kansen?'

'Op dit moment is dat nog onduidelijk. Ze hebben een soort comatest bij haar gedaan en daar scoorde ze redelijk op. Dat zou kunnen betekenen dat ze op termijn herstelt en er niet al te veel schade aan overhoudt. Maar er zijn geen garanties.'

Amber wilde haar onderbreken.

'Wacht, laat me even uitpraten. De afgelopen vierentwintig uur is de druk in haar hoofd toegenomen. Als het verder verergert, moet ze misschien geopereerd worden. Een operatie waarbij ze onder andere delen van haar schedel weghalen om haar hersenen meer ruimte te geven. Het is een operatie waar nog niet heel veel ervaring mee is en de effecten ervan, zeker op lange termijn, zijn ook nog onduidelijk.'

Amber kreeg een starende blik in haar ogen en leek zich even terug te trekken in zichzelf. Het was van korte duur. Haar ogen werden weer helder en ze keek Chantal strak aan. 'Waarom heb je Fenna alleen gelaten? Ik had je toch verboden om me binnen een jaar te gaan zoeken?'

Chantal had deze aanval niet verwacht en haar stem haperde toen ze antwoord gaf: 'Mij... mijn vriend Niels is bij haar. Hij zit dag en nacht aan haar bed, dus ze is in goede handen.'

'Ik had het jou toch gevraagd?'

Chantal liep naar haar zus toe en pakte haar arm vast. 'Je moet met me mee naar het ziekenhuis, Amber. Je dochter heeft je nodig. Je kunt niet van mij en Niels vragen om de beslissing over die operatie te nemen zonder jou. Je bent lang genoeg weg geweest, het is tijd dat je naar huis komt.'

Amber rukte zich los. 'Het is niet aan jou om te bepalen wat ik wel of niet moet doen,' klonk het fel. 'Ik ben met een reden vertrokken. Ik wilde je er niet bij betrekken.'

'Dat had je dan eerder moeten bedenken. Ik ben er al bij betrokken vanaf het moment dat je Fenna op mijn stoep achterliet.'

'Dat was om meerdere redenen niet zo'n slimme zet.'

'Ik kon er niets aan doen, Amber, dat Fenna onder een lawine terechtkwam! Het was niet mijn fout! Ik heb alles gedaan wat ik kon om haar te verzorgen, maar je kunt niet verwachten van iemand die totaal geen verstand heeft van kinderen, laat staan er ooit een onder haar hoede heeft gehad, dat ze een volleerde oppas is.'

'Zo bedoel ik het niet, Chantal. Ik had jou er niet bij moeten betrekken omdat ik je daarmee in gevaar heb gebracht. Ik had je moeten beschermen. Het spijt me heel erg.'

'Ik snap er gewoon helemaal niks meer van. Wat is er toch aan de hand? Wordt het niet eens tijd dat je me vertelt waar je allemaal in verzeild bent geraakt?'

'Later. Vertel me eerst over Arthur. Er moet een heel goede reden zijn geweest dat hij onze afspraken heeft geschonden en jou mijn verblijfplaats heeft verteld.'

'Hij is dood, Amber. Ik trof hem gisteravond meer dood dan levend aan in zijn souterrain. Alles was overhoopgehaald en hij was gemarteld door iemand die wilde weten waar jij je schuilhield.'

'Heeft hij iets gezegd?'

'Nee, hij heeft die vent op een dwaalspoor gezet. O, het was zo erg, Amber. Hij was vreselijk te grazen genomen en had een kogelwond in zijn borst. Hij stierf in mijn armen, maar niet voordat hij mij de code voor zijn kluis had weten te geven. Daarin vond ik een briefje met het telefoonnummer van prior Meeuwse en het codewoord om in deze vesting te komen. Witteveen wilde dat ik je ging zoeken.' Chantal slikte en maakte een hulpeloos gebaar met haar armen. 'Nou, hier ben ik dus.'

Amber schudde met een triest gezicht haar hoofd. 'Dat Arthur zo moest eindigen. Hij verdiende zoveel beter.'

'Zijn drang om jou te beschermen heeft hem zijn leven gekost.'

'Ze hadden hem evengoed wel vermoord. Heeft hij je nog verteld hoe die man die mij zocht eruitzag?'

'Nee. Hij heeft zijn laatste adem gebruikt om te zorgen dat ik zijn kluis kon ontgrendelen.'

'Heb je de politie gebeld?'

'Nee. Een vriend van Niels heeft geregeld dat de boel daar "gecleand" werd.'

Amber keek haar vol afschuw aan.

'Niels is politieagent en heeft zo zijn contacten, ook buiten de geijkte kanalen. Mijn vingerafdrukken zaten overal in dat kantoor, ook op de leeggehaalde kluis. Als ik de politie had gebeld, dan zou ik de hoofdverdachte zijn geweest. Witteveens bloed zat tot achter mijn oren.'

'Ja, maar Chantal...'

'Bovendien leek het me ook niet verstandig om de politie erbij te betrekken omdat ze jou dan misschien op het spoor zouden komen. Geen politie, had je toch gezegd? Die vriend van Niels zei dat het in elk geval een hoop vertraging zou opleveren en dat er geen sporen naar mij zouden leiden.'

Chantal zweeg en bestudeerde het gezicht van haar zus. Die zag er niet onverdeeld gelukkig uit.

'Oké, ik geef toe dat het geen sterk verhaal is, maar wat had ik dan moeten doen? Ik had geen uren de tijd om een alternatief te verzinnen. Er moest op dat moment gehandeld worden en ik wilde zo snel mogelijk naar jou toe. Die man die Witteveen had vermoord zou op een gegeven moment doorkrijgen dat jij niet op het adres zat dat Witteveen aan hem had gegeven. Ik wilde je koste wat het kost eerder vinden, zodat ik je kon waarschuwen. Dat laatste is in elk geval gelukt.'

Amber zuchtte diep en sloeg haar handen voor haar gezicht. 'Ik weet dat ik je een verklaring schuldig ben, Chantal, maar ik kan je de waarheid echt niet vertellen.'

'Ook niet een beetje?'

'Nee. Daarmee zou ik jou, maar ook andere mensen in gevaar brengen.'

'Hoezo, gevaar? Waar heb je het toch over? Hoe heb je die aardige Dennis nou kunnen inruilen voor iemand die je mishandelde? Dat is toch wat er aan de hand is, Amber? Ik snap het gewoon niet.'

'Het zit heel anders in elkaar dan je denkt, dat is het enige wat ik erover kan zeggen.'

'Fenna zei dat haar vader je sloeg.'

Amber zweeg, deed een paar stappen van Chantal vandaan en ging met haar rug naar haar toe staan.

'Ze heeft er zelfs een tekening van gemaakt. Haar eigen vader, die haar moeder een bloedneus slaat. Wil je soms zeggen dat ze daarover heeft gelogen?'

Nu draaide Amber zich weer om. 'Nee, ze heeft niet gelogen. Maar het is ook niet de waarheid.'

'O nee? Wat is de waarheid dan wel?'

'Hij is haar vader niet.'

30

‘Wat?!’

Ambers gezicht kreeg een trieste uitdrukking. ‘Fenna’s vader zou me nooit met een vinger aanraken, tenzij het liefkozend was.’

‘Nou snap ik er helemaal niks meer van.’

‘Dat weet ik, daarom is het ook beter als je stopt met vragen stellen. Maar jou kennende geef je het niet zomaar op.’

‘Dat weet je nog goed. Is de man voor wie je op de vlucht bent nou je ex en Fenna’s vader of niet?’

‘De man die achter mij aan zit heet Louis en hij is wel mijn ex, maar niet Fenna’s vader.’

‘Waarom denkt Fenna dan dat deze Louis haar vader is?’

‘Dat ligt ingewikkeld.’

‘Is Rudie soms Fenna’s vader en is Louis daarachter gekomen?’

Amber schrok zichtbaar van Chantals woorden, het was duidelijk dat ze hier niet op gerekend had. Ze keek Chantal strak aan en leek niet te weten wat ze moest zeggen.

‘Kom op, Amber, ik ben niet gek. Ik zag wel hoe je net naar Rudie keek en zijn hand vastpakte. En hij kijkt overigens hetzelfde naar jou.’

‘Je hebt gelijk. Rudie is Fenna’s echte vader. Maar nee, Louis is daar niet van op de hoogte. Hij denkt dat hij de vader is en er is me op dit moment alles aan gelegen om hem in die waan te laten.’

‘Maar hij weet wel van jou en Rudie?’

‘Hij zal inmiddels wel een vermoeden hebben, maar op het

moment dat ik vluchtte had hij in elk geval nog geen idee. Rudie werkte voor Louis.'

'Aha, dus die Louis is zijn vriendin en een werknemer kwijt omdat die er samen met zijn "dochtertje" vandoor zijn gegaan. Niet zo heel raar dat hij boos is...'

'Louis is het soort man dat zich niet door een vrouw laat verlaten. In zijn wereld is dat geen optie. Vrouwen zijn gebruiksvoorwerpen en onderwerpen zich volledig aan de man.'

Chantal keek haar zus vol afschuw aan. 'Wat is er met je gebeurd, Amber? Hoe kon je verliefd worden op zo iemand? De Amber die ik kende, kwam voor zichzelf op en liet zich de kaas niet van het brood eten. Dat was een van de tien Wetten van Donkers, weet je nog?'

'De Wetten van Donkers, ja, die ken ik nog.' Er verscheen een voorzichtige glimlach op Ambers gezicht. 'Mijn relatie met Louis was ingewikkelder dan ik je kan uitleggen. Het was net zo onvermijdelijk en onhandig als dat ik verliefd werd op Rudie. Kunnen we het daar alsjeblieft op houden?'

'Onder één voorwaarde.'

'En die is?'

'Dat je nu je spullen pakt en met me meegaat naar Fenna.'

'Dat is niet verstandig.'

'Verstandig? Verstandig?! Je kind ligt in kritieke toestand in het ziekenhuis en jij vindt het niet "verstandig" om naar haar toe te gaan? Vanaf de dag dat je haar op mijn stoep hebt achtergelaten is er geen moment voorbijgegaan dat ze niet naar je vroeg en zei dat ze je miste. Doet dat je dan helemaal niks? Ik dacht dat die God van je...' en Chantal zwaaide wild met haar armen om zich heen, '... voor liefde en medemenselijkheid stond.'

'Ik geloof niet in God,' zei Amber.

'Wat zeg je? Nou wordt-ie nog mooier! Je laat je familie in de steek om je leven te wijden aan een God waar je niet in gelooft?' Chantals stem begon steeds schriller te klinken. 'Weet je wel wat je mij en pa en ma hebt aangedaan? We gingen kapot van verdriet en begrepen er niets van dat je ons in de steek liet.'

'Ik heb jullie niet in de steek gelaten,' klonk het fel.

'O nee? Hoe wil je je "afzondering" dan bestempelen? En om het nog erger te maken begin je een relatie met een fout type en krijg je een kind voor wie je door "omstandigheden" ineens niet kunt zorgen. Fenna kan sterven, Amber. Als je nu niet met me meegaat en ze overlijdt, moet je ermee leven dat je haar nooit meer hebt gezien. Dat je geen afscheid van haar hebt genomen.'

'Dat is niet eerlijk van je. Je weet gewoon niet...'

'Wát weet ik niet? Vertel het me dan.'

'Ik zeg je toch dat dat niet kan!'

'Godverdomme, Amber, hoor je wel wat ik zeg?! Je kind kan sterven!'

Chantal schreeuwde zo hard dat Amber even in elkaar kromp. De twee kemphanen stonden met verbeten trekken op hun gezichten tegenover elkaar. Toen begon Ambers onderlip te trillen en in haar ooghoeken welden tranen op. De spanning die er tussen de zussen had geheerst verdween als sneeuw voor de zon en Chantal pakte haar zus stevig vast en hield haar in haar armen. Zo stonden ze enkele minuten, zwijgend, tot Amber weer tot rust was gekomen.

'Het is allemaal zo ingewikkeld, Chantie. Je hebt echt geen idee.'

'Je máákt het ingewikkeld. Vertel me wat er aan de hand is, Amber, wat het ook is. Je hoeft niet bang te zijn dat ik mijn mond voorbijpraat. Wat je ook gedaan hebt of waar je ook in verzeild bent geraakt, je geheim is veilig bij me. Je blijft mijn zus en ik hou van je. Er is niets wat dat kan veranderen.'

'Ik mis mijn kleine meisje zo. Ik mis haar zo dat het pijn doet.' Met een woest gebaar veegde ze haar ogen droog. 'Heb je een foto van haar?'

Chantal knikte en pakte haar telefoon. Op het scherm stond een bericht van Joep. *Alles goed daar? Ik geef je nog een halfuur, anders kom ik je zoeken.* Vlug stuurde ze een duimpje terug en opende daarna het album met foto's van Fenna op haar telefoon. Ze zou Amber eerst de foto's laten zien en dan zou ze voorzichtig over Joep beginnen. Ze overhandigde haar zus de telefoon.

Met waterige ogen bekeek Amber de eerste foto's. Bij de foto met het 'golfjeshaar' hield ze wat langer stil. 'Je hebt golfjes bij haar gemaakt! Net als vroeger!'

Chantal glimlachte. 'Het was meer een creatieve oplossing. Het was de enige manier om Fenna ervan te overtuigen dat het niet erg was om met natte haren te slapen. Ze heeft nogal een, eh, eigen willetje.'

'Kind van haar moeder,' zei Amber grinnikend. Ze scrolde verder naar de volgende foto, die met de sneeuwpop die gemaakt was op de dag voor de vernietigende lawine.

'O mijn god. Nee!' Alle kleur trok weg uit Ambers gezicht en ze keek Chantal met grote verschrikte ogen aan.

'Wat?'

'Wat doet die vent bij Fenna?'

'Wie, Niels? Dat is nou mijn vriend, Niels. Lekker ding, toch? Had je niet gedacht, hè, dat je zus met zo'n leuke kerel thuis zou komen.'

'Chantie, dit is verschrikkelijk. Die Niels is nu bij Fenna?'

'Ja, hij past op haar. Wat doe je nou raar.'

'Shit, shit, shit.' Amber stormde met Chantals toestel naar de deur en rukte hem open. 'Rudie, ze hebben ons kind!'

Amber was hysterisch. Rudie vloekte hardgrondig.

'Waar heb je het over? Wie zijn "ze"?' vroeg Chantal. 'Wat is er mis met Niels?'

'Chantal, je hebt geen idee met wie je te maken hebt. Jij kent hem misschien als Niels, maar ik garandeer je dat dat niet zijn echte naam is.'

'Weet hij dat je hier bent?' vroeg Rudie.

'Ja, natuurlijk. Sterker nog, hij heeft iemand met me meegestuurd om me te beschermen en Amber veilig naar Fenna te brengen.'

Weer een vloek, deze keer van Amber en Rudie tegelijk. 'Waar is die persoon?'

'Hij wacht verderop in de auto op een teken van mij dat hij naar binnen kan komen. Hij wilde meteen al mee, maar dat heb ik hem uit zijn hoofd gepraat. Ik wilde jou...' en ze wees naar Amber, '... na al die jaren eerst even alleen zien, zonder iemand erbij.'

'Hoeveel tijd hebben we nog, denk je?' vroeg Amber aan Rudie.

'Hangt ervan af.' Rudie richtte zich tot Chantal: 'Wanneer verwacht die kerel dat hij binnen mag komen?'

'Hij wacht nog zo'n twintig minuten en als ik dan nog niks van me heb laten horen, komt hij me zoeken.'

'Pak je spullen,' zei Rudie, terwijl hij zijn pistool pakte.

Amber liep Chantal bijna omver toen ze het huisje weer binnenging, en Rudie gaf Chantal een zet. 'Blijf bij haar.' Hij smeet de deur achter haar dicht.

Amber duwde haar een witte pij in haar hand. 'Hier, trek aan.'

Chantal keek haar verbouwereerd aan. 'Ik snap er helemaal niks meer van. Kun je me alsjeblieft vertellen wat er aan de hand is?'

'Geen tijd voor, we zijn in gevaar. Hoe ziet die vent eruit die met je mee is gekomen?'

'Eh, kale kop, grote grijze snor, leeftijd rond...'

'Shit! Ik weet genoeg. Trek aan die pij, we moeten nu weg.'

'Maar Amber...'

Amber opende de deur. 'Ze heeft de Snor hiernaartoe geleid.'

Rudie vloekte.

'Maar Joep is een hartstikke aardige kerel,' zei Chantal tegen Amber. 'Fenna is dol op hem.'

'Joep? Hij noemt zichzelf Joep? Neem maar van mij aan dat hij net als die "Niels" van jou vele gezichten heeft.' Ze richtte zich tot Rudie. 'Ze zijn verdomme mijn familie binnengedrongen.'

Rudie pakte Ambers gezicht tussen zijn handen. Zijn pistool

rustte tegen haar wang. 'Ben je kalm? Ik heb je honderd procent helder nodig. We moeten onszelf en je zus hier veilig weg zien te krijgen en daarna gaan we Fenna in veiligheid brengen. Kan ik op je rekenen?'

Amber knikte en haar gezicht kreeg weer die harde, verbeten uitdrukking. Ze keek Chantal aan. 'Als we hier levend uit willen komen, moet je precies doen wat we zeggen en voorlopig vooral geen vragen stellen, begrepen?'

'Eh, ja, maar...'

'Kom mee. Blijf tussen mij en Rudie in lopen.'

Amber duwde Chantal naar buiten en trok de deur van het huisje zachtjes dicht. Rudie bestudeerde de omgeving en liep toen in stevige looppas – voorovergebogen en met getrokken pistool – vooruit. Chantal rende braaf mee, maar het drong nog niet echt tot haar door waar al deze paniek vandaan kwam. Als ze geen informatie kreeg, dan konden ze ook niet van haar verwachten dat ze Niels en Joep zomaar zou afvallen. Die twee waren er allebei voor haar geweest toen ze hulp nodig had, iets wat ze van Amber niet kon zeggen. Toch zag ze wel in dat de paniek van haar zus en Rudie niet gespeeld was.

Rudie leidde hen het gebouw in waar hij eerder met Chantal doorheen was gelopen. Chantal verwachtte dat ze dezelfde route zouden volgen, maar dat was niet het geval. In plaats van weer richting de ingang te lopen, liepen ze er juist steeds verder vandaan, tot ze bij een houten deur kwamen. Rudie haalde een grote metalen sleutel onder zijn pij vandaan die met een koordje om zijn nek hing, en maakte de deur open. Achter de deur was een stenen trap die vrij steil naar beneden liep. Hij liet de beide zussen voorgaan en sloot de deur zorgvuldig achter hen.

Even werden ze opgeslokt door volledige duisternis. Chantal was meteen haar oriëntatievermogen kwijt en raakte voor het eerst in paniek. Het zweet brak haar uit en de geur van vocht en schimmel die in de ruimte hing maakte haar misselijk. Er klonk een zacht piepend geluid en het duurde even voor ze zich realiseerde dat ze het zelf had geproduceerd. Ze sloeg haar hand voor haar mond. Ineens was er weer licht. Rudie stond bij een schakelaar die verdekt in de muur was gemonteerd.

'Kom, we moeten door.'

Rudie ging weer voorop, Chantal liep in het midden en Amber sloot de rij. De trap naar beneden had geen leuningen. Chantal trok met haar ene hand de lange pij een stukje op en zocht met haar andere hand steun bij de muur van oude metselstenen. Om de twee meter hingen er kaarsvormige lampen. Er leek geen einde te komen aan de trap en ze had moeite om het hoge tempo van Rudie bij te houden. Het litteken op haar been schrijnde en trok, haar benen voelden stram en zwaar aan en haar knieën protesteerden.

'Waar gaan we heen?' vroeg ze.

'Een tunnel die onder het klooster door loopt en ons ongezien naar buiten brengt,' antwoordde Amber.

'Maar waarom dan deze kleren?' Ze wapperde met haar pij.

'Bescherming. Mocht iemand ons staan op te wachten, dan lijken we in eerste instantie monniken. De Snor zal niet in het wilde weg gaan schieten op iedere monnik die hij ziet. Hij zal ons netjes willen opruimen en geen bloedbad willen veroorzaken. Dat levert alleen maar een hoop heisa op.'

'Sorry hoor, maar ik heb nog steeds moeite met dit alles serieus nemen. Waarom zou Joep ons willen vermoorden? Ik kan niet geloven dat hij dat zou doen. Ik heb net bijna tien uur met hem in een auto gezeten. Als hij me iets had willen aandoen, had hij daar toch al ruimschoots de kans voor gehad?'

'Het gaat niet om jou, jij was slechts zijn lokaas, dus natuurlijk heeft hij je toen niet gedood. Nu je hem naar mij hebt geleid, heeft hij je niet meer nodig. Echt, maak je geen illusies, de club waar hij deel van uitmaakt is meedogenloos.'

'Maar hij heeft me geholpen in Den Bosch. Bij Witteveen.'

'Ik denk dat de kans heel groot is dat hij Arthur zelf heeft gemarteld en vermoord. Het was een mazzeltje voor hem dat jij daar was gaan rondneuzen. Wie wist er überhaupt dat je Arthur een bezoekje ging brengen?'

'Niels. Verder niemand.'

'Die klootzak heeft natuurlijk meteen de Snor gebeld en hem op Arthur afgestuurd.'

'Niels heeft hem inderdaad gebeld, maar dat was omdat hij zich zorgen maakte over mij. En Joep kwam pas aan nadat ik Witteveen had ontdekt. Hij had autopech, daarom kon hij er niet eerder zijn.'

'En dat geloofde jij natuurlijk. Heb je het gecontroleerd?'

'Nee, natuurlijk niet. Waarom zou ik? Ik moest zo snel mogelijk naar jou toe.'

'Ja, en dat was een grote fout. Heel toevallig duikt hij op vlak nadat jij met een belangrijke man van ons was gaan praten over mijn verblijfplaats.'

'Waar heb je het toch over? Wie zijn "ons"? Dat het hier niet om een relatiecrisis gaat is me al vrij lang duidelijk, maar...' Chantal keek achterom naar Amber terwijl ze praatte en vergat heel even haar pij omhoog te houden. Onmiddellijk bleef haar voet haken in de zoom. Amber greep haar razendsnel vast en wist op het nippertje te voorkomen dat ze naar beneden viel. Rudie draaide zich geërgerd om.

'Kunnen we dat geklets nou even achterwege laten totdat we hier veilig weg zijn? Het vertraagt en leidt tot ongelukken. Straks zullen we je genoeg informatie geven om te snappen wat er aan de hand is, maar op dit moment zul je ons moeten vertrouwen. Akkoord? Je bent al net zo'n drammer als je zus.'

Voordat Chantal kon reageren op de beschuldiging aan haar adres, bood Amber haar excuses aan. 'Sorry, schat, je hebt helemaal gelijk. Ik ben niet helemaal mezelf door het nieuws over Fenna en het weerzien met Chantal, maar ik zal me vanaf nu weer professioneel gedragen.'

Chantal besloot het er maar bij te laten. Ze stond hier op die trap al letterlijk tussen haar zus en Rudie in en had er geen behoefte aan om dat ook nog eens figuurlijk te doen. Zwijgend vervolgden ze hun tocht naar beneden. Chantal was blij toen de laatste treden eindelijk in zicht kwamen en ze hun tocht konden vervolgen door een smalle tunnel. Het pad was bedekt met de kleine grijze keitjes die je ook vaak tegenkwam in oude Franse dorpjes. De tunnel ademde historie uit. Hoeveel mensen waren er in de afgelopen eeuwen door deze tunnel gegaan en met welke redenen? Waren ze net als zij op de vlucht geweest? Rudie begon te rennen. Zo goed en zo kwaad als het ging volgde Chantal zijn voorbeeld, maar haar dikke winterkleding, de onhandige pij en de pijn in haar been vertraagden haar meer dan haar lief was.

'Iets rustiger, Rudie!' schreeuwde Amber, die doorhad dat haar zus grote moeite had met het tempo dat hij had ingezet. Hij hield meteen in en paste zijn tempo aan Chantals tragere pas aan. Net als de trap leek de tunnel ook eindeloos lang te zijn. Chantals conditie liet het duidelijk afweten. Ze hijgde als een molenpaard en sleepte zichzelf voort.

'Nog even volhouden, Chantie,' praatte Amber haar moed in. Haar zus klonk nog zo fris als een hoentje. De tunnel maakte in de verte een bocht. Met haar blik op oneindig rende Chantal ernaartoe. Haar kleren plakten aan haar lijf. Rudie was al om de hoek verdwenen. Toen zij eindelijk ook de bocht nam, zag ze tot haar opluchting op zo'n honderd meter afstand een deur. Het was zo'n zelfde houten deur die hun daarstraks ook toegang tot de trap en de tunnel had verschaft.

'Die twintig minuten zijn nu wel voorbij, dus wees extra alert,' zei Rudie tegen Amber. Ze knikte met een verbeten gezicht. Chantal schrok toen ze zag dat haar zus ook een wapen vasthield. Amber had het pistool tot nu toe blijkbaar onder haar pij verborgen weten te houden. Nu ze haar 'kleine zusje' met een wapen zag, begon de ernst van de situatie pas echt goed tot Chantal door te dringen. Waar had Amber geleerd met wapens om te gaan? En waarom? Was dat de normale gang van zaken in het milieu waar ze met haar ex in had verkeerd?

'Oké, klaar?' onderbrak Rudie haar gedachten. Amber knikte hem kort toe.

'Dan open ik nu de deur. Blijf goed tussen ons in, Chantal.'

'Oké.'

Terwijl Rudie de omgeving verkende, trok Amber Chantal met zich mee naar buiten en manoeuvreerde haar weer tussen Rudie en haarzelf in. Gedrieën ploeterden ze door de dikke sneeuw richting het bos dat voor hen lag. Chantal keek angstvallig om zich heen. Zo in het open veld had de angst haar plotseling volledig in de greep. Pas tussen de beschutting van de bomen zou haar hart weer wat tot rust komen. Maar het was nog een heel eind.

Ze waren halverwege het gebouw en het bos toen er een schot klonk en Rudie vrijwel tegelijkertijd ineenzakte in de sneeuw. Chantal stond als verstijfd, maar voordat ze goed en wel besefte wat er gebeurd was, werd ze naar achteren getrokken en hardhandig op de grond gegooid. De dikke laag sneeuw verzachtte haar val. In een flits zag ze Amber met getrokken pistool langs haar heen schieten en toen klonken er meer schoten en de pijnkreet van een man. Chantal kroop in paniek op handen en voeten weg, tot ze zich realiseerde dat Amber hulp nodig had. Ze kroop naar het levenloze lichaam van Rudie. Rond zijn hoofd vermengde bloed zich met sneeuw. Zonder er verder bij na te denken, pakte ze het pistool dat uit zijn handen was gevallen. Toen draaide ze zich naar Amber toe.

Tegenover haar zus stond Joep. Zijn linkerarm hing slap naast zijn lichaam en de uitdrukking op zijn gezicht was ronduit wanstaltig. Er was niets meer over van de vriendelijke opa die zij had leren kennen.

'Laat je wapen vallen!' schreeuwde Amber tegen hem. 'Doe het!'

Even leek hij te gehoorzamen. Zijn gezicht ontspande zich en het was alsof hij besefte dat het spel uit was. Toen bracht hij zijn pistool razendsnel omhoog en vuurde. Op hetzelfde moment haalde Amber de trekker over. De wereld leek even te vertragen en de pieptoon in Chantals oren bereikte een ondraaglijke hoogte. Als versteend zag ze hoe Ambers kogel Joep in zijn hals raakte. Bloed spoot uit de slagader in zijn hals en nog voordat zijn lichaam de grond raakte en de sneeuw rood kleurde, wist Chantal dat het voorbij was. Joep zou nooit meer opstaan.

Ze draaide zich om naar haar zus. Amber deed wankelend twee stappen naar achteren, toen weer een naar voren. Zwaaiend op haar benen keek ze Chantal even verbaasd aan, en toen viel ze achterover in de sneeuw. Doodstil bleef ze liggen. De echo van de schoten die door het winterlandschap galmde, stierf langzaam weg, totdat slechts het ruisen van de wind in de bomen te horen viel.

'Amber!!!!!' gilde Chantal.

Huilend kroop ze naar haar zus, die met gesloten ogen en een bleek gezicht op de grond lag. Dit kon niet waar zijn! Net nu ze haar zus weer had teruggevonden, werd Amber alweer van haar afgenomen. Ze keek naar de man die dit op zijn geweten had en strompelde naar hem toe. Hij maakte een gorgelend geluid en zijn gezicht had een asgrijze kleur. Hij had nog steeds zijn wapen vast en zijn hand trilde toen hij het pistool omhoogbracht, centimeter voor centimeter. Ze keek naar het gezicht dat ze eens zo vriendelijk had gevonden en kon niets anders voelen dan haat. Diepe haat. Allesverzengende haat. Haar blik ging naar het pistool in haar eigen hand en ze voelde hoe een hypnotiserende kalmte als een warme deken over haar heen viel. Geen twijfel meer. Geen angst.

Ze hief het pistool en richtte het op de man die voor haar op de grond lag. Hij keek haar in de ogen. Toen haalde ze de trekker over.

31

Chantal trilde over haar hele lijf en sloeg haar armen voor haar lichaam. Ze draaide zich om en zakte huilend in elkaar. Ze was de enige overlevende in dit verhaal waar ze de plot niet eens van kende. Misschien zou ze wel nooit te weten komen waarvoor Amber was gestorven. Het was onverdraaglijk. Net zo onverdraaglijk als het besef dat ze zojuist in koelen bloede iemand had doodgeschoten.

Huilend kroop ze naar het roerloze lichaam van Amber. Ze legde haar hoofd op Ambers borst en sloot haar ogen terwijl de tranen onverminderd stroomden. Ze had Fenna beloofd dat ze haar moeder zou terugbrengen, maar ze had jammerlijk gefaald. Ze wist niet hoe ze dat ooit nog kon goedmaken. En dan Niels. Welke rol speelde hij precies in dit hele drama? Amber had haar verteld dat hij niet te vertrouwen was, dat hij net als Joep hoorde bij de mensen die achter Amber aan zaten. Ze kon niet anders dan haar zus geloven, hoe zwaar haar dat ook viel. Ze hoefde maar even naar het dode lichaam van Joep te kijken. Joep had op hen geschoten. Haar zus en Rudie vermoord. Joep werkte voor Niels. Chantal wist zeker dat Joep haar ook zonder aarzelen naar de andere wereld zou hebben geholpen als Amber hem niet had neergeschoten. Haar zus had haar leven gered en ze kon haar er niet eens meer voor bedanken.

'Kun je me even wat meer ruimte geven?'

Chantal gilde en vloog overeind.

'Dank je wel.' Amber werkte zich kreunend omhoog in zithouding; Chantal stond erbij te kijken alsof ze een spook zag.

‘Maar... maar... Je was dood. Ik heb het met mijn eigen ogen gezien.’ Chantal trilde als een rietje en kreeg haar ademhaling niet onder controle. ‘Hoe... hoe kan dat nou?’

‘Kogelwerend vest. Sorry dat ik je zo heb laten schrikken, ik denk dat ik even buiten bewustzijn ben geweest. De impact van zo’n kogel is zo heftig dat het me nooit lukt om overeind te blijven. Dat wordt weer een flinke blauwe plek en ik denk dat ik minimaal een rib heb gekneusd.’

‘Ja, maar...’

‘Help me eens overeind.’

Chantal reikte Amber een hand en een paar seconden later sloten de twee zusjes elkaar in de armen. Toen zag Amber over Chantals schouder heen het lichaam van Rudie liggen en er verscheen een trieste uitdrukking op haar gezicht. Ze maakte zich los uit de omhelzing en strompelde naar haar geliefde toe. Ze knielde bij hem neer, boog zich voorover en gaf hem een kus op zijn blauwe lippen. Liefdevol veegde ze wat bloed van zijn gezicht met de mouw van haar pij. ‘Het had niet zo mogen eindigen, schatje. Ik beloof je dat Fenna veilig zal zijn, al kost het me mijn eigen leven.’

Chantal liep naar haar zus toe en legde troostend een hand op haar schouder. Amber legde haar hand op die van Chantal en kneep er even in. Daarna probeerde ze overeind te komen. Chantal ondersteunde haar opnieuw en gaf een kus op haar betraande gezicht. ‘Het spijt me zo voor je.’

Amber knikte. ‘Het spijt mij ook. Hij was de liefde van mijn leven en de enige vader die ik wilde voor mijn kind.’

Chantals hart kromp ineen bij de gedachte aan Fenna. Wonderbaarlijk genoeg leefde haar moeder nog, maar haar vader was ze voorgoed kwijt.

‘Ik had gehoopt dat er ooit een dag zou komen dat ik Fenna aan haar echte vader kon voorstellen. Ik heb haar altijd moeten voorhouden dat Louis haar vader was.’

‘En die heeft het dus ook nooit geweten?’

‘Nee. Ik heb haar zo veel mogelijk bij die klootzak weggehouden, maar dat was niet altijd mogelijk. Dat was onverdraaglijk, weet je. Voor mij en voor Rudie.'

Amber droogde haar ogen en haar gezicht kreeg weer die verbeten, harde uitdrukking. Chantal wist zeker dat ze die blik ook had gehad op het moment dat ze Joep neerschoot.

'Geef je telefoon eens. We staan hier al veel te lang. Ik moet even een belletje plegen om "dit" te regelen.' Ze maakte een armgebaar richting de lichamen van Joep en Rudie.

Chantal gaf haar mobiel aan Amber, die ermee naar een plek buiten gehoorsafstand van Chantal liep. Chantal baalde dat haar zus, na alles wat ze samen hadden meegemaakt, nog steeds die geheimzinnigheid in stand hield, maar ze besefte ook dat dit niet het moment was om daar heisa over te maken. Terwijl Amber wild gebarend belde, ging er ergens heel zachtjes een telefoon af. Chantal volgde het geluid en kwam uit bij Joep. Met drie stappen was ze bij zijn lichaam. Ze ritste zijn jas open en haalde zijn telefoon uit zijn binnenzak.

Niels, stond er op het scherm.

Er ging een schok door haar heen bij het zien van zijn naam. Haar vinger hing besluiteloos boven het scherm. Het liefste wilde ze opnemen, hem verrot schelden, maar ze besefte maar al te goed dat dat het domste was wat ze kon doen. Ze rende met de telefoon naar Amber toe en hield haar het scherm voor. Haar zus staakte onmiddellijk haar eigen gesprek.

'Goed dat je niet hebt opgenomen.'

'Ik heb wel even getwijfeld.'

'Dat zal best.' Amber pakte Joeps toestel van Chantal aan. 'Dit is wat we gaan doen. Ik ga Niels een bericht sturen met dit toestel alsof ik Joep ben. Ondertussen hou jij je eigen telefoon goed in de gaten. Ik verwacht dat Niels jou ook zal proberen te bellen als hij geen gehoor krijgt bij Joep.'

'Het geluid op mijn toestel staat aan, dus als hij me probeert te bereiken dan zullen we het gauw genoeg merken. Wat ga je hem sms'en?'

'Dat ze jou nog geen toegang hebben verschaft tot het klooster en dat het allemaal wat langer duurt dan verwacht. En dat hij niet meer moet bellen. Zodra er nieuws is hoort hij het.'

'Vijf, zeven, negen, acht.'

'Wat?'

'De pincode van Joeps toestel. Ik heb goed opgelet.'

Er verscheen even iets van een lachje op Ambers gezicht. 'Nog steeds zo goed in het onthouden van getallen?'

'Ja, ook in kentekens. Ik heb de leaseauto waarmee je Fenna voor mijn deur hebt afgezet ook opgespoord... Ik kwam er op dat moment alleen niet verder mee.'

Amber lachte opnieuw en boog zich toen weer over Joeps telefoon. Vliegensvlug typte ze het bericht aan Niels en verzond het zonder aarzeling. 'Eens even kijken...' Met een geconcentreerd gezicht voerde Amber nog wat handelingen uit op de telefoon.

'Wat ben je aan het doen?'

'Ik heb de vriendenzoeker op Joeps telefoon even uitgezet zodat Niels ons niet meer kan volgen op zijn telefoon. Ik zal dat bij jouw toestel ook even doen.' Ze voegde de daad bij het woord en gaf toen Chantal haar eigen mobiel terug. 'Mocht Niels bellen, dan laat je hem op de voicemail gaan en je stuurt hem geen letter zonder overleg met mij, goed?'

'Oké, begrepen.'

'Dan gaan we nu samen naar de pick-upplek.'

'De pick-upplek?'

'Je zult het straks wel zien.'

'We kunnen toch veel beter de autosleutels van Joep pakken en ervandoor gaan met die auto?'

'Nee. Die auto en het kenteken zijn vast door Joep doorgegeven aan bepaalde mensen die we niet willen tegenkomen. Mijn manier lijkt misschien wat omslachtig, maar is wel een stuk veiliger.'

Chantal trok een moeilijk gezicht. 'Ja, maar...'

'Chantie, vertrouw me nou maar. Ik weet echt wat ik doe.'

'En wat doen we met de lichamen van Joep en Rudie?'

'Daar wordt voor gezorgd. Wij moeten nu eerst zorgen dat we veilig zijn. Daarna leg ik alles uit.'

Amber liep naar Rudie toe en gaf hem snel een laatste afscheidskus. Toen stak ze haar eigen pistool en dat van Rudie in haar jaszak en liep, zonder verder nog om te kijken, het bos in. Chantal verbaasde zich over de koelbloedigheid van haar zus, die zonder blikken of blozen haar dode geliefde achterliet. Zou zij dat ook hebben gekund? Ze wierp nog een laatste blik op de twee lichamen, haalde diep adem en rende toen achter haar zus aan het bos in.

Hijgend probeerde Chantal het tempo van Amber bij te benen, maar ze voelde de meters van de trap en de ondergrondse tunnel nog in haar benen, dus dat was een hele opgave. Haar laarzen zakten bij elke stap een stuk weg in de rulle sneeuw en de spieren in haar bovenbenen en billen protesteerden hevig. Het leek wel of er tien kilo lood aan haar lijf hing. Om het nog erger te maken was de route die ze liepen niet vlak. Regelmatig moesten ze over hellingen heen, die soms behoorlijk steil waren. Onvermijdelijk in het bergachtige landschap. De hemel zat potdicht met wolken die zo zwaar waren dat ze elk moment konden openbarsten. En ondanks de inspanning die ze leverde, kreeg Chantal het maar niet warm. De jas die ze aanhad, was niet geschikt voor een survivaltocht door de sneeuw. De ijzige wind drong erdoorheen alsof het niets was en het bos bood ook al nauwelijks beschutting. Ze had geen gevoel meer in haar handen en voeten, en haar lippen waren gebarsten van de droge kou.

'Amber!' schreeuwde ze, toen haar zus steeds verder op haar uitliep. Die draaide zich om en liep terug naar Chantal.

'Gaat het nog?'

'Ik kan niet meer,' hijgde Chantal. 'Is het nog ver?' Ze boog voorover en liet haar handen op haar knieën rusten.

'Kilometertje. Misschien anderhalf. Daarna nemen we even pauze voordat we verdergaan.' Amber sloeg een arm om Chantal heen en sprak haar moed in. 'Je doet het hartstikke goed, zussie.'

'Kunnen we nu niet even pauzeren?'

'Nee, dan koelen we te veel af. Nog even volhouden. We zijn bijna bij de jachthut. Daar liggen warme kleren en andere noodzakelijke spullen.'

'Wil ik weten wat die andere noodzakelijke spullen zijn?' klappertandde Chantal. Ze liep naar de dichtstbijzijnde boom en leunde ertegenaan. Amber kwam bij haar staan.

'Nee, dat denk ik niet.'

'Dat dacht ik al, ik kan geloof ik maar beter helemaal niks weten.'

'Het is voor noodsituaties. Rudie en ik hielden er rekening mee dat we op een dag zouden moeten vluchten. Alleen is hij nu dood en jij bent hier. Daar had ik géén rekening mee gehouden.'

'Nou, dat gevoel delen we dan.' Chantal schudde haar benen los. 'Ik denk dat ik er weer klaar voor ben.'

'Mooi. Probeer een beetje in mijn buurt te blijven.' Amber keek bezorgd naar de lucht. 'Het is belangrijk dat we zo snel mogelijk beschutting vinden, voordat de volgende sneeuwbui losbarst.'

Chantal kon wel janken toen in de verte een houten blokhut oprees tussen de bomen. Met haar laatste krachten strompelde ze achter Amber aan. Die oogde nog steeds zo fris als een hoentje.

'Waar haal jij die bovenmenselijke conditie vandaan?' hijgde Chantal, toen ze eindelijk bij de hut waren aangekomen.

'Dagelijkse conditietraining. Je kunt in deze omgeving je hart ophalen.'

'O, ik dacht...'

'Wat? Dat ik hier de hele dag op mijn knietjes zat te bidden?'

Amber opende de deur van de blokhut. Op wat dozen en tassen, een houtkachel en een klein keukentje na, was het vertrek leeg. De vloer en de wanden waren bekleed met hout en voor de ramen hingen zwarte doeken als gordijntjes. Het rook er naar verbrand hout, wat deed vermoeden dat de kachel nog niet zo lang geleden was gestookt. Amber sloot de deur achter hen en even was het stikdonker. Toen drukte ze op de lichtknop naast de deur en een eenzaam peertje aan het plafond flitste aan.

Chantal knipperde even met haar ogen. Ze was totaal gesloopt, wilde het liefst op de grond gaan liggen, maar haar nieuwsgierigheid won het van haar lichamelijke uitputting. 'Wat zit daarin?'

Amber liep naar de tassen, ritste er een open en haalde er een dik wit skipak uit. Ze legde het op de grond en haalde nog een skipak uit een tweede tas. Chantal liep naar haar zus toe en wilde het skipak van haar aanpakken om het aan te trekken. Amber schudde haar hoofd.

'Ik weet dat je het koud hebt, maar nog heel even geduld, alsjeblieft.'

Ze schoof de tassen en dozen aan de kant en er verscheen een uitsnede in de vloer waar een koperen ring aan vastzat. Vervolgens ging ze op haar knieën zitten, trok het luik open en tilde een voor een een paar koffers omhoog. Twee grote en twee kleinere. Ze klikte de eerste koffer open en haalde er twee kogelwerende vesten uit. Een daarvan wierp ze Chantal toe.

'Hier. Ik wil dat je dit aantrekt onder je kleding.'

Amber begon zich vanboven uit te kleden tot ze alleen nog het kogelwerende vest aanhad dat de kogel van Joep had opgevangen. Links van haar borstbeen zag Chantal een stukje kogel uit het vest steken. Als Amber het vest niet aan had gehad, zou de kogel dwars door haar hart zijn gegaan. Ze huiverde bij die gedachte en even kwamen de emoties weer omhoog van het moment dat Amber was neergeschoten en bewegingloos in de sneeuw had gelegen. Ze slikte de brok in haar keel weg. 'Wacht, laat mij je helpen.'

Chantal hielp haar zus uit het beschermende vest. Ambers

gezicht was vertrokken van de pijn, maar verder gaf ze geen krimp. Een enorme beurse plek werd zichtbaar.

'Dat moet heel erg pijn doen,' stamelde Chantal.

'Ach, pijn is relatief. Gaat vanzelf weer een keer over. Het menselijk lichaam heeft een enorm zelfgenezend vermogen.' Amber pakte onverstoorbaar het nieuwe kogelwerende vest. 'Zou je me nog even willen helpen?'

Chantal knikte en deed wat er van haar gevraagd werd. Ze keek naar de pleister die op Ambers arm was geplakt. 'Nicotinepleister?'

'Ja. Ik heb mijn laatste sigaret gerookt op de avond dat ik Fenna naar je toe heb gebracht. Kom, nu is het jouw beurt. Kleed je maar uit.'

Met tegenzin ontkleedde Chantal zich vanboven. Ze rilde van de kou toen Amber haar in het kogelwerende vest hielp. Daarna overhandigde haar zus haar een set donkerblauw thermo-ondergoed, bestaande uit een hemd, een lange onderbroek en kniekousen. 'Het is misschien niet helemaal jouw maat, maar in elk geval wel lekker warm.' Chantal trok het dankbaar aan. Het kogelwerende vest drukte tegen haar borst en bewoog niet bepaald soepel mee. Het voelde uiterst onwennig.

'Nu deze.' Amber reikte haar een dikke trui en een van de twee witte skipakken aan. Zelf trok ze de grootste van de twee aan en rolde provisorisch de mouwen en de broekspijpen op. Chantal trok de warme muts over haar hoofd en strikte de touwtjes zo strak mogelijk. Daarna bekeek ze de twee paar laarzen die nog op hen stonden te wachten. Het ene paar was overduidelijk voor Rudie bedoeld geweest.

'Ik hou mijn eigen *boots* wel aan, dat loopt makkelijker dan die veel te grote dingen,' zei Chantal.

'Zeker weten? Zijn ze warm genoeg?'

'Ik red me wel. Trek jij je eigen laarzen maar aan.'

Amber knikte instemmend. Ze drukte haar opgerolde broekspijpen plat en stapte in de laarzen. Het andere paar borg ze weer op in de koffer waar ze uit waren gekomen. Daarna opende ze de kleine koffers. Chantal hield haar adem even in toen ze zag dat er pistolen en munitie in zaten. Geroutineerd vulde Amber de magazijnen met kogels, plukte een dubbele leren schouderholster uit de koffer waar de kogelwerende vesten uit waren gekomen en hing zichzelf het boeltje om.

'Dat is niet de eerste keer dat je dat doet.'

'Klopt.' Amber ging verder met zichzelf aankleden. Toen ze klaar was, stopte ze alle koffers weer terug in de ondergrondse bergruimte en sloot het luik. De tassen en dozen die het luik aan het oog moesten onttrekken, schoof ze er weer op. Tevreden bekeek ze het geheel en toen liep ze naar de deur.

'En nu?' vroeg Chantal.

'Wacht hier op me.' Ze glipte naar buiten en liet Chantal achter.

Hoewel ze opgelucht was dat ze nu beter was voorbereid op de kou, zag Chantal op tegen de rest van de tocht. Ze was zo ontzettend moe. Zou ze nog een stap kunnen verzetten? Dat ze hier niet konden blijven, was wel duidelijk. Amber had weliswaar nog steeds niet verteld wat er aan de hand was, maar dat de dreiging zou zijn verdwenen was natuurlijk een illusie. Rudie was neergeschoten door Joep. En zijzelf had Joep doodgeschoten. Die gedachte deed haar weer rillen. Waar was ze toch in vredesnaam in terechtgekomen? Wat voor geheimen droeg haar zusje met zich mee? Hoe langer ze erover nadacht, hoe meer vragen ze kreeg. Het was tijd dat ze wat antwoorden kreeg. Als ze niet wist wie haar vijanden waren, kon ze zich er ook niet tegen verdedigen. En Ambers 'mensen': hoe welwillend waren die hun gezind? Waren het stille 'cleaners' zoals de mannen van Joep en Niels? Kon ze hen vertrouwen?

Een ronkend geluid doorbrak haar zielenroerselen. Het kwam van buiten. Nieuwsgierig geworden zette ze de deur op een kier om te kijken wat het veroorzaakte.

'Uw koets staat klaar, mevrouw,' zei Amber. 'Stapt u maar in.' Ze had een brede glimlach op haar gezicht.

Voor de deur stond een stationair draaiende quad met rupsbanden.

Chantals ogen werden zo gegeseld door de ijzige wind, dat ze nauwelijks nog iets zag door haar waas van tranen. Ze wist zeker dat haar wimpers en het puntje van haar neus bevroren waren: ze had er niet aan gedacht om de sjaal die ze droeg voor haar gezicht te knopen en nu was het te laat; geen haar op haar hoofd die eraan dacht Amber los te laten om het alsnog te doen. Amber, die voorop zat en de quad bestuurde, had de volle wind in haar gezicht en het was Chantal een raadsel hoe zij het voertuig behendig tussen de bomen door kon manoeuvreren zonder ook maar een takje te raken. Haar zus was duidelijk beter bestand tegen de ontberingen dan zij.

Ze had geen flauw idee hoe lang ze al onderweg waren en hoe lang de rit nog zou duren. *Had je maar beter je best moeten doen om Amber over te halen de huurauto te gebruiken,* verweet ze zichzelf in stilte. Hoe reëel was Ambers angst nou helemaal dat de auto herkend zou worden door haar vijanden als ze van Frankrijk naar het Zwitserse Visp reden? De auto zou hen veel sneller naar het ziekenhuis hebben gebracht waar Fenna lag en Chantal vervloekte zichzelf dat ze haar zus niet duidelijk had gemaakt dat ze haast moesten maken. Maar Amber nam de dreiging zeer serieus, met als gevolg dat ze nu deze helletocht maakten waar geen einde aan leek te komen.

Chantal legde haar voorhoofd tegen Ambers rug en sloot haar ogen. Achter op de quad had ze genoeg tijd om de gebeurtenissen van de laatste uren de revue te laten passeren. Met name die ene gebeurtenis. Ze had vandaag een man vermoord. Niet dat hij een kans had gehad om te overleven als ze zich er niet mee had bemoeid, maar toch. Ze was een moordenaar, een crimineel als alle andere die ze in haar dagelijks leven als advocate bijstond. En ze wist dat het niet moeilijk zou zijn om haar voor die moord te veroordelen als ze nu gearresteerd zou worden. De kruitresten zaten nog op haar hand en ballistisch onderzoek zou de kogel die Joep van het leven had beroofd linken aan het pistool met haar vingerafdrukken erop dat nu in Ambers jaszak zat. Ze zou het op zelfverdediging kunnen gooien, maar wie zou dat geloven? De enige die haar verhaal zou kunnen staven, was Amber, en zij was nou niet bepaald de ideale getuige. Haar vingerafdrukken stonden immers op hetzelfde pistool, en de andere kogel die Joep had gevloerd, was uit haar pistool afkomstig. Twee vrouwen die met twee verschillende pistolen een man neerschieten en dan claimen dat het zelfverdediging was? Niet bepaald een zaak die ze als advocate met vertrouwen tegemoet zou zien. Prior Meeuwse dan? Zou die aan hun kant staan en een deel van hun verhaal willen bevestigen? Dat Amber bedreigd werd en dat ze had moeten vluchten? Maar hoe betrouwbaar was die geestelijke eigenlijk? Hij had Amber en Rudie onderdak verschaft, maar hoe zou hij reageren op het neerschieten van een medemens, wetende dat het oog van God over zijn schouder meekeek?

Het geluid van de quad klonk ineens anders en de wind nam toe. Chantal opende haar ogen en zag dat ze het bos uit reden. De bomen hadden toch meer beschutting geboden dan ze had gedacht. Ze huiverde en haar ogen begonnen weer te tranen. Door het waas heen zag ze dat ze op een verharde, besneeuwde weg reden richting een dorpje in het dal beneden hen. Een busje passeerde hen rakelings en toeterde. Chantal vloekte. Het was ook overal hetzelfde; slechte en agressieve chauffeurs waren niet alleen voorbehouden aan Amsterdam. Amber wist de quad echter keurig recht op de weg te houden en wederom viel het Chantal op hoe koelbloedig haar zus was. Alsof ze getraind was om kalm te blijven in penibele situaties. Net zoals toen Rudie was doodgeschoten, haar grote liefde.

Chantal dacht aan Niels. De man die ze tot een paar uur geleden had vertrouwd en als haar levenspartner had beschouwd. Dat hij met Joep samenwerkte op een andere manier dan ze tot nu toe had gedacht, kon ze nog nauwelijks bevatten. Iets in haar hoopte nog steeds dat er een goede verklaring was te vinden voor dit alles en dat zijn rol in het geheel totaal anders was dan Amber dacht. Haar gezonde verstand zei dat die kans nihil was, maar haar gevoel wilde er nog niet helemaal aan. Hopen op een goede afloop was misschien heel naïef, maar niet verboden, en ze wilde dan ook per se Niels' versie van het verhaal horen.

Ze was zo in gedachten geweest, dat ze het bord met de naam van het dorpje had gemist. Nu had ze nog geen flauw idee waar ze zich precies bevonden. Dat het een klein dorp was, was duidelijk. Al na een paar straten stuurde Amber de scooter een behoorlijk steile weg op die uitkwam bij een kerk. Ervoor lag een vrij toegankelijk parkeerterrein waar een paar auto's geparkeerd stonden. Amber reed naar de rand van het terrein en zette de quad stil.

'Vanaf hier gaan we met de auto verder. Je kunt afstappen.'

'Makkelijker gezegd dan gedaan,' kreunde Chantal, terwijl ze Ambers middel losliet en haar benen probeerde te strekken. 'Ik ben volledig verkleumd en zo stijf als een plank.'

'Gaan we allemaal oplossen.'

Amber kwam soepel van de quad af en hielp daarna Chantal. Ze haalde de sleutel uit het contactslot en nu pas zag Chantal dat er ook nog een grotere sleutel aan die van de quad hing. Amber liep naar een zwarte fourwheeldrive op het parkeerterrein en ontgrendelde de deuren. Ze trok de passagiersdeur open en maakte een uitnodigend gebaar naar Chantal. Die liep stijfjes naar de auto en ging zitten. Amber gooide de deur dicht en nam toen zelf plaats achter het stuur.

'Rijden we naar het vliegveld van Grenoble?'

'Nee, met de auto is sneller en gemakkelijker. Ik heb wapens bij me, weet je nog?'

Chantal zag de leren holster weer voor zich die haar zus onder haar kleren droeg. 'Natuurlijk,' zei ze. 'Hoe zou ik het kunnen vergeten.'

De sarcastische toon ontging Amber. 'Wil je nog wat eten? We hebben een rit van ongeveer vier uur voor de boeg en we zullen onderweg niet stoppen.'

'Ja, dat lijkt me dan wel verstandig.'

'Oké. Er zit verderop een bakkertje waar je ook belegde stokbroodjes en wat te drinken kunt kopen. Daar kun je ook naar de wc, mocht dat nodig zijn.' Amber haalde een biljet van twintig euro uit haar zak en gaf het haar. Daarna startte ze de auto en reed het parkeerterrein af.

Chantal staarde voor zich uit. Ze ging zo een stokbroodje kopen bij een Frans bakkertje en daarna zou ze samen met haar zus gewapend en al naar Zwitserland rijden om haar nichtje te redden uit de klauwen van... Niels. Alsof het de normaalste gang van zaken was. Niels, de man met wie ze de rest van haar leven had willen doorbrengen. Maar er was niks normaal aan wat ze gingen doen. Niks was zoals het hoorde te zijn. Rudie dood. Joep dood. Fenna in levensgevaar. En Niels die niet was wie ze dacht dat hij was. Maar wie was hij dan wel?

Het werd tijd dat ze erachter kwam hoe de vork in de steel zat.

32

Chantal knabbelde op het laatste stuk van haar krakend verse stokbroodje met brie. De vele kruimels die tijdens het eten op haar jas waren gevallen, nam ze voor lief. Amber had haar stokbroodje al op en was net begonnen aan een flesje jus d'orange. De temperatuur in de auto was aangenaam warm en het kippenvel op Chantals lijf had zich eindelijk teruggetrokken. Toen ze haar laatste hap had doorgeslikt en de kruimels van haar kleren had geklopt, verzamelde ze moed. Het moment om Amber te vragen waar ze nou precies in verzeild was geraakt, was aangebroken.

Het geluid van haar telefoon deed haar opschrikken uit haar overpeinzingen. Ze had het toestel samen met de andere waardevolle spullen uit haar tas – identiteitskaart, rijbewijs, bankpassen – in de ruime binnenzak van de ski-jas gedaan. Ze keek op het beeldscherm. 'Het is Niels,' zei ze. 'Wat moet ik doen?'

'Laten gaan. We sturen hem zo een bericht.'

Chantal liet het toestel rinkelen tot het geluid stopte. Vlak daarna gaf het toestel aan dat ze een nieuwe voicemail had. 'Afluisteren?'

'Doe maar, ja.'

Met trillende hand toetste Chantal de codes in om toegang te krijgen tot haar voicemailmenu. Haar maag kneep samen toen Niels' vertrouwde stem in haar oor klonk. 'Hé schat, gaat alles goed daar met jou en Joep? Ik maak me zorgen, ik hoor maar niks van je. Heb je je zus inmiddels gesproken? Bel me alsjeblieft even als je kunt, Chantal. Fenna's toestand is verslechterd en ze hebben het weer over die operatie. Ik wil dat echt niet in mijn eentje beslissen. Hoop dat je snel hier bent. Hou van je. Kusjes.'

Niels' stem klonk oprecht en bezorgd. Was dat allemaal toneelspel?

'En?'

'Hij zegt dat Fenna's toestand is verslechterd. Die operatie is weer een stapje dichterbij. Niels vraagt wat hij moet doen.' Chantal had verwacht paniek op Ambers gezicht te zien, maar haar zus toonde geen enkele emotie.

'Weet je de naam van Fenna's arts?'

'Ja, dokter Ziegler.'

'Bel hem en vraag hem hoe het met Fenna gaat.'

'Hoe bedoel je? Het gaat niet goed, dat heeft Niels toch gezegd?'

'Dat kan een truc zijn om mij overhaast die kant op te lokken. We moeten dit verifiëren bij Fenna's arts.'

'Echt? Dat zou toch wel heel goedkoop zijn, om over Fenna's rug dingen van jou gedaan te krijgen. Ik kan me niet voorstellen...'

'Neem het nou maar gewoon van me aan,' onderbrak Amber haar bits. 'Je hebt geen idee waar die Niels van jou en zijn vriendjes toe in staat zijn. Bel Fenna's arts.'

'Oké, oké, wat jij wilt.' Met een verongelijkt gezicht zocht Chantal het nummer van het ziekenhuis op en vroeg naar dokter Ziegler.

'Zeg dat het dringend is,' siste Amber.

'Ziegler,' klonk het, nadat Chantal drie keer was doorverbonden.

Ze stelde zich voor als de tante van Fenna en vroeg hem hoe het met haar nichtje ging.

'Boven verwachting goed,' antwoordde de arts. 'Uw nichtje is vanochtend vroeg bijgekomen en ademt sinds vanmiddag zelfstandig.'

'Wat... geweldig,' hakkelde Chantal. 'Dus de plannen om haar te opereren zijn van de baan?'

'Opereren? Hoe komt u daarbij? Daar is nooit sprake van geweest.'

'O, dat heb ik dan verkeerd begrepen. Is er iemand die Fenna in de gaten houdt en haar vertelt waar ze is en wat er met haar aan de hand is?'

'Uw man zit zo'n beetje dag en nacht bij haar, dus u hoeft niet bang te zijn dat ze alleen is.'

'En houdt u haar ook een beetje in de gaten?' Chantals stem haperde.

'Ze staat onder scherpe controle van mij en mijn personeel, daar kunt u op vertrouwen.'

'Maar niet permanent?'

'Er is niet continu iemand van het personeel in haar kamer aanwezig, als u dat bedoelt, maar er loopt regelmatig iemand binnen. En als het nodig is, weet uw man ons tussen de controles door ook vast wel te vinden.'

'Dat is fijn om te weten. Hoe komt Fenna op u over? Bang?'

'Nee, totaal niet. Uw man is een kei met kinderen. Hij maakt veel grapjes, die ze ook lijkt te begrijpen. Ze is nog wel erg moe, dus ze slaapt veel, maar dat is logisch na alles wat ze heeft meegemaakt.'

Het antwoord van de arts stelde Chantal maar een beetje gerust. Was Niels ook zo leuk en lief voor Fenna als hij alleen met haar in de kamer was?

'Sorry, maar mijn pieper gaat. Ik hoop u snel zelf bij Fenna in de kamer te zien.'

'Ja, dat zou fijn zijn, maar ik kan helaas momenteel nog niet inschatten wanneer dat zal zijn. Vindt u het erg als ik u nog eens bel om te horen hoe het met Fenna gaat? Gewoon om de medische kant te horen?'

'Ik heb het erg druk, uw man...'

'Dokter, u weet toch hoe mannen zijn? Ik wil gedetailleerde informatie en geen samenvatting van één zin.' Chantal produceerde een geforceerde lach.

'Prima dan, maar nu moet ik ophangen.'

Dokter Ziegler groette haar en verbrak de verbinding. Nu het gesprek was beëindigd, hing er een geladen stilte in de auto. Amber had gedurende het hele gesprek met een verbeten gezicht naar de weg gekeken en ging daar onverstoorbaar mee door.

'Je had gelijk. Niels heeft gelogen over Fenna. Het gaat juist goed met haar. Ze is bij bewustzijn en er is nooit sprake geweest van een operatie.' Er klonk een snik door in Chantals stem.

'Het spijt me voor je, Chantie. Ik vind het echt heel erg dat je op deze manier moet kennismaken met de ware "Niels", een man die alles zal doen om zijn doel te bereiken, zelfs als dat misleiding van een onschuldig kind en haar tante vergt.'

'Maar welk doel wil hij dan bereiken? Het lijkt me dat ik nu lang genoeg heb gewacht. Ik heb er recht op om te weten waarom mijn leven naar de klote wordt geholpen door mannen die ik vertrouwde, waarom mijn zus rondloopt met pistolen, waarom...'

'Rustig maar, Chantal, rustig. Ik zal het je vertellen.'

Chantal was even van haar stuk gebracht. Ze had min of meer verwacht dat Amber weer zou dwarsliggen.

'Ik kan niet op alle details ingaan, omdat het om geheime informatie gaat, maar met de grote lijnen komen we een heel eind. Je moet me wel je woord geven dat je hier nooit met iemand over zult praten, en als iemand je er ooit naar vraagt, dan weet je van niks, oké?'

'Vertel het dan maar aan de advocate Chantal Donkers, dan kan ik me verschuilen achter mijn verschoningsrecht. In die hoedanigheid kun je me ook meer vertellen dan de grote lijnen, mocht ik nog vragen hebben.'

'Dus ik heb je woord?'

'Als advocate en als zus.'

'Oké, zet je schrap, wat je gaat horen is niet fraai.'

'Joh...'

Deze keer leek Amber de sarcastische toon wel op te pikken, maar ze ging er niet op in. 'Voordat ik begin, moet je Niels nog even een bericht sturen: "Kom z.s.m. jouw kant op met Joep en Amber. Alles goed. Geen gelegenheid om te bellen. Amber geeft toestemming voor Fenna's operatie, mocht het nodig zijn." En dan de afsluiting die je normaal doet, met kusjes en hartjes en zo.'

'Dat kan ik niet, kusjes en hartjes.'

'Het zijn maar tekens, symbooltjes. Doe het, in het belang van Fenna. Zolang hij geen argwaan krijgt, is Fenna veilig.'

Chantal verroerde zich niet en Amber legde een hand op haar been en kneep erin om haar volle aandacht te krijgen. 'Hoor je me? Niels mag geen argwaan krijgen. Doe maar net alsof je in de rechtszaal staat, daar zul je vast ook niet altijd gelukkig zijn met wat je moet doen voor een cliënt.'

Chantal snoof. 'Dat is zakelijk, dit is privé.'

'Maakt niet uit.'

'Hoe weet jij trouwens dat ik advocate ben geworden?'

'Omdat ik je natuurlijk al die jaren van een afstandje in de gaten heb gehouden.'

'Van grote afstand blijkbaar, want je had niet door dat ik een relatie had met Niels.'

'Klopt, maar ik kon niet overal zijn. Sinds je veel op televisie was, volgde ik je daar. Ik bracht heel veel tijd voor de televisie door om Louis niet in de weg te lopen,' verduidelijkte ze haar woorden.

'Dan heb je mijn laatste optreden bij *Wake Up Call* zeker ook gezien?'

'Ja.'

'Ik werd erin geluisd.'

'Ja, dat was wel duidelijk. Nou, vooruit, verstuur dat bericht.'

Amber herhaalde in langzaam tempo de tekst van het bericht zodat Chantal mee kon typen.

'Klaar.'

'Laat het me nog even zien.'

'Jij zit achter het stuur, straks krijgen we nog een boete. Lijkt me niet bepaald handig als we niet proberen op te vallen omdat we wapens vervoeren.'

'Chantie, doe niet zo moeilijk.' Amber griste het toestel uit haar hand, screende de tekst en drukte op VERZENDEN. 'Stop maar weer in je tas, maar zet het geluid uit.'

Chantal deed wat haar gezegd werd en draaide toen haar lichaam richting Amber. 'Oké, dat is gedaan, nu ben jij aan de beurt. We hebben vier uur de tijd, dus vertel je verhaal maar. Ik zit er helemaal klaar voor.'

Het bleef even stil, maar toen stak Amber toch van wal. 'Dat ik jaren geleden dat klooster in Oosterhout in ging?'

'Ja?'

'Dat was een leugen. Ik heb nooit in dat klooster gezeten.'

Chantal keek haar zus met grote ogen aan. 'Hoe bedoel je "dat was een leugen"? Ik ben nog bij dat klooster langs geweest en ze hebben bevestigd dat je daar was.'

'Je hebt me niet gesproken, toch?'

'Nee, maar dat was beter voor je persoonlijke ontwikkeling en toewijding, kreeg ik toen te horen. Het was een non die me dat vertelde. Nonnen liegen toch niet? Dat mogen ze niet van God!'

'Ik ben ervan overtuigd dat ook God soms kan leven met een leugentje om bestwil.'

'Maar als je zelfs nonnen niet meer op hun woord kunt geloven... Wie kan ik dan nog geloven?'

'Jezelf en mij.'

'Zei de leugenares.'

'Oké, die had ik verdiend. Maar laat me even verder praten. Als ik wat meer vertel, dan zul je hopelijk begrijpen dat ik geen keus had.'

Chantal knikte nors.

'Een halfjaar voordat ik mijn "intrede" deed in het klooster, ging het helemaal niet goed met me. Ik was al een tijdje ontevreden met mijn leven. Ik had een leuke baan, een leuke vent, een leuke familie. Het was allemaal té leuk. Ik werd er onrustig van. Alsof er iets niet klopte. Uiteraard ontkende ik dat een hele tijd, vond mezelf een ondankbaar kreng dat ik niet gelukkig was met het leven waarvoor veel anderen een moord zouden doen. Maar doordat ik mijn gevoel ontkende en mijn leven een toneelstuk was geworden, belandde ik in een depressie. Naar de buitenwereld toe was ik nog steeds dezelfde vrolijke Amber, maar binnen in mij zat een zwart gat dat steeds groter werd en me steeds verder opslurpte.'

'Maar daar heb ik nooit iets van gemerkt. Waarom heb je me dat niet verteld? Ik had je kunnen helpen.'

'Ik schaamde me. Echt heel erg. Ik had geen enkele reden om depressief te zijn. Alles in mijn leven was goed. Ik wilde geen aansteller zijn.'

'Wat een onzin. Er zijn zoveel mensen depressief zonder dat daar een duidelijk aanwijsbare reden voor is. Het is een gevoel, een ziekte, geef het beestje een naam. Maar het is wel heel serieus. Het is geen ziekte die alleen schrijvers, acteurs of andere bekendheden treft, het kan iedereen overkomen.'

'Voordat je een heel verhaal begint af te steken, ik ben eruit gekomen.'

'Dus het gaat nu écht goed met je?'

'Dat zou ik gezien de omstandigheden niet willen zeggen, maar die depressie heb ik overwonnen en ik wil je graag vertellen hoe. Als je me tenminste de kans geeft...'

Ambers woorden raakten Chantal, maar ze wist dat haar zus gelijk had. Ze hield zelden langer dan vijf seconden haar mond en had altijd overal een mening over.

'Dank je. Goed, ik was dus depressief zonder dat iemand daarvan af wist, ook Dennis niet, terwijl we toch onder één dak woonden. Ik was één stap verwijderd van hulp zoeken toen ik in een opwelling naar onze oude buurt in Den Bosch ben gegaan. In die straten had ik de gelukkigste tijd van mijn leven gehad. Ik hoopte dat gevoel weer terug te vinden door daar wat rond te slenteren en herinneringen op te halen. De speeltuin, het schoolplein, de atletiekvereniging, je weet wel.'

Chantal knikte instemmend, vastberaden om haar zus niet te onderbreken.

'Toen ik op weg was naar onze oude speeltuin, kwam Arthur Witteveen net voorbij fietsen. Hij stopte en we raakten aan de praat – hij was tenslotte een blauwe maandag mijn "schoonvader" geweest.' Amber grinnikte zachtjes bij de herinnering aan haar kortdurende verkering met Joris Witteveen, maar meteen daarna versomberde haar gezicht weer.

'Als hij toen niet was afgestapt, had hij nu nog geleefd.'

'Het is niet jouw schuld dat hij dood is.'

'Nee, maar het voelt wel zo. Hij is gestorven om mij te beschermen en ik heb het niet kunnen voorkomen.'

'Ik ook niet.' Chantal legde haar hand op Ambers been.

'Het spijt me echt dat jij Arthur moest vinden. Het zal nog wel even duren voordat je die beelden van je netvlies hebt.'

'Vertel verder,' zei Chantal zachtjes.

'Arthur en ik raakten aan de praat, haalden herinneringen op en het was zo gezellig, dat hij me spontaan uitnodigde om met hem te gaan lunchen. Tijdens het eten verdiepte ons gesprek zich van koetjes en kalfjes naar dingen die ertoe doen. Hij proefde aan alles dat ik niet gelukkig was en vroeg me ernaar. Het was alsof hij dwars door me heen keek. Arthur was de eerste en de enige die doorhad dat het niet zo goed met me ging als ik deed voorkomen, en ergens diep vanbinnen brak bij mij een dam en de woorden begonnen vanzelf te stromen. Al had ik het gewild, ik kon het niet tegenhouden. Het voelde zo verdomd goed om eindelijk met iemand te praten, iemand die het begreep.'

'Je had ook met mij kunnen praten,' zei Chantal. Ze kon de trieste ondertoon in haar stem niet verbloemen.

'Soms is het fijner om met iemand te praten die verder van je af staat, met wie je geen intensief verleden hebt. Je hoeft dan geen rekening te houden met de gevoelens van je luisterend oor, het gaat dan echt over jou. Dat was wat ik op dat moment nodig had. Ik wilde niet dat je je zorgen over me maakte, Chantie, dat het zwarte gat dat in mij zat tussen ons in zou komen te staan; dat het jou samen met mij de diepte in zou sleuren.

Praten met pa en ma was ook geen optie. Pa was altijd druk met zijn eigen sores en ma was overbezorgd. Dennis was een schat, maar over gevoelens praten was niet bepaald zijn ding.'

'Ik word hier toch wel erg verdrietig van. Ik heb het gevoel dat ik heb gefaald, dat ik gediskwalificeerd ben als zus. Ik had je zo graag willen helpen, Amber. Ik had alles willen doen om samen met jou het geluk weer te vinden. Ik heb niks doorgehad.'

'Dat weet ik, maar het lag niet aan jou. Het lag aan mij. Je hoeft jezelf helemaal niets te verwijten. Als iemand zich dingen moet verwijten, dan ben ik dat. Ik heb mijn familie in de steek gelaten. Ik ben vertrokken zonder fatsoenlijk afscheid te nemen. Door omstandigheden, maar toch. Ik ben er niet trots op hoe ik de dingen heb aangepakt, maar ik moest het op deze manier doen. Het was de enige manier om mezelf weer te vinden.'

'En is dat gelukt? Heb je jezelf gevonden?'

'Ja en nee. De eerste periode ging het heel goed. Ik leerde mezelf op een andere manier kennen, begon mezelf weer belangrijk te vinden, onmisbaar. Maar als ik nu terugkijk en alles op een rijtje zet, dan heb ik uiteindelijk meer verloren dan gewonnen.'

'Maar nou weet ik nog steeds niet wat je al die tijd hebt gedaan. Waar heb je gezeten als het niet in dat klooster was? En waar heb je die Louis ontmoet?'

'Daar kom ik nu aan toe, maar ik moet dan wel eerst even de context schetsen. Kun je je de IRT-affaire nog herinneren?'

'Eh, ja?' zei Chantal verbaasd over deze wending in het verhaal.

'Om de georganiseerde misdaad in Nederland te bestrijden, richtte het ministerie van Justitie eind jaren tachtig een taskforce op voor de bestrijding van de georganiseerde misdaad in Nederland. Dit werd het Interregionaal Recherche Team – of IRT – Noord-Holland/Utrecht en dit was het eerste samenwerkingsverband tussen politiekorpsen. Onder de vlag van Operatie Delta werden vanaf 1992 tienduizenden kilo's softdrugs ingevoerd op de Nederlandse markt onder verantwoordelijkheid van, maar zonder medeweten van, de minister van Justitie. De winst van die handel kwam ten goede aan Etienne U., de onderbaas van de in 1991 geliquideerde Klaas Bruinsma. Het doel van Operatie Delta was het ontmantelen van de organisatie van Etienne U., maar het liep uit de klauwen. Dit leidde uiteindelijk tot de oprichting van de commissie-Van Traa, die onderzoek deed naar de gebruikte opsporingsmethoden, en de daaruit voortvloeiende parlementaire enquête. De commissie-Van Traa kwam er in haar onderzoek onder andere achter dat er vijftienduizend kilo cocaïne door dubbelinformanten van de politie het land in was gesmokkeld. Met medeweten van corrupte politie- en douanebeambten welteverstaan.'

Amber nam even een slokje van haar jus d'orange voordat ze weer verderging.

'Die invoer van cocaïne gaat tot op de dag van vandaag nog steeds door. En ik maak deel uit van het team dat zich met deze zaak bezighoudt. Als infiltrant.'

'Wat? Dat meen je niet!'

'Ik ben ingezet als infiltrant bij Louis K., een van de grote bazen in dit smokkelverhaal.'

'Louis K.? Je bedoelt toch niet Louis Kennemer? Een van de grootste criminelen van Diemen? Is dat jouw Louis?'

'Ja, die bedoel ik.'

Chantals mond viel open. Louis K... 'Shit, dan snap ik wel dat je op de vlucht bent geslagen. Ik ben echt in shock.'

'Ik moest me samen met Rudie op hem richten. Mijn opdracht was ervoor te zorgen dat ik zo dicht mogelijk bij hem in de buurt kwam, dat ik een relatie met hem kreeg, en Rudie moest infiltreren in zijn beveiligingsteam. We zijn allebei geslaagd in onze missie. Tot zover liep alles volgens plan. Wat er fout ging, was dat Rudie en ik verliefd op elkaar werden. Toen raakte ik ook nog per ongeluk zwanger. Ik had het kind meteen moeten laten aborteren, maar dat kon ik niet. Ik verzweeg tegen mijn bazen dat ik zwanger was en toen het zichtbaar werd, was het moment van abortus al ruimschoots gepasseerd. Tijdens mijn zwangerschap wist ik niet of Rudie of Louis de vader was. Na Fenna's geboorte heb ik meteen een DNA-test laten doen. Gelukkig was ze van Rudie.'

'Dit is niet te geloven. Jezus, Amber, wat een verhaal.'

'Geloof me, het is de waarheid. Hoe dan ook, door mijn zwangerschap hadden Rudie en ik de missie in gevaar gebracht, maar in overleg met onze superieuren zijn we na de geboorte van Fenna toch doorgegaan met die missie. Louis dacht dat Fenna zijn dochter was en daardoor kon ik bij hem in de buurt blijven. Hij was allang op mij uitgekeken, maar als de moeder van zijn dochter had ik nog een rol. Gelukkig leefde ik het grootste deel van de tijd met Fenna in een ander deel van het huis dan Louis, en bovendien was hij er meestal niet, dus Fenna heeft een relatief veilige jeugd gehad. Maar soms wilde hij ons een tijdje bij zich in de buurt hebben, alsof hij dan de illusie van een gewoon gezin wilde ophouden...'

Amber zweeg en staarde voor zich uit; ze had het duidelijk moeilijk met de herinnering aan die tijd. Chantal moest denken aan de tekening die Fenna had gemaakt in de trein. Mama met een bloedneus. 'Dan hebben jullie dus al die jaren in een leugen geleefd,' zei ze zachtjes.

'Ruim zeven jaar. De langste undercoveroperatie in de Nederlandse geschiedenis. Het was uniek: twee infiltranten diep verscholen in een criminele organisatie, die niet alleen Louis' drugsimperium in kaart konden brengen, maar een heel netwerk van criminelen in Europa en ver daarbuiten. We konden de drugshandel in Europa een keiharde klap toedienen, en niemand had ons door! Rudie en ik waren de enigen die in staat zijn geweest zo diep door te dringen in een van de belangrijkste drugsbendes in Europa.

Maar het was wel zoals je al zei: we leefden in een leugen. Het betekende dat Rudie en ik dagelijks in dezelfde wereld vertoefden, vrijwel naast elkaar leefden, maar nooit met elkaar. Alleen in het diepste geheim konden we elkaar af en toe zien en Rudie kon nooit een vader voor zijn dochter zijn. En toen werd Louis argwanend. Ik weet niet waarom, of Rudie of ik slordig was geweest of iemand misschien zijn mond had voorbijgepraat. Hij liet me op een gegeven moment continu volgen en ik kon geen kant meer op, en het was een kwestie van tijd voordat hij me uit de weg zou ruimen. In overleg met de leiding is de operatie toen afgebroken en zijn Rudie en ik met Fenna gevlucht. Louis' bende zou worden opgerold, maar dat zou nog enkele weken tot maanden vergen en tot die tijd moesten we ergens onderduiken.'

'En toen besloot je mij erbij te betrekken.'

'We konden Fenna onmogelijk bij ons houden. Als Louis ons zou vinden, konden we onszelf verdedigen, maar niet als we ons ook nog om Fenna moesten bekommeren. Vandaar dat we haar naar jou hebben gebracht. Ik wist honderd procent zeker dat Louis niet wist dat jij mijn zus was, dus de kans dat hij haar bij jou zou zoeken was nihil. En jij was de enige aan wie ik mijn meisje durfde toe te vertrouwen. Nadat we Fenna naar jou hadden gebracht, zijn Rudie en ik doorgereden naar een van de veilige locaties. Nou ja, dat was Grande Chartreuse tot vandaag.'

'Allemachtig, wat een verhaal.'

'Ik zei toch al dat het veel om te bevatten zou zijn.'

'Maar wat heeft dit alles nou met die depressie van je te maken? En met Arthur Witteveen?'

'Arthur Witteveen heeft me gerekruteerd.'

'Wat?'

'Arthur heeft zelf als infiltrant meegewerkt aan een aantal operaties. Op een gegeven moment is hij daarmee gestopt, omdat hij zijn gezin niet in gevaar wilde brengen, maar hij heeft zijn ogen en oren wel altijd opengehouden. Hij zag in mij een nieuw talent en polste me voorzichtig tijdens een tweede gesprek dat ik met hem had. Hij herkende veel van zichzelf in mij: de onrust, de onvrede, het gevoel van "is dit alles wat er is", de behoefte om iets goeds te doen met je leven. Hij had het allemaal zelf ook doorgemaakt en strijden tegen het kwaad, meehelpen om de wereld een stukje beter en mooier te maken, was voor hem het antigif geweest voor zijn rusteloosheid. Ik raakte enthousiast door zijn verhalen, voelde zijn bevlogenheid. Dat wilde ik ook. Ik wilde weer ergens met passie voor gaan, iets goeds doen voor de wereld waar ik mezelf ook beter door ging voelen. En toen...'

'En toen besloot je ons in de steek te laten.' Het kwam ongekend fel uit Chantals mond.

'Ik zou graag iets anders zeggen, maar ja: daar kwam het wel op neer. Het besluit om dit te gaan doen, hield in dat ik niet meer terug kon naar mijn oude leven en de mensen die daar een rol in speelden. Het betekende dat ik afscheid moest nemen van jou en papa en mama. Van Dennis, mijn huis, mijn werk. Op het moment dat ik "ineens" in het klooster verdween, ging ik in werkelijkheid intern voor een verkorte maar zeer intensieve opleiding.'

'Hoe kon je dat doen?!' Chantals stem sloeg over. 'Hoe kon je ons in de steek laten zonder nog achterom te kijken? Ons radicaal de rug toekeren?'

'Ik geloofde heilig in wat ik ging doen. Dat hield me op de been. Dat, en de passie die ik in mezelf had teruggevonden. Voor mezelf was het nodig wat ik heb gedaan, in die zin heb ik ook geen spijt. Die eerste tijd heb ik mijn verdere gevoelens zo min mogelijk toegelaten. Dat ging goed totdat ik moeder werd van Fenna. Toen werd alles ineens heel erg ingewikkeld. De spijt omdat ik jullie in de steek had gelaten. Het belang van de missie. Het beschermen van mijn kind. Alles ging door elkaar heen lopen en het heeft lang geduurd voordat ik dat aan mezelf kon toegeven. Te lang. Ik kon geen knop meer omzetten, mijn gevoel niet meer uitschakelen als dat moest, iets waar ik vóór Fenna heel goed in was geworden. In die tijd werden Rudie en ik ook steeds closer en ik begon steeds vaker te dromen van een "normaal" leven met hem en Fenna. Maar al die tijd wisten we ook ongelooflijk veel informatie te verzamelen voor onze missie. Dat moet je beseffen, Chantal, hoe belangrijk het werk was wat we deden.'

'Weet Louis dat jij en Rudie infiltranten waren?'

'Nee, en daar ben ik honderd procent zeker van. Hij vindt me een hoer die te veel weet. Daarom wil hij me het zwijgen opleggen en heeft hij wat mannetjes achter me aan gestuurd.'

'Joep?'

'En Niels. Het spijt me het je te moeten zeggen, maar Niels is een corrupte politieagent. Hij is onderdeel van de keten die cocaïne het land in smokkelt voor Louis. Vanaf het moment dat Louis argwanend werd over mijn trouw aan hem, is Niels blijkbaar op jou afgestuurd om jouw band met mij te onderzoeken en meer over me te weten te komen. Op de een of andere manier is Louis dus toch achter jouw bestaan gekomen, maar ik denk eerlijk gezegd dat hij niet geweten heeft dat jij mijn zus was. Je was als advocate natuurlijk veel in het nieuws, wellicht dat hij dacht dat ik jou in die hoedanigheid kende. Hij vertrouwde het in elk geval niet.'

'Niels is van mij niet veel wijzer geworden. Ik heb hem pas verteld dat ik een zus had toen Fenna ineens bij me op de stoep stond. Sinds je verdwijning was het voor mij makkelijker om te doen alsof ik geen zus had. Sorry.'

'Geen probleem. Dat had ik verdiend, denk ik.'

'Maar Niels is dus betrokken bij drugssmokkel? Vandaar dat zijn huis van alle luxe en gemak is voorzien. Mij had hij wijsgemaakt dat hij rijke ouders had. Ik ben er met open ogen ingestonken.' Chantal vloekte. 'Die klootzak is met een hoop leugens mijn leven binnengedrongen en ik heb niks doorgehad. Ik zit voor mijn werk de hele dag met mijn neus in criminele zaken, maar wat er onder mijn eigen ogen gebeurt, dat zie ik niet. Hoe dom kun je zijn!'

'Beroepsdeformatie noemen ze dat.'

'Ik geloofde wat Niels zei en als ik ergens over twijfelde, dan had hij altijd wel een overtuigend weerwoord klaar.' Chantal sloeg met haar vuist op het dashboard om uiting te geven aan haar woede. 'En hoe past Joep in het verhaal? Hij heeft al die tijd de gezellige opa uitgehangen met een eigen detectivebureau.'

'Jij kent hem als Joep. Zijn echte naam is Jules van Bent, bijgenaamd "de Snor", en hij was de klusjesman van Louis. Een soort manusje-van-alles dat eropuit werd gestuurd om rotzooi op te ruimen, mensen te schaduwen, et cetera. Je hebt hem pas leren kennen nadat ik Fenna bij je had afgezet, toch?'

'Ja, dat klopt. Maar dan begrijp ik toch nog een paar dingen niet. Fenna gaf niet de indruk dat ze Joep al kende toen we hem voor het eerst zagen. Als hij voor Louis werkte, dan is hij vast weleens bij jullie thuis geweest.'

'Nee, dat is niet zo. Louis sprak altijd buiten de deur af met Joep omdat hij meestal op locatie was voor een klus. Fenna heeft hem nooit ontmoet. Ik had hem zelf ook nooit ontmoet, maar ik wist van zijn bestaan uit de dossiers die we hadden bestudeerd. En Rudie kende hem wel goed.'

'Oké, maar dan heb ik nog een vraag: als Niels wist dat Fenna bij mij was ondergebracht, dan wist Louis dat ook. Waarom heeft hij zijn kind niet bij me weggehaald?'

'Fenna was niet belangrijk voor hem, althans: minder belangrijk dan ik. Vanaf het moment dat hij van Niels te horen kreeg dat Fenna bij jou was en wat onze relatie was, wist hij dat hij via jou bij mij kon komen. Niels kon jou stimuleren om mij te gaan zoeken, als je dat al niet uit jezelf zou doen. Als ik had geweten dat Niels bij jou was, had ik Fenna nooit... Maar goed, Louis had dus sowieso de mogelijkheid om Fenna op elk gewenst moment door Niels naar hem toe te laten brengen.'

'Ja, dat is natuurlijk ook zo. Maar als je dat scenario verder uitwerkt, dat ik hem naar jou zou leiden, dan is dat toch precies wat we nu aan het doen zijn? Niels is nu bij Fenna en hij heeft haar ingezet als pion in dit hele spel door te liegen over haar toestand. Die lawine heeft hem onverwachts een stuk dichter bij zijn doel gebracht. Hij gebruikt Fenna als lokkertje om jou daar te krijgen. Dus wie zegt dat Louis daar inmiddels ook niet in de buurt is?'

'Als dat zo was, dan had ik dat geweten. Hij wordt geschaduwd, net als alle andere kopstukken binnen zijn organisatie. Als het goed is, wordt het hele boeltje vanavond opgerold en ingerekend.'

'Niels ook?'

'Ja. Hij was zeker niet een van de hoofdrolspelers, maar zijn inbreng was cruciaal. Zijn neef werkt in de Rotterdamse haven als douanier bij de afdeling *Pre-arrival*. Dat betekent dat hij de meest verdachte containers die in Rotterdam aan wal worden gebracht zou moeten controleren op verboden producten. De afgelopen jaren heeft hij verschillende containers met cocaïne uit Brazilië die bestemd waren voor Louis willens en wetens doorgelaten. Niels was een schakel in het transport van Rotterdam naar Diemen. Vanavond wordt er weer een lading verwacht in Rotterdam. Er staat een speciaal team van de politie klaar om het transport op te vangen. Twee opsporingsambtenaren van de FIOD zullen de containers dan met speurhonden controleren. Zodra ze wat vinden, wordt er ingegrepen en wordt er een hele rits aan mensen, onder wie Louis, gearresteerd.'

'Maar wie gaat Niels dan inrekenen? Fenna loopt gevaar zolang hij bij haar is!'

'We werken samen met de Zwitsers. Ze hebben een team paraat staan om Niels in de kraag te vatten. Maar vooralsnog zijn er geen aanwijzingen dat Fenna gevaar loopt. Zolang Niels denkt dat alles nog volgens plan verloopt, zal hij zich gedeisd houden. Daarom ga jij hem zo bellen en vertellen dat we onderweg zijn. Ik denk dat het toch beter is als hij je stem even hoort. Dat is overtuigender dan steeds maar berichtjes sturen dat alles oké is terwijl hij de Snor niet te pakken krijgt.'

'Dat meen je niet?! Na alles wat je me net hebt verteld, vraag je me om hem te bellen en te doen alsof alles pais en vree is?'

'Ja, dat moet. Voor Fenna.'

'Ik weet echt niet of ik dat kan. En wat als hij naar Joep vraagt?'

'We zijn bij een benzinestation en Joep en ik zijn naar de wc. Je wilde Niels' stem even horen terwijl je op ons staat te wachten.'

'En waarom vermoordt Joep je dan niet als jullie samen op de wc zijn?'

'Omdat het zijn opdracht is me samen met Niels naar Louis te brengen. Ik ken Louis goed genoeg om te weten dat hij zelf de trekker wil overhalen. Bovendien willen ze me in alle stilte om zeep helpen. Een moord in het openbaar levert veel te veel gedoe op en trekt veel te veel aandacht.'

Chantal dacht even na over die uitleg en besloot toen dat het wel logisch klonk. 'Maar wat is dan precies het plan?'

'Het is van cruciaal belang dat we op tijd in het ziekenhuis in Visp zijn, in elk geval voordat het schip in Rotterdam wordt onderschept. Zodra de hel losbreekt in Rotterdam en Diemen, zullen ze Niels proberen te waarschuwen. Als hij weet dat hij en zijn maatjes in de val zijn gelopen, zal hij niet aarzelen om Fenna iets aan te doen. Dat risico kunnen we niet nemen. Daarom is het belangrijk dat we vooral tegen hem blijven bevestigen dat we samen met Joep naar hem en Fenna onderweg zijn.'

'Oké, ik zal hem bellen, maar niet van harte.'

'Dat snap ik, maar als je hem dat maar niet laat merken. Het is van cruciaal belang dat hij geen argwaan krijgt...'

'Je hoeft het me niet nog een keer uit te leggen. Ik snap heel goed wat er op het spel staat, maar dat wil nog niet zeggen dat ik het gemakkelijk vind om de vrolijke geliefde van Niels uit te hangen. Jij hebt gekozen voor een leven als infiltrant, ik niet.'

'Ik snap heel goed wat ik van je vraag, Chantie, echt. Ik weet niet hoe vaak ik nog moet zeggen hoezeer het me spijt dat jij wordt meegesleurd in mijn sores.'

'Het is al goed. Neem die afslag naar die pomp nou maar, ik heb een telefoontje te plegen.'

33

Het parkeerterrein langs de Franse snelweg zag er behoorlijk desolaat uit, met slechts twee vrachtwagens en een verdwaalde auto. Een schril contrast met de drukte die er in de zomerperiode normaliter heerste. Amber had de auto na het tanken verlaten voor een toiletbezoek, Chantal had haar haar creditcard meegegeven om de benzine te betalen.

Het weeë gevoel in Chantals maag nam toe terwijl ze met haar wijsvinger het scherm van haar mobiele telefoon ontgrendelde. Het nummer van Niels zat nog onder de knop. Ze drukte op REDIAL. Het toestel ging drie keer over en toen hoorde ze zijn stem. Zijn stem die nog steeds even warm en liefdevol klonk als altijd. Hoewel ze niet twijfelde aan wat Amber over hem uit de doeken had gedaan, bracht het haar wel in verwarring. De boosheid die ze eerder had gevoeld, verdween naar de achtergrond. Ze baalde dat ze zich zo uit haar evenwicht liet brengen door de man die haar al die tijd had besodemieterd. Gewoon omdat hij aardig klonk. Het riep ongewild herinneringen op aan de fijne momenten die ze met hem had beleefd, de angst die ze had gevoeld toen hij onder die lawine terechtkwam en ze dacht dat ze hem voorgoed kwijt was. Haar maag trok samen toen ze zijn begroeting beantwoordde.

'Hé, schatje, met mij. Ik wilde je stem even horen.'

'Gaat alles goed met jullie?'

'Ja hoor, ik mis je gewoon en ik maak me zorgen om Fenna.'

'Ik mis jou ook. Je zorgen om Fenna zijn terecht, het lijkt er toch op dat ze willen gaan opereren.'

Niels' stem klonk triest en Chantal vervloekte hem om zijn

toneelspel. Ze was weer helemaal bij de les nu hij haar weer in de luren probeerde te leggen.

'O nee, dat zou vreselijk zijn.' Haar stem sloeg over, maar dat kwam alleen maar goed uit.

'Het zou fijn zijn als je zus haar dochter nog kan zien voordat ze de operatiekamer in gaat.'

'Is al bekend wanneer dat zal zijn?'

'Nee. Waar zijn jullie?'

'Bijna bij de grens met Zwitserland. We hebben net getankt en Joep en Amber zijn nog even naar het toilet.'

'Hij is dus niet bij je?'

'Niet naast me, als je dat bedoelt. Hoezo?'

'Ik wil hem graag nog even spreken. Ik heb hem al een paar keer gebeld, maar hij neemt zijn telefoon niet op.'

'Joep rijdt al de hele weg, daar zal het wel mee te maken hebben. Ik zit achterin met Amber om bij te kletsen. Als die twee zo terug zijn, geven we weer vol gas. Voor je het weet, zijn we bij je en kun je hem in levenden lijve spreken.'

'Hij is nu dus op het toilet?'

'Ja, dat zei ik toch al.'

'Oké, schatje, dan zie ik jullie straks. Rij voorzichtig.'

Niels hing abrupt op. Chantal snapte wel waarom: hij ging nu natuurlijk proberen om Joep te bellen. Amber had Joeps toestel nog steeds onder haar hoede. Ze moest haar vertellen dat Niels het toestel waarschijnlijk probeerde te bellen.

Chantal haalde de sleutel uit het contactslot en sloot de auto af. Vlug rende ze het benzinestation binnen en stormde door naar het toilet. Amber kwam net het achterste hokje uit lopen en op datzelfde moment rinkelde de telefoon in haar jaszak.

'Dat is Niels,' zei Chantal hijgend. 'Hij probeert Joep te bellen.'

'Weet ik, hij belde net ook al.'

'Toen ik hem vertelde dat Joep op het toilet was, hing hij op. Hij hoopt Joep natuurlijk eindelijk alleen te spreken om te checken of alles echt zo oké is als ik hem heb verteld.'

'Snap ik. Ik stuur hem wel een berichtje terug.'

'Maar dan moet je hem wel duidelijk maken waarom je niet kunt bellen.'

'Tuurlijk, ik laat hem wel weten dat ik alweer in de auto zit en dat hij zich geen zorgen hoeft te maken.'

'Goed idee.'

'Wat was de pincode ook alweer?'

Chantal griste Joeps telefoon uit Ambers hand. 'Ik doe het zelf wel.'

Ze verstuurde het bericht aan Niels en meteen kwam er een reactie terug: *Bel me zodra je kunt!* Het beviel Niels duidelijk niet dat hij steeds werd afgescheept met sms'jes en Joep niet zelf aan de lijn kreeg.

Moet nu door, anders worden de dames ongeduldig. Spreek je straks, sms'te Chantal terug. Daarna gaf ze het toestel aan Amber. 'Oké, en nu weer verder.'

'Ik weet nog steeds zijn echte naam niet.'

Ze zaten in de auto en waren onderweg voor het laatste stuk van hun reis.

'Hè, wat? Wie?'

'Niels. Ik weet zijn echte naam niet.'

'Laten we dat nog even zo houden, dan kun je je ook niet vergissen. Vertel eens over je gesprekje met hem.'

'Het ging goed. Ik denk niet dat hij iets aan me gemerkt heeft. Hij was net zo aardig en lief als altijd en hij klonk alsof hij blij was mijn stem te horen.'

Amber legde haar hand op Chantals arm. 'Ik snap hoe moeilijk en verwarrend dit voor je moet zijn. De man die jij kent valt moeilijk te rijmen met het verhaal dat ik je over hem heb verteld, hè?'

'Dat vind ik inderdaad moeilijk. Maar ik weet dat hij niet deugt, want hij heeft gelogen over Fenna. Toen dokter Ziegler me vertelde hoe haar toestand echt was, was dat het laatste zetje dat ik nodig had. En tegelijkertijd is het toch lastig om van het ene op het andere moment een knop om te zetten en niet meer van hem te houden.' Ze keek Amber aan. 'We hadden het al over samenwonen en een huis kopen. Ik voelde me veilig bij hem, vooral in de periode dat ik die stalker had.'

'Stalker? Daar heb je me nog niets over verteld!'

'Nee, dat is waar ook, dat is een beetje ondergesneeuwd in alle andere ellende.'

'Nou, vertel op.'

Snel deed Chantal het hele verhaal uit de doeken. Ze vertelde over de brieven, de ongewenste bezoeken in haar huis, het vleesmes in haar hoofdkussen en, als allerlaatste, het bloederige runderhart in haar koelkast.

'Wat doodeng!'

'Behoorlijk, ja.'

'Heb je je sloten niet laten vervangen?'

'Ja, natuurlijk wel, twee keer zelfs. Eerst door een vriendje van Niels, beetje een raar type. Ik vertrouwde hem niet, maar wilde Niels niet voor het hoofd stoten. Maar nadat de sloten door Ronnie waren vervangen, is die stalker nog eens in mijn huis geweest. Dat was die keer dat dat runderhart in mijn koelkast lag.'

'Wie had je een exemplaar van je nieuwe sleutel gegeven?'

'Ik had er een en Niels. De samenwerking met de makelaar had ik opgezegd.'

'En wat is er met die brieven gebeurd?'

'Niels heeft al het bewijsmateriaal.'

'Was er nog meer dan alleen die brieven dan?'

'Ja, een koffiebeker waar die vent tijdens de bezichtiging in mijn huis uit had zitten drinken, en dat vleesmes dat in mijn kussen was gestoken. Niels heeft ze laten checken op vingerafdrukken en DNA-sporen.'

'En niks gevonden?'

'Nee.'

'Vreemd toch?'

'Hoezo?'

'Sjemig, Chantie, je bent advocate. Jij weet toch ook dat er altijd sporen achterblijven? Met de huidige technieken vinden ze altijd wel iets.'

'Ik had op dat moment geen reden om aan te nemen dat Niels daarover tegen me loog.'

'Toen niet nee, maar nu...'

'Wat wil je nou zeggen?'

'Dat Niels misschien wel je stalker was of er in elk geval iets mee te maken had? Hij had immers toegang tot je huis.'

'Nee, je kunt veel van Niels zeggen, maar dat niet. Ze hebben die stalker uiteindelijk gevonden. Het bleek de zwager van Ali Aslan te zijn, die bokser die van moord werd verdacht en die ik heb weten vrij te pleiten. Zijn naam was Simon en hij heeft een paar dagen geleden zelfmoord gepleegd en in zijn afscheidsbrief bekende hij dat hij me had bedreigd.'

Amber floot tussen haar tanden.

'Ik had na dat akkefietje met het runderhart de sloten nogmaals laten vervangen door een sleutelboer uit Amsterdam en daarna is die Simon niet meer binnen geweest. Ik heb altijd het gevoel gehad dat die Ronnie er iets mee te maken had. Misschien heeft Simon hem wel betaald om mijn sleutel aan hem te geven. Hoe dan ook, ik voelde me niet meer op mijn gemak in mijn eigen huis, en al helemaal niet meer toen Fenna op de stoep stond, dus ben ik uiteindelijk met haar bij Niels ingetrokken totdat we op vakantie gingen. Joep heeft ons in de dagen tot aan de vakantie gezelschap gehouden. Fenna was dol op hem. Hij was echt aardig.'

'Ik denk dat hij Arthur heeft vermoord,' zei Amber grimmig.

'Denk je dat echt?'

'Ja, en ik denk ook dat ze, nadat jullie waren vertrokken, zijn lichaam hebben laten verdwijnen. Geen lijk, geen moord. En als bonus kwam hij via jou ook nog achter de informatie die hij niet uit Arthur had weten te krijgen.'

'En ik heb hem in goed vertrouwen naar jou en Rudie geleid... Als ik niet zo goedgelovig was geweest, dan had Rudie nog geleefd.'

'Het is jouw schuld niet, Chantie. Deze mensen zijn professionals. Iedereen had hem geloofd, ik ook in die situatie.'

'Denk je dat echt?'

'Ja, dat denk ik echt.'

'Het is allemaal zo vreselijk berekenend, tot in het kleinste detail uitgedacht.'

'Dat is het ook. Alles was gepland.'

'Behalve die lawine. Niels is er zelf ook door bedolven en door gewond geraakt.'

'Maar zelfs die lawine pakte uiteindelijk goed voor hen uit. Fenna's toestand was een manier om jou er versneld toe te bewegen dat je mij ging zoeken. Waar of niet?'

'Ja, maar Niels heeft wel geprobeerd om me tegen te houden.'

'Hij wilde zeker liever dat jij bij Fenna bleef?'

'Hoe raad je het.'

'Gelukkig ben je daar niet mee akkoord gegaan. Als hij me had gevonden, had hij me ongemerkt naar Louis kunnen brengen en kunnen laten vermoorden zonder dat jij het ooit te weten was gekomen.'

'Dat zal inderdaad wel. Maar het was voor mij sowieso nooit de vraag of ík jou zou gaan zoeken of Niels. Hij had zijn been gebroken en liep op krukken, en dat leek me niet echt handig bij een zoektocht naar iemand die niet gevonden wilde worden.'

'Hoe dan ook, ik ben blij dat jij me gevonden hebt en niet hij.'

'Ik ook.'

Heel even waren de beide zussen in gedachten verzonken, toen slaakte Chantal een diepe zucht. 'En nu is het tijd voor de grande finale. Hoe ver rijden is het nog?'

'Een halfuurtje voordat we bij het ziekenhuis zijn, denk ik.'

'En dan?'

'Het lijkt me het beste als jij in eerste instantie alleen naar binnen gaat. Maak Niels maar wijs dat Joep de auto parkeert en dat ik in een kamertje even rustig word bijgepraat door Fenna's arts die we op de gang tegenkwamen. Knuffel hem, wees lief voor hem en probeer hem uit Fenna's kamer weg te lokken voor een kop koffie om even bij te kletsen. Zodra jullie in de lift staan, haal ik Fenna met assistentie van het Zwitserse arrestatieteam weg van die kamer. Daarna komen ze achter Niels aan. Jij moet hem dus lang genoeg in de koffiecorner houden.'

'Oké. Ik hoop maar dat hij geen argwaan krijgt.'

'Het gaat je lukken, zeker weten. Ik zal zo de Zwitsers bellen om met ze af te spreken buiten het ziekenhuis, dan kunnen we daar de laatste voorbereidingen treffen. Probeer jij maar alvast te bedenken wat je tegen Niels gaat zeggen.'

Chantal knikte en luisterde naar Amber die met haar Zwitserse collega's sprak. En voor de zoveelste keer vroeg ze zich af hoe ze toch in vredesnaam in deze puinhoop was terechtgekomen...

34

Met lood in de schoenen liep Chantal door de lange gang van het ziekenhuis. Bij de balie bij de ingang had ze gehoord dat Fenna van de IC naar een eenpersoonskamer op de afdeling Neurologie was verplaatst. Op zich goed nieuws, want dat betekende dat Fenna goed vooruitging, maar toch baarde het Chantal zorgen. Er was minder controle op een 'gewone' afdeling dan op de IC, wat zou betekenen dat Niels in staat zou zijn om rare fratsen uit te halen als hij de situatie niet vertrouwde. Tot nu toe waren er nog geen aanwijzingen dat hij argwanend was, maar toch.

De Zwitserse politie bewaakte alle uitgangen van het ziekenhuis en Amber zou zich schuilhouden op het bezoekerstoilet, samen met vier gewapende mannen van het arrestatieteam die Niels bij problemen konden overmeesteren. Chantal droeg een microfoontje zodat ze nauwgezet gevolgd kon worden, wat haar enigszins geruststelde – in elk geval stond ze er niet helemaal alleen voor. Aan de andere kant was ze ook doodsbang dat Niels het op de een of andere manier zou ontdekken. Na overleg hadden Amber en het team besloten om het ziekenhuis en het personeel niet in te lichten om geen onrust te veroorzaken. Het was heel erg belangrijk dat iedereen zich zo natuurgetrouw mogelijk zou gedragen en dat zou lastig worden als het personeel van de afdeling op de hoogte was van de ophanden zijnde arrestatie van Niels.

Chantal naderde Fenna's kamer en hield onbewust haar pas in. Ze zou maar wat graag de confrontatie met Niels nog even uitstellen, maar ze wist dat dit geen zin had. Uitstel zou in dit geval geen afstel betekenen. Nog twee meter en dan zou ze haar hand op de deur kunnen leggen om hem open te duwen. Nog één meter. Ze deed een schietgebedje, gaf een roffel op de deur en liep naar binnen. Haar hart maakte een vreugdesprong toen ze Fenna rechtop in bed zag zitten. Het plankje van haar nachtkastje was uitgeklapt en ze was een tekening aan het maken. Om haar hoofd zat nog steeds een groot wit verband. Niels zat naast het bed en keek verrast op.

'Kijk eens wie daar is, Fenna!'

'Tante Chantal!'

'Hoi, Fenna, hoe gaat het met je?' Chantal verbaasde zich over de vaste klank van haar stem.

'Waar is mama?'

'Mama komt zo.'

Ze wilde naar het bed van haar nichtje toe lopen, maar Niels ving haar halverwege op. Leunend op een kruk sloeg hij een arm om haar heen. Ze omhelsde hem terug en gaf hem een kus in zijn nek.

'Fenna is onverwachts bijgekomen en ze hoeft toch niet meer geopereerd te worden,' fluisterde Niels in haar oor. Ze kreeg kippenvel van afschuw toen zijn warme adem langs haar huid streek. 'Maar dat wist je al, hè, dat het goed ging met Fenna? Ik hoorde net van dokter Ziegler dat jullie elkaar al aan de telefoon hebben gesproken.'

Chantal verstijfde, en niet alleen door zijn woorden. Er werd iets hards tegen haar buik gedrukt.

'Kijk, tante Chantal, ik maak een tekening!' riep Fenna, die zich van geen kwaad bewust was.

'Ik kom zo kijken, Fenna. Ik moet eerst even met oom Niels knuffelen.'

'Ik wil ook knuffelen!'

'Zo meteen.'

Fenna trok een pruillip maar boog zich al snel weer over haar tekening. Niels drukte Chantal nog wat dichter tegen zich aan. 'Waar zijn Joep en je zus?' siste hij.

'De auto parkeren.'

'Het is niet verstandig om te liegen tegen iemand die een pistool vasthoudt.'

Chantal had moeite om haar ademhaling onder controle te houden. Ze bad dat Amber en haar mannen het gefluister van Niels hadden verstaan en hadden opgemerkt dat ze in nood was. Ze was één enkel schot verwijderd van de dood.

'Nou, waar is die zus van je? Bel haar maar op en zeg haar dat ik jou en Fenna met rust laat, als zij zonder gezeik met me meegaat.'

'Kunnen we dit buiten afhandelen? Ik wil niet dat Fenna nog meer getraumatiseerd raakt dan ze al is.'

'Nee. In deze kamer blijft het allemaal een beetje overzichtelijk. Buiten is veel te veel afleiding. Bel haar op.'

'Waar is mama? Mama kwam toch?' Fenna keek op van haar tekening.

'Ik ga haar nu bellen, schatje.' Deze keer trilde Chantals stem wel. Ze pakte haar mobiel en belde Ambers nummer. Haar zus nam na de eerste keer overgaan al op.

'Is er iets mis? Wat wil hij?'

'Fenna wil je zien,' zei Chantal. Haar stem klonk hoog en vreemd. 'Op haar kamer.'

Amber zei niets en hing meteen weer op.

'Ze komt eraan.'

'Mooi. Dan vraag ik je nogmaals waar Joep is.'

'In de hel, waar jij ook thuishoort.'

Niels duwde het pistool harder tegen haar buik. Fenna had nog steeds niks door omdat hij met zijn lichaam voor Chantal stond en het zicht op het pistool helemaal blokkeerde. 'Ik heb altijd al een hekel gehad aan die grote bek van je. Ben blij dat ik na vandaag eindelijk van je af ben.'

'Anders ik wel,' siste ze terug. 'Wat ben je met mijn zus van plan?'

'Die bitch had nooit bij Louis moeten weglopen. Heel dom was dat. Ik neem aan dat ze je alles over Louis heeft verteld?'

'Ja, echt een verrijking voor de wereld, die man.'

'Tante Chantal, kom nou naar mijn tekening kijken!'

'Laat me los zodat ik naar haar toe kan.'

'Geen sprake van. We lopen samen naar haar bed en gaan zitten aan de raamkant, zodat ik de deur goed in de gaten kan houden.' Niels draaide haar om en duwde het pistool tegen haar onderrug.

'Nou, laat maar eens zien, Fenna.'

Ze schuifelde samen met Niels richting het bed. Toen ze over Fenna's tekening heen gebogen stond, pakte Niels een stoel en ging zitten aan een tafeltje langs de muur. Zijn pistool hield hij uit het zicht in de zak van zijn jas, maar Chantal haalde het niet in haar hoofd om een vluchtpoging te doen: ze wilde Fenna onder geen enkel beding in gevaar brengen. En ze kon alleen maar hopen dat Amber niet meer al te lang op zich liet wachten, want Niels begon duidelijk ongeduldig te worden. Hij schoof een stoel tegen haar knieholten aan.

'Zo, Fenna, dan kan tante Chantal ook even bij je bed zitten.' Hij schoof zijn stoel over de grond tot hij dicht tegen Chantal aan zat. Ze voelde het pistool weer in haar ribben drukken.

Er werd op de deur geklopt en Chantal kreeg spontaan een droge mond. Ze keek naar de deur. Ze hoopte maar dat het Amber was die een einde zou maken aan deze ellende. Maar tegelijkertijd vreesde ze voor het leven van haar zus. Zou Niels gaan schieten terwijl ze nog in het ziekenhuis waren? Waarschijnlijk niet. Te veel getuigen en te veel risico dat een eventuele vluchtpoging zou mislukken. Waarschijnlijk zou hij Amber zo geruisloos mogelijk het ziekenhuis uit willen krijgen, maar dat plannetje zou niet doorgaan, al moest ze daar zelf een stokje voor steken. Niels zou onder geen beding deze kamer verlaten met haar zus.

De deur zwaaide open en Amber kwam binnen met een man in een witte jas. Chantal voelde Niels naast zich verstrakken.

'Mama! Daar ben je weer, mama! Ik heb een tekening voor je gemaakt!'

Amber wierp een snelle blik op Niels en liep toen naar Fenna toe. Ze drukte het meisje even kort tegen zich aan. Toen ze weer overeind kwam waren haar ogen vochtig.

'Dokter Zberg wil ons graag even spreken over Fenna,' zei ze tegen Chantal en Niels.

'Waar is dokter Ziegler?' vroeg Niels argwanend.

'Die heeft een spoedgeval.'

'Moeten wij niet eerst iets met elkaar bespreken? Even bijpraten?' vroeg Niels aan Amber.

'Nee, dat dacht ik niet. Dat komt later wel. Fenna gaat voor.'

'Gaan jullie maar, dan blijf ik bij Fenna.'

'Ik wil graag dat jij er ook bij bent, Niels,' zei Chantal. 'Je bent een van ons.' Ze pakte zijn hand en hoopte maar dat hij zich verplicht voelde om mee te doen met haar toneelstukje om de arts niet achterdochtig te maken. Ze voelde de druk van het pistool tegen haar ribben minder worden. Toen was hij weg.

'Na jou,' zei Niels afgemeten.

Chantal glimlachte mierzoet naar hem en stond op. Angstzweet liep in straaltjes langs haar rug. Ze probeerde oogcontact met Amber te krijgen, maar die meed haar blik zorgvuldig. Zou ze weten dat Niels gewapend was?

'*Bitte*.' De arts hield galant de deur open en liet Chantal en Niels passeren. Amber gaf Fenna een kus en glipte ook naar buiten. Dokter Zberg wilde net de deur van Fenna's kamer dichtdoen toen er een verpleger aan kwam lopen die bij Fenna moest zijn om wat controles uit te voeren. Dokter Zberg liet hem binnen en sloot de deur alsnog. Hij passeerde Amber en ging aan de linkerkant naast Niels lopen, die al aardig handig was geworden in het lopen met een kruk. Het gezelschap – Chantal voorop, Niels er vlak achter met daarnaast dokter Zberg, en Amber als hekkensluiter – liep op de verpleegsterspost af, waar een verpleegster geconcentreerd gegevens stond in te voeren in een computer. Ze keek niet op toen de vier passeerden en links afsloegen.

'*Wohin gehen wir*?' vroeg Niels nors.

Dokter Zberg leidde hen door de klapdeuren heen naar de lift. '*Nach oben zu mein Zimmer*,' antwoordde hij vriendelijk.

Hij drukte op de liftknop en ging achter Niels staan. Amber deed een stap opzij en nam naast Chantal plaats. De liftbel klonk en de deuren schoven langzaam open. Twee artsen die druk met elkaar in gesprek waren kwamen naar buiten. Ze gingen zo in hun gesprek op dat ze niet goed opletten toen ze uit de lift stapten, en een van hen botste tegen Niels op. Hij verloor zijn evenwicht. Op dat moment gaf Amber een enorme ruk aan Chantals arm waardoor ze opzij viel, terwijl dokter Zberg op Niels' rug dook en de andere twee artsen hem naar voren trokken. Het ging allemaal zo snel dat Niels volkomen kansloos op de grond lag voordat hij het goed en wel in de gaten had.

'Hij is gewapend!' riep Chantal, maar de man die zich had voorgesteld als dokter Zberg had hem het pistool al afhandig gemaakt. De andere twee trokken ruw zijn armen op zijn rug en klikten hem de handboeien om. Het was allemaal voorbij in nog geen vijf seconden.

'Dat ging soepeltjes,' zei Amber tevreden. Ze keek naar de kronkelende Niels, die hardgrondig vloekte.

'Louis weet je wel te vinden, bitch,' schreeuwde hij.

Amber keek op haar horloge. 'Ga er maar van uit dat jij en Louis elkaar vinden. In de gevangenis. Op dit moment wordt die hele organisatie van jullie opgerold. Geen ontkomen meer aan.'

Niels wilde woedend wat terugzeggen, maar toen drong langzaam tot hem door wat Amber had gezegd. En wat dat inhield. Dat Amber niet zomaar een ex was van Louis die bij hem was weggelopen, maar een infiltrante wier ware identiteit al die jaren geheim was gebleven. Louis had een inschattingsfout gemaakt die hen allemaal ten val had gebracht.

'Neem hem maar mee,' zei Amber tegen de mannen in de witte jassen, en ze trokken Niels van de grond en voerden hem af.

'Missie volbracht?' Chantal krabbelde overeind en keek haar zus vragend aan.

'Missie volbracht!' Amber glimlachte voldaan. 'En ik moet je eerlijk bekennen dat het nog beter verliep dan ik had verwacht. Toen we doorhadden dat hij een wapen op je gericht hield, moesten we snel iets verzinnen om hem en jou Fenna's kamer uit te krijgen. Vandaar die truc met de doktersjassen. Door die witte jassen zou hij minder argwanend zijn en de mensen die ons eventueel zagen lopen ook. We wilden niet te veel commotie veroorzaken in het ziekenhuis.'

'Dat was best een groot risico dat jullie namen.'

'Niet echt. De verpleger die Fenna's kamer binnenging toen we met zijn allen de gang op liepen, hoort ook bij het team. Mocht ons opzetje om Niels te arresteren mislukken, dan zou Fenna's veiligheid in elk geval gewaarborgd zijn. En als Niels ons allemaal bij die lift had vermoord, zou hij altijd nog door Ilse zijn uitgeschakeld.'

'Ilse?'

'De verpleegster bij de balie. Een van de *close combat*-specialisten in ons team.'

'Het lijkt erop dat dat jullie dus alles onder controle hadden.'

'Jazeker. En nou wil ik mijn kleine meisje knuffelen,' zei Amber. 'Ga je mee?'

'Natuurlijk.'

Chantal stak haar arm door die van Amber en samen liepen ze naar Fenna's kamer. Vlak voordat ze de deur wilden opendoen, ging Ambers telefoon.

Chantal keek van haar zus naar de telefoon en weer terug. 'Kan dit niet even wachten?'

'Sorry, Chantie, deze moet ik even nemen, ga jij maar vast naar Fenna.'

Ze nam op en liep verder de gang in. Chantal zag aan haar gespannen lichaamshouding dat er iets aan de hand was en besloot te wachten. Het telefoongesprek duurde niet lang en toen Amber zich omdraaide en weer naar Chantal toe liep, was er geen twijfel mogelijk. Er was iets goed mis. 'Wat is er aan de hand?'

'De hele bende is met succes opgerold, behalve Louis. Niels heeft hem, waarschijnlijk meteen nadat hij met dokter Ziegler heeft gepraat, verteld dat hij de boel niet vertrouwde. Louis is hem toen ogenblikkelijk gesmeerd.'

'Maar hoe kan dat nou? Hij werd toch geschaduwd?'

'Blijkbaar heeft er iemand niet goed zitten opletten, want hij is ervandoor. Er wordt op hem gejaagd, maar op dit moment weet niemand waar hij is.'

'Maar dat betekent dat het nog steeds niet voorbij is.'

'Inderdaad. Sterker nog, nu begint het pas echt. Zolang Louis nog leeft en op vrije voeten is, zal ik niet veilig zijn. En Fenna ook niet.'

'Kun je niet vluchten?'

'Nee, hij zal me altijd weten te vinden.'

'Ze kunnen toch wel iets doen om je te beschermen?'

'Ja, maar dat betekent dat ik iets moet doen wat ik gezworen had nooit meer te doen.'

'Wat dan?'

'Dat doet er niet toe. Ik doe het gewoon niet.'

'Waarom niet? Als het je leven kan redden.'

'Chantal...'

'Nee! Je moet het doen! Waarom doe je het niet?!'

'Omdat ik niet nog een keer zomaar uit jullie leven kan verdwijnen!'

'Wat?'

'De enige oplossing is dat ik een nieuwe identiteit aanneem en mijn banden met het verleden verbreek, net zoals ik heb gedaan toen ik als infiltrant aan de slag ging. Ik zou jullie weer in de steek moeten laten.'

Even was het stil, toen zei Chantal zachtjes: 'Dan ga ik met je mee.'

'Zeg nou geen ondoordachte dingen, Chantie, je beseft niet wat je zegt.'

'Dat besef ik heel goed. Wat heb ik nou te verliezen? Er is thuis niemand meer die op me wacht en ik voel er niks meer voor om de Nielsen en Louitjes van deze wereld nog langer te verdedigen. Ik ben er wel aan toe om het roer om te gooien. Zekerheden heb ik toch niet in mijn leven, als ik maar zeker weet dat ik jou en Fenna heb.'

Amber leek nog te twijfelen. 'Weet je het zeker? Weet je wel hoe moeilijk het is om helemaal opnieuw te beginnen?'

'Als we niet te gek doen, kunnen we de eerste tijd prima rondkomen van de spaarcenten dat ik op mijn bankrekening heb staan. En als ik mijn appartement in Amsterdam heb verkocht, kunnen we het nog wat langer uitzingen.'

'Maar je carrière?'

'Ik heb mijn besluit al genomen, Amber. Wat dacht je van Bonaire?'

'Bonaire?'

'Ja, lijkt me een heerlijk eiland om opnieuw te beginnen.'

Toen gaf Amber zich glimlachend gewonnen. 'Oké, Bonaire wordt het!'

'Maar ik heb één voorwaarde.'

'En dat is?'

'Dat we pa en ma ook meenemen. Ze overleven het niet als ze nog een dochter verliezen.'

'Denk je niet dat ze erin blijven als ze mij weer terugzien?'

'Ik denk dat ze daar wel overheen komen,' zei Chantal grinnikend. 'Ik zie pa wel met zo'n grote strohoed op over een wit strand struinen en ma met een cocktail bij een zwembad liggen. Bovendien zullen ze het heerlijk vinden dat ze opa en oma blijken te zijn. Echt, je kunt ze niet gelukkiger maken. En mij ook niet, want ik moet al jaren aanhoren dat ze zo graag kleinkinderen willen. Probleem opgelost. Jij en ik beginnen iets voor onszelf, een cocktailbar of zo.'

Amber kreeg een dromerige blik in haar ogen. 'Of een *health center*.'

'Ook prima. We vinden wel wat.'

‘Denk je echt dat het kan werken?’

‘Zeker weten. Het enige wat jij hoeft te regelen, zijn nieuwe identiteiten.’

‘Oké, we gaan ervoor.’

De zussen keken elkaar aan en glimlachten. Toen openden ze de deur en stapten de kamer van Fenna binnen.

Epiloog

Chantal kwam de kamer in met twee bekers koffie en een flesje Fristi. 'Goedemorgen, schatten van me, lekker geslapen?'

Amber en Fenna keken haar allebei blij aan.

'Mama heeft bij mij in bed geslapen!' Fenna keek ondeugend en hield haar vinger voor haar mond. 'Niet verder vertellen.'

'Ik zal niks verklappen.' Chantal gaf Fenna lachend haar Fristi en overhandigde een beker koffie aan haar zus.

'Heerlijk, dat kan ik wel gebruiken. In tegenstelling tot Fenna heb ik geen oog dichtgedaan.'

Sinds Amber met haar dochter was herenigd, hadden de twee geen seconde zonder elkaar doorgebracht. Fenna was nog op de avond dat Niels was gearresteerd overgebracht naar een privékliniek in Davos. Ze had vierentwintiguursbewaking bij haar deur en Amber sliep bij haar op de kamer. Chantal had een hotel in de buurt voor zichzelf geregeld. Amber had erop gestaan dat ze zich ook liet beveiligen zolang Louis nog niet gepakt was, maar dat had ze geweigerd. 'Hij moet jou hebben en niet mij.'

'Misschien probeert hij mij te pakken via jou.'

'Misschien vergaat de wereld morgen wel. Ik heb geen zin om in angst te leven, Amber. Stel dat Louis nooit wordt gepakt, dan moet ik mijn hele leven achteromkijken. Dat trek ik niet. Ik wil vooruitkijken, naar de toekomst. Mocht hij me te pakken krijgen, dan zal het mijn tijd wel zijn. Over de toekomst gesproken, er staat een health center te koop op Bonaire. Ik kan het kopen voor je... Jij verzorgt de sportieve lessen en ik kruip achter een bar met fruitshakes... Dan hebben we alleen nog nieuwe namen nodig.'

‘Klinkt aanlokkelijk, dat moet ik toegeven. Maar ik moet eerst nog het een en ander hier afhandelen. De verslaglegging van de hele undercoveroperatie, onder andere.’

‘Geen probleem. We hebben alle tijd – de rest van ons leven. Ik neem Fenna en pa en ma vast mee naar Bonaire om daar voorbereidingen te treffen voor ons nieuwe familiebedrijf en die tijd kun jij gebruiken om alles te doen wat je nog moet doen.’

‘Hoe laat landen pa en ma?’

‘Ze landen nu zo’n beetje op Friedrichshafen en komen dan met een taxi hiernaartoe. Ik verwacht dat ze over tweeënhalf à drie uur hier zijn. Sinds ik hun verteld heb dat jij het goed maakt en dat ze een kleindochter hebben, heeft ma onafgebroken gehuild. Van blijdschap dan, hè. Ze kunnen echt niet wachten tot ze je zien.’

‘Ik kan ook niet wachten, maar ik ben wel een beetje nerveus. Ik weet niet hoe ik de verloren tijd ooit kan inhalen.’

‘Dat kun je niet, dus zet dat maar uit je hoofd. Echt, we moeten met zijn allen naar de toekomst kijken, dat is de enige manier om dit alles goed te boven te komen. Je hebt een paar keuzes gemaakt die niet zijn uitgepakt zoals je had gehoopt. Maar het waren in elk geval wel jóúw keuzes. Ik zou andere keuzes hebben gemaakt, maar ik snap de jouwe. En als je het hele verhaal aan pa en ma uitlegt, dan weet ik zeker dat zij je ook geen verwijten zullen maken.’

‘Lief dat je dat zegt.’

‘We zijn allemaal maar wat blij dat we je terug hebben en dan ook nog met zo’n prachtige dochter. Bij de vreugde die jij en Fenna geven, valt het verdriet van de afgelopen jaren in het niet.’

Chantal gaf haar zus een knuffel en nam toen een paar kleine slokjes van haar hete koffie. ‘Hoe gaat het verder met het onderzoek naar Niels?’ vroeg ze toen zachtjes.

‘Nou, daar heb ik wel een interessant nieuwtje over te melden. Uit Niels’ verhoor is gebleken dat hij wel degelijk te maken heeft gehad met de zelfmoord van die Simon.’

'Wat?!'

'Ja. Ik had de ondervragers getipt dat ik het nogal vreemd vond dat Niels geen sporen had gevonden op de brieven van die stalker en dat mes, en dat bleek ook niet te kloppen. Uit het logboek van het lab werd duidelijk dat Niels inderdaad de brieven had laten onderzoeken en dat er wel degelijk vingerafdrukken waren gevonden. Ze zijn toen in Niels' computer gaan kijken en hij bleek Simons identiteit te hebben achterhaald, want die was een bekende van de politie. Hij bleek al eens eerder een vrouw te hebben lastiggevallen. Met die informatie hebben ze Niels onder druk gezet en toen heeft hij in ruil voor strafvermindering een volledige bekentenis afgelegd. Over Simon, maar ook over Louis en zijn hele organisatie. Hij...'

Amber leek te twijfelen.

'Hij wat?' vroeg Chantal.

'Hij zou weleens kunnen uitgroeien tot een kroongetuige.'

'Jezus, Amber, dat verdient hij toch niet? Komt hij er nog mee weg ook. Maar waarom heeft Niels Simon vermoord en het er als zelfmoord laten uitzien?'

'Omdat Simon zonder dat hij dat zelf wist Niels in de weg begon te zitten. Niels wilde jou zover krijgen dat je over je zus begon te praten, maar het enige waar je mee bezig was, was die stalker. Dus dat probleem moest uit de weg worden geruimd. En hij heeft het niet zelf gedaan, hoor, hij heeft het de Snor laten doen.'

'Uiteraard, hij wilde zijn handen natuurlijk niet vies maken.'

'Precies. En Simon was niet het enige slachtoffer. Die Ronnie over wie je het had, dat vreemde vriendje van Niels, die heeft hij ook laten omleggen door de Snor. Hij bleek je sleutel aan Simon te hebben verkocht waardoor hij je huis kon binnendringen.'

'En daarom heeft hij hem vermoord? Omdat hij een sleutel had verkocht?'

'Ja. In de wereld van Niels is dat reden genoeg. Ronnie had hem verraden en als je dat niet afstraft, wordt dat gezien als een teken van zwakte.'

'Allemensen, wat een zieke geest. En met hem wilde ik dan mijn leven delen...'

'Niels had zijn ware aard uitstekend gecamoufleerd. Niemand in zijn omgeving, ook zijn collega's bij de politie niet, heeft ooit iets doorgehad.'

'Maar toch...'

'Wil je ook goed nieuws horen? Ik heb Fenna's arts net nog even gesproken en als ze zo goed vooruit blijft gaan, mag ze over een week het ziekenhuis verlaten.'

'Dat is fantastisch nieuws!'

Ambers telefoon begon te rinkelen. Ze keek op het scherm en liep de kamer uit. Chantal ging bij Fenna op bed zitten. Haar nichtje slurpte luidruchtig het laatste restje Fristi op en reikte Chantal het lege flesje aan. Chantal stond net op om het in de prullenbak te gooien toen Amber weer binnenkwam. Haar gezicht zag intens bleek.

'Wat is er?' vroeg Chantal geschrokken. 'Slechts nieuws?'

'Nee, juist niet. Loop even een seconde mee naar buiten.'

Chantal deed wat haar gevraagd werd en liep achter Amber aan. 'Vertel, wat is er aan de hand?'

'Ze hebben de auto van Louis gevonden. Volledig uitgebrand en met een verkoold lichaam erin.'

'Dat meen je niet!'

'Hij was met zijn auto ervandoor gegaan nadat Niels hem had gewaarschuwd. Hij had de Muiderstraatweg genomen richting de A1 en is toen in de bocht met de Weteringweg van de weg geraakt en met volle snelheid tegen een boom gereden. De auto heeft zo'n klap gemaakt, dat de benzinetank is gescheurd waardoor de boel in de fik is gevlogen. Louis was waarschijnlijk op slag dood.'

'Wow. Maar waarom hoor je dat nu pas?'

'Omdat ze me niet blij wilden maken met een dode mus. Het was lastig om hem te identificeren, maar het is uiteindelijk gelukt aan de hand van de gebitsresten. Het is voor negentig procent zeker dat het Louis was.'

‘Negentig? En die tien procent?’

‘Die neem ik voor lief.’

‘Dat betekent dus dat het voorbij is. Je bent vrij!’

‘Ik besef het nog niet helemaal, maar dat is wel waar het op neerkomt.’

Chantal liep naar Amber toe en omhelsde haar. ‘Je bent vrij! Die klootzak is dood! Nu kunnen we echt met open vizier naar de toekomst kijken.’

‘Het betekent ook dat ik mijn eigen identiteit kan behouden. Van de rest van Louis’ bende verwacht ik geen wraakacties en bovendien gaan de meesten van hen een lange tijd de gevangenis in.’

‘Als er geen vormfouten worden gemaakt,’ zei Chantal cynisch.

‘Vrij onwaarschijnlijk. Deze zaak is echt tot in de puntjes voorbereid en uitgewerkt. Er stond te veel op het spel om fouten te maken. Tegen de tijd dat het zover is, zal ik achter gesloten deuren getuigen.’

Voor het eerst sinds Amber het nieuws over Louis had gekregen, brak er een lach door op haar gezicht. ‘Geldt dat aanbod van dat health center op Bonaire nog steeds? Wil je het voor ons kopen?’

‘Niets liever dan dat. Ik vlieg er vandaag nog heen als het moet.’

‘Ik het sportieve gedeelte en jij de bar met verse fruitsappen, toch? Pa met een strohoed langs het strand en ma op een ligbed terwijl ze op Fenna past die zandtaartjes bakt?’

‘Lijkt mij een uitstekende verdeling.’ Chantal lachte enthousiast.

‘Oké, deal.’ Amber stak haar hand in de lucht en Chantal klapte de hare ertegenaan. Na de lawine van ellende die ze over zich heen hadden gekregen, gloorde er nu eindelijk echt licht aan de horizon.